U0140201

柿
梓
栗
大麥
枸杞
葈耳
芎藭
萱草
芥
合歡
小麥
山茶
木芙蓉

松
蕨
黃精
樟(一)
芥藍
槐
檳榔子
榆
薏苡
地黃(一)
芒
芡

蘇東坡顛沛流離植物記

自序

蘇東坡學識淵博，詩、詞、書、畫、文章，樣樣精通，詩畫尤精；還是政治家、醫儒、美食家，是中國歷史上最多才多藝的全能人物，但一生仕途坎坷。在政治上反對新法，屬於舊黨人物，遭受新黨政客的迫害；後來又因反對一些舊黨盡廢新法等保守作為，又受到舊黨人物的排斥。兩邊不討好導致仕途失意，一生經歷複雜曲折，顛沛流離。離開權力核心後，首先到杭州任通判（副市長），再調任山東密州、江蘇徐州、浙江湖州擔任太守（市長）。後來以「誹謗朝廷，妖言惑眾」罪名，被貶謫到湖北黃州（今黃岡）。從此經歷人生各種起伏：流放惠州（今廣東惠陽東），花甲之年再被貶放海南儋州。刻苦銘心的人生閱歷使蘇東坡常保持有冷靜、豁達的態度，在詩詞中訴說傲視困境和超越痛苦的心情。最後在宋徽宗即位時遇赦北歸，但病卒於常州（今江蘇省南部的常州市）。

蘇東坡是中國歷史上，極少經歷各種氣候帶的文人：曾為官在今之河北、山東半島、陝西等地，此區屬於溫帶性氣候區。到過的華東浙江、江蘇等地，屬亞熱帶氣候區。被貶謫流放的華南的廣東、海南等地，屬於熱帶氣候區。因此閱歷豐富，作品中植物種類眾多。詩方面，根據清代王文誥、馮應榴輯注《蘇軾詩集》的二千六百三十首中，敘述植物二百五十六種；詞方面，薛瑞生的《東坡詞編年箋證》三百六十首中，提到植物九十一種。

為尋訪蘇東坡足跡，筆者在二〇一五年曾到訪四川眉山蘇東坡出生地及幼年至青年期成長、生活之所在的三蘇祠（近年改為三蘇紀念館、三蘇祠博物館）。祠中有古井、庭院、宅第，有老樹和新植植物，但祠院內全無與蘇東坡生平著作相關的植物。當時就發願要寫一本蘇東坡詩文植物的書，彰顯蘇東坡文學外對植物知識應用的貢獻，歷經十年終得以實現。

本書共十章。第一章寫眉山汴京之間，少年蘇東坡十年寒窗苦讀，吟詩習作到參加科舉考試，中舉，至陝西出任官職時寫下的詩文植物。第二至六章則屬於流離困頓的仕途經歷：第二章是杭州時期詩詞的植物鴻爪。第三章則是調任密州、徐州、湖州太守的詩詞植物紀錄。第四章是湖北黃州時期的作品植物。第五章和第六章分別是流放到惠州和海南儋州的謫居紀錄。第七和第八章分別是蘇軾旅行出差，看到郊外、農地、河岸、湖邊、山區等自然分布的植物，在詩詞中引述、歌頌自然植物；居所或辦公處所見之人工栽培庭園植物。第九章是蘇東坡在貶謫地，詩文中藥用植物的記載。第十章記述蘇東坡一生宦海沉浮，寫的許多與植物美食相關的詩詞。

筆者才疏學淺，雖竭盡所能，字裡行間還是難免掛一漏萬，敬請讀者指教。

目次

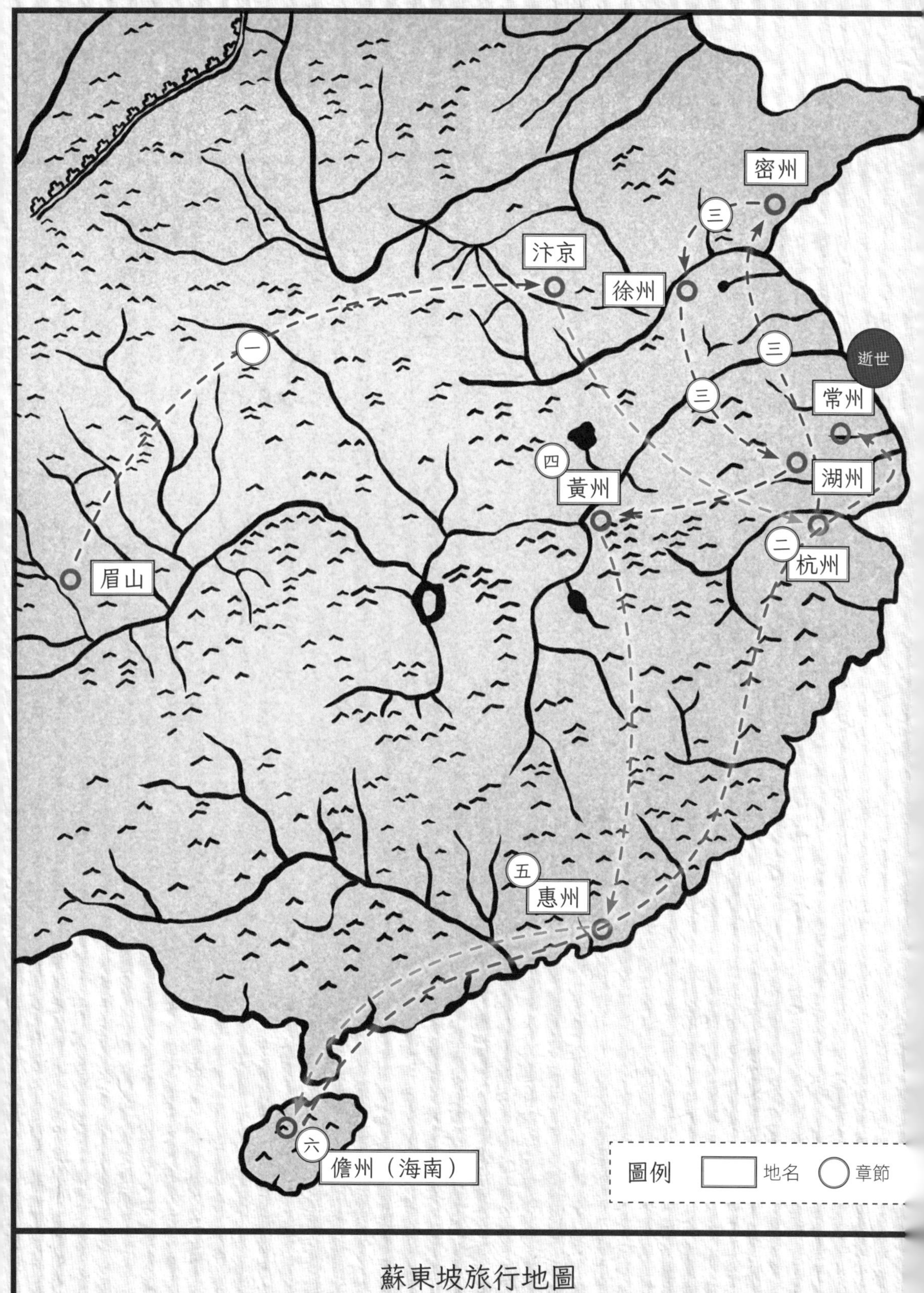

蘇東坡旅行地圖

第一章 眉山、汴京之間

蘇軾（一〇三七至一一〇一年），字子瞻，號東坡居士，北宋文學家、書畫家、美食家。一生仕途坎坷，學識淵博，天資極高，詩文書畫皆精。文與歐陽修並稱歐蘇，為「唐宋八大家」之一；詩與黃庭堅並稱蘇黃；詞開豪放一派，對後世有巨大影響，與辛棄疾並稱蘇辛；書法擅長行書、楷書，能自創新意，與黃庭堅、米芾、蔡襄並稱「宋四家」。傳世作品輯選有《蘇東坡全集》、《東坡樂府》、《東坡詞編年》等。

變法期間，蘇軾雖贊同改革政治，但反對操之過急的政策，也反對王安石任用的呂惠卿，因此招來新黨爪牙陷害。後來在司馬光一派掌權主政時，也站出來反對廢盡新法（史稱元祐更化），受到舊黨斥退，在新舊黨爭中兩邊不討好，導致仕途失意。在元祐更化時一度官至尚書，後卻貶謫至惠州、儋州（海南島）。直到宋徽宗即位，才遇赦北歸，卻在北還途中病逝於常州（今江蘇省南部）。

蘇軾生於宋仁宗景祐三年（一〇三七年）四川眉縣，現在的三蘇祠就是蘇洵、蘇軾及蘇轍父子的舊宅地，元代初年為紀念三蘇父子改為祠廟，近年改為三蘇祠博物館。宋仁宗嘉祐元年（一〇五六年）三月，二十一歲的蘇軾和十八歲的蘇轍第一次遠離家鄉，跟著父親蘇洵進京參加會考，父子三人於五月到汴京（開封），八月在府試兄弟兩人首戰告捷；次年蘇軾二十二歲中

進士，同年三月通過由宋仁宗親自主持的殿試。正意氣風發時，五月底傳來母親程氏於四月初八病故的噩耗，父子三人日夜兼程趕回家鄉奔喪，並丁憂在家三年。嘉祐四年秋天服喪期滿，父子三人決定舉家還到京城，十月初啟程，先走水路兩個月，年末於江陵休整後改走陸路，於嘉祐五年二月抵達汴京。嘉祐六年在選拔人才的制科考試上，蘇軾考中最高等第三等。縱觀宋朝三百年間通過制舉的人，也只有四十人而已。更難得的是，自北宋開制科考以來，蘇軾是唯二獲得第三等的。

御試過後，蘇軾被授予大理評事簽書鳳翔府簽判的官職，於嘉祐六年十一月攜妻小赴任。三年後，在宋英宗治平二年（一〇六五年）正月還朝。同年五月，年僅二十七歲的夫人王弗因病去世，隔年四月父蘇洵辭世，蘇軾兄弟二人扶柩回鄉，依制丁憂在家。本書未引述這段期間所寫的詩文。

三十歲前，年輕的蘇軾寒窗苦讀，吟詩習作時留下詩文多首。守完母喪走水路前往汴京途中，父子三人更是詩興大發，沿著長江水路一路賞玩一路作詩，舟行六十天父子三人共寫詩百篇，於嘉祐四年集結為《南行前集》（又叫《江河唱和集》）。其中蘇軾有詩四十二首，是現存蘇軾詩最早的一批作品。由江陵走陸路到開封的詩作編輯為《南行後集》，蘇軾有詩三十八首。

這段期間詩作所引述的植物或是四川沿長江下行至開封親眼所見，如竹、松、柏、榆等；或是園林名勝常見的植物，如梅、桂、檜、楓、石楠等；或是田野分布的桑、柘等；還有少數是歷代經文經常出現，具有特殊文化意涵的植物，如榛、黃楊等。

【松】

彈琴江浦夜漏水，斂衽竊聽獨激昂。
風松瀑布已清絕，更愛玉佩聲琅璫。
自從鄭衛亂雅樂，古器殘缺世已忘。
千家寥落獨琴在，有如老仙不死閱興亡。
世人不容獨反古，強以新曲求鏗鏘。
微音淡弄忽變轉，數聲浮脆如笙簧。
無情枯木今尚爾，何況古意墮渺茫。
江空月出人響絕，夜闌更請彈文王。

——〈舟中聽大人彈琴〉

此詩作於宋仁宗嘉祐四年（一〇五九年），蘇東坡二十四歲，自眉山下長江三峽期間，在船上聆聽父親彈琴，琴聲伴隨流水聲、風吹松樹聲。同期還有另一首詠松詩〈仙都山鹿〉詩句：「長松千樹風蕭瑟，仙宮去人無咫尺。」《東坡詩集》共有一百九十七首詩出現松，僅次於竹。古典詩詞中，松樹也是常見的植物。

全世界的松樹種類有八十餘種，不僅種類多，分布也廣。松樹除經濟用途外，由於樹姿雄偉、蒼勁，樹體高大、長壽，還具有重要的觀賞價值，是中國很多風景區重要的景觀成分。例如，山東的泰山、江西的廬山、安徽的黃山都以松樹景色馳名。

自古以來，松樹是堅定、貞潔、長壽的象徵，常用來比喻不畏逆境、戰勝困難的堅韌精神。其中馬尾松在中國分布最廣，各地最常見。

馬尾松是是山區植被演替的先驅樹種，也是重要的用材樹種，紋理直、結構粗、含樹脂，耐水濕、有彈性、耐腐力弱。其經濟價值高、用途廣，主要用於建築、枕木、礦柱、包裝箱、家具等。木材含纖維素百分之六十二，纖維長，為造紙和人造纖維工業的重要原料。樹幹可割取松脂，為醫藥、化工原料。根部樹脂含量豐富；樹幹及根部可培養茯苓、蕈類，供中藥及食用。

馬尾松高大雄偉，姿態古奇，適應性及抗風力強，耐煙塵，質堅能耐水，適宜山澗、谷中、岩際、池畔、道旁配置和山地造林。也適合在庭前、亭旁之間孤植。

馬尾松 松科

Pinus massoniana D. Don

常綠大喬木，高可達四十五公尺；樹皮紅褐色，呈不規則鱗狀塊片龜裂。針葉二針一束，長十二至二十公分，細柔。雄毬花淡紅褐色，圓柱形，長一至一・五公分，聚生於新枝下部苞腋，穗狀；雌毬花單生或二至四個聚生於新枝頂端，淡紫紅色。毬果多呈卵形，長四至七公分，有短梗，下垂，果鱗鱗背菱形，微隆起或平，鱗臍微凹，無刺。分布廣泛，東起浙江的舟山群島、福建金門，西至四川盆地西緣，南自廣東的雷州半島，北達秦嶺南側，遍布於華中華南各地。

【柏】

山前江水流浩浩，山上蒼蒼松柏老。
舟中行客去紛紛，古今換易如秋草。
空山樓觀何崢嶸，真人王遠陰長生。
飛符御氣朝百靈，悟道不復誦《黃庭》。
龍車虎駕來下迎，去如旋風摶紫清。
真人厭世不回顧，世間生死如朝暮。
學仙度世豈無人，餐霞絕粒長苦辛。
安得獨從逍遙君，泠然乘風駕浮雲，超世無有我獨行。

——〈留題仙都觀〉

同樣寫於宋仁宗嘉祐四年（一〇五九年）十月，遊長江三峽期間所作。仙都觀位於四川省重慶市豐都縣，在長江沿岸，岸邊諸山遍布松柏。這時期還有另一首〈過木櫪觀〉詩也出現柏：「石壁高千尺，微蹤遠欲無。飛簷如劍寺，古柏似仙都。」木櫪觀坐落在重慶市萬州區武陵鎮西長江北岸，臨江的木櫪山上，「昔大禹治水過此」，寺中有古柏。《東坡詩集》中，共有四十四首詩提到柏。

中文名稱為柏的植物，有柏木、扁柏、側伯、圓柏、羅漢柏等多種。多數柏木類樹種含材脂、木質堅硬、紋理緻密、耐腐性强，且木材加工容易又堅固耐用，是建築、車船、橋梁、家具和器具等用材。在江南保存至今的許多古建築中，以柏木雕製的梁、額枋、窗格、屏風等，經數百年而無損。又因柏木耐腐，古代貴族上好的棺木也用柏木製作。

柏木樹姿端莊，在中國栽培歷史悠久，古蹟、廟宇、殿堂等處，如山東曲阜孔廟、北京天壇等名勝，多見柏木大樹。柏木代表忠貞，成都劉備陵墓就有諸葛亮手植的柏木大樹。

柏木是一種多功能的高效益樹種，是造林、景觀設計經常選用的優良樹種。木材可用於製作鉛筆、玩具、農具、機模、樂器等；枝葉、樹幹、根部都可提煉精製柏木油，用於多種化工產品，樹根提煉柏木油後的碎木，粉碎成粉後可作為香料，經濟價值高。柏木自古就是常用的藥材，藥用部位包括毬果、根、枝葉等，能治療發熱煩躁、小兒高燒、吐血等病症。

柏木 柏科 *Cupressus funebris* Endl.

常綠喬木，高可達三十五公尺；小枝細長下垂，較老的小枝暗褐紫色；新枝翠綠色。鱗片葉二型，長一至一・五公釐，先端銳尖，中央之葉的背部有條狀腺點，兩側的葉對折。雄毬花橢圓形或卵圓形，雄蕊通常六對；雌毬花長三至六公釐，近球形，徑約三・五公釐。毬果圓球形，徑八至十二公釐，熟時暗褐色；種鱗四對，頂端為不規則五角形或方形，寬五至七公釐，中央有尖頭，孕性種鱗有五至六粒種子；種子寬倒卵狀菱形或近圓形，熟時淡褐色，有光澤，邊緣具窄翅。分布中國長江流域及以南地區，垂直分布主要在海拔三百至一千公尺之間。

【石楠】

入峽初無路，連山忽似龕。縈紆收浩渺，蹙縮作淵潭。
風過如呼吸，雲生是吐含。墜崖鳴窣窣，垂蔓綠毿毿。
冷翠多崖竹，孤生有石楠。飛泉飄亂雪，怪石走驚驂。
絕澗知深淺，樵童忽兩三。人煙偶逢郭，沙岸可乘籃。

——〈入峽〉節錄

作於宋仁宗嘉祐四年（一〇五九年），蘇氏兄弟守母喪畢，九月與弟蘇轍、父蘇洵自四川回汴京。冬日行船經過三峽，在進入瞿塘峽處的聖母泉後，見江水險惡，有兵丁手持紅旗，指揮舟船渡過險地。東坡先生記錄眼睛所見、耳朵所聽的實景（包括孤生在三峽石壁上的一株石楠），並抒發感嘆而作此長詩（全詩共六十句）。

一般所見的石楠枝繁葉茂，終年常綠，樹冠圓形。早春幼枝嫩葉為紫紅色，夏季葉呈深綠至墨綠色，並密生白色小花。老葉經秋後部分出現赤紅色，且秋後果實呈鮮紅色，有四季色彩變化，是具觀賞價值的常綠闊葉喬木，可作為庭蔭樹或栽植成綠籬。就如《本草圖經》說石楠：「葉如枇杷葉，有小刺，凌冬不凋。春生白花，成簇，秋結細紅實……南北人多移以植庭宇間，陰翳可愛，不透日氣。」

古詩文所說的「相思樹」，指的就是石楠。〈吳都賦〉中有：「楠榴之木，相思之樹」的說法。唐玄宗在馬嵬坡賜死楊貴妃後，在一座寺廟稍作停歇，見院中一株盛開白花的石楠樹，憶起昔日華清宮端正樓和楊貴妃的情愛，感嘆世道無常，賜名此樹「端正樹」。到了唐代後期的文學創作中，就有許多詩人將石楠視為「相思樹」。例如，徐夤的〈再幸華清宮〉：「腸斷將軍改葬歸，錦囊香在憶當時。年來卻恨相思樹，春至不生連理枝。」乃至後世詩人的詩文中，也常出現「石楠」的相思意象，如溫庭筠的〈題端正樹〉：「路傍佳樹碧雲愁，曾侍金輿幸驛樓。草木榮枯似人事，綠陰寂寞漢陵秋。」

石楠 薔薇科

Photinia serratifolia (Desf.) Kalkman

常綠灌木或小喬木，高四至八公尺，有時可達十二公尺。葉片革質，長橢圓形、長倒卵形或倒卵狀橢圓形，長十至二十公分，寬三至六公分，先端尾尖，葉緣細鋸齒，側脈二十五至三十對。複繖房花序頂生；花密生，直徑三至四公釐，花瓣白色；雄蕊約二十，花藥帶紫色；花柱二，柱頭頭狀。果實球形，直徑五至六公釐，紅色，後成褐紫色。幾乎中國各省都可見，台灣、日本、印尼亦有分布。

【竹】

楚賦亦虛傳，神仙安有是。
次問掃壇竹，雲此今尚爾。
翠葉紛下垂，婆娑綠鳳尾。
風來自偃仰，若為神物使。

——〈巫山〉節錄

宋仁宗嘉祐四年（一〇五九年）東坡先生與父親和弟弟返汴京途中，十二月至荊州作，全詩共七十八句。詩句中提到的「綠鳳尾」，原是專指鳳尾竹，在此泛指竹子。其他如宋・秦觀〈和孫莘老游龍洞〉：「草隱月崖垂鳳尾，風生陰穴帶龍腥」，和宋・釋仲殊〈玉樓春〉：「黃梅雨入芭蕉晚，鳳尾翠搖雙葉短」，以及《紅樓夢》第二十六回形容瀟湘館外景色的「只見鳳尾森森，龍吟細細」，所提鳳尾都是指竹子。《東坡詩集》共有二百二十八首詩言及竹，有十七首的竹出現在卷五前，是年輕時代的作品。

東坡先生的〈記嶺南竹〉：「嶺南人，當有愧於竹。食者竹筍，庇者竹瓦，載者竹筏，爨者竹薪，衣者竹皮，書者竹紙，履者竹鞋，真可謂一日不可無此君也耶！」可以說竹子對衣食住行來說都有用處。而在文人眼中，君子更要虛心守節如竹，如白居易在〈養竹記〉寫道：「竹心空，空以體道，君子見其心，則思應用虛受者。竹節貞，貞以立志，君子見其節，則思砥礪名行夷險一致者。」

因此，自古文人墨客愛竹詠竹者眾多。東坡先生更稱「可使食無肉，不可居無竹。無肉令人瘦，無竹令人俗。」在庭院的假山水榭中，竹是不可缺少的點綴植物。

竹類有七十餘屬、一千多種，是禾本科中唯一具有喬木型態的類群。世界上除了南極洲與歐洲大陸以外，其他各大洲均可發現竹種。東亞、東南亞的熱帶、亞熱帶地區分布最集中，種類很多，其次為非洲和中南美洲，北美和大洋洲很少。有些種類的竹筍可以食用，秋冬時竹芽尚未長出地面者稱為冬筍，春天竹芽長出地面者就叫春筍，兩者都是中國菜品裡常見的食材；而本文所引述的毛竹筍味亦佳。

毛竹 禾本科

Phyllostachys edulis (Carriere) Houzean

屬散生竹，植株高大、半徑達十五公分，幼稈密被白色柔毛，老稈脱落。鞘革質，背部密集貼生棕黑色刺毛，常形成斑塊；籜葉長披針形。葉片窄披針形，大都長至十公分，寬〇・五至一・二公分，質薄，先端漸細尖，基部圓形或楔形，葉緣通常粗糙；葉柄長二至三公釐。毛竹占全中國竹林面積的百分之七十，廣泛分布在秦嶺及長江以南各省，在四川也是最普遍生長的竹種之一。

【桂】

蒼梧山高湘水深，中原北望度千岑。
帝子南遊飄不返，惟有蒼蒼楓桂林。
楓葉蕭蕭桂葉碧，萬里遠來超莫及。
乘龍上天去無蹤，草木無情空寄泣。

——〈竹枝歌〉節錄

宋仁宗嘉祐四年（一〇五九年）年底，出長江三峽時所作。蒼梧山即九嶷山，因舜帝「南巡崩於蒼梧之野」的傳說而得名，是湖南省六大風景名勝區之一，峰巒疊峙、深邃幽奇，有大面積的次生林，還有豐富的文物古蹟及傳說。本詩所述，就是相關的神話典故。

桂花又稱「木犀」，原生長在岩嶺上，也稱「巖桂」或「巖花」；黃花細如粟（小米），又有「金粟」之名。桂花是秋季花卉，花香撲鼻，主要品種有花呈乳白色的銀桂、花呈淡黃色的金桂、花色橙紅的丹桂等，都是仲秋時節盛開的品種。另有花色為乳黃色至檸檬黃色，且花香不及銀桂、金桂、丹桂濃郁的四季桂，每年九月至次年三月分批開花。

由於花形細而雅緻、花香淡而幽遠，用以象徵高潔、堅貞的品格，李清照譽為「花中第一流」，〈鷓鴣天〉云：「暗淡輕黃體性柔，情疏跡遠只香留。」自古文人很重視桂花，戰國時的《楚辭》視桂花為香木，用以形容忠臣及君子，有許多篇章都提到桂花，如〈招隱士〉：「桂樹叢生兮山之幽，偃蹇連蜷兮枝相繚」及〈七諫·自悲〉：「登巒山而遠望兮，好桂樹之冬榮」等。唐宋以後，桂花已被廣泛用於庭園中栽培觀賞，宋代詩人闢植桂園以為觀賞及自勉，以致園中栽培桂花日漸普遍，梅堯臣〈臨軒桂〉就云：「山楹無惡木，但有綠桂叢。」

桂花　木犀科

Osmanthus fragrans (Thunb.) Lour.

常綠灌木或喬木，高度可達十公尺。葉密集對生，革質，橢圓形，先端尖銳，邊緣有細鋸齒。葉長七至十五公分、葉寬三至五公分，葉緣有鋸齒或全緣。聚繖花序簇生或繖狀生於葉腋，花冠四裂，花色白、乳黃、黃、橘紅等色，花徑〇·三至〇·八公分，花香濃郁。雄蕊二，隱藏於花冠內；開花期因品種不同而異。黑色果實橢圓形，直徑約一公分。原產中國西南，四川、雲南、廣西等地均有野生桂花生長，現廣泛栽種於淮河流域及以南地區。

【楓】

蒼梧山高湘水深，中原北望度千岑。
帝子南遊飄不返，惟有蒼蒼楓桂林。
楓葉蕭蕭桂葉碧，萬里遠來超莫及。
乘龍上天去無蹤，草木無情空寄泣。

——〈竹枝歌〉節錄

出自東坡先生的同一首詩作〈竹枝歌〉，全詩共三十六句。

楓香又稱丹楓，入秋後葉子會變成紅色，這是因為天氣變冷，樹葉裡的葉綠素崩解而逐漸減少、花青素逐漸增加，樹葉也就變成了紅色，成為秋季最美麗的一道風景。歷代詩人不乏詠秋楓的作品，如唐代杜牧的〈山行〉：「停車坐愛楓林晚，霜葉紅於二月花」及元結的〈欸乃曲〉：「千里楓林煙雨深，無朝無暮有猿吟」等，都是千古名句。

楓香樹幹挺直、樹形優雅，適合用作園藝樹、行道樹及高級盆景。莖枝揉搓時會有一股甜香氣味，因而得名。枝幹所提取的樹脂（稱楓香或楓香脂）可供製線香及藥用，也可作口香糖的原料。木材年輪明顯、耐朽力強、堅硬又能抗白蟻，用於房屋梁柱、製箱櫃及一般農具。樹幹可作培植香菇的段木，也可切碎當作培育其他蕈類的太空包。

有人認為楓樹是某些槭樹的俗稱，楓香和槭樹的葉子都會在天寒時變紅。全世界的槭樹科植物有一百九十九種，分布亞洲、歐洲、北美洲和非洲北緣，槭屬植物中有很多是世界聞名的觀賞樹種。

楓香 金縷梅科

Liquidambar formosana Hance

落葉大喬木，樹高可達四十公尺；老樹皮粗糙而厚，淺縱向溝裂。單葉互生或叢生枝端，心形或闊卵狀三角形，掌狀三裂，葉緣鋸齒狀，齒尖有腺狀突；葉柄長三至十二公分；托葉二，線狀，著生葉柄上。花單性，雌雄同株；雄花短穗狀，雄蕊多數，花藥紅色；雌花排列成圓球形的頭狀花序，有花二十二至四十三朵，徑約一・五公分，花柱二分岔，柱頭常捲曲，紫紅色。多數蒴果聚合成頭狀，圓球形，密生星芒狀刺，每果序內有果二十二至四十三。種子橢圓形，多數，扁平，有膜質窄翅。分布於中國華南、西南、華中、華北、西北等省分。

【楠】

夷陵雖小邑，自古控荊吳。
形勝今無用，英雄久已無。
誰知有文伯，遠謫自王都。
人去年年改，堂傾歲歲扶。
追思猶咎呂，感嘆亦憐朱。
舊種孤楠老，新霜一橘枯。
清篇留峽洞，醉墨寫邦圖。
故老問行客，長官今白鬚。
著書多念慮，許國減歡娛。
寄語公知否，還須數倒壺。

——〈夷陵縣歐陽永叔至喜堂〉

歐陽永叔即歐陽修。宋仁宗景祐三年（一〇三六年），朝廷大臣范仲淹由於直言諫事被貶，身為宣德郎的歐陽修為之鳴不平，因而被貶峽州（今湖北省）夷陵縣令，後將寓居夷陵貶所的居室命名為「至喜堂」。本詩應為宋仁宗嘉祐四年（一〇五九年），東坡先生年底出長江三峽後，訪歐陽修故居而作。

楠木指的是雅楠屬（*Phoebe* Nees）植物，有時也指楨楠屬（*Machilus* Nees）植物，但主要還是前者。雅楠屬中分布最廣、使用最多的木材種類是楠木（*Phoebe zhennan* S. Lee *et* F. N. Wei）。楠木為高大喬木，樹幹通直，葉終年不謝，是很好的綠化樹種。木質堅硬，經久耐用，耐腐性能好，有特殊香味，能避免蟲蛀，是中國特有的珍貴木材。

金絲楠是材質中有金絲和類似綢緞光澤的楠木，為楠木中最好的一種。廣義的金絲楠指楠木類木材中顯現金絲者，光照下可看到金絲閃爍，精美異常，以前是皇家專用木材，由此可見其尊貴。金絲楠大都出於川蜀之地的深山，數量稀少，價格堪比黃金。古代金絲楠木按業界傳統說法，除楠木外尚指紫楠（*Phoebe sheareri* (Hemsl.) Gamble）、閩楠（*Phoebe bournei* (Hemsl.) Y.C. Yang）等。紫楠木質堅硬耐腐，壽命長，用途廣泛，常用於建築及家具，主產浙江、安徽、江西及江蘇南部。閩楠木材芳香耐久、淡黃色、有香氣，材質緻密堅韌，不易反翹開裂，由於加工容易、削面光滑、紋理美觀，是工藝雕刻及造船的良材，產於江西、福建、浙江南部、廣東、廣西、湖南、湖北、貴州等地。

楠木 樟科 *Phoebe zhennan* S. Lee *et* F. N. Wei

常綠大喬木，高達三十公尺，樹幹通直。葉革質，橢圓形至倒披針形，長七至十一公分，寬二・五至四公分，先端漸尖，基部楔形，表面光亮無毛，背面密被短柔毛，側脈每邊八至十三條。團繖花序狀；花被片近等大，外輪卵形，內輪卵狀長圓形。果橢圓形，長一・一至一・四公分，直徑六至七公釐；果梗微增粗；宿存花被片卵形，革質、緊貼，兩面被短柔毛或外面被微柔毛。分布於湖北西部、貴州西北部及四川、湖南等地。

【黃楊】

窮探到峰背，采斫黃楊子。
黃楊生石上，堅瘦紋如綺。
貪心去不顧，澗谷千尋縋。

——〈巫山〉節錄

全詩有七十八句，作於宋仁宗嘉祐四年（一〇五九年）冬日蘇氏父子三人返京途中經長江三峽時。其中巫峽全長約四十五公里，西起今重慶市巫山縣大寧河口，東至今湖北省巴東縣官渡口，峽長谷深，奇峰突兀，以幽深秀麗著稱。詩中的巫山是指巫峽南北兩岸的山，而黃楊樹則是生長在巫峽石壁上。

古時有「黃楊厄閏」的說法。黃楊生長緩慢，遇到閏年還會縮短，用以比喻時運不濟。即明清才子李漁在《閒情偶寄》所說：「黃楊每歲一寸，不溢分毫，至閏年反縮一寸，是天限之命也。」東坡先生在〈監洞霄宮俞康直郎中所居四詠〉也寫道：「園中草木春無數，只有黃楊厄閏年。」

黃楊樹姿優美，葉質厚硬而有光澤，四季常綠，性極耐陰，能忍受低光環境，可做庭園觀賞樹或綠籬，也適合培育修剪成各種造型的盆景，點綴山石或當成室內盆景。自古即為園景不可或缺的植物，歷代多有詠黃楊詩。明．文震亨的造園巨著《長物志》說：「黃楊未必厄閏，然實難長，長丈餘者，綠葉古株，最可愛玩。」黃楊因為生長緩慢而材質堅實緻密，耐腐耐蛀，是雕刻工藝的上等材料，可雕製成各種工藝製品，例如印章、木雕、梳子、象棋等，還可加工製成極其精細的雕刻作品，成品經久耐用且越使用越有光澤。今日多以黃楊木雕刻觀世音菩薩神像，可見黃楊木之珍貴。

黃楊　黃揚科

Buxus sinica (Rehder & E. H. Wilson) M. Cheng

常綠灌木或小喬木，高一至六公尺；小枝四稜形。葉對生，革質，闊倒卵形至長圓形，葉面光亮，側脈明顯，中脈凸出，先端圓或鈍，常有小凹口；葉柄長一至二公釐。花序腋生，頭狀，花密集，雄花約十朵，無花梗，萼片四；雌花萼片六，黃綠色；花柱三；柱頭心形。蒴果近球形，直徑約一公分，分為三室，熟時從胞間裂開；種子黑色，有光澤。多生山谷、溪邊、林下，海拔一千兩百至兩千六百公尺。產中國多數省區。

【榛】

江上有微徑，深榛煙雨埋。
崎嶇欲取別，不見又重來。
下馬未及語，固已慰長懷。
江湖涉浩渺，安得與之偕。
——〈泊南井口期任遵聖長官到晚不及見復來〉

本詩也是蘇氏父子三人於宋仁宗嘉祐四年（一〇五九年）十月，同遊長江三峽時所作。南井口位於四川南緣的長江岸邊，在今宜賓市境內。任孜（字遵聖）是蘇氏父子的同鄉好友及名士，學問氣節都與蘇洵齊名，當時任職簡州平泉縣令。蘇氏父子特地在此停泊，與約好的任孜見面。誰知任孜早早就騎馬趕到江邊，卻久等不見船來，又逢大雨只能先行離開，直到傍晚暮色蒼茫才又返回。可惜相聚時短，相互贈答賦詩後就匆匆話別。

榛樹類植物喜好生長在陽光充足的環境。在華北地區的黃土高原，土壤乾旱瘠薄，榛木林常數十、數百公頃連綿成片生長於荒坡，謂之「榛莽」。榛、棘（酸棗）、蓬（飛蓬）及荊是瘠薄乾旱地區常見的植物，常用來形容野草雜木蔓生的荒涼之地，如「荊棘蓬榛」。《詩經》〈大雅・旱麓〉也有：「瞻彼旱麓，榛楛濟濟」之語，其中的「楛」是黃荊。

榛自古以來就是中國北方重要的果樹及用材樹種。榛實即俗稱的榛子，外包堅而厚的外殼，果仁白而圓，有香氣，含油脂量大，滋味香美，有「堅果之王」的稱呼，與扁桃、核桃、腰果並稱為「四大堅果」。早在周朝時期，榛子就是重要的供祭食品，《周禮》〈籩人〉云：「饋食之籩，其實榛。」（意為盛食物的竹簍中裝滿了榛子）。

榛樹分布很廣，亞洲、歐洲及北美洲的溫帶均可見。土耳其是世界上最大的榛果產地，產量占世界的百分之七十五。榛子在中國的種植歷史悠久，目前全國二十二個地區都有榛屬植物分布，特別是東北、山西、內蒙古、山東以及河南、河北辛集等地，均有很大面積的榛子林。其餘榛子的主要生產國，還有西班牙、義大利及美國。

榛樹　樺木科

Corylus heterophylla Fisch. ex Trautv.

落葉灌木或小喬木，高一至七公尺。葉互生；闊卵形至寬倒卵形，長五至十三公分，寬四至七公分，先端近截形而有銳尖頭，基部圓形或心形，邊緣有不規則重鋸齒；葉柄長一至二公分，密生細毛。花單性，雌雄同株，先葉開放；雄花成柔荑花序，圓柱形，長五至十公分，每苞有副苞二，雄蕊八；雌花二至六個簇生枝端，花柱二，紅色。小堅果近球形，徑約七至十五公釐，淡褐色，總苞葉狀或鐘狀，邊緣淺裂，裂片幾全緣，有毛。分布東北、華東、華北、西北及西南地區，生山地陰坡叢林間。

【檜】

遠客來自南，游塵昏峴首。
過關無百步，曠蕩呑楚藪。
登高忽惆悵，千載意有偶。
所憂誰復知，嗟我生苦後。
團團山上檜，歲歲閱榆柳。
大才固已殊，安得同永久。
可憐山前客，倏忽星過罶。
賢愚未及分，來者當自剖。

——〈峴山〉

宋仁宗嘉祐五年（一〇六〇年）元月至二月，自荊州陸行至京師時所作。峴山一名峴首山，在今湖北襄陽城以南，是歷史文化名山，有多處名勝古蹟。據傳伏羲死後葬在此處，身體化為峴山諸峰。因為山小而險，故稱之為峴山。

檜又名栝、檜柏，《爾雅翼》說：「檜，今人謂之圓柏。」樹冠整齊圓錐形，樹形優美，大樹幹枝扭曲，姿態奇古，可以單植、群植及列植，可作行道樹，是中國傳統的園林樹種。檜木常綠、壽命長，性耐修剪又有很強的耐陰性，下枝不易枯萎，可栽作綠籬、椿景及盆景材料。古來多配植於廟宇、陵墓作墓道樹或柏林，名勝古蹟多有千年檜木。時至今日，北京天壇、地壇及各地宮殿寺廟等古老建築物附近，均可見到參天檜木。陝西黃帝陵前的「黃帝手植檜柏」，相傳為黃帝親手所植，是世界上最古老的檜木。

檜木耐寒，可長成高二十公尺左右的喬木。材質緻密、堅硬、桃紅色，美觀又馨香、耐腐力强，可製作多種器物，亦可製舟及棺槨，古今都列為珍貴樹種。《詩經》〈衛風・竹竿〉有「淇水悠悠，檜楫松舟」句，說明檜木適合製舟及槳楫。

在中國各地均有栽種的著名園景樹龍柏（*Juniperus chinensis* L. var. *kaizuka* Hort.）及塔柏（*J. chinensis* L. var. *pyramidalis* Hort.），是從檜木（圓柏）天然林中選出樹冠呈特殊的單株，經長期培育而得到的觀賞用變種。檜木（圓柏）的枝、葉及樹皮均可入藥，具有祛風散寒、活血消腫、解毒利尿的功效。葉及木材含精油、檜木醇（又名扁柏酚），葉含十一烯酸（undecylenic acid），有抑制真菌繁殖及殺菌的作用。

圓柏 柏科

Juniperus chinensis L.或*Sabina chinensis* (L.) Antoine

常綠喬木，樹皮成窄條縱裂脫落；樹冠尖塔形。葉二形：葉在幼樹上全為針刺形，老樹常全為鱗葉，壯齡樹二者兼有；刺葉常為三枚輪生或交互對生，窄披針形，長六至十二公釐，先端銳尖成刺，基部下延生長，上面有兩條白粉帶；鱗形葉菱卵形，長約一公釐，交互對生或三葉輪生，排列緊密。毬花單性，常為雌雄異株。毬果近球形，徑六至八公釐，有白粉，熟時褐色，含種子一至四粒。產中國東北南部及華北等地，北自內蒙古及瀋陽以南，南至兩廣北部，東自濱海省分，西至四川、雲南均有分布；朝鮮、日本也產。

【榆】

遠客來自南，游塵昏峴首。
過關無百步，曠蕩吞楚藪。
登高忽惆悵，千載意有偶。
所憂誰復知，嗟我生苦後。
團團山上檜，歲歲閱楡柳。
大才固已殊，安得同永久。
可憐山前客，倏忽星過霤。
賢愚未及分，來者當自剖。

——〈峴山〉

宋仁宗嘉祐五年（一〇六〇年）庚子正月，自荊州陸行，二月至京師途中所寫。峴山植被覆蓋率高，自然資源豐富，生長著許多高大的檜木、榆樹及柳樹等。

榆樹又名春榆、白榆，古名也稱「白枌」。出現的文獻甚早，如《詩經》〈唐風・山有樞〉：「山有樞，隰有榆」及〈陳風・東門之枌〉：「東門之枌，宛丘之栩」。

榆樹幹通直、樹形高大、綠蔭較濃、適應性強、生長快，是綠化、行道樹、庭蔭樹的常見樹種之一，也是防風林、水土保持林和鹽鹼地造林的主要樹種。根系發達、抗風力、保土力强，由於耐乾、耐瘠、耐寒，在中國西北、東北隨處可見。戰國時期，北方邊塞之地多種植榆樹為圍柵。秦統一中國，收復河套地區後，在現今陝西省的榆林塞栽植很多榆樹，可能也是「榆林」一名的由來。古代的榆林塞是軍事重地、邊疆貿易中心，也是漢族與西北少數民族文化交會和交流的地方。

榆樹木性堅韌、紋理通達清晰、硬度與强度適中，透雕浮雕均能適應，刨面光滑，弦面花紋美麗，供家具、車輛、農具、器具、橋梁、建築等使用。木材經烘乾、整形、雕磨髹漆後，可製作精美的雕漆工藝品。樹皮內含澱粉及黏性物，磨成粉稱榆皮麵，可食用。果為翅果，形圓如小錢狀，故稱榆錢，幼嫩翅果與麵粉混拌可蒸食，是古代極重要的救荒植物。樹皮、葉及翅果均可藥用，有安神、利小便之效。

榆樹 榆科

Ulmus pumila L.

落葉喬木，高達二十五公尺。葉橢圓狀卵形、長卵形、橢圓狀披針形或卵狀披針形，長二至八公分，寬一・二至三・五公分，先端漸尖或長漸尖，基部偏斜，邊緣具重鋸齒或單鋸齒，側脈每邊九至十六條。花先葉開放，在生枝的葉腋成簇生狀。翅果近圓形，徑一・二至二公分，果核部分位於翅果的中部，初淡綠色，後白黃色。分布於中國東北、華北、西北及西南各省區，長江下游各省有栽培；朝鮮、前蘇聯、蒙古也有分布。

【梅】

西湖小雨晴，灩灩春渠長。
來從古城角，夜半轉新響。
使君欲春遊，浚沼役千掌。
紛紜具畚鍤，閙若蟻運壤。
夭桃弄春色，生意寒猶怏。
惟有落殘梅，標格若矜爽。
遊人坌已集，挈榼三且兩。
醉客臥道旁，扶起尚偃仰。
池台信宏麗，貴與民同賞。
但恐城市歡，不知田野愴。
潁川七不登，野氣長蒼莽。
誰知萬里客，湖上獨長想。

——〈許州西湖〉

宋仁宗嘉祐五年（一〇六〇年），元月自荊州陸行，二月至京師之間所作。寫在西湖所見所聞，並感嘆城鄉差距及貴賤對立的現實。這時期（嘉祐七年），還有另一首詩〈次韻子由除日見寄〉也出現了梅：「寒梅與凍杏，嫩萼初似麥。攀條為惆悵，玉蕊何時折。」

梅原產中國南方，栽培作為果樹及觀賞。鮮花可提取香精，花、葉、根和種仁均可入藥。果實鹽漬或薰製成烏梅入藥，有止咳、止瀉、生津、止渴之效。在中國以外，梅主要分布在東亞地區，由古代中國傳入日本及韓國，作為賞花樹種被廣泛種植。

古書記載說明，秦漢之前的梅是作為調味品用的，《禮記．內則》有「獸用梅」一語，指的是在烹製和食用肉食時，使用梅子調味。一九七五年在河南安陽殷商墓葬中出土的銅鼎中，發現了距今已有三千多年的梅核，說明早在三千兩百年前，梅已用作食材。

觀賞梅花大致始自漢初，《西京雜記》記載：「漢初修上林苑，遠方各獻名果異樹，有朱梅、胭脂梅。」朱梅和胭脂梅指的是開紅花、粉紅花的梅花，是花、實兼用品種。宋代是中國賞梅花的鼎盛時期，種梅、藝梅的技藝大有提高，花色品種顯著增多。在文學創作上也出現了論梅的專著，如范成大的藝梅專著《梅譜》、張功甫的賞梅專著《梅品》，而東坡先生的詠梅詩就有八十八首，詠梅詞也有二十二首。

梅 薔薇科

Prunus mume Sieb. *et* Zucc.

落葉小喬木，樹高四至九公尺。葉互生，葉片卵形、倒卵形或廣橢圓形，長四至十公分，先端銳尖至長尾狀，基部鈍形，細銳鋸齒緣。花期在晚冬至早春。花五瓣，直徑一至三公分。花野生型為白色，有玫瑰紅及深紅等人工變種。果形圓形或長橢圓形，一側具淺溝，直徑約二公分，成熟時逐漸變為金黃色或橙黃色。果核具淺皺紋及凹點，果實成熟時期恰逢中國江南雨季，所以這種時期又被稱為梅雨季節。

【桑】

西行度連山，北出臨漢水。
漢水蹙成潭，鏇轉山之趾。
禪房久已壞，古甃含清泚。
下有仲宣欄，綆刻深容指。
回頭望西北，隱隱龜背起。
傳云古隆中，萬樹桑柘美。

——〈萬山〉節錄

全詩二十句，寫於宋仁宗嘉祐五年（一〇六〇年）於荊州到京師途中。萬山在湖北省襄陽縣西，是「襄陽第一名山」，東距古城襄陽五公里，西接古隆中，南臨秦巴古道，北抵漢江邊。詩中若隱若現，有如龜背般隆起的崗丘，是傳說中諸葛亮躬耕隱居的隆中，當時覆滿了桑樹和柘樹。

桑和柘是兩種不同的植物，古代詩文卻常「桑柘」並稱，指的是農桑之事。除了這首詩，還有唐．韓愈的〈縣齋有懷〉詩：「惟思滌瑕垢，長去事桑柘」及宋・朱彧的《萍洲可談》卷二：「而先植桑柘已成，蠶絲之利甲於東南，迄今尤盛。」等。

白桑的嫩葉可用於養蠶。桑樹在中國已有三千年的栽培史，種桑養蠶是中國人主要的農業活動。從殷商、戰國時期到兩漢，蠶絲織品已高度發達，經由中國北方穿越重山峻嶺及沙漠地區，將絲織品銷往歐亞各地，走出了一條鼎鼎有名的「絲綢之路」。除了養蠶，桑樹的樹皮纖維長而柔細，可作紡織原料和造紙原料；木材黃色，質堅實而緻密，常用做農具、樂器、家具及雕刻用材。

至於藥用方面，多吃桑椹可解便祕、治消渴及去水腫。桑葉的葉綠素含量豐富，而葉綠素經身體吸收後，與血紅素的化學結構近似，能帶走血液裡的廢物，有淨化血液的功能。白桑的樹皮可止咳、利尿，亦可用於退燒、止頭痛、治眼紅及眼乾。「桑白皮」是桑樹根部一層薄薄的白皮，是著名的藥材，能治療支氣管炎、氣喘、止咳、動脈硬化、高血壓等。

白桑 桑科 *Morus alba L.*

喬木或為灌木，高三至十公尺，胸徑可達五十公分。葉卵形至廣卵形，長五至十五公分，寬五至十二公分，先端急尖、漸尖或圓鈍，基部圓形至淺心形，邊緣鋸齒粗鈍，有時葉為各種分裂；托葉披針形，早落。花單性，柔荑花序；雄花序下垂，長二至三・五公分，雄花花被片四，雄蕊四；雌花序長一至二公分，被毛，雌花花被片四，柱頭二裂，宿存。椹果卵狀橢圓形，長一至二・五公分，成熟時紅色或暗紫色。原產華中和華北，現全中國各省區均有栽培。朝鮮、日本、蒙古、中亞各國、俄羅斯、歐洲等地以及印度、越南亦有栽培。

【柘】

傳雲古隆中，萬樹桑柘美。
月炯轉山曲，山上見洲尾。
綠水帶平沙，盤盤如抱珥。
山川近且秀，不到懶成恥。
問之安能詳，畫地費簪箠。

——〈萬山〉節錄

本詩同前。柘樹是中國古代著名的貴重木料，栽種歷史悠久，古代就有「南檀北柘」的說法，與紫檀齊名。柘樹在《詩經》時代即為重要樹種，如〈大雅．皇矣〉篇所言：「啟之辟之，其檉其椐；攘之剔之，其檿其柘。」大意是說在開發土地的過程中，伐除無用的檉柳和椐，留下有用的蒙桑（檿）和柘樹。

柘樹的心材可提製黃色染料，稱為「柘黃」，專供染皇帝的龍袍（稱為「柘袍」）。自隋唐以後，以「柘黃」來形容帝王服色，有時也指稱帝王，如蘇軾的〈書韓幹牧馬圖詩〉：「柘袍臨池侍三千，紅妝照日光流淵。」詩中「柘袍」指的就是皇帝。

柘樹木材緻密堅韌，樹枝長而堅，適合製弓。《考工記》推崇為製弓的最佳樹種，以柘木製的弓稱為「柘弓」，有「以柘為弓，彈鳥鳥呼號」的說法。歷史記載酷愛弓箭的唐太宗李世民，就特別鍾愛柘樹製作的弓。除了製弓，柘木還可以製作農具及生活用具，例如杵、杓、犁、耙、手柄、木盆、桶及其他工藝品。

柘葉還可飼養「柘蠶」，柘蠶所吐的絲即《爾雅》所說的「棘繭」，用來製作琴瑟弦，據載這種琴弦「清響遠勝凡絲」。柘樹適應性強，繁殖容易，近代作為景觀樹種，種在公園、街頭綠地作為庭蔭樹或刺籬。

柘樹 桑科

Cudrania tricuspidata (Carrière) Bureau *ex* Lavalle

落葉灌木或小喬木，高一至七公尺；小枝有棘刺，刺長〇・五至二公分，老枝無刺。葉卵形或菱狀卵形，偶為三裂，長五至十四公分，寬三至六公分，先端漸尖，基部楔形至圓形，表面深綠色，背面綠白色。雌雄異株，雌雄花序均為球形頭狀花序；雄花序直徑〇・五公分，雄花有苞片二枚，花被片四，肉質，雄蕊四；雌花序直徑一至一・五公分，花被片四。聚花果近球形，直徑約二・五公分，肉質，成熟時桔紅色。分布於華北、華東、西南各省海拔五百至一千六百公尺的山區。

第二章

杭州西湖護堤

蘇軾在杭州任職前後共有兩次。第一次是宋神宗熙寧二年至三年（一〇六九至一〇七〇年）二月之間，神宗欲實施新法，蘇軾前後兩次「上皇帝書」，陳述對新法的意見，但未獲採納。熙寧四年（一〇七一年）七月，三十六歲的蘇軾自願申請離開京師，躲開是非之地，到杭州任通判（副市長）。杭州城風景秀麗，是個富甲一方的都會。西湖緊鄰杭州市區，南、西、北三面環山。蘇軾在此期間創作大量詩歌，《東坡詩集》卷七詩四十五首、卷八詩六十八首、卷九詩六十一首、卷十詩五十二首，皆為任杭州通判時所作，名詩〈飲湖上初晴後雨二首．其二〉之名句「欲把西湖比西子，淡妝濃抹總相宜」即作於這段謫居時期。詞的創作也從杭州開始，《東坡詞集編年》從〈如夢令．題淮山樓〉至〈南鄉子〉共四十九首，就是此時期的作品。一〇七四年任滿離杭。

元豐八年（一〇八五年）三月五日，宋神宗去世，年僅八歲的哲宗趙煦即位，由高太后聽政。宋哲宗在位十六年（一〇八六至一一〇一年），前八年由英宗太后輔政，

後八年才親政。高太后輔政時，大量啟用舊黨人士。宋哲宗元祐四年（一〇八九年）正月，蘇軾被任命為翰林學士知制誥兼侍讀，三月任命為龍圖閣學士，充兩浙西路兵馬鈴轄知杭州軍州事，相當於浙西路最高行政長官兼杭州市長，是蘇軾仕途的最風光時刻。四月出京，六月渡江入浙西境，七月抵杭州，這是蘇軾第二次任官杭州，至元祐六年（一〇九一年）回京。

從五代至北宋後期，西湖長年不治，湖面壅塞。蘇軾到任後第二年（一〇九〇年）親自邀請有經驗的老農和地方人士到西湖實地勘察，研擬治湖計畫，帶領群眾浚湖挖泥，築成一道自南至北橫貫湖面二點八公里的長堤，並在堤上建造六座石拱橋。沿堤則種上花木，湖中種植菱角、荷花，後人稱為「蘇堤」。《東坡詩集》卷三十二詩六十二首、卷三十三詩六十一首，以及《東坡詞編年》〈烏夜啼．寄遠〉至〈臨江仙．送錢穆父〉共四十首，均為此時期所作。

前後兩次官任杭州，創作的詩詞中自然不缺當地植物，有當地庭園植栽：女貞、瑞香、凌霄、筀竹等，有杭州附近盛產的果樹：林檎、橘、柿等；而在第二次的詩文中提到更多生長在西湖的水生植物，如蒲草、菖蒲、菰、芡、蓮、荇菜、蓴菜、菱等。

【蓴菜】

君不見阮嗣宗臧否不掛口，莫誇舌在齒牙牢，是中惟可飲醇酒。讀書不用多，作詩不須工。海邊無事日日醉，夢魂不到蓬萊宮。秋風昨夜入庭樹，蓴絲未老君先去。君先去，幾時回？劉郎應白髮，桃花開不開。

——〈送劉攽倅海陵〉

宋神宗熙寧三年（一〇七〇年），蘇軾歡送好友史學家劉攽到江蘇海陵赴任。臨行依依不捨，寫下這首「勸戒詩」，要他學竹林七賢的阮籍（字嗣宗）慎言少語，不要對人對事隨便發表議論。沒事時多喝點美酒，趁鮮嫩時多嘗嘗蓴菜……蘇軾其實也在勸戒自己。「劉郎應白髮，桃花開不開」的典故出自劉禹錫。在杭州期間，蘇軾其他引述蓴菜的詩篇還有〈和致仕張郎中春晝〉：「舊因蓴菜求長假，新為楊枝作短行。」〈送呂昌朝知嘉州〉：「得句會應緣竹鶴，思歸寧復為蓴鱸。」

蓴菜是水生蔬菜，含有酸性多醣、蛋白質、胺基酸、維生素和微量元素等，其應用集中於醫用價值和食用價值。《本草綱目》云：「蓴生南方湖澤中，為吳越人善食之。」春夏嫩莖未葉者名稚蓴，葉稍舒長者名絲蓴，至秋老則名葵蓴。花嫩葉旋捲未展開時，外面有透明膠質，可採作羹湯，味極鮮美，為菜餚中之珍品，且具有保健腸胃的效果。江蘇太湖、浙江蕭山湖和杭州西湖均產蓴菜。

《詩經》〈魯頌．泮水〉篇第三章提到：「思樂泮水，薄采其茆。魯侯戾止，在泮飲酒。」茆就是蓴菜。大意是說：朝臣與高彩烈在泮宮水濱採摘蓴菜，魯侯大駕光臨後在泮宮喝酒。自古吳人好蓴菜，有兩個跟蓴菜有關的典故，一是《世說新語》的「千里蓴羹」，說東吳大將陸抗的兒子陸機到洛陽拜訪駙馬王濟時，王濟問他東吳有什麼好吃的，陸機答道千里湖產的蓴菜湯不用調味就很鮮美。一是出自《晉書》張翰傳，說晉朝張翰在河南為官，秋風起時，思念起家鄉吳地的蓴羹和鱸魚，於是辭官返鄉。

蓴菜具有清熱、利水、消腫、解毒等功效，可治瀉痢、黃疸、癰腫、疔瘡、高血壓病、胃痛、嘔吐、反胃。鮮品煮食或搗爛吞服，外用採鮮葉搗爛敷治。

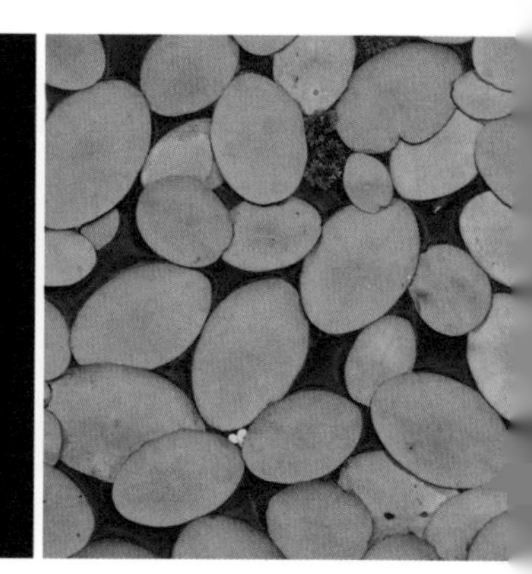

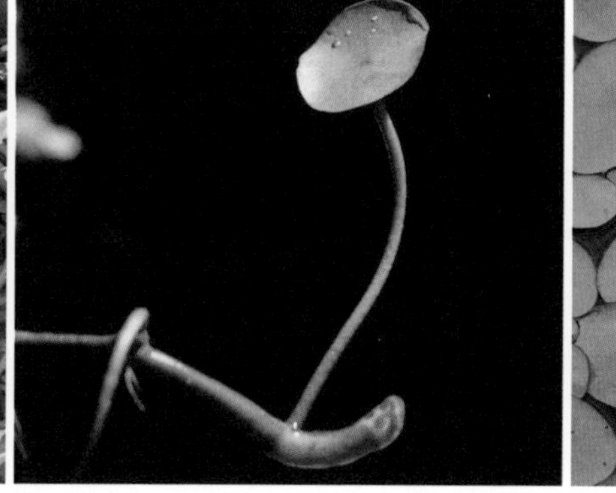

蓴菜 蓴菜科

Brasenia schreberi J.F. Gmel.或*Brasenia purpurea* (Michx.) Casp.

多年生水生草本，根莖長約一公尺以上，嫩莖和葉背有膠狀透明物質。單葉，互生，具葉柄；葉片長五至十二公分，寬三至六公分，卵形至橢圓形，上表面綠色，有光澤，下表面紫色。花單生，小型，徑一至二公分；花萼三；花瓣三，暗紅色；雄蕊多數；雌蕊六至十八枚，分立；花柱長。果實長約〇．八公分，卵形，頂端具宿存花柱，具喙。原廣泛分布在北半球的許多地區，現主要分布在中國、日本、印度、澳大利亞、北美、加拿大等地，大洋洲東部及非洲西部均有分布。

【蒲草】

道人之居在何許？寶雲山前路盤紆。
孤山孤絕誰肯廬，道人有道山不孤。
紙窗竹屋深自暖，擁褐坐睡依團蒲。

——〈臘日遊孤山訪惠勤惠思二僧〉節錄

全詩共二十句，熙寧四年（一〇七一年）蘇軾第一次外放杭州，同年十二月蘇軾遊孤山訪惠勤惠思後作此詩。在臘日天將下雪時，他在杳無人跡的山中深林隻身前行，也只有道行高深的僧人才肯在此西湖孤山蓋屋居住。雖是紙窗、竹屋，卻幽靜而暖和，屋中穿著粗布僧衣的僧人正在蒲團上打坐。蒲團是用蒲草編織的圓形坐墊，是佛教最普及的法器坐具，形似現代家具中的坐墊、椅墊。蘇軾其他詩作還提過蒲褐（蒲團及褐衣，借指佛學或佛教徒），例如〈雨中過舒教授〉：「坐依蒲褐禪，起聽風甌語」；〈次韵周長官壽星院同餞魯少卿〉：「困眠不覺依蒲褐，歸路相將踏桂華」，以及〈僧清順新作垂雲亭〉：「空齋臥蒲褐，芒履每自捆」。

莎草科的蒲草有數種，有三種可用於編製草席、坐墊、草帽、置物籃、手提袋等，即藺草（*Schoenoplectus triqueter* (L.) Palla），或稱藨草、席草；三角藺（*Cyperus malaccensis* Lam.），古稱茳芏，俗稱鹹草；包席草（*Lepironia mucronata* Rich.），又稱蒲包草。其中使用最普遍的是藺草，所編織出來的草席品質最優良。

「藺草」性喜水，最適合栽植在水田或沼澤地，一年可收穫二、三期。藺草草莖圓滑細長、粗細均勻、色綠挺直、柔軟富彈性、不易褪色、抗拉性好，且具有吸濕、脫臭、防蟲與散發自然草香等特性，是極佳的天然綠色纖維，為編草製品的主要原料，很適合用在草席與草帽的製作。各類產品夏季能保持適度的乾燥，觸感舒適，冬季保溫性能良好，因此有不少家庭日常用品是藺草編織而成，也是一種獨特的室內時尚裝飾品。

藺草　莎草科

Schoenoplectus triqueter (L.) Palla

多年生挺水或濕生植物，具長走莖；稈單一，高○．四五至一公尺，橫截面三角形。葉短小或退化成葉鞘，生於稈的基部，一至三枚。花序假側生，由一至十五個小穗組成；苞片與稈同形，長約二至七公分；小穗長橢圓形至卵狀長橢圓形，長約○．七至一．二公分，寬約○．五至○．七公分；柱頭二岔。瘦果倒卵形，不相等的兩面透鏡狀，長約○．二五至○．三公分，棕色，腹背壓扁。分布馬來西亞、印度、緬甸、印尼、地中海地區、日本、越南、台灣及廣東等地。

【箬竹】

豈如泉上僧，盥灑自挹掬。
故人憐我病，蒻籠寄新馥。
欠伸北窗下，晝睡美方熟。
精品厭凡泉，願子致一斛。

——〈求焦千之惠山泉詩〉節錄

全詩共二十八句，寫於宋神宗熙寧五年（一〇七二年）壬子八月第一次外任杭州通守時，時年四十二歲。蘇軾愛茶也講究烹茶，因此在這首詠泉詩中有「精品厭凡泉」一語，還有老朋友特地用蒻籠寄來春天的新茶。「蒻」即「箬」，是一類中小型的竹子，稈細，植株高度約二公尺。莖稈可用來編製器物，「蒻籠」是用箬竹稈編製的籠子。

但箬竹葉大，質稍厚而有韌性，比較多是取用來製作斗笠外覆。此即唐代張志和著名的〈漁歌子〉：「西塞山前白鷺飛，桃花流水鱖魚肥。青箬笠，綠蓑衣，斜風細雨不須歸。」青箬笠是用箬竹葉新製的斗笠。唐代宗大曆七年（七七二年）九月，張志和駕舟前往拜謁當時的湖州刺史，名書法家顏真卿，時值暮春，鱖魚肥美，他們即興唱和，張志和首唱，作詞五首，這闋詞是其中之一。

箬竹葉片還可用作食品包裝物，襯墊茶簍、船篷或裝各種防雨用品，華南地區常用闊葉箬竹的葉片包粽子。箬竹不僅是優良的經濟植物，也是良好的觀賞植物，適當利用可以發揮生態環境價值和實用經濟價值。箬竹枝葉茂密，易修剪造型，抗凍耐寒，適應性廣。適於盆栽、公園綠化、庭園綠籬，可作地被綠化材料，也可植於河邊護岸。箬竹生長快、產量高，資源豐富，其稈可用作竹筷、毛筆桿、掃帚柄等。箬竹葉、筍及產品，藥用價值高，葉甘寒，有清熱解毒、止血、消腫功效，中醫用於治療吐衄、衄血、尿血、小便淋痛不利、喉痹、癰腫等症，對癌症特有的惡液質也具有防治功效。

箬竹 禾本科
Indocalamus tessellatus (Munro) Keng f.

灌木狀或小灌木狀，稈高可達二公尺，最大直徑〇．七五公分；一般為綠色，稈下部者較窄，稈上部者稍寬，小枝二至四葉；節間長約二十五公分，節下方有紅棕色貼竿的毛環。葉鞘緊密抱竿，無葉耳；葉片在成長植株上稍下彎，寬披針形或長圓狀披針形，先端長尖，基部楔形，下表面灰綠色，密被貼伏的短柔毛或無毛，葉緣生有細鋸齒。分布於浙江西天目山、衢縣和湖南零陵陽明山。生於山坡路旁，海拔三百至一千四百公尺。

闊葉箬竹 禾本科
Indocalamus latifolius (Keng) McClure

葉片在成長植株上稍下彎，寬披針形或長圓狀披針形，先端長尖，基部楔形，下表面灰綠色，密被貼伏的短柔毛或無毛，葉緣生有細鋸齒。分布於中國山東、江蘇、安徽、浙江、江西、福建、湖北、湖南、廣東、四川等省；生長於山坡、山谷、疏林下。

【荷】

放生魚鼈逐人來，無主荷花到處開。
水枕能令山俯仰，風船解與月徘徊。
——〈六月二十七日望湖樓醉書〉

〈六月二十七日望湖樓醉書〉是五首七言絕句的組詩，此為第二首。蘇軾遊覽西湖時，在船上看到美麗的湖光山色，再到望湖樓上喝酒時所寫。本詩大意：西湖放生的魚鱉追逐著遊人，湖中開滿沒人照料的荷花。喝醉了枕在水上，山也隨著一俯一仰地晃動。風吹著船，月亮在船邊徘徊。蘇軾同期還有另一首和蓮有關的詩〈采蓮曲〉：「城中擔上賣蓮房，未抵西湖泛野航。旋折荷花剝蓮子，露為風味月為香。」描寫西湖邊賣蓮蓬、蓮花及蓮子的情景。

很少植物和荷一樣，植物體各部分都有特殊名稱。《高誘注淮南子》云：「荷夫渠也。其莖曰茄，其本曰蔤，其根曰藕，其華曰夫容，其秀曰菡萏，其實蓮。蓮之藏者菂，菂之中心曰薏。」夫渠即芙蕖，夫容即芙蓉。「荷」名稱的來源，根據《爾雅》所說是因為葉子大得讓人驚異：「蓋大葉駭人，故謂之荷。」荷在文學上別稱繁多，有蓮、蓮花、芙蕖、芙蓉、菡萏、藕花、水芝、澤芝、水華、水芙蓉等等。例如，《詩經》有「彼澤之陂，有蒲菡萏」，〈離騷〉有「制芰荷以為衣兮，集芙蓉以為裳」，《爾雅》稱之為芙蕖，《本草經》稱水芝，《本草綱目》稱水華，《群芳譜》稱水芙蓉，而在歷代詩文中都有荷不同的美稱。

全世界原生種荷花僅兩種：一種原產北美洲，為美國黃蓮或稱黃蓮花（*Nelumbo lutea* Pers.），花單瓣，深黃色；一種原產亞洲及澳洲之本種，花色以紅、白為主，品種則有很多，依花瓣數來分則有單瓣、複瓣、重瓣、重台及千瓣蓮。蓮的全株皆可利用，根狀莖（藕）富含營養，作蔬菜或提製澱粉（藕粉）；種子供食用；葉（荷葉）及葉柄（荷梗）煎水喝可清暑熱。藕節、荷葉、荷梗、蓮房、雄蕊及蓮子都富有鞣質，在中藥上作收斂止血藥。

蓮　蓮科

Nelumbo nucifera Gaertn.

多年草本宿根性水生植物。葉端呈圓形，葉基盾形，葉緣平滑呈波浪形。正反葉面平滑有細毛，質理為厚紙質，葉色正面灰綠色，背面淺灰白色，有長葉柄，約四十至一百五十公分。葉面長寬各有四十至九十公分，荷葉挺出水面。單花，花冠徑約三十公分，由十至二十片之花被片組合而成，花色有紅色、淡紅色、粉紅、粉白等色。果實呈綠色，成熟後轉為黑褐色。原產於中國，通常被種植於池塘之中，花盛開於夏季。

【茭】

烏菱白芡不論錢，亂繫青菰裹綠盤。
忽憶嘗新會靈觀，滯留江海得加餐。

——〈六月二十七日望湖樓醉書〉

古岸開青葑，新渠走碧流。會看光滿萬家樓。記取他年扶病、入西州。佳節連梅雨，餘生寄葉舟。只將菱角與雞頭。更有月明千頃、一時留。

——〈南歌子〉

〈六月二十七日望湖樓醉書〉是五首七絕的組詩，這裡引用的是第三首，寫於宋神宗熙寧五年（一〇七二年）。望湖樓是古建築名，又叫看經樓，位於西湖畔。提到的黑色菱角、白色芡實、青色茭白都是西湖常見的野生蔬果，不需花錢買。詞則是蘇軾在宋哲宗元祐五年（一〇九〇年）五月，遊西湖時所作，大意是說從古岸上開挖出茭白下的湖泥，新渠裡流著清澈的水，眼前所見是湖光映滿萬家樓。以後到杭州西湖，在中秋佳節前後，可以好好享受菱角與雞頭，同時還有月光下的千頃西湖。

芡原產東亞、南亞及東南亞等亞熱帶地區的池塘、湖泊、沼澤等濕地。《本草綱目》云：「芡，可濟儉歉，故謂之芡。」南朝著名的醫學家陶弘景說：「芡實，此即今蔿子也，莖上花似雞頭，故名雞頭。」由於果實形似雞頭，芡在民間俗稱「雞頭蓮」。芡的種子稱為「芡實」或「芡米」、「雞頭米」，含多量澱粉、少量蛋白質、脂肪油及微量的鈣、磷、鐵、核黃素、維生素C等養分，長久以來就被拿來當作食物。中式烹飪「勾芡」所用到的「芡粉」，原來用的是芡實的粉末，後來才由其他的澱粉製品如馬鈴薯粉、菱粉、藕粉、玉米粉等取代。芡實還可以用來製作芡實粥和芡實糕，或者夏季做雞頭米湯，像綠豆湯一樣有防暑降溫的功效。

芡實也是一種中藥成分。清代徐大椿所撰的《本草經百種錄》說：「雞頭實，甘淡，得土之正味，乃脾腎之藥也。」同是清代黃宮繡的《本草求真》也說：「芡實如何補脾，以其味甘之故；芡實如何固腎，以其味澀之故。惟其味甘補脾，故能利濕，而泄瀉腹痛可治；惟其味澀固腎，故能閉氣，而使遺、帶、小便不禁皆癒。」所以芡實有益腎澀精、補脾止瀉的功效，用來治療脾虛腹瀉、遺精、滑精、尿頻、遺尿、白帶等難症。

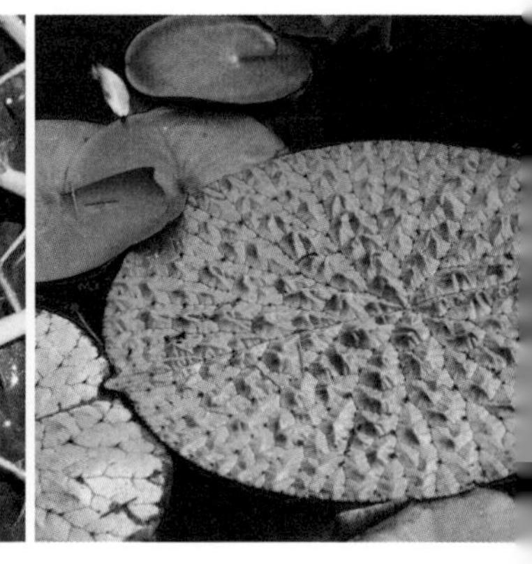

芡 *Euryale ferox* Salisb. 睡蓮科

一年生水生草本，全株有很多尖刺；根狀莖粗壯而短。初生葉沉水，箭形；後生葉浮於水面，葉柄長，葉片稍帶心形或圓狀盾形，直徑二十至一百三十公分，上表面深綠色，多皺摺，下表面深紫色，葉脈凸起，有鋸齒緣。夏、秋開紫色花，單生於花莖頂端，花莖粗長，部分伸出水面。花晝開夜閉。花萼四片，花瓣多數，花直徑三至五公分；雄蕊多數；子房下位，心皮八個。漿果球形，海綿質，紫紅色，密生尖刺，與花蕾均形似雞頭，內有種子數粒，種子球形，直徑約一公分，黑褐色。產東亞、北印度、克什米爾和南亞，生於湖塘池沼中。

【菰】

烏菱白芡不論錢，亂繫青菰裹綠盤。
忽憶嘗新會靈觀，滯留江海得加餐。
——〈六月二十七日望湖樓醉書〉

〈六月二十七日望湖樓醉書〉五首七絕的第三首，提及所見的三種植物：烏菱、芡及青菰，其中青菰就是常見的茭白。末兩句詩則提到忽然憶起在會靈觀食新穀的事，並說若要滯留在江海之上需要多進飲食以保重身體，隱含再受朝廷重用的希望。

古代菰生長正常，能開花結實。與現在主要食用茭白筍（被真菌感染的莖）不同，三千多年前的古人吃的不是菰的「筍」，而是所結的穎果「菰米」。《西京雜記》說：「菰之有米者，長安人謂之雕胡。」所以菰的果實又名「雕胡」或「雕胡米」，作飯食用，是當時的六穀（稻、黍、稷、粱、麥、菰）之一。李白詩「跪進雕胡飯，月光照素盤」及杜甫詩「滑憶雕胡飯，香聞錦帶羹」，所說的「雕胡飯」就是菰米煮的飯。直到唐代，菰米還是重要的糧食作物，在當時雕胡飯是用來招待上客的。蘇軾在其他兩首詩中也提到菰，〈石芝詩并引〉：「肉芝烹熟石芝老，笑唾熊掌嚬雕胡」，以及〈小圃五詠．薏苡〉：「春為芡珠圓，炊作菰米香」，說的都是菰米（雕胡米）。菰米雖味美，但果實成熟期不一，且成熟穎果容易自動從植株上掉落，不易收穫、產量又低，在漢唐時期已經無法與水稻、小麥的單位面積產量相提並論，宋代之後菰米逐漸被人們淡忘。

唐代末葉發現，菰的幼嫩莖基部遭到菰黑穗菌寄生後，會刺激植物分泌生長激素，使莖部膨大形成筍狀，稱為茭白（菰筍），味道十分鮮甜可口。這首詩中提到的「青菰」就是茭白。茭白食用部分是菌寄生的結果，沒有菰黑穗菌寄生的植株不會生成筍；而形成茭白筍的植株，則不結穗無法結實。現在種植的都是這種不結實的植株，反而未遭感染能結實的植株會被拔除。

菰 禾本科

Zizania latifolia (Griseb.) Hance *ex* F. Muell.

多年生宿根性水生植物，具匍匐根狀莖，具多數節，基部節上生不定根。桿高大直立，高一至二公尺。葉舌膜質，長約一．五公分，頂端尖；葉片扁平寬大，葉細長披針形，平形脈表面有剛毛，長五十至九十公分，寬一．五至三公分；葉緣膜質，利如刀刃，葉基部與葉鞘連接處有三角形之葉舌。圓錐花序長三十至五十公分，具多數節，基部節上生不定根。穎果圓柱形，長約一．二公分。原產中國及東南亞，是較為常見的水生蔬菜。在亞洲溫帶、日本、俄羅斯及歐洲有分布。

【荇菜】

天寒水落魚在泥，短鉤畫水如耕犁。
渚蒲拔折藻荇亂，此意豈復遺鰍鯢。
偶然信手皆虛擊，本不辭勞幾萬一。
一魚中刃百魚驚，蝦蟹奔忙誤跳擲。
漁人養魚如養雛，插竿冠笠驚鵜鶘。
豈知白挺鬧如雨，攪水覓魚嗟已疏。

——〈畫魚歌〉

熙寧五年（一〇七二年）蘇軾任杭州通判作，〈畫魚歌〉描寫的是在湖州道中觀察漁民捕魚的情景，全詩述及許多水中魚產和水生植物蒲、藻、荇等，其實是在諷刺新政徵收既多，而刑法又嚴，看起來是擾虐人民的措施。

水生植物的荇菜又稱莕菜、水荷葉，一般生長在池塘或河溪中，通常群生，形成單優勢群落。荇菜葉片如睡蓮般浮在水面上，夏季鮮黃色花朵挺出水面，花多且花期長，是庭院美化水景的重要花卉。《詩經》〈周南・關雎〉篇的第二、四、五章分別有「參差荇菜，左右流之」、「參差荇菜，左右采之」、「參差荇菜，左右芼之」的敘述，用荇菜或左或右漂浮不定比喻得到愛情的不易。

由唐代藥學家蘇恭主導編撰的《唐本草》，是世界上第一部由國家正式頒布的藥典，書中說：「荇菜生水中，葉如青而莖澀，根甚長，江南人多食之。」荇菜的葉、葉柄柔嫩多汁，無毒、無異味，富含營養，是良好的菜餚。葉柄長度能隨水體深淺而有所變化，收成前注入水使水面上升，會迫使葉柄加長，可增加收穫量。許多家畜家禽如豬、鴨、鵝等均喜食荇菜，因此也是一種良好的水生青綠飼料。荇菜生長速度相當快，莖柔軟細長多分枝，會在水中交織成網狀，根莖當年可伸長到一・五公尺公尺或更長。

除了當蔬菜、飼料，荇菜全草均可人藥，能清熱利尿、消腫解毒。台灣近年頗受歡迎的野蓮（或稱水蓮），就是荇菜的一種。

荇菜 睡菜科

Nymphoides peltatum (S.G. Gmel.) Britten & Rendle

多年生水生植物，枝條有二型，長枝匍匐於水底，如橫走莖；短枝從長枝的節處長出。葉卵形，長三至五公分，寬三至五公分，上表面綠色，邊緣具紫黑色斑塊，下表面紫色，基部深裂成心形；葉柄長度變化大。花大而明顯，是莕菜屬中花形最大的種類，直徑約二・五公分長，花冠黃色，五裂，裂片邊緣成鬚狀，花冠裂片中間有一明顯的皺痕，裂片口兩側有毛；雄蕊五；雌蕊柱頭二裂。蒴果橢圓形。種子也是扁平狀且邊緣有剛毛。原產中國，分布廣泛，從溫帶的歐洲到亞洲的印度、中國、日本、韓國等地區都產，常生長在池塘中。

【菖蒲】

人生何者非蘧廬，故山鶴怨秋猿孤。
何時自駕鹿車去，掃除白髮煩菖蒲。

——〈李杞寺丞見和前篇復用元韻答之〉節錄

全詩共二十句。熙寧五年（一〇七二年）十二月蘇軾任杭州通判時，陪來杭州出差的同鄉李杞遊覽孤山，這首詩是當時所作的其中一首詩，有些詩句後來成了險些讓蘇軾丟了性命的烏台詩案的「罪證」之一，這樁文字獄構陷牽連了七十多人。

菖蒲全株有香氣，是中國傳統文化中可防疫驅邪的靈草。《抱朴子》〈內篇〉云：「韓終服菖蒲十三年，身生毛，日視書萬言，皆誦之，冬袒不寒。」《神仙傳》：「聞有菖蒲，一寸九節，可以服食卻老……」服用菖蒲可以還老返童，使人變年輕，故說「掃除白髮煩菖蒲」。

《楚辭》視菖蒲為香草，稱「蓀」和「荃」，如〈九歌・少司命〉：「夫人自有兮美子，蓀何以兮愁苦？」和〈離騷〉：「蘭芷變而不芳兮，荃蕙化而為茅。」也出現在蘇軾的五言律詩〈監試呈諸試官〉：「芻蕘盡蘭蓀，香不數葵荏。」。菖蒲根莖可以提取芳香油，可作香料或驅蚊蟲。農曆五月，正是炎熱悶濕的時節，容易孳生各種蟲類，造成病害。古人認為農曆五月是「毒月」或「惡月」，必須注意驅毒避邪，以消災避難。民間認爲菖蒲有辟邪作用，端午期間懸菖蒲、艾葉於門窗上，是一項保留至今的民間習俗。

菖蒲還有過濾污染物及吸附空氣中微塵的功能，葉叢翠綠，植株有光澤具香氣，養護及清理容易，是庭園常栽種的水生植物。不管是叢植於湖岸、水塘為水景或水體綠化或觀賞盆栽，都有很高的觀賞價值。

菖蒲　菖蒲科

Acorus calamus L.

多年生水生草本，根狀莖粗壯橫走，直徑〇・五至一公分。葉片劍狀線形，長九十至一百公分，中部寬一至二公分，基部寬、對褶，中部以上漸狹，草質，綠色，光亮；中肋在兩面均明顯隆起，側脈三至五對，平行。肉穗花序，葉狀佛焰苞劍狀線形，長三十至四十公分；花黃綠色。漿果長圓形，紅色。生於沼澤地、溪流或水田邊。菖蒲分布很廣，中國各地都可見。

【雞舌丁香】

靈壽扶來似孔光，感時懷舊一悲涼。
蟾枝不獨同攀桂，雞舌還應共賜香。
等是浮休無得喪，粗分憂樂有閒忙。
年來世事如波浪，鬱鬱誰知柏在岡。

——〈景純復以二篇一言其亡兄與伯父同年之契一言今者唱酬之意仍次其韻〉節錄

作於宋神宗熙寧六年（一〇七三年）第一次外放杭州，在太常博士直史館杭州通守任上。詩句中的「雞舌」指的是雞舌丁香，是產自東南亞熱帶地區的一種名貴香料。

「丁香」在中國原指木犀科的花卉植物紫丁香（*Syringa oblata* Lindl.），因為開的花蕾花筒細長如釘且具香氣故名，是著名的庭園花木。雞舌丁香又稱雞舌香，果實長形，頂端有宿存花萼，乾燥後的果形細長如釘，形如雞舌尖而細，故而稱作雞舌丁香。雞舌丁香的花、果和其他植物體都含有易揮發香油，此化學物質稱做「丁香油酚」，具有一種獨特的熱帶氣味。丁香油有強烈的香氣，有很強效的殺菌與防腐效果。雞舌丁香果實名為「母丁香」，乾燥後的果實是一種食物香料，廣泛用於烹飪；也用在香菸和焚香的添加劑、製茶等。雞舌丁香的花蕾也可以作為藥用，藥名「公丁香」，性溫、味辛。可以治療燒傷，作為牙科的止痛劑。並具有防腐劑及殺菌劑的特性，還可協助消化作用。

雞舌丁香氣味芬芳可以除口臭，自漢朝起，就是嶺南和南洋地區的進貢品。《初學記》卷十一引漢代應劭所撰《漢官儀》：「尚書郎含雞舌香伏奏事」，說明漢朝時，尚書大臣奏事要口含雞舌丁香，讓近身對答時能口吐芬芳。漢恆帝時的大臣刁存因年老口臭，皇帝還特地賞他雞舌丁香。唐代劉禹錫〈郎州竇員外見示與澧州元郎中郡齋贈答長句二篇因以繼和〉詩句：「新恩共理犬牙地，昨日同含雞舌香。」說的就是在殿前含雞舌丁香奏事的情景。根據記載，宋代臣子向皇帝起奏時，也必須口含丁香消除口中異味。

雞舌丁香 桃金孃科

Syzygium aromaticum (L.) Merr. & L.M. Perry

常綠喬木，高達十公尺。葉對生，葉片長方卵形或長方倒卵形，長五至十公分，寬二．五至五公分，先端漸尖或急尖，基部狹窄常下展成柄，全緣；葉柄明顯。頂生圓錐狀聚繖花序，花徑約〇．六公分；花萼肥厚，綠色後轉紫色，長管狀，先端四裂，裂片三角形；花冠白色，稍帶淡紫，花芳香，短管伏，四裂；雄蕊多數；子房下位，與萼管合生。漿果紅棕色，長方橢圓形，長一至一．五公分，直徑〇．五至〇．八公分，先端宿存萼片。原產於印尼。

【菱】

山雞舞破半巖雲，菱葉開殘野水春。
應笑武都山下土，枉教明月殉佳人。
——〈臨安三絕・石鏡〉

本詩屬〈臨安三絕〉的其中一首，寫於熙寧六年（一〇七三年）六到九月。詩題的「石鏡」指今浙江省杭州市臨安的石鏡山，後改名為衣錦山。本詩和次年（熙寧七年）所作的〈安平泉〉詩句：「鑿開海眼知何代，種出菱花不計年。」都提到「菱」。

菱即菱角，又名腰菱、水栗、菱實，是一種一年生浮葉水生植物菱的果實。菱角含有豐富的澱粉、蛋白質、不飽和脂肪酸、多種維生素和微量元素，菱角種仁，煮後直接剝殼食用，亦可熬粥或加工製成菱粉。中國人食用菱角的歷史相當悠久，《周禮》提到的祭品「加籩之實，菱芡栗脯」，指的是菱角、芡實、栗子和肉乾。

菱角成熟時呈暗紅色或黑色，所以也稱爲紅菱或烏菱。古代稱三角、四角的菱角為「芰」，兩角者稱爲「菱」。菱一般栽種於溫帶氣候的濕泥地中，如池塘、沼澤地。氣候不宜過冷，氣溫在二十五至三十六度C之間，水深要有六十公分左右。在中國南方，水稻田第一期收割後，經常會栽種菱角。

菱角的葉柄肥且中空，形成氣囊，可以使植株浮在水面上，葉排列成六角形。花受精後，在水裡長出堅果，形成兩個帶尖刺的菱角，初結果時生出的小菱角是綠色的，成熟後轉為暗紅色，表示可以收成了。不過，也有一些成熟時果呈綠色的品種。菱角的盛產期是秋後的九到十一月間，果實成熟後變硬，不採摘的話會漸漸從莖上脫落沉於水底，來年發芽。在中醫上，菱角屬涼性食物，具有利尿通乳、止渴、解酒毒的功效；菱殼燒灰外用可治黃水瘡，痔瘡。

菱角 菱科

Trapa natans L.var.*bispinosa* (Osbeck) Makino

草本，浮生池沼水面，莖細長，深達泥中。葉簇生莖端，全體呈蓮座狀，葉柄長三至六公分，中間膨大而裡面海綿狀充滿氣室，葉片菱狀三角形，長二至五公分，上半部鋸齒緣，下部全緣。花兩性，單生；花小，徑約一公分，白色或淡紅色；萼裂片四；雄蕊四；子房下位，二室，各一枚胚珠，僅其中一室發育成種子。果屬堅果，長四至六公分，果皮厚革質而堅硬，兩端角狀，先端銳尖，熟時紅褐色。果內有種子一。長江下游太湖地區和珠江三角洲栽培最多。四角菱（*Trapa quadrispinosa* Roxb）是菱屬的另一種植物，別名野菱角、菱角、四角野菱。

【女貞】

阿堅澤畔菰蒲節，玄德牆頭羽葆桑。
不會世間閒草木，與人何事管興亡。
——〈臨安三絕．將軍樹〉

此詩為〈臨安三絕〉將軍樹、錦溪、石鏡三首絕句之一，寫於宋神宗熙寧六年（一〇七三年），在浙江臨安。《臨安縣圖經》中稱為「將軍樹」的常綠灌木，就是女貞，栽植於淨土寺西小橋之側。

女貞又稱女楨、楨木、冬青、鼠梓子等，漢代司馬相如的〈上林賦〉早有載錄：「欃檀木蘭，豫章女貞。」李時珍的《本草綱目》描述女貞云：「此木凌冬青翠，有貞守之操，故以貞女狀之。」，意思是此樹凌冬不凋，有如守貞之女，所以名之為「女貞」。另有一說，謂此樹「負霜蔥翠，振柯凌風，而貞女慕其名，或樹之於雲堂，或植之於階庭」，才有「女貞」之名。其枝葉茂密，樹形整齊，是各地常見的觀賞樹種，常栽成行道樹；生長快又耐修剪，也用作綠籬。

女貞是亞熱帶樹種，開白色花，開花時香氣濃郁，《楚辭》列為香木，〈七諫・自悲〉篇「雜橘柚以為囿兮，列新夷與椒楨」的楨就是女貞。除了花有香氣，還取其「若有節操」的象徵意義，如晉代蘇彥〈女貞頌〉：「女貞之樹，一名冬生，負霜葱翠，振柯凌風。」

女貞四季常綠，古詩文稱之為「冬青」。雖然葉形類似真正名為冬青（*Ilex* spp.）的植物，但兩者屬不同類植物。從女貞葉提取的油稱冬青油，具有收斂、利尿、興奮等功效，可用來治療肌肉疼痛。採收成熟女貞果實曬乾或置熱水中燙過後曬乾，中藥稱為女貞子，其性涼、味甘苦，可滋補肝腎、明目烏髮，主治眩暈耳鳴、兩眼昏花、目暗不明、鬚髮早白。木材可作細木家具用。

女貞 木犀科

Ligustrum lucidum W.T. Aiton

常綠小喬木或灌木，株高可達八至十公分，樹冠卵形。葉對生，卵形至卵狀披針形，革質，長七至十五公分，寬三・五至六公分，葉端漸尖或急尖；表面暗綠色，有光澤，葉背綠色。花小，白色，芳香，密集成頂生的圓錐花序，長可達十五至二十公分。核果長橢圓形，微彎曲，熟時紫藍色，帶有白粉。廣泛分布於長江流域及以南地區，主要分布江浙、江西、安徽、山東、川貴、兩湖、兩廣、福建等地。

【來禽（林檎）】

東坡先生未歸時，自種來禽與青李。
五年不踏江頭路，夢逐東風泛蘋芷。
江梅山杏為誰容，獨笑依依臨野水。
此間風物君未識，花浪翻天雪相激。
明年我復在江湖，知君對花三嘆息。

——〈和王晉卿送梅花次韻〉

寫於宋哲宗元祐四年（一〇八九年）第二次外放杭州任上。「未歸時」指的是蘇軾在黃州時，栽種林檎等水果。古代稱蘋果為柰、林檎、來檎、林禽、花紅或沙果，產於中國西北部地區果型較小的果樹，栽培歷史已超過二千多年。《食性本草》載云：「林檎有三種，大長者為柰，圓者林檎，小者味澀為梣。」《本草綱目》也有類似的記載。日語的蘋果就是由「林檎」音名轉化而來。相對於十九世紀中葉由歐洲傳入的大型「西洋蘋果」，林檎被園藝界稱之爲「中國蘋果」。「西洋蘋果」後來逐漸取代「中國蘋果」成為中國的主產蘋果，目前作爲經濟栽培的蘋果品種絕大部分都是從歐、美、日、蘇等國引進，統稱爲「西洋蘋果」。

林檎味道甘美，能招很多飛禽來林中棲息，所以叫林檎。花淡紅色，果實卵形或近球形，黃綠色帶微紅，是古代常見的水果之一，如宋代謝靈運的〈山居賦〉：「枇杷林檎，帶谷映渚。」描寫滿山遍野的枇杷和林檎；另宋代孟元老的《東京夢華錄・四月八日》記錄當時春天的時令水果：「時果則御桃、李子、金杏、林檎之類。」將林檎和桃、李、杏並提。林檎樹姿優雅，春花燦爛如霞，夏末秋初果色橙黃或脂紅，有四季花果景觀，適宜種植在窗前、陽台作為庭院植栽，還能吸引來鳥類和囓齒類野生動物。

林檎　薔薇科

Malus asiatica Nakai

小喬木，高四至六公尺。葉互生，葉片卵形或橢圓形，長五至十一公分，寬四至五・五公分，先端急尖或漸尖，基部圓形或寬楔形，邊緣有細銳鋸齒。繖房花序，具花四至七朵，集生於小枝頂端；花梗長一・五至二公分；花直徑三至四公分，萼筒鐘狀，萼片五，三角披針形；花瓣五，倒卵形或長圓倒卵形，淡粉紅色；雄蕊十七至二十，花絲長短不等。梨果卵形或近球形，直徑四至五公分，黃色或紅色，宿存萼肥厚隆起。產新疆、內蒙古、遼寧、西北地區、華北、華中、四川、西南地區。

【橘】

荷盡已無擎雨蓋，菊殘猶有傲霜枝。
一年好景君須記，最是橙黃橘綠時。

——〈贈劉景文〉

劉景文是知名文士，時任兩浙兵馬都監，駐杭州，和蘇東坡是文友。這首七絕作於宋哲宗元祐五年（一〇九〇年）第二次任職杭州時，是送給劉景文的一首勉勵詩。詩句中的「荷盡」、「菊殘」，表示時節為秋末冬初；「橙黃橘綠」，指橙子發黃、橘子將黃猶綠的時候，也是秋末時節。

柑橘類原產中國，優良品種繁多。性喜溫暖濕潤氣候，分布在北緯十六度至三十七度之間，是熱帶、亞熱帶常綠果樹。古籍《尚書》〈禹貢〉提到揚州的貢物有「厥包橘柚錫貢」一語，可知早在四千年前的夏朝，華中、華南生產的柑橘已列爲貢稅之物。到了秦漢時代，橘子已規模化種植並帶來可觀收益，如《史記》〈貨殖列傳〉記載：「蜀漢江陵千樹橘……此其人皆與千戶侯等。」隨著經濟的發展，柑橘產區分布已經穩定，柑橘類分布範圍與中國現代大致相同。經過長期栽培、選育，柑橘成為人類重要的果品。目前柑橘栽培遍及五大洲，而以巴西、美國、中國、日本、西班牙、義大利等栽培面積和產量居多。

柑和橘常並稱，都屬於寬皮的柑橘類，果實外皮充滿油囊，內藏瓢瓣。兩者原來還是有差別的，李時珍在《本草綱目》中記載：「橘實小，其瓣味微醋（即酸），其皮薄而紅，味辛而苦；柑大於橘，其瓣味酢，其皮稍厚而黃，葉辛而甘。」大意是說，柑的果形正圓，黃赤色；橘的果形扁圓，紅或黃色，皮薄而光滑，味微甘酸。柑和橘雖有區別，但在詩文中常混用，柑即橘、橘即柑，多不加區分。

橘　芸香科　*Citrus reticulata* Blanco

常綠小喬木或灌木，枝纖細有刺。單身複葉，翼葉通常狹窄，葉片披針形，橢圓形或闊卵形；葉緣通常有鈍或圓裂齒，葉柄與葉片間有關節。花單生或二至三朵簇生；花萼五至三淺裂；花瓣白色五瓣；雄蕊二十至二十五枚，花柱細長，柱頭頭狀。果通常扁圓形至近圓球形，果皮甚薄而光滑，或厚而粗糙，淡黃色，朱紅色或深紅色，甚易或稍易剝離，瓢囊七至十四瓣，果肉多汁，味甘酸可食。中國柑橘分布在北緯十六至三十七度之間，主產浙江、福建、湖南、四川、廣西、湖北、廣東、江西、重慶等省區。

【凌霄花】

雙龍對起，白甲蒼髯煙雨裡。
疏影微香，下有幽人晝夢長。
湖風清軟，雙鵲飛來爭噪晚。
翠颭紅輕，時下凌霄百尺英。

——〈減字木蘭花〉

西湖岸有詩僧清順居住的「藏春塢」，門前有兩株古松，各有凌霄花攀緣而上。宋哲宗元祐五年（一〇九〇年）五月，蘇軾第二次外放杭州，曾造訪藏春塢，應清順要求寫下此詞。全闋詞大意是：兩株古松沖天而起，像兩條巨龍。空氣中散發著微微香氣，有僧人躺在濃蔭下的竹床上沉睡。從湖上吹來的風又輕又軟，一對喜鵲飛來樹上鳴叫不已。在清風的吹動下，開紅色花的凌霄花掩映在青翠搖動的松枝下。

「凌霄」早在春秋時期的《詩經》就有記載，稱之爲「苕」，即〈小雅．苕之華〉篇：「苕之華，芸其黃矣」和「苕之華，其葉青青」，「苕之華」說的就是凌霄花。凌霄花一名最早出現在《唐本草》，該書在「紫葳」項下說：「此即凌霄花也，及莖、葉具用。」古時凌霄花稱紫葳。凌霄花爲藤本植物，喜攀援，花朵漏斗形，大紅或金黃，色彩鮮艷，花期長，是庭院中著名的庭園花卉。《本草綱目》說本植物「附木而上，高數丈，故曰凌霄」。凌霄花有藥用價值，花爲通經利尿藥，有行血去瘀、涼血袪風的功效，用於閉經、產後乳腫、風疹發紅、皮膚搔癢、痤瘡，可根治跌打損傷等症。

全世界只有兩種凌霄：凌霄和美洲凌霄。兩者形態相似，唯美洲凌霄小葉九至十一枚，橢圓形至卵狀長圓形，先端尾尖；花萼五等裂，分裂較淺，約裂至三分之一，裂片三角形，向外微卷，無凸起的縱稜；花冠爲細長的漏斗形，直徑較凌霄小，橙紅色至濃紅色，內有明顯的棕紅色縱紋，筒部爲花萼的三倍。可資區別。中國近代引進美洲凌霄，在各地栽植作為景觀植物，迅速與中國的凌霄雜交，形成許多人工或自然雜交種。目前，中國大陸各地公園的凌霄花絕大部分為美洲凌霄或雜交種凌霄，中國純種的凌霄已幾近絕跡。

凌霄花　紫葳科

Campsis grandiflora (Thunb.) K. Schum.

落葉木質藤本，莖伸長可達十公尺。葉為羽狀複葉，小葉七至九，卵形或卵狀披針形，長四至六公分，寬一·五至三公分，紙質，側脈六至十對，鋸齒緣。頂生的稀疏聚繖花序或總狀花序；花大形，花冠漏斗狀鐘形，橙紅色，開放時徑約六至七公分，長五至六公分；花萼筒狀，先端有裂片五，裂至萼筒之一半處，裂片披針形；雄蕊四，伸出花冠外，花絲細長。果實為蒴果，長如豆莢，二瓣裂；種子多數，扁平，有透明的翅。產長江流域及華北各省，福建、廣東亦產之。

【柿】

青山映華髮，歸計三月糧。我欲自汝陰，徑上潼江章。想見冰槃中，石蜜與柿霜。憐子遇明主，憂患已再嘗。報國何時畢，我心久已降。

——〈感舊詩并敘〉節錄

宋哲宗元祐六年（一〇九一年），因遭政敵詆毀在從杭州返京又離京轉往潁州赴任途中，寓居在弟弟蘇轍（字子由）東府，離開前特寫此詩留別子由，蘇軾時年五十六，蘇轍五十三。全詩感慨兄弟入仕後多年離合，不相見者十常七八，並透露不如歸去的辭官之意，詩中提到的石蜜（冰糖）和柿霜（曬柿餅時，果皮上白色的糖分凝結物），蘇軾特別說明是故鄉東川的特產。

柿子的原產地在中國，廣泛分布各省，在中國已有三千多年的栽培歷史。柿果營養豐富，含有大量的醣類、多種維生素和多種活性物質，包括類胡蘿蔔素、黃酮類、脂肪酸、酚類和多種胺基酸、微量元素，是中國秋冬最常見的鮮果。柿子曬乾後可以製成柿餅，餅上覆有一層白色粉末，稱作「柿霜」。柿霜是由果實內部滲出的葡萄糖凝結成的晶體構成，有利於柿餅的保存。柿子還可以釀造柿酒、柿醋，加工成柿脯、柿粉、柿茶等。在冬季寒冷地區，冬天時把柿子放在室外，極低溫能凍柿成冰，稱爲「凍柿子」，利於運輸和貯存。空腹吃柿子可能會引起「胃石症」，因柿子含有大量柿膠，空腹時，柿膠會與胃酸凝聚成硬塊；當硬塊越積越大，導致無法排出體外時，醫學上稱爲「胃柿石病」。

柿樹葉大蔭濃，秋末冬初，柿葉變成紅色，鮮艷悅目；冬季落葉後，柿實殷紅不落，掛滿一樹紅果，形成優美景色，所以也是優良的風景樹。柿子可提取柿漆（又名柿油或柿澀），是良好的防腐劑，用於塗魚網、雨具、建築材料及填補船縫等。柿木可作雕刻用材、家具用材和裝飾品。

柿子味甘性寒，有清熱去煩、生津止渴、潤肺化痰、健脾胃、治痢止血等功效。在醫藥上，《本草綱目》記載：「柿乃脾、肺、血分之果也。其味甘而氣平，性澀而能收，故有健脾澀腸，治嗽止血之功。」除了柿子能止血潤便、緩和痔疾腫痛、降血壓外，柿餅、柿蒂、柿霜、柿葉均有藥效。柿餅可以潤脾補胃、潤肺止血；柿霜餅和柿霜能潤肺生津、祛痰鎮咳、壓胃熱、解酒、療口瘡；柿蒂下氣止呃，治呃逆（胃食道逆流）和夜尿症。

柿 柿樹科

Diospyros kaki Thunb.

落葉喬木，高可達二十公尺，樹冠不規則，樹皮灰黑色。葉互生，闊橢圓形、倒卵形或卵狀橢圓形，長八至十六公分，寬四至十公分，先端圓鈍而有尖突，基部鈍，厚紙質或硬紙質，全緣，表面暗綠色，反面蒼綠色。單生或二至三朵排列成聚繖花序，花雌雄同株，但有時亦為雜性花；花冠鐘形，反捲深四裂，黃色或淡黃色；雄花萼小，不結果，一開花不久便掉落，雄蕊十六；雌花萼大宿存，先端四裂，子房八室。果形視品種而定，有圓形、扁球形、筆形、長橢圓形等，徑六至十公分。顏色未成熟呈青綠色，熟時橙黃色或橙紅色，但經後熟後則為紅色；有殘存能隨果實增大的花萼。原產長江和黃河流域，現全中國各地廣為栽培。

【瑞香】

公子眼花亂發，老夫鼻觀先通。
領巾飄下瑞香風。驚起謫仙春夢。
后土祠中玉蕊，蓬萊殿後鞓紅。
此花清絕更纖穠。把酒何人心動。

——〈西江月〉

這闋詞是蘇東坡在杭州知州任上時的作品，作於元祐六年（一〇九一年）三月。蘇東坡在福州路轉運判官曹輔權（字子芳）回京路過杭州時，陪他遊西湖，曾到龍山真覺院賞瑞香。詞的前片說他們住在真覺院，曹輔權沒有感覺到瑞香花開，倒是蘇東坡聞到一股花香。一陣風吹過，帶來濃烈的花香，驚醒了睡夢中的客人。蘇軾在杭州作的另一首詩〈次韻曹子芳龍山真覺院瑞香花〉，則如此詠頌瑞香花：「幽香結淺紫，來自孤雲岑。骨香不自知，色淺意殊深。」

瑞香原分布於中國長江流域以南，早春開花，花香濃郁，為有名的傳統芳香花木，最適合與建築物、假山及岩石配植，或栽種在公園樹叢的前緣，也可栽成盆景。傳說廬山有位僧人晝寢於磐石之上，睡夢中被濃香熏醒，故命名爲「睡香」。又由於在嚴寒的春節前後盛開，呈現祥瑞徵兆，改名為「瑞香」。因為香氣像麝香般濃烈，飄逸極遠，除睡香外，還有麝囊、蓬萊紫、風流樹、千里香、山夢花等異名，是花中之香王。明代文震亨《長物志》說瑞香「花香復酷烈，能損群花，稱爲花賊」，意思是說瑞香花香太强烈了，能奪走群花的香氣，使衆花無香，故稱「花賊」，又名「奪香花」。又有一說，「世謂之花賊、奪香花，他花聞其香輒萎死」，其他的花被瑞香花熏死了。

瑞香在中國有近二千年的栽培歷史，春秋戰國時期《楚辭》的〈九章‧涉江〉篇有「露申辛夷，死林薄兮，腥臊并御，芳不得薄兮」的詩句。很多學者認爲，「露申」就是瑞香。除了瑞香，作爲觀賞花卉栽培的還有毛瑞香、白瑞香、凹葉瑞香等種類及變種，都是廣義的瑞香。

瑞香 *Daphne odora* Thunb. 瑞香科

常綠直立灌木；枝粗壯，通常二歧分枝，小枝紫紅色或紫褐色。葉互生，紙質，長圓形或倒卵狀橢圓形，長七至十三公分，寬二‧五至五公分，先端鈍尖，基部楔形，邊緣全緣，表面綠色，背面淡綠色。花數朵至十二朵組成頂生頭狀花序；花外面淡紫紅色，內面肉紅色；花萼筒管狀，長○‧六至一公分，裂片四；雄蕊八，排成兩輪，下輪雄蕊著生於花萼筒中部以上，上輪雄蕊的花藥二分之一伸出花萼筒的喉部；子房長圓形，無毛，頂端鈍形，花柱短，柱頭頭狀。果實紅色。原產中國長江流域以南，分布華中、華東、華南，雲南省紅河州一帶和湖北黃石一帶有野生瑞香存在。

第三章 密州、徐州、湖州太守任

蘇軾一〇七四至一〇七九年分別調任密州（山東諸城）、徐州（江蘇）、湖州（浙江）太守，「太守」相當於今日的市長。

宋神宗熙寧七年（一〇七四年）十二月三日至熙寧九年（一〇七六年）十二月中旬，蘇軾出任密州知州（州的行政長官，也稱太守），從三十九歲待到四十一歲。當時的密州，是一個遠離政治、經濟和文化中心的窮鄉僻壤，蘇軾稱密州是「備員偏州」，粗獷、荒涼的北方風土及驃悍的民風帶給他極大不同的體驗，飲食粗陋單調，簡樸民居僅能遮蔽風雨，還要適應缺朋少友的冷清生活，這種孤寂的心境可從他在密州所寫的詩詞看出來。

蘇軾剛到密州就遇到蝗災，不待進入州衙，就馬上詢問起災情，並親自下田滅蝗抗災。經過一年努力，密州的各種災情得到控制，成效卓著。在密州兩年多的時間，是蘇軾詩詞創作的飛躍階段，《東坡詩集》卷十三、十四，以及《東坡詞編年》〈蝶戀花．密州上元〉至〈河滿子．寄益州馮當世〉共十九首都為此時期所作。其中不乏今人琅琅上口的傳世名篇，如熙寧九年夢見死去十年的妻子王弗後，垂淚揮筆寫就的〈江城子〉：

十年生死兩茫茫，不思量，自難忘。千里孤墳，無處話淒涼。縱使相逢應不識，塵滿面，鬢如霜。夜來幽夢忽還鄉，小軒窗，正梳妝。相顧無言，惟有淚千行。料得年年腸斷處，明月夜，短松岡。

還有同年中秋，想起七年未見面的弟弟蘇轍所寫的〈水調歌頭〉：

明月幾時有？把酒問青天。不知天上宮闕，今夕是何年。我欲乘風歸去，又恐瓊樓玉宇，高處不勝寒。起舞弄清影，何似在人間。轉朱閣，低綺戶，照無眠。不應有恨，何事長向別時圓？人有悲歡離合，月有陰晴圓缺，此事古難全。但願人長久，千里共嬋娟。

神宗熙寧十年（一〇七七年）改任徐州（江蘇）太守，職務全銜是「朝奉郎、尚書祠部員外郎、直史館、權知徐州軍州事、騎都尉」。弟弟蘇轍陪同到任，中秋夜以蘇軾密州原韻作〈水調歌頭〉，詞句如下：「離別一何久，七度過春秋，去年東武今夕，明月不勝愁。」東武就是密州，兄弟一別七年，才在徐州相聚。此時期蘇軾帶領百姓抗洪修壩，治理黃河洪水。《東坡詩集》卷十五、十六、十七及《東坡詞編年》〈陽關曲．答李公擇〉至〈木蘭花令〉，共二十八首為此時期所作。

宋神宗元豐二年（一〇七九年）四月，蘇軾四十四歲調任湖州太守，朝廷御史李定、舒亶、何正臣等，從蘇軾歷年來反映人民呼聲的詩詞中斷章摘句，指控他「妄自尊大寫詩諷刺新法」等罪名，於是蘇軾文字惹禍被撤職查辦，押赴京都開封鋃鐺下獄。元豐二年七月八日，蘇軾入獄囚五個多月，甚至自認逃不過此劫，已經寫好了遺書，這就是歷史上著名的「烏台詩案」（烏台即御使台）。神宗臨朝親自過問這個案子，舒亶等人舉詩為證，說蘇軾有意攻擊明主，最後在王安石力保下，此案才從輕發落，貶謫至湖北黃州任團練副使。《東坡詩集》卷十八、十九及《東坡詞編年》〈南歌子．湖州作〉至〈漁家傲．七夕〉，共三首為此時作品。

此時期作品以糧食作物秫、小麥、大麥、蕎麥等為多；蔬果類次之，如櫻桃、芝麻、楊梅、榧、薤等。

【櫻桃】

夢裡青春可得追，欲將詩句絆餘暉。
酒闌病客惟思睡，蜜熟黃蜂亦懶飛。
芍藥櫻桃俱掃地，鬢絲禪榻兩忘機。
憑君借取法界觀，一洗人間萬事非。

——〈送春〉

這首七言律詩是蘇軾〈和子由四首〉中的一首。宋神宗熙寧七年（一〇七四年）八、九月間，蘇軾由杭州通判改任密州知州，十一月到任，此詩於熙寧八年密州任上所作，時年四十歲。這首詩是和弟弟蘇轍於熙寧七年所作的〈次韻劉敏殿丞送春〉，子由是蘇轍的字。大意是：夢中逝去的春光追不回來了，用作詩想去挽回餘暉。花蜜已經成熟了，黃蜂卻懶得去採蜜。芍藥和櫻桃花都已凋謝落地，心情已淡泊寧靜，生死榮辱不放在心上。另有兩首提到櫻桃的詩：〈寄題刁景純藏春塢〉：「楊柳長齊低戶暗，櫻桃爛熟滴階紅。」及〈訪張山人得山中字二首・其二〉：「薺麥餘春雪，櫻桃落晚風。」

櫻桃古名鶯桃（可能是黃鶯喜歡啄食）、含桃。果形頗似桃，圓又如瓔珠，所以名之為「櫻桃」。

櫻桃一名首載於魏晉時期的《吳普本草》、明代的《滇南本草》：「櫻桃，舊不著所出州土，今處處有之，而洛中、南都者最盛，其實熟時深紅色者謂之朱櫻，正黃明者謂之臘櫻……其木多陰，先百果熟，故古人多貴之。」《本草綱目》載：「其穎如瓔珠，故謂之櫻……櫻樹不甚高，春初開白花，繁英如霜。葉團有尖及細齒。結子一枝數十顆，三月熟時須守護。」花開滿樹，極具觀賞價值；紅果纍纍，自古即視為佳果。

櫻桃（*Cerasus* spp.）是薔薇科櫻屬幾種植物的統稱。世界上作爲栽培的櫻桃僅有四種，除了櫻桃外，還有歐洲甜櫻桃（*Cerasus avium* (L.) Moench.）、歐洲酸櫻桃（*Cerasus vulgaris* Mill.）和毛櫻桃（*Cerasus tomentosa* (Thunb.) Wall.）。其中在經濟生產比較重要的是櫻桃、歐洲甜櫻桃和歐洲酸櫻桃，鮮果市場所見通常是歐洲甜櫻桃。櫻桃在中國久經栽培，品種頗多，供食用，也可釀櫻桃酒。枝、葉、根、花也可供藥用。除了鮮食外，還可以加工製成櫻桃醬、櫻桃汁、櫻桃罐頭和果脯、露酒等，有艷紅色澤，具杏仁般的香氣。

櫻桃　薔薇科

Cerasus pseudocerasus (Lindl.) Loudon

落葉喬木，高二至六公尺。葉卵形或長圓狀卵形，長五至十二公分，寬三至五公分，先端漸尖或尾狀漸尖，基部圓形，邊有尖銳重鋸齒，齒端有小腺體，側脈九至十一對。花序繖房狀或近繖形，有花三至六朵，先葉開放；萼筒鐘狀，長〇・九至一・三公分；花瓣白色，卵圓形，先端下凹或二裂；雄蕊三十至三十五枚。核果近球形，紅色，直徑〇・九至一・三公分。分布於東北、華北、西北之陝西、甘肅，華東、四川等地。

【麥（小麥）】

送客客已去，尋花花未開。
未能城裡去，且復水邊來。
父老借問我，使君安在哉。
今年好雨雪，會見麥千堆。

——〈出城送客不及步至溪〉

共有兩首，此為其一。宋神宗熙寧八年（一〇七五年），在太常博士直史館權知（代掌）密州軍州事任上所寫。應該是初春時節。送走客人，花還沒開，但有好雨好雪，今年小麥會大豐收。同時期蘇軾提到小麥的詩，還有〈和趙郎中捕蝗見寄次韻〉：「麥穗人許長，穀苗牛可沒。」〈和孔郎中荊林馬上見寄〉：「秋禾不滿眼，宿麥種亦稀。」唐代以後詩文所言之「麥」，都指小麥。

小麥是一種世界各地廣泛種植的禾本科植物，最早起源於中東的肥沃月灣地區，約七千年前傳入埃及與歐洲，約六千年前傳入印度，西元十六世紀由西班牙人帶入美洲。小麥是目前世界上總產量第三的糧食作物，僅次於玉米和稻，產量幾乎全作為食用，以磨成麵粉製作加工食品為主，是歐洲、亞洲各國家及中國北方地區的主食。

小麥進入中國，大約距今五千年左右。《詩經》〈周頌・思文〉篇的「貽我來牟，帝命率育」，〈周頌・臣工〉篇的「如何新畬，於皇來牟」，提到的「來」就是小麥。在此之前，中國南方的主食是稻，北方的主食是粟。小麥首先出現在中國西北地區，後來由西向東、由北而南擴張。考古證據表明，龍山文化開始的數百年內，在河西走廊、關中平原、黃海海濱都出現了小麥。直到唐代之後，使用石磨研磨麵粉的技術逐漸成熟，遂發展出小麥「粉食」的麵食文化。唐宋以後，小麥才大致成為華北居民的主食之一。

小麥在中國不僅是糧食。唐代《本草拾遺》記載小麥的食療價值：「小麥麵，補虛，實人膚體，厚腸胃，強氣力。」味甘、性涼，能養心益脾、和五臟、調經絡、除煩止渴、利小便。

小麥 禾本科

Triticum aestivum L.

一年生或越年生草本；莖直立，徑約〇・三至〇・四公分，常中空，莖具四至七節。葉含葉片、葉鞘、葉舌、葉耳。複穗狀花序，花穗軸成曲折的Z字形；小穗由三至五個小花組成。每小花有內穎外穎各一、雌蕊一、雄蕊三。外穎可能有芒。雌蕊羽狀柱頭，外側兩個鱗被。穎果橢圓、卵圓、或圓形，頂端有一束細毛，稱為果毛或冠毛。腹面具深縱溝，不與稃片黏合而易脫落。子實供製麵粉，是主要糧食作物之一。由於播種時期不同，有春小麥、冬小麥等。

脂麻（芝麻）

自從捨舟入東武，沃野便到桑麻川。
剪毛胡羊大如馬，誰記鹿角腥盤筵。
廚中蒸粟埋飯甕，大杓更取酸生涎。
柘羅銅碾棄不用，脂麻白土須盆研。

——〈和蔣夔寄茶〉節錄

宋神宗熙寧八年（一〇七五年），蘇軾在密州的知州任上收到友人蔣夔寄來的新茶，蘇軾隨即寫下這首長詩。全詩三十二句，分成三個部分。第一部分回憶在杭州的生活；第二部分即上面所引的詩句，描寫密州土地荒涼，抬眼只見桑麻地，物產本就不夠豐富，再加上連年蝗旱，莊稼、菜蔬無不歉收，因而食物奇缺。蘇軾不得不學著像當地人一樣吃粟米飯、喝酸湯，一般的篩茶碾茶器具也用不上了，而是使用現磨的芝麻與白米麩來製作茶湯。

第三部分提到友人蔣夔千里贈茶。蔣夔是蘇家兄弟二人的好友，在代州作官，知道蘇軾愛喝茶，所以遠道寄來新茶。詩中還描寫蘇軾珍惜好茶得來不易，特別收藏起來怕有人討要。

脂麻俗作芝麻，別名巨勝、苣藤、油麻，有時稱胡麻，可能源於非洲或印度，相傳是西漢張騫通西域時引進的。芝麻既可食用又可作爲油料，傳入中國後，用作烹飪原料，常見的有芝麻粉、芝麻糊、芝麻餅及芝麻醬等。芝麻種子含油率高，經炒焙、磨碎即成芝麻醬；芝麻榨油即爲麻油，混合大豆油或其他食用油脂後即爲香油。

芝麻含有大量的脂肪和蛋白質，還有醣類、維生素A、維生素E、卵磷脂、鈣、鐵、鎂等營養成分。其中的維生素E能防止過氧化脂質對皮膚的危害，抵銷或中和細胞內有害物質自由基的積聚。古人認為芝麻能強身體、抗衰老，歷來被視為延年益壽食品。根據《本草綱目》記載，芝麻味甘、性平，有滋養、潤膚、補血、明目、補益精血、潤燥滑腸、生津等作用，還可降低高血壓和高血糖，增加肝糖含量，也可降低血中膽固醇含量，常食用芝麻，能改善中高年人的三高症狀，適合因肝腎不足所致的脫髮、皮膚乾燥、便祕、病後體虛、眩暈等症的人食用。芝麻還可作優質按摩油，或作爲軟膏基礎劑、黏滑劑、解毒劑。

芝麻、胡麻

胡麻科 *Sesamum indicum L.*

一年生直立草本植物，高六十至一百五十公分，全株被茸毛，莖直立，四稜形，單幹或分枝。葉對生或互生，卵圓狀心形至披針形，長四至十四公分，全緣。在植株基部的葉子較闊，寬度約五公分；在花莖上的葉子較窄，寬度約一公分。總狀圓錐花序腋生或頂生，腋生時單出，頂生時三出，花白色到紫色。種子扁橢圓形，有白、黃、棕紅或黑色。中國芝麻的種植區域，主要在黃河及長江中下游各省，以及河南、湖北、安徽、江西、河北等省分布較多，其中河南產量最多。

【牡丹】

城西千葉豈不好，笑舞春風醉臉丹。
何似後堂冰玉潔，遊蜂非意不相干。

——〈堂後白牡丹〉

本詩是〈和孔密州五絕〉的第五首絕句。蘇軾在密州待了兩年，於宋神宗熙寧九年（一〇七六年）冬天調知河中府，還沒到達任所，又於次年二月轉調徐州太守。接任蘇軾密州職位的是孔宗翰（所以稱孔密州），當蘇軾次年（一〇七七年）四月到達徐州任所後，寫了五首絕句給孔宗翰。此詩詠頌堂屋後花園的白牡丹，「千葉」是指花是重瓣的。

牡丹原產於長江流域與黃河流域諸省山間或丘嶺中，因具有藥效和觀賞價值，被引至庭園中栽培。從南北朝謝靈運說「永嘉水際竹間多牡丹」至今，在長期的培育過程中，出現許多花大色艷的品種，愈來愈受到重視，其栽培範圍由長江、黃河流域諸省向全中國各地擴大。牡丹根據花的顏色和形態可分成數百個品種，以色澤而言，有黃、綠、肉紅、深紅、銀紅等花色。牡丹的外貌端莊秀雅，雍容典雅華貴，儀態萬千，象徵至榮至貴、吉祥美好。自隋唐至今，為文人騷客所喜愛。

牡丹有許多美稱，如花中之王、貴客、國色天香及富貴花等。《本草綱目》說：「群芳中以牡丹為第一，故世謂花王。」唐代劉禹錫〈賞牡丹〉云：「唯有牡丹真國色，花開時節動京城。」花容有富麗堂皇之態，稱「富貴花」，因此也成了吉祥圖繪常見的素材。牡丹艷冠群芳，又以洛陽牡丹最富盛名，據《事物紀原》記載，武則天冬月賞遊後花園時，見百花俱開而獨牡丹不開花，一怒之下把牡丹貶謫至洛陽，於是有「洛陽花」之稱，也促成了洛陽牡丹冠絕天下。

牡丹與芍藥花型、葉片都非常相似，但牡丹是灌木木本，芍藥是宿根草本，因此牡丹亦稱「木芍藥」；牡丹於四月開花，芍藥花期晚一個月。此外，牡丹花品種繁多，各有其名目，或以姓氏、產地或花色為名；或冠以古代美女之名，或冠以天上仙女之名。

牡丹　芍藥科

Paeonia suffruticosa Andrews

落葉灌木，莖高達二百公分；分枝短而粗。葉通常爲二回三出複葉，表面綠色，無毛，背面淡綠色，有時具白粉，葉柄長五至十一公分，和葉軸均無毛。花單生枝頂，苞片五，長橢圓形；萼片五，綠色，寬卵形，花瓣五或爲重瓣，玫瑰色、紅紫色、粉紅色至白色，通常變異很大，倒卵形，頂端呈不規則的波狀；花藥長圓形，長〇．四公分；花盤革質，杯狀，紫紅色；心皮五，密生柔毛。蓇葖果長圓形，密生黃褐色硬毛。

【蒼耳】

高田生黃埃，下田生蒼耳。
蒼耳亦已無，更問麥有幾。
——〈和李邦質沂山祈雨有應〉節錄

全詩共二十句，作於宋神宗熙寧十年（一〇七七年）權知徐州軍州事時。

沂山，位於山東省泰魯沂山地東端，素有「東泰山」之稱，古代常在此舉行祈雨儀式。熙寧十年六月，李清臣因沂山龍祠祈雨有應作詩一首寄給蘇軾，於是蘇軾做了這首詩回應。

中國原本不產蒼耳，原產地是漢代的西域，包括新疆以西的蘇聯舊地、伊朗、印度等。傳入中國的時間應在史前時代，可能經由牲畜買賣（最可能是附著在羊毛上傳入），故又名「羊帶來」。《詩經》稱「卷耳」，即〈周南・卷耳〉篇之「采采卷耳，不盈頃筐」句。〈離騷〉稱之為「葹」，即「薋菉葹以盈室兮」句，因種子有刺，被視為惡草，用以比喻小人、佞臣。

古代的百科全書《爾雅》謂為「蒼耳」，《本草》稱「葈耳」。

在印度阿薩姆，其嫩花及嫩葉用水煮沸，作蔬菜食用，在中國，蒼耳的嫩葉、幼苗亦作為蔬菜食用。《救荒本草》說蒼耳「生川谷……田野，今處處有之。葉青白類黏糊菜葉，莖葉秋間結實，比桑椹短小而多刺……採嫩苗葉煠熟，換水浸去苦味，淘淨，油鹽調食。其子炒微黃，搗去皮磨為麵作燒餅，蒸食亦可。」顯示蒼耳到處都有分布，不但嫩苗嫩葉常作為救荒野菜，種子還能磨成粉做餅充飢。

蒼耳是常見的田間雜草，作為藥品，蒼耳子始載於《神農本草經》，名為「枲耳實」，列為中品，治療感冒頭痛、急慢性鼻炎、瘧疾及風濕性關節炎。根和全草（葉）亦入藥，作發汗通竅、散風祛濕、消炎鎮痛及解毒藥。種子可榨油，蒼耳子油與桐油的性質相仿，可摻和桐油製作油漆，也可作油墨、肥皂、油氈的原料，又可制硬化油及潤滑油。

蒼耳　菊科

Xanthium sibiricum Patrin *ex* Widder（異名：*Xanthium indicum* Klatt、*Xanthium strumarium* L.）

一年生草本植物，高三十至一百二十公分，莖直立，近根部的莖為紫色，上部的莖為綠色，有紫色條狀斑點；上部多分枝有時具刺，全株粗糙密被白色短毛。葉互生，葉片廣卵形或卵狀三角形，長五至二十公分，寬四至十六公分，基部為心臟形；葉緣不規則粗齒。夏季開花，頭狀花序腋生或頂生，單性花，雌雄同株；雌性頭花之小花無花冠，與總苞片癒合成為一，內含二朵小花，排列在雄性頭花下方；雄性頭花球狀，密生於莖頂。果倒卵形或卵圓形，遍身密生堅硬的鉤刺。廣泛分布於全世界各地，東亞、俄羅斯、伊朗、印度、北美等地均可見。在中國分布很廣，生於山坡、草地、路邊、水流旁草叢或灌木叢中。

【秫（粟）】

故山豈敢忘，但恐迫華皓。
從君好種秫，斗酒時自勞。
——〈過雲龍山人張天驥〉節錄

全詩三十二句，寫於宋神宗熙寧十年（一〇七七年）。張天驥自號雲龍山人，躬耕而食，不求聞達，在蘇軾知徐州時，兩人交往甚密，常在一起飲酒賦詩。次年雲龍山人在山頂所建的放鶴亭落成後，蘇軾還特地寫了一篇〈放鶴亭記〉。

《說文解字》解「秫」，說「秫（音叔），稷之黏者」，意思是說「秫」是一種帶有黏性的穀物，是稷（小米）的一個品種。清代段玉裁《說文解字注》：「秫為黏稷，而不黏者亦通呼為秫；秫而他穀之黏者，亦假借通偁之曰秫。」雖然說有時也稱其他黏性穀類為「秫」，但主要還是指「稷」類。

稷亦稱粟、粱、粟米，俗稱小米、黃小米、小黃米。粟耐旱，缺乏灌溉亦能生長。經長期選擇培育，粟已發展出許多品種，「粱」的米粒蒸煮後較黏，而「粟」爲粱之不黏者，植株較細弱矮小。或將穗大毛長粒粗者稱為粱，而穗小毛短粒細者稱為粟。中國最早的酒是用小米釀造，種仁可入藥，藥性味甘、鹹，性涼，有和中、益腎、除熱、解毒等功效；稈、葉是騾、馬、驢的良好飼料。

一般認為粟（小米）原產於中國黃河流域，栽培歷史悠久，是新石器時代黃河流域主要的栽培作物。黃河流域史前考古發掘的糧食作物以粟爲多，二〇〇九年分析河北省磁山新石器遺址裡粟（小米）的植矽體，測得年代為公元前八七〇〇至七五〇〇年，是世上最早的粟出土證據。至秦漢時期，粟是種植最多的穀物，直到唐代以前，粟一直是中國北方民眾的主食之一，通稱「穀子」。直到宋末，稻、小麥逐漸發展後，才取代粟成為主食。

粟 禾本科

Setaria italica (L.) P. Beauv. var. *germanica* (Mill.) Schrad.

一年生草本，植物體細弱矮小，高二十至七十公分。葉片長披針形或線狀披針形，長十至四十五公分，寬〇・五至三・三公分，先端尖，基部鈍圓，上面粗糙，下面稍光滑；葉鞘鬆裹莖稈，密具疣毛或無毛；葉舌爲一圈纖毛。圓錐花序呈圓柱狀，緊密，長六至十二公分，寬〇・五至十公分；小穗卵形或卵狀披針形，黃色。穎果的稃殼有白、紅、黃、黑、橙、紫各種顏色，俗稱「粟有五彩」，卵球狀籽實粒小，未脫殼穀粒最常見者爲黃色。分布於中國南北各地；朝鮮半島、東南亞各地、南亞的印度半島、歐亞草原直迄東歐也有分布。適生在海拔一千公尺以下。

【樗（臭椿）】

歲月曾幾何，耆老逝不居。
史侯最先沒，孤墳拱桑樗。

——〈答任師中、家漢公〉節錄

全詩共八十句，同樣寫於宋神宗熙寧十年（一〇七七年）徐州太守任內。「孤墳拱桑樗」，指的是墳地上生長的桑樹和臭椿已有兩手合抱那麼粗了。

「樗」最早出現在《詩經》〈豳風〉的「采荼薪樗」，說的是只能作薪材用的「樗樹」。《陸璣疏》描述此植物的形態性狀：「樗，樹及皮皆似漆，青色，葉臭。」蘇頌《圖經》說：「樗氣臭，北人呼爲山椿，江東人呼爲鬼目。」說明「樗」就是今日的臭椿。《莊子》〈逍遙遊〉中惠子對莊子的談話：「吾有大樹，人謂之樗。其大本臃腫而不中繩墨，其小枝捲曲而不中規矩。立之塗，匠者不顧。」意思是臭椿幹形散亂、枝條扭曲，無法用繩墨量直取材，不是良好的材種，即便生長在道路旁，工匠連看都不看一眼。加上葉片有散發臭味的腺體，被視為一種「惡木」，只配用來燒柴，或是用於製作木磚，放在牆根以隔絕潮濕之氣。古人常以「樗材」自謙無才，或才能淺薄。

此樹在一七四〇年代從中國傳至歐洲，在一七八四年傳至美國，是首批傳至歐洲的樹種之一，最初是作為一種美麗的花園樣本而受到歡迎。但臭椿的生長非常快速，植物體所製造的一種叫臭椿苦酮的物質，會排斥其他植物生長，甚至寸草不生，可以說是天然的除草劑。臭椿苦酮在樹皮和根部含量最多，葉、種子也有。目前臭椿已傳播到很多地區形成密林，密林中很少有其他樹種存在，成為歐美、澳大利亞、紐西蘭地區的入侵種。根也對地下管道造成傷害，砍伐後，此樹還會茁壯地再次萌芽，因此根除十分困難且費時。

臭椿 苦木科

Ailanthus altissimus (Mill.) Swingle

落葉喬木，高可達二十公尺，樹皮平滑而有直紋；嫩枝有髓，幼時被黃色或黃褐色柔毛。葉爲奇數羽狀複葉，長四十至六十公分，小葉十三至二十七；小葉紙質，卵狀披針形，長七至十三公分，寬二・五至四公分，兩側各具一或二個粗鋸齒，齒背有腺體一個，葉面深綠色，背面灰綠色，揉碎後具臭味。圓錐花序長十至三十公分；花淡綠色，花瓣五；雄蕊十，花絲基部密被硬粗毛；心皮五，花柱黏合，柱頭五裂。翅果長橢圓形，長三至四・五公分，寬一至一・二公分；種子位於翅的中間，扁圓形。原產中國北部和中部。

【榧】

彼美玉山果，粲為金盤實。瘴霧脫蠻溪，清樽奉佳客。客行何以贈，一語當加璧。祝君如此果，德膏以自澤。驅攘三彭仇，已我心腹疾。願君如此木，凜凜傲霜雪。斫為君倚幾，滑淨不容削。物微與不淺，此贈毋輕擲。

——〈送鄭戶曹賦席上果得榧子〉

宋神宗元豐元年（一〇七八年）上半年，蘇軾任徐州太守時所作。蘇軾在任內結識當地名士鄭僅，因為鄭僅即將赴北京出任司戶參軍一職，因此以鄭戶曹稱之。在朋友設宴為鄭僅餞別時，蘇軾見席中出現被視為珍品的玉山香榧，遂作此詩勉勵鄭僅能「人如其果」，履任後能夠堅守本心，德澤百姓。

浙江省磐安縣玉山鎮是中國的香榧之鄉，有得天獨厚的香榧生長環境，香榧栽培歷史悠久，「玉山果」遂成香榧的代稱。詩中明在頌揚香榧的特質和珍貴之處，其實是借詩詠物言志，也代表蘇軾對鄭僅的期許。《全唐詩》尚未出現香榧，歷代詩文引述香榧始自宋詩、宋詞開始，除了蘇軾這首詩外，還有葉適〈蜂兒榧歌〉：「平林常榧啖俚蠻，玉山之產升金盤。」周必大〈二月十七夜與諸弟小酌嘗榧實誤食烏喙烏喙堇〉：「我獨好奇嘗酒堇，誤思榧實殺三彭。」

香榧是中國特產的果樹，而香榧子則是世界上最著名的乾果之一。香榧種子的成熟期為三年，即從開花到結果到種子成熟需經歷三個年頭，因此有「三生果」之稱。每年的五至九月，同時有兩代種子在樹上生長，還有新一代種子的花芽原基在形成發育，稱之為「三代同樹」，往往一年果、兩年果同時存在。香榧的種子營養價值極高，稱「香榧子」，富有油脂和特有的一種香氣，吃起來香美、鬆脆。在宋代，被列為朝廷貢品。

香榧子是美味食品，也是名貴的中藥材。性味甘平，入藥具有殺蟲、消積、潤燥的功效。現代醫學臨床證實，香榧對驅除蟯蟲效果顯著，對治療痔瘡、小兒遺尿症也有一定裨益。香榧樹幹高大、挺拔，側枝發達，樹姿優美，四季常青，又很少被病蟲害侵染，是優良的園林和庭院綠化樹種。木材紋理通直，硬度適中，有彈性及香氣，不反撓不開裂，為建築、造船、家具及工藝雕刻等的優良木材。

香榧　紅豆杉科 *Torreya grandis* Fortune ex Lindl.

常綠喬木，高可達二十五公尺，樹幹端直，樹冠卵形，小枝近對生或近輪生。葉線形，長一．二至二．五公分，寬〇．二至〇．四公分，螺旋狀著生，在小枝上呈兩列展開，葉端具刺狀尖頭，葉表深綠光亮，葉背中脈兩側有兩條黃色氣孔帶。雌雄異株，雄毬花單生於葉腋，雌毬花對生於葉腋。種子核果狀，長二至四公分。主要生長在中國南方較為濕潤的地區，生於海拔一千四百公尺以下，溫暖多雨，黃壤、紅壤、黃褐土地區，目前主要分布於中國安徽黟縣、浙江諸暨、富陽等地。

【楊梅】

寄聲問道人，借禪以為詠。
何所聞而去，何所見而回。
道人笑不答，此意安在哉。
昔年本不住，今者亦無來。
此語竟非是，且食白楊梅。

——〈聞辯才法師復歸上天竺以詩戲問〉節錄

全詩共二十句，寫於宋神宗元豐元年（一〇七八年）上半年徐州太守任內。蘇軾與辯才法師結緣於熙寧四年（一〇七一年）外放杭州任通判時，後來辯才被逼離杭州法喜寺，於元豐元年再度被召回寺，人在徐州的蘇軾聽聞後大喜，於是有了這首對答之作。次年三月，蘇軾移知湖州途中所寫的〈贈惠山僧惠表〉詩，亦有引述楊梅句：「客來茶罷空無有，盧橘楊梅尚帶酸。」

有關楊梅的文字記載，始見於西漢司馬相如〈上林賦〉的「梬棗楊梅」，時間是漢武帝去上林遊獵（公元前一三八年）之後。湖南省長沙市馬王堆西漢古墓及廣西貴縣羅泊灣西漢古墓中，都發現保存完整的楊梅果核，證明早在二千年前楊梅果實就已供食用。唐代時楊梅已成為常見果品，李白的詩多次提及，如〈梁園吟〉：「玉盤楊梅為君設，吳鹽如花皎白雪。」孟浩然的〈裴司士員司戶見尋〉：「廚人具雞黍，稚子摘楊梅。」寫的是小孩子在樹上採楊梅。

楊梅根部有放線菌共生，會長出根瘤。根瘤能夠固定空氣中的游離氮素，轉化為含氮有機物質，提供植物體吸收利用，具有施肥的效果，同時改善土壤肥力。楊梅是著名的果樹，果圓球形，夏季成熟時為鮮紅色，生食生津止渴，亦可做蜜餞、果醬等。經過長期栽培，已發展出很多品種，有楊梅、白楊梅、毛楊梅、青楊梅、大楊梅和全緣葉楊梅等知名品種。白楊梅是楊梅中的稀有品種，顏色從粉紅到乳白不等，而其中以通體乳白色的水晶楊梅最為稀有，在古代作為貢品。

楊梅　楊梅科

Myrica rubra (Lour.) Siebold & Zucc.

常綠喬木，樹皮灰色，小枝粗壯。葉互生，密生枝端，葉片革質，倒卵或長倒卵狀披針形，長五至十五公分，寬一至四公分；全緣或上端不明顯疏鈍齒緣。花雌雄異株；雄花序數條叢生葉腋，圓柱形，長約三公分，黃紅色，雄蕊五至六枚；雌花序卵狀長橢圓形，長約一・五公分，單生葉腋，子房卵形，花柱甚短，二歧。果實為核果，球形，徑一至一・八公分，具乳頭狀突起，熟時深紅色或紫紅色。在中國華東各省和湖南、廣東、廣西、貴州等地區均有分布。

【波稜（菠菜）】

蔓菁宿根已生葉，韭芽戴土拳如蕨。
爛烝香薺白魚肥，碎點青蒿涼餅滑。
宿酒初消春睡起，細履幽畦掇芳辣。
茵陳甘菊不負渠，繪縷堆盤纖手抹。
北方苦寒今未已，雪底波稜如鐵甲。
豈如吾蜀富冬蔬，霜葉露牙寒更茁。
久抛菘葛猶細事，苦筍江豚那忍說。
明年投劾徑須歸，莫待齒搖並髮脫。

——〈春菜〉

作於宋神宗元豐元年（一〇七八年）徐州太守任上。蘇軾仕途坎坷，宦遊四方，到了初春時節，看到北地歷經霜雪後，蔓菁、韭菜、薺菜、茵陳蒿、菠菜、白菜、苦筍等多種春天應時蔬菜及野菜已現生機，不禁懷念起故鄉蜀地的家鄉味。其中的「波稜」即菠菜，古稱波棱菜、頗稜菜，今又名菠稜、赤根菜。

菠菜原產伊朗，《唐會要》記載：菠菜是唐太宗貞觀二十一年（六四七年）從尼泊爾作爲貢品傳入中國，至今在中國已有千年的栽培歷史。另有菠菜由西國（波斯）傳入之說，古稱「波斯菜」。菠菜性喜冷涼氣候，耐寒性強，「北方苦寒今未已，雪底波稜如鐵甲」，表示菠菜能在四川地區越冬露地生長，但在熱帶、亞熱帶地區亦生長良好。目前世界各地包括中國都普遍栽培，爲極常見的蔬菜之一，可用來煲湯、涼拌、單炒，也可配葷菜合炒或作火鍋墊盤。

菠菜一年四季都可以收穫，冬季爲盛產期。植物體內含有菸鹼酸，口感略帶澀味，還有維生素A、維生素B、維生素C、維生素D、胡蘿蔔素、蛋白質、鐵、磷及草酸等多種營養元素，含鐵量尤多，是良好的食療用蔬菜。維生素B2可以幫助身體吸收其他維生素，而充足的維生素A可以預防感冒。又含大量的植物粗纖維，可促進腸道蠕動，利於排便。對於便祕、痛風、皮膚病、各種神經疾病、貧血、解酒毒及防止齒槽膿漏現象等，確有特殊的食療效果。

菠菜　藜科

Spinacia oleracea L.

一年生草本植物，具有一粗大的軸根，略呈淡紅色。葉根生，葉成戟狀至長橢圓形，葉緣全緣或具淺裂；具長葉柄。穗狀花序，單性，黃綠色花，雌雄異株；雄花排列成穗狀花序，花被片通常四，花絲絲形，扁平，花藥不具附屬物；雌花簇生於葉腋，小苞片兩側稍扁，頂端殘留二小齒，背面通常各具一棘狀附屬物；子房球形，柱頭四或五，外伸。果實為胞果，卵形或近圓形，有刺或無刺，直徑約〇．二五公分，兩側扁；果皮褐色。果實有刺或無刺。原產波斯或鄰近的西南亞地區。

【蔓菁】

蔓菁宿根已生葉，韭芽戴土拳如蕨。
爛蒸香薺白魚肥，碎點青蒿涼餅滑。

——〈春菜〉節錄

全詩共十六句（參見上一篇）。徐州古稱彭城，位於江蘇省西北部，蘇軾在徐州任知州（太守）兩年多，從熙寧十年（一〇七七年）四月到任，至元豐二年（一〇七九年）三月調到湖州，在徐州待了快兩年。林語堂說蘇軾的政治生涯是從徐州真正開始的，可見蘇軾在徐州建樹頗多，徐州當地還流傳著一句話：「古彭州官何其多，千古懷念唯蘇公。」這樣苦民勤政的蘇軾，把對家鄉的懷念全寄託於食物之上，詩中首先提到的是蔓菁。

除了本首外，還有同在徐州所作的〈送筍芍藥與公擇二首〉：「我家拙廚膳，彘肉芼蕪菁。」另一首是宋徽宗建中靖國元年（一一〇一年）遇赦後北歸，請求去職後所寫的〈狄韶州煮蔓菁蘆菔羹〉：「常支折腳鼎，自煮花蔓菁。」可見蘇軾很熟悉蔓菁的天然美味。

蔓菁俗稱大頭菜，又稱蕪菁、諸葛菜，《詩經》稱為「葑」，〈邶風．谷風〉：「采葑采菲，無以下體。」原產中東托魯斯山脈以南、地中海東岸、阿拉伯沙漠以北一帶，史前時代引入中國，《詩經》時代的周朝前已普遍種植蔓菁。明代文學家張岱的《夜航船》列舉了蔓菁的許多優點：「蜀人呼之爲諸葛菜。其菜有五美：可以生食，一美；可菹酸菜，二美；根可充飢，三美；生食消痰止咳，四美；煮食可補人，五美。故又爲五美菜。」一年四季都能供食，美食、充飢、藥補兼而有之。

蔓菁有發達的塊狀根，形狀有球形、扁球形、橢圓形多種，肥大肉質根供食用。蔓菁富含維生素A、葉酸、維生素C、維生素K和鈣，可用鹽醃製除去其芥辣口感，然後加糖生食，也可加入肉類或年糕等食物烹煮。不耐暑熱，需在陰涼場所栽培，適宜在肥沃的沙壤土上種植。

有些蘿蔔品種的圓球狀塊根和蔓菁很相似，葉也很像，食用方法和價值也十分相似，兩者常會混淆。不過，蔓菁的塊根肉質較鬆軟，花鮮黃色；蘿蔔則脆嫩多汁，花白色或紫色。

蔓菁　十字花科
Brassica rapa L.

二年生草本，高達九十公分；塊根肉質，球形、扁圓形或有時長橢圓形，鬚根多生於塊根下的直根上。基生葉羽狀深裂，長而狹，長三十至五十公分，頂端裂片較大，邊緣波狀或淺裂，側裂片約五對，向下漸變小，上面有少數散生刺毛，下面有白色尖銳刺毛；葉柄長十至十六公分，有小裂片；中部及上部莖生葉長圓披針形，長三至十二公分，無毛，帶粉霜，基部寬心形，至少半抱莖，無柄。總狀花序頂生，花小；萼片四；花瓣四，鮮黃色，長約〇．七公分，具長爪；四強雄蕊；雌蕊一，子房上位。長角果圓柱形，長三．五至六公分，喙細長。種子球形，淺黃棕色。中國各地都有栽培。

【韭】

蔓菁宿根已生葉，韭芽戴土拳如蕨。
爛蒸香薺白魚肥，碎點青蒿涼餅滑。

——〈春菜〉節錄

同前篇，作於宋神宗元豐元年（一〇七八年）徐州太守任上。從春分到清明是最適合採摘蔬菜、野菜的時節，懂得吃的蘇軾自然不會錯過。「韭芽戴土拳如蕨」可以有兩種解釋，一是說韭菜頂著土冒生出來，新芽卷曲就像蕨菜的嫩芽一樣；也可以解讀為有兩種菜蔬：韭芽及野菜的蕨芽，而蕨芽如拳也表示節近清明。

韭菜是宋代春盤的生菜之一。春盤是立春的傳統吃食，用盤裝著餅與生菜一起吃。即蘇軾另一首詩〈送范德孺〉所言：「漸覺東風料峭寒，青蒿黃韭試春盤。」辛盤是另一種春盤，盤中放的是五種辛辣味蔬菜，作爲冷盤食用，韭菜是五辛之一。蘇軾〈立春日小集戲李端叔〉載錄：「辛盤得青韭，臘酒是黃柑。」

《山海經》提到很多地區都生長韭菜，如「丹熏之山」、「北單之山」（今內蒙古）、「崍山」（今四川）、「雞山」（今湖南或雲南）、「邊春之山」、「視山」等地，說「其山多韭」，至今華北、西北、東北等地差不多都有野韭菜分布。中國種植韭菜已經有三千年以上的歷史，商周之際，韭被用爲食品、調味品、祭品。在《周禮》中提到祭祀時要用醃漬的韭菜，即《詩經》所說的「獻羔祭韭」。韭菜是中國栽培地域最廣的蔬菜之一，幾乎所有省分都有栽培。崔禹錫《食經》敘述先民將韭菜放置在黑暗中生長，使韭菜長成白韭菜，稱之爲「韭黃」。韭菜又稱起陽草，葉和花嫩時可以食用。韭菜自古傳統歸類為葷食，佛教五葷、道教五葷都包括韭菜。

韭菜葉細長而扁，色鮮綠，有獨特的香味。株體含極多的葉紅素、蛋白質、脂肪、多量纖維質及維生素A、B、C，對便祕有食療功效。植物體含有揮發性的硫化丙烯，因此具辛辣味，可促進食欲。韭菜為多年生宿根草本蔬菜，一次播種後，可以生長多年，所謂「一種而久」。第二年為盛產年，每年可割取多次。《本草綱目》記載韭菜「溫中，下氣，補虛，調和腑臟，令人能食，益陽，止泄臼膿、腹冷痛，並煮食之」，民間有「韭菜壯陽」之說。

韭　百合科或石蒜科 *Allium tuberosum* Rottler ex Spreng.

多年生宿根性草本，高二十至四十公分，具特殊味道；根莖橫臥，具多數鬚根。葉細長而扁，色鮮綠，成束基生，長十至三十公分，寬一・五至一・八公分，先端銳尖，全緣。繖房花序，花莖自葉束中伸出，高三十至五十公分；總苞片膜質，白色；花被六裂，白色；雄蕊六，花藥黃色；雌蕊一，子房三室，三稜狀。果實為蒴果，倒心狀三稜形，綠色，長〇・四至〇・五公分；種子黑色，扁平，類半卵圓形，邊緣具稜。原產中國，普遍栽培為蔬菜用。

【大麥】

雨足誰言春麥短，城堅不怕秋濤卷。
日長惟有睡相宜，半脫紗巾落紈扇。
芳草不鋤當戶長，珍禽獨下無人見。
覺來身世都是夢，坐久枕痕猶著面。
城西忽報故人來，急掃風軒炊麥飯。

——〈和子由送將官梁左藏仲通〉節錄

全詩共十六句，寫於宋神宗元豐元年（一〇七八年）五、六月的徐州太守任上。梁左藏本名梁交，左藏是官名，是蘇軾兄弟共同的友人，當時蘇轍與梁交都在南京應天府任職。詩中「城西忽報故人來，急掃風軒炊麥飯」的「麥飯」是指用大麥煮的飯，宋代劉克莊〈哭孫季蕃〉：「自有菊泉供祭享，不消麥飯作清明」亦同。大麥的穎果殼和粒相黏，不易脫殼，磨粉品質遠遜於小麥，大都用來煮成飯粥，謂之麥飯。

大麥約七千年前出現於近東，馴化似乎是與小麥同時，應該也是在五千年前左右傳入中國。《詩經》中的「麥」指的是大麥，如〈魏風‧碩鼠〉的「碩鼠碩鼠，無食我麥」，〈鄘風‧載馳〉的「我行其野，芃芃其麥」。《詩經》有時稱大麥為「牟」，如〈周頌‧思文〉的「貽我來牟」。這些顯示至遲在三千年前，中原地區已經有很多大麥。蘇軾詩〈答郡中同僚賀雨〉：「登城望麰麥，綠浪風掀舞」，稱大麥為「麰」。大麥的變種青稞，自五世紀成為藏人主食，以其磨粉製成的糌粑現今仍是藏族主食。其他重要的大麥品種還有廣麥、赤麥、黑（廣）麥等。古今大麥多用來煮食充飢或餵馬，有些則釀製麥酒；食品工業的麥芽糖，也是由大麥種子發芽後提製而成。

在歐洲中世紀，佃農食用的是大麥和黑麥製成的麵包，而上層階級吃的是小麥。直到十九世紀，馬鈴薯很大程度取代了大麥在東歐的地位。目前，大麥是世界上第四大耕作穀物，僅次於玉米、稻和小麥。大麥因不含麵筋而不適宜做麵包，主要用於釀造啤酒和威士忌，部分用作糧食和飼料。大麥的生長環境很廣，適應性強，如今是溫帶和熱帶地區的主要作物之一，且具有春、冬生長習性。

大麥是低GI（低升糖指數）食物，含有豐富的β-葡聚醣可溶性纖維，有益身體健康。《食療本草》說大麥：「久食之頭髮不白，和鋮沙、沒石子染髮黑色。」《本草綱目》記載大麥的性味：「鹹，溫、微寒，無毒。為五穀長，令人多熱。」有益氣調中、補虛劣、壯血脈、益顏色、實五臟、化穀食等功效。

大麥　禾本科
Hordeum vulgare L.

二年生草本植物；稈中空較軟，高約一百公分，每株分蘗三至六或更多。葉片互生，略厚而短，葉片線形扁平，顏色淡，葉舌、葉耳較大，無毛。穗狀花序，自花授粉為主，穗軸各節著生三小穗，每小穗小花一朵；小穗有護穎一對，小花又有內外穎各一，狹窄細長，外穎較大，頂端有芒或無芒；內、外稃通常緊包住籽粒，外稃寬扁，頂端具長芒。穎果常呈現黃、綠、褐、紫、黑等複雜顏色。中國南北各地栽培。

【蕎麥】

六年逢此月，五年照離別。（中秋有月凡六年矣，惟去歲與子由會於此。）歌君別時曲，滿座為淒咽。留都信繁麗，此會豈輕擲。鎔銀百頃湖，掛鏡千尋闕。三更歌吹罷，人影亂清樾。歸來北堂下，寒光翻露葉。喚酒與歸飲，念我向兒說。豈知衰病後，空盞對梨栗。但見古河東，蕎麥如鋪雪。欲和去年曲，復恐心斷絕。——〈中秋月寄子由〉

〈中秋月寄子由〉一共寫了三首，所引為第二首，寫於元豐元年（一〇七八年）中秋的徐州任內。每逢佳節倍思親，何況是月圓人團團的中秋夜，何況是素來手足情深的蘇家兩兄弟。這是蘇軾外放到徐州的第二年，詩中特別附註說去年中秋有弟蘇轍（字子由）在徐州陪他，但目前卻天各一方，一個在徐州，一個在南京。六年來的中秋，兄弟兩人算得上月圓人團團的只有一個中秋。詩末提到的「蕎麥如鋪雪」，這滿地如雪的是指蕎麥的白色花。

蕎麥雖然有個麥字，卻不是禾本科植物，成片開花時，一簇簇密集的總狀花序形成可觀的白色花海，隨風飄落的效果就是「蕎麥如鋪雪」。

蕎麥是中國古代重要的糧食作物和救荒作物之一，最早的蕎麥實物出土於陝西咸陽楊家灣四號漢墓中，距今已有二千多年。但是唐以前，蕎麥的種植不多，一般認為蕎麥是在唐代才開始普及的。蕎麥包含甜蕎麥（即普通蕎麥，*Fagopyrum esculentum* Moench）、苦蕎麥（*F. tartaricum* (L.) Gaertn）、金蕎麥（*F. cymosum* L.）等，都可作為糧食，其中甜蕎麥和苦蕎麥是兩種主要的栽培種。蕎麥種子是三角形，被硬殼包住，去殼後磨麵食用。

蕎麥在中國西南高寒山區少數民族的主食，當地居民將蕎麥分為「甜蕎」和「苦蕎」兩類，「甜蕎」大致相當於中國內地和日本等地種植的普通蕎麥，而「苦蕎」則是適應當地高寒氣候的特殊品種。蕎麥生長期短，在肥沃土壤上較其他糧食作物產量低，但特別適應乾旱丘陵和涼爽的氣候，可以在貧瘠的酸性土壤中生長，不需過多的養分和氮素，但要有充足的水分，下種晚，在比較涼爽的氣候下開花。所以可以在受水災以後作為補種，也可作為綠肥、飼料植物。

雖然在全世界廣泛種植，但不是主要的糧食作物，生產量的比重很小。世界各地種植的蕎麥多以甜蕎麥為主。中國蕎麥過去主要作為間作作物，不作商品生產，耕作方式粗放，因此產量低，目前播種的面積正逐年減少中。蕎麥麵粉比小麥麵粉的顏色較深，法國人用於做黑麵包；日本人做蕎麥麵，韓國人做一種涼糕。在東歐，蕎麥去殼後，如稻米一般煮食，稱為蕎麥飯。

蕎麥（普通蕎麥；甜蕎麥）蓼科 *Fagopyrum esculentum* Moench

一年生草本植物，高四十至一百公分，莖光滑直立，淡綠色或紅褐色，有分枝。葉片寬三角形至心形，兩面光滑或中脈具疏毛，葉鞘管狀，頂端斜而截平，早落。下部葉有長柄，上部葉近無柄。總狀花序，腋生或頂生；花淡紅色或白色，花被片五；雄蕊八；花柱三，柱頭頭狀。瘦果三稜形，各稜具翼，頂端尖，表面光滑，成熟時一半以上凸出於花被片外，黑褐色。分佈於歐洲和亞洲；中國各地有栽培，有時逸為野生。

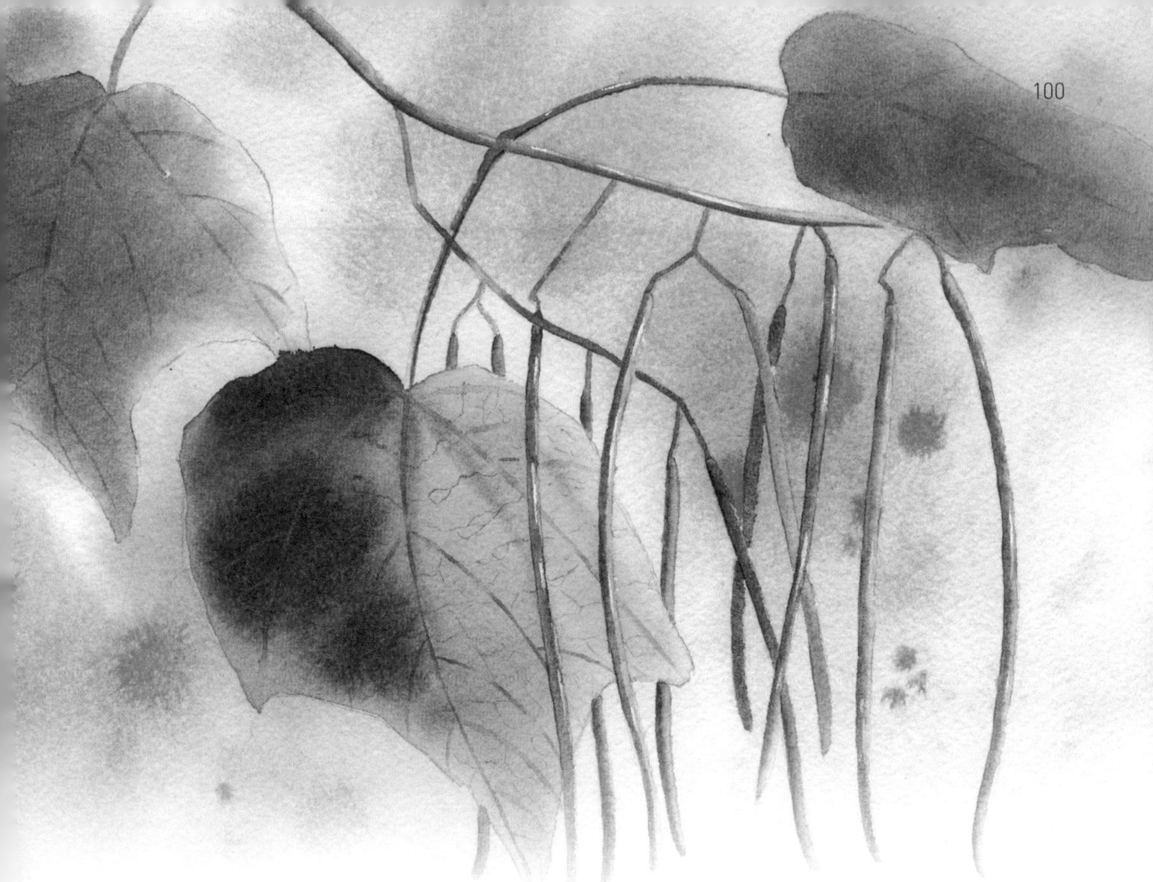

【梓】

人皆種榆柳，坐待十畝陰。
我獨種松柏，守此一寸心……
樊侯種梓漆，壽張富貴箵。
我作西園詩，以為里人箴。

——〈滕縣時同年西園〉節錄

全詩二十八句，寫於宋神宗元豐元年（一〇七八年）徐州任上。滕縣地處兗州、徐州之間，自古就是交通要道和魯南重鎮。該縣是徐州下轄的屬縣，當時知縣是范仲淹的四子范純粹，因新修縣衙落成特邀請長官蘇軾前來視察，蘇軾還寫了一篇〈滕縣公堂記〉以誌其事。同期還到同科進士時宗道的莊園遊覽，並創作此詩。

詩句「樊侯種梓漆」典出《齊民要術》。故事是說樊重（漢光武帝的外祖父）想做家具，於是種植梓樹和漆樹，鄉人笑說等樹木可以用了，他都垂垂老矣。如此春去秋來，一年又一年，梓漆終於長成得用了，鄉人紛紛前來商借木材。故事闡述的正是「十年之計，莫如樹木」的道理。

梓樹原產於中國，是一種速生樹種。梓樹樹冠倒卵形或橢圓形，樹體端正，冠幅開展，樹姿優美，葉大蔭濃，春夏黃花滿樹，秋冬莢果懸掛，具有一定的觀賞價值。此外，還有較强的消聲、滯塵、忍受大氣污染的能力，抗二氧化硫、氯氣、烟塵，適合種作行道樹、庭蔭樹。梓樹木材輕軟，是古代中原地區主要的家具及建築用材樹種；因其速生，又常作為薪炭用材，農村每家都在房前屋後種植，一為遮蔭，二為用作燃料，三作建築、器用，和桑樹同為家家戶戶必種樹木。朱熹說：「桑、梓二木，古者五畝之宅，樹之墻下，以遺子孫給蠶食、具器用者也。」由於桑梓是父母所植，因此也用以代稱家鄉。

在古代，雕刻、印刷非梓木或楸木不用。於是，印刷新書稱為「付梓」；製作家具、器材的木工稱「梓人」或「梓匠」。西漢時帝后所用的棺材使用名貴的梓木製作，特稱為「梓宮」，後來雖有更好的楠木棺、杉木棺，但「梓宮」一名未變。梓木也是製琴的好材料，常用來製作琴底，而桐木被用來製作琴面，二者結合，振動性極佳，琴聲幽遠，有「桐天梓地」一稱。

梓樹　紫葳科

Catalpa ovata G. Don

落葉喬木，高可達十五公尺，樹冠傘形，主幹通直。葉對生，葉闊卵形，長寬相近，長約二十五公分，頂端漸尖，基部心形，全緣或淺波狀，常三淺裂，側脈四至六對，基部掌狀脈五至七。圓錐花序頂生；花冠鐘狀，淺黃色，長約二公分，二唇形，上唇二裂，長約〇．五公分，下唇三裂，中裂片長約〇．九公分，側裂片長約〇．六公分，內有二黃色條帶及暗紫色斑點；孕性雄蕊二，退化雄蕊三；子房棒狀，柱頭二裂。蒴果線形，下垂，長二十至三十公分，徑〇．五至〇．七公分，冬季不落。種子長橢圓形，兩端密生長柔毛，連毛長約〇．三公分，寬約〇．三公分。分布長江流域及以北地區；日本亦有分布。多栽培於村莊附近及公路兩旁，野生者已不可見。

【漆】

樊侯種梓漆，壽張富貴簪。
我作西園詩，以為里人箴。

——〈滕縣時同年西園〉節錄

詩的來源和典故參考上篇。最末尾這四句詩的大意是：昔日壽張侯樊重種植漆樹及梓樹，幾代富貴，今日我寫這首西園詩，以提醒及警示世人。

漆樹原產於中國和印度次大陸，以生產生漆著名，是中國最古老的經濟樹種，《詩經》的〈唐風・山有樞〉有：「山有漆，隰有栗」，〈鄘風・定之方中〉有：「樹之榛栗，椅桐梓漆，爰伐琴瑟」，都說明至遲在春秋戰國時代，漆樹和楸樹、泡桐、梓樹等同是重要的樹種。《貨殖傳》云：「陳夏千畝漆，與千戶侯等」，說明當時已有大面積的造林。割開樹幹流出的生漆（樹脂）是天然樹脂塗料，可用來塗膜家具、樂器等，不但能美化外觀，更能保護器物長久不腐，所謂「汁入土，千年不壞」。有些歷史悠久的老物件，在漆液的保護下，直至今天依然色澤光潤，質地完好。這是因為生漆中含有高濃度的漆酚，雖然有毒，卻有絕佳的防腐防鏽效果，能耐高溫、耐強酸強鹼及防潮絕緣。直到今日，還用於塗漆建築物、家具、機器、車船、電線、器材及工藝品等。

漆樹也是高經濟價值的樹木，材質堅硬、細膩，在喬木中屬上品，是製作家具的上好材質。乾漆是著名中藥，漆樹酸是漆樹汁液中的天然成分，具有一定毒性，可用來驅除體內寄生蟲，也可用作強心劑。漆樹的葉和花果可以入藥，有止咳、消瘀、通經、殺蟲之效。果實可榨油，果皮可取蠟，漆仁油可作油漆工業的原料，也可食用，漆蠟則是製造肥皂和甘油的重要原料。

漆樹 漆樹科

Toxicodendron vernicifluum (Stokes) F.A. Barkley

落葉喬木，高可達二十公尺。樹皮呈不規則縱裂。奇數羽狀複葉互生，小葉四至六對，膜質至薄紙質，卵形或卵狀橢圓形或長圓形，長六至十三公分，寬三至六公分，全緣，側脈十至十五對。圓錐花序長十五至三十公分；花黃綠色，雄花花梗纖細，長〇．一至〇．三公分；雌花花梗短粗；花瓣長圓形，長約〇．二五公分，開花時外卷。核果腎形或橢圓形，略壓扁，長〇．五至〇．六公分，寬〇．七至〇．八公分，先端銳尖，基部截形，外果皮黃色，具光澤，中果皮蠟質，果核棕色，與果同形，堅硬。在中國除黑龍江、吉林、內蒙古和新疆外，其餘省區均栽培；在印度、朝鮮和日本也有分布。

【薤】

我來徙倚長松下，欲掘茯苓親洗曬。
聞道山中富奇藥，往往靈芝雜葵薤。

——〈又次前韻贈賈耘老〉節錄

全詩共二十四句，寫於宋神宗元豐二年（一〇七九年）湖州任上。元豐二年蘇軾由徐州移知湖州，於四月二十日到任，這年他四十四歲。從離開京師開始、蘇軾已歷任杭州、密州、徐州，如今又落腳在太湖流域的湖州。但七月就因烏台詩案被抓捕並下獄。

這四句詩的大意是：我徘徊在大松樹下，想要挖茯苓親自洗曬。聽說山中有許多奇藥，常見到靈芝雜生在冬葵和薤之中。薤（讀音同謝），即今人熟悉的蕗蕎，在唐代、宋代是重要的蔬菜。在蘇軾其他詩中亦曾出現，如〈次韻段縫見贈〉：「細思種薤五十本，大勝取禾三百廛。」及〈又次韻二守同訪新居〉：「拔薤已觀賢守政，折蔬聊慰故人心。」可見在北宋蕗蕎還是常見的蔬菜。

薤今名藠蕎、蕎頭、藠頭，最大的特色是「葉似蔥韭，鱗莖似蒜。」《黃帝內經》〈素問〉篇有「五菜為充」一語，此五菜就是「葵、藿、薤、蔥、韭」，其中薤、蔥、韭都是辛辣的食材。藠蕎原產亞洲東部，中國的栽培歷史已有三千年以上。葉濃綠色，細長管狀，葉鞘抱合成假莖，基部形成白色的球形鱗莖，是主要的食用部分。蕎頭鱗莖富含蛋白質、胺基酸、礦物質及維生素等營養物質，可炒食、醋醃、鹽漬，形味俱佳，風味獨特，兼具食療與保健作用。元代《王禎農書》云：「薤生則氣辛，熟則甘美，種之不蠹，食之有益。」秋季抽花莖，傘形花序，花小。

〈薤露〉是中國古代最著名的輓歌，收錄於漢樂府中。傳說楚漢爭天下之際，齊國的田橫被漢高祖征召，半途自殺，田橫的門客作此歌哀悼。〈薤露〉用薤葉上的露水來形容人命之輕，僅有四句：「薤上露，何易晞，露晞明朝更復落，人死一去何時歸？」大意是說：薤葉上的露水，何其容易被曬乾！露水雖然被曬乾，明日清晨又會落在薤葉上，但人一旦死去卻不會復生。

薤 百合科 *Allium chinense* G. Don

多年生宿根草本植物，鱗莖卵形。葉線形，細長，中空，橫切面呈三角形，深綠色而稍帶蠟粉，長三十至四十公分，寬〇・三至〇・五公分。植株生長過程中發生分櫱，每一分櫱具有三至八片葉，葉鞘基部膨大而成鱗莖，成長的鱗莖紡錘形，徑一至二公分。花薹圓柱狀，實心，頂端著生繖形花序，有花十至二十五朵，花淺藍紫色，有雌雄蕊，不常結子。起源於中國，自古栽培，江西、福建、浙江、湖北、湖南、四川、雲南、貴州、廣東、廣西等省都有種植。

第四章 躬耕黃州

烏台詩案是蘇軾人生一個重大的轉捩點，在關押四個多月後逃脫死罪，最終以「誹謗朝廷，妖言惑眾」的罪名貶謫到湖北黃州（今黃岡）。經此死裡逃生的人生大劫，蘇軾的心境不同以往，變得更隨遇而安、更灑脫通透，把滿腹的才學寄寓於詩文書畫的創作。

宋神宗元豐三年（一〇八〇年）春節，由汴京發遣，蘇軾被御史台差人押出了汴京。經一個月跋涉，蘇軾父子抵長江北岸的黃州，擔任「檢校尚書水部員外郎充黃州團練副使」（自衛隊副隊長）一職。這是一個虛職閒差，「本州安置，不得簽書公事」，還是個要受黃州官員監管的犯官。蘇軾一家先暫居於城東一家寺院「定惠院」，後因家眷二十多人到來而遷居臨皋亭（朝廷官員巡視黃州的驛館）。宋神宗元豐四年（一〇八一年）冬，蘇軾在附近的山坡上尋得一座廢棄的園圃，建了幾間房屋，因是在風雪中建成的，自題為「雪堂」，還在屋內四壁上畫滿雪景；而山坡土路雨天時泥濘不堪，蘇軾稱之為黃泥坂。

蘇軾官俸不多，生活困頓，於是託朋友向黃州官府要來一塊荒地，和家人躬耕於東坡之上。這一塊五十畝的廢棄坡地位於黃州城東門外，這就是他自號「東坡居士」的緣由。因為荒地肥力不足，剛開始只能種大麥，作主食煮「麥飯」，但飯粒硬而黏，不易消化，於是加入紅豆，煮成兩種顏色的「二紅飯」。此時期另發展出著名的「東坡羹」，用大白菜、蔓菁（大頭菜）、蘿蔔或薺為

食材，煮生米為糝（以米煮成羹），最後再加一些生薑即成。蘇軾居住躬耕，苦中作樂，東坡肘子、東坡豆腐……所有名字中帶有「東坡」的菜肴都是在黃州時期利用當地食材創製的。

從宋神宗元豐三年到七年，蘇軾在黃州居住了四年又四個月，詩文創作驚人。在黃州城西門外，有一處形如懸鼻的斷岩，色赭赤，當地人稱赤鼻磯，又稱赤壁，上建有亭閣。元豐五年（一〇八二年）七月十六日，四十七歲的蘇軾在亭閣寫出著名的〈赤壁賦〉；三個月後在同地點寫下〈後赤壁賦〉。元豐七年（一〇八四年），神宗傳下御扎：「人材實難，不忍終棄。」將蘇軾調往離京城更近的汝州（今河南臨汝），職銜同樣是「團練副使」，仍舊「不得簽書公事」。遺憾的是，赴任途中幼子不幸夭折，喪子之痛的蘇軾請求朝廷暫緩去汝州後，開始休養身體並寄情山水，自此「人生有味是清歡」，豁達幽默的東坡先生回來了。

在黃州，蘇軾表現出「大江東去，浪淘盡，千古風流人物」的豪邁與激昂；也表達了「誰道人生無再少？門前流水尚能西。休將白髮唱黃雞」的風采與放浪。〈定風波．莫聽穿林打葉聲〉，也在此時期完成。《東坡詩集》卷二十、卷二十一、卷二十二及卷二十三，詩作總數分別為五十七首、八十六首、四十一首及四十四首，時間是從宋神宗元豐三年（一〇八〇年）春節自京城南行黃州，到元豐七年（一〇八四年）七月止。《東坡詞編年》則從〈臨江仙〉至〈水龍吟〉，共九十五首為此時期所作。

這段時期詩詞中出現的植物，很多是華中（長江流域）特殊的蔬菜，如水芹、蔞蒿、蘆葦、芥、雞蘇等；也有蘇軾鍾愛的花卉，如海棠、棠棣、荼蘼、蜀葵等。

【葵（冬葵）】

蘭菊有生意，微陽回寸根。方憂集暮雪，復喜迎朝暾。
憶我故居室，浮光動南軒。松竹半傾瀉，未數葵與萱。
三徑瑤草合，一瓶井花溫。至今行吟處，尚余履舄痕。
一朝出從仕，永愧李仲元。晚歲益可羞，犯雪方南奔。
山城買廢圃，槁葉手自掀。長使齊安人，指說故侯園。

——〈正月十八日蔡州道上遇雪，次子由韻〉

共有兩首，所引為第一首。元豐三年（一〇八〇年）正月十八日在由京城貶謫黃州途中，經過蔡州時所作，時年四十五歲。前幾天，與弟蘇轍（字子由）在陳州短暫相聚後，蘇軾攜子繼續一路往南行。詩中追憶他在蜀地的「故居室」、「南軒」及庭園景色，園中栽種的「葵」即冬葵。說半路上下大雪，松樹、竹子大半被雪壓垮了，冬葵、萱草也沒剩幾株。接著後悔自己當初沒像漢代蜀地的隱士李仲永那樣，以至到了不惑之年還要忍辱冒雪趕赴貶所。最後是對未來生活的設想：買個廢園親自掃除枯葉，像秦代的東陵侯一樣做個清貧種瓜的凡夫俗子。

另一首詩〈送安惇秀才失解西歸〉也出現冬葵：「我昔家居斷還在，著書不暇窺園葵。」冬葵是蘇軾常吃的菜蔬，他在〈新釀桂酒〉詩中說：「爛煮葵羹斟桂醑，風流可惜在蠻村。」

冬葵又名葵菜、冬莧菜，是一種非常古老的蔬菜，食用歷史非常悠久。早在《詩經》中已經記載，其中〈豳風・七月〉寫道：「六月食鬱及薁，七月亨葵及菽。」冬葵以幼苗或嫩莖葉供食，營養豐富，含蛋白質、脂肪、胡蘿蔔素、維生素C、粗纖維、碳水化合物及鈣、磷、鐵等多種礦物質。可炒食、煮湯、做餡，柔滑味美、清香。老葉可曬乾製粉，與麵粉一起蒸食。唐代以後逐漸退出餐桌，唯在江西、湖南、四川、貴州等南方內陸地區仍保留食用葵菜的習慣。主要品種有二：白梗冬葵和紫梗冬葵。白梗冬葵，葉片較薄，葉柄長，葉色綠，較耐熱，早熟，適宜秋季栽培，華中、華南多栽培此品種。紫梗冬葵，節間短，節間及主脈為紫色，葉柄基部的葉片部分呈紫紅色，葉柄較短，葉片微皺，生長勢強，晚熟，適宜春播，北方多種此品種。

冬葵被稱為「補脾之菜」，兼具藥食價值，全株可入藥，有明目、利尿、解毒、催乳、潤腸、通便等功效。妊婦吃了，有胎滑而容易生產的效果。

冬葵 錦葵科

Malva verticillata var. crispa L.

一年生草本，高三十至九十公分。葉互生，掌狀五至七淺裂，徑約五至八公分，圓腎形或近圓形，基部心形，邊緣具鈍鋸齒，掌狀五至七脈；有長柄。花小，叢生於葉腋，小苞片三；萼五裂，裂片廣三角形；花冠五瓣，白色至淡紅色，倒卵形，先端凹入；雄蕊多數，花絲合生成單體；子房十至十二室，每室有一個胚珠。蒴果扁圓形，由十至十二心皮組成，果熟時各心皮彼此分離，且與中軸脫離。湖南、四川、貴州、雲南、江西、甘肅等省均有生產。

【酴醾（荼蘼）】

酴醾不爭春，寂寞開最晚。
青蛟走玉骨，羽蓋蒙珠幰。
不妝艷已絕，無風香自遠。
淒涼吳宮闕，紅粉埋故苑。
至今微月夜，笙簫來絕巘。
餘妍入此花，千載尚清婉。
怪君呼不歸，定為花所挽。
昨宵雷雨惡，花盡君應返。

——〈杜沂游武昌以酴醾花菩薩泉見餉〉

宋神宗元豐三年（一〇八〇年）四月十三日，謫居黃州的蘇軾接待第一個來黃州看望他的友人杜道源。杜氏世居蜀中，與蘇家的關係十分密切。農曆四月已經是暮春，大部分的春花已經開完，輪到酴醾花盛開。

酴醾在古代是非常有名的花木，《群芳譜》上說：「色黃如酒，固加酉字作酴醾」。陸游有詩道：「吳地春寒花漸晚，北歸一路摘香來」，說明酴醾花有香氣。酴醾後來又稱作荼蘼、荼蘪等，宋代王淇的〈春暮遊小園〉詩：「一從梅粉褪殘粧，塗抹新紅上海棠，開到荼蘼花事了，絲絲天棘出莓牆」，「開到荼蘼花事了」意思是荼蘼花或酴醾花開時，表示春天已到盡頭，初夏時節已經開始。蘇軾的這首〈酴醾花菩薩泉〉詩：「酴醾不爭春，寂寞開最晚」，也在說明酴醾花已在春末夏初了。

根據明代王象晉編輯的《群芳譜》：「酴醾……藤身灌生，青莖多刺，一穎三葉如品字形，面光綠背翠色，多缺刻，花青跗紅萼，及開時變白帶淺碧，大朵千瓣，香微而清。」又說：「本名荼蘼，一種色黃似酒，故加酉字，」「酴醾」是一種甜米酒，是一種發酵酒，也稱重釀酒，呈濁黃色。因此，稱「酴醾」的花原來應該是黃色的；沒「酉」字部首的「荼蘼」則應是黃色以外的花種。

南宋詩人陸游〈海棠〉詩說：「荼醾暗處看，紛紛滿架雪。海棠明處看，滴滴萬點血」，既是滿架雪，可見陸游所見到的是白色花的荼蘼。後來黃白不分，連白色花的品種也稱「酉」字部首的「酴醾」了，如另一位宋代詩人薛季宣的〈酴醾花謝有感〉詩：「當初曾醉浣花春，席地棠梨當錦茵。今日酴醾飄似雪，閑忙不比舊時人」，詩句「酴醾飄似雪」就是白花品種。

黃木香 薔薇科

Rosa banksiae W.T. Aiton f. *lutea* (Lindl.) Rehder

常綠藤本，高至六公尺，小枝綠色，光滑，無刺或疏生鉤狀刺。奇數羽狀複葉，小葉三至五片，橢圓形至長橢圓狀披針形，端尖或略鈍，邊緣有細鋸齒，暗綠色，有光澤。花三至十五朵排成繖房花序，花黃色，重瓣，芳香。五至六月開花。野生者分布四川、雲南。全國各地均有栽培。另有單瓣黃木香（*Rosa banksiae* Ait f.*lutescens* Voss.），花瓣重瓣，花較不香；木香花（*Rosa banksiae* Ait.），花瓣重瓣至半重瓣，白色，芳香。

【蘆葦】

連山蟠武昌，翠木蔚樊口。
我來已百日，欲濟空搔首。
坐看鷗鳥沒，夢逐麏麚走。
今朝橫江來，一葦寄衰朽。

——〈遊武昌寒溪西山寺〉節錄

全詩共三十二句，寫於宋神宗元豐三年（一〇八〇年）初夏。蘇軾謫居黃州受監管不得自由，三個多月後才第一次走出黃州城，與杜道源渡江到對岸，同遊湖北西山寺，寫下這首詩。從詩中可以看出，蘇軾的心情已見平緩，逐漸走出初到黃州時的惶恐與抑鬱，展現懷古思幽之情。所引詩句大意是：群山環抱著武昌，綠樹點綴著樊河口，我到此已一百多天，幾次想渡江只能搔首作罷。我常坐在江岸看鷗鳥飛翔，在夢裡追逐著鹿群，今天終於坐著小船（一葦）橫渡長江水。詩中的「葦」原指蘆葦，借用為小船。

古人用蘆葦編製「葦席」、用作建築材料。在許多新石器遺址中發現蘆席、蘆泥土塊：浙江河姆渡遺址，建築屋頂先用葦席鋪蓋，再鋪上苫草或茅草；河北武安磁山遺址，在距今大約七千三百年前的文化層中發現蘆席痕迹。在商代各遺址的房屋基址上，發現房頂上的草束多為蘆葦稈；在河南柘城孟莊的商代前期遺址發現的房屋基址內，堆積著許多紅燒土塊，有的土塊表面有蘆葦束印痕。這些遺址分屬長江和黃河兩大流域，說明當時無論南方和北方都分布著茂盛的蘆葦。古人還用蘆葦的空莖製造蘆笛，用蘆葦花序穗作掃帚，無論是江南或江北、屋內或屋外，古人所使用的生活用品都離不開蘆葦。

蘆葦廣泛分布於全世界，生長於江河湖澤、池塘溝渠沿岸和低濕地。由於葉、葉鞘、莖、根狀莖和不定根都具有通氣組織，有淨化汙水的作用。蘆葦根莖四布有固堤作用，還能吸收水中的磷，抑制藍藻生長。大面積的蘆葦地不僅可調節氣候、涵養水源，所形成的良好濕地生態環境，也是鳥類棲息、覓食、繁殖的家園。此外，蘆葦桿含有高量的纖維素，可以用於造紙和人造纖維。

蘆葦 禾本科

Phragmites australis (Cav.) Trin. ex Steud.或*Phragmites communis* Trin.

多年生大型禾草，稈高三至四公尺，地下莖發達。葉片扁平，長十五至四十五公分，寬一至三．五公分。葉舌極短，截平，或為一圈纖毛。圓錐花序長十至四十公分，下部枝腋間有白柔毛；小穗通常有四至七小花；穎有三脈；第一小花通常為雄性；兩性花雄蕊三，雌蕊一，花柱二枚，柱頭羽狀。穎果，披針形，長約○．一五公分。生長於沼澤、溪河沿岸、海灘等濕地，在各種有水源的空曠地帶，常以迅速擴展的繁殖能力形成連片的蘆葦群落。遍布於全世界溫帶至熱帶地區。

【雞蘇（紫蘇）】

忽驚石上堆龍蛇，玉芝紫筍生無數。
鏘然敲折青珊瑚，味如蜜藕和雞蘇。
主人相顧一撫掌，滿堂坐客皆盧胡。

——〈石芝并敘〉節錄

全詩共十六句，寫於宋神宗元豐三年（一〇八〇年）黃州臨皋亭。五月十一日蘇軾夜夢去某個人家玩，看到小園古井石上生有石芝，不得主人應允，蘇軾便折了一枝品嘗，說味道「如蜜漬蓮藕和雞蘇」一樣甘甜，眾人聞言而笑。由於滋味難忘，第二天就寫了這首詩。

《中國植物志》名為「雞蘇」的植物有四種，都屬於唇形科：一是藿香、香薷（*Agastache rugosa* (Fisch. & C.A. Mey.) Kuntze）；二是水蘇（*Stachys japonica* Miq.）；三是黃花香茶菜（*Rabdosia sculponeata* (Vaniot) H. Hara）；四是紫蘇（*Perilla frutescens* (L.) Britton），湖南、江西、福建稱紫蘇為雞蘇。四種植物中味道「甘香」的，只有紫蘇，因此蘇軾所說的「雞蘇」為紫蘇。

紫蘇在中國已有二千多年的栽培歷史，古名「荏」。關於其食用和藥用價值，古籍中有不少記載。中國古代的百科全書《爾雅》說，取紫蘇莖葉研汁煮粥，長服令人體白身香。紫蘇風味特殊，漢代枚乘在〈七發〉賦中提到「鮮鯉之鱠，秋黃之蘇」的吃法，將鯉魚切成魚片佐秋天變黃的紫蘇葉，可見紫蘇作為魚的指定調味品，從西漢時期就已開始。紫蘇的嫩莖葉在近代仍舊供蔬菜食用，或用來烹調各種海鮮肉類，亦可供醃漬物調味料和染色料，或調製成各式飲品。紫蘇種子稱為荏子或蘇子，可直接食用或製成食用油；葉、莖、子均可入藥，有行氣健胃、解毒祛寒、理氣解鬱、增強免疫力、殺菌抗發炎等效用。全株含揮發油，葉花蒸餾精油可作為牙膏、清潔劑及化妝品等芳香原料。紫蘇搭配薄荷使用，有宣肺化痰的效果。

紫蘇變異極大，古書上稱葉全綠者爲「白蘇」，稱葉兩面紫色或面青背紫者爲「紫蘇」。葉色在兩者之間的植株非常多，色澤從綠色帶點紫暈、淺紫綠色、紫綠色、淺紫色、紫色、深紫色等都可見。白蘇通常開白色花，紫蘇花常爲粉紅至紫紅色。「白蘇」到「紫蘇」之間的葉色變化和花色變化，在遺傳學上都屬於連續性變異（continuous variation），因此二者同屬一種植物。

紫蘇 唇形科

Perilla frutescens (L.) Britton

一年生草本或亞灌木，株高六十至一百二十公分；全株具有特別香氣，呈紫色或綠紫色或綠色。葉對生，葉面呈紫紅色皺摺狀，長五至十公分，寬二・五至七公分，卵形或圓卵形，葉基圓形或寬楔形，上下兩面被柔毛，下表面具腺點，葉緣不規則粗鋸齒狀；葉柄長一至四公分，先端長尖，基部截形，鈍鋸齒緣，被毛。穗狀或總狀花序，頂生或腋生；花冠管狀，唇裂，上唇二裂，下唇三裂，紅色或淡紅色；萼鐘狀；雄蕊四，二強；子房四裂，柱頭二裂。果實為小堅果，卵形，內有種子一粒；種子徑約〇・一公分，球形，具網紋。分布中國、不丹、印度、印尼、日本、朝鮮。中國各地廣泛栽培。

【蜀葵】

伊予素寡愛，嗜好本不篤。粵自少年時，低回客京轂。
雖非曳裾者，庇蔭或華屋。頗見綺紈中，齒牙厭粱肉。
小龍得屢試，糞土視珠玉。團鳳與葵花，碔砆雜魚目。
貴人自矜惜，捧玩且緘櫝。未數日注卑，定知雙井辱。
於茲自研討，至味識五六。

——〈寄周安孺茶〉節錄

這是蘇軾最長的一首詩，全詩共一百二十句，幾乎每一句都有茶，算是一首詠茶詩。宋神宗元豐四年（一〇八一年）在黃州團練副使任上，蘇軾採新茶製成茶餅寄給友人，並寫了這首詩。引句中的「小龍」、「團鳳」、「日注」、「雙井」都是茶名，前兩者是團茶（宋代有名的小茶餅）。葵花即蜀葵，其中一種茶借用「葵花」之名。

蜀葵最早由四川傳至中國各地，因此得名；又因植株高度可達丈許，花多爲紅色，又名「一丈紅」。

此外，詩文中稱為「戎葵」、「胡葵」者，很可能原產自四川西南或以西的「戎」地或「胡」域。東漢張衡的〈西京賦〉就提到戎葵，是皇家園林「上林苑」種植的奇花異草之一。蜀葵花大而色艷麗，是庭園、公園中栽培普遍的花卉。品種很多，有千葉、五心、重台、剪絨、鋸口等名貴品種，主要花色為紫紅色，也有紅、紫、白、黃等各種顏色，特別適合種植在庭院、路旁、建築物旁、假山旁，或用來點綴花壇、草坪，還可栽成綠籬、花牆。

漢代以後，各地都有普遍栽培，《全唐詩》有十二首詩提到蜀葵，其後的宋詩、宋詞，一直到明、清都有大量詩文吟誦，如《全明詞》有十七首詞言及蜀葵，《清詩匯》有七首詩出現蜀葵，可見受歡迎程度。《蘇軾詩集》一共有四首詩出現蜀葵。

蜀葵的根、莖、葉、花、種子都是藥材，有清熱利濕、涼血止血、解毒排膿、通利二便等功效，常用來預防及治療呼吸疾病，還有改善消化道問題。

蜀葵　錦葵科
Althaea rosea (L.) Cav.

二年生直立草本，高達二．五公尺，全株被星狀毛，莖木質化，直立不分枝。葉互生，圓鈍形或卵狀圓形，有時呈五至七淺裂，直徑六至十五公分，先端鈍圓，基部心形，邊緣具圓齒，掌狀脈五至七條；葉柄長二．五至四公分。花腋生，單生或近簇生，排列成總狀花序式，具葉狀苞片；花大，有紅、紫、白、黃及黑紫各色，單瓣或重瓣，直徑六至九公分；花瓣花絲連合成筒狀；萼鐘狀，直徑二至三公分，五齒裂。果扁球形，直徑約三公分，成熟時每心皮自中軸分離。原產四川，在中國分布很廣，華東、華中、華北均有。目前在世界各地均有栽培。

【苧麻】

春雲陰陰雪欲落，東風和冷驚羅幕。
漸看遠水綠生漪，未放小桃紅入萼。
佳人瘦盡雪膚肌，眉斂春愁知為誰。
深院無人剪刀響，應將白紵作春衣。

——〈四時詞・春〉

宋神宗元豐四年（一〇八一年）上半年寫於黃州。〈四時詞〉分為春夏秋冬四段，描寫那個時空的四季生活片段。寫春天的這一段，說佳人身形消瘦、皮膚白皙，眉頭深鎖，不知為誰憂愁。寧靜的庭院中只聽到使用剪刀裁剪白紵作春衣的聲音……。「白紵」在此是苧麻纖維織成的布，是古代裁製春衣、夏衣的主要材料。蘇軾另一首詞〈減字木蘭花〉：「江南遊女，問我何年歸得去。雨細風微，兩足如霜挽紵衣。」寫的是江南少女在細雨中拉起白紵衣的情景。

苧麻是中國特有的纖維植物，早在先秦時代之前就有取苧麻纖維織布製衣的記載。考古出土年代最早的是浙江錢山漾新石器時代遺址出土的苧麻布和細麻繩，距今已有四千七百餘年。殷墟出土的〈卜辭〉中就有絲麻的象形文字。但長期以來，苧麻較適應熱帶和亞熱帶氣候，主要產區在南方。例如，王禎《農書》就說：「南人不解刈麻（大麻），北人不知治苧。」但《詩經》中也出現苧麻，〈陳風〉有「東門之池，可以漚紵」句，紵即苧麻。可見春秋時代苧麻已成功引種到北方。苧麻於十八世紀初先後輸入歐洲和北美，在國際上稱爲「中國絲草」（**Chinese silk plant**）。

苧麻的主要用途是織布、製繩，莖皮纖維細長，質地强韌、潔白、有光澤、拉力强、易染色，織成的布稱爲夏布，即夏天使用的布料。織成布之後，需加灰鍛濯漂白，製成白紵及白紵細布。細布染色後稱爲紵絲，舊時多用於裁製官袍，近代則廣泛應用於服裝、鞋帽、門簾、窗簾、床褥、坐墊及桌布等。葉的蛋白質含量高，是重要的飼料植物；根含有綠原酸、胡蘿蔔苷等藥用成分，有補陰、安胎、治產前產後心煩及治疔瘡等作用；葉、皮也都是藥材。

苧麻　蕁麻科

Boehmeria nivea (L.) Gaudich.

亞灌木或灌木，高〇・五至二公尺；幼莖與葉柄均密被開展的長硬毛和短糙毛。葉互生；葉片草質，寬卵形至卵形，葉背面密被雪白色絨毛，長六至十五公分，寬四至十一公分，邊緣在基部之上有牙齒。圓錐花序腋生，或植株上部的為雌性，其下的為雄性，或同一植株的全為雌性；雄團繖花序直徑〇・一至〇・三公分，有少數雄花；雌團繖花序有多數密集的雌花。雄花：花被片四，雄蕊四。雌花：花被橢圓形。瘦果近球形，極小。中國主要產地分布在北緯十九度至三十九度之間，南起海南省，北至陝西省均有種植苧麻的歷史。

【芒】

莫聽穿林打葉聲，何妨吟嘯且徐行。
竹杖芒鞋輕勝馬，誰怕？一蓑煙雨任平生。
料峭春風吹酒醒，微冷，山頭斜照卻相迎。
回首向來蕭瑟處，歸去，也無風雨也無晴。

——〈定風波．莫聽穿林打葉聲〉

宋神宗元豐五年（一〇八二年）三月五日，去黃州東南的沙湖看田，返程時遇雨所作。如詞序所寫：「三月七日，沙湖道中遇雨。雨具先去，同行皆狼狽，余獨不覺，已而遂晴，故作此。」莫聽、何妨、徐行，幾個用語看得出來蘇軾不受風雨打擾的閒適心態，也暗喻他再也無懼人生風雨，不管是順境或逆境，對蘇軾來說已能做到哀樂不能入，「也無風雨也無晴」了。

蘇軾一根竹杖、一雙芒鞋在雨中安步當車，「竹杖、芒鞋」是古人外出漫遊時的常備用具，也引申為到處漫遊。竹杖是用竹子做的手杖；「芒鞋」亦作「芒鞵」，是用芒莖（稈）外皮編織的鞋。蘇軾同期所作的三首詩都有提到「芒鞋」，〈遊淨居寺〉的「今日復何日，芒鞋自輕飛」、〈初入廬山〉的「芒鞋青竹杖，自掛百錢遊」，以及〈自興國往筠宿石田驛南二十五里野人舍〉的「芒鞋竹杖自輕軟，蒲薦松床亦香滑」。

芒草屬於C4（四碳）植物，光合作用效率高，生長速度快，可大面積栽植，被視為最有潛力的替代能源之一。其固碳方式及吸存二氧化碳的特點，能改善全球暖化問題。此外，生長過程中，芒草根系能從土壤中吸取水分和一定比例的重金屬，用來稀釋土壤中重金屬的濃度，還有水土保持的作用。芒草耐旱、耐鹽鹼，可栽植在乾旱、貧瘠和鹽鹼地，改善生育地性質。芒草具觀賞效果，西歐各國，如英國、愛爾蘭、比利時、荷蘭、德國等國家都種植芒草作爲觀賞植物。除了以上所述，芒草的用途還有很多，如芒稈纖維可作編織及造紙原料；提供植物染的黃褐色染料；藥用上，則有利尿、解毒功效。

芒　禾本科

Miscanthus sinensis Andersson

多年生高草本；地下莖發達，稈高可達一百五十公分。葉片線形，長二十至四十公分，寬約一公分，被軟毛及蠟質粉末，邊緣粗糙；葉舌長一至二公分，先端被纖毛。花序為大型圓錐花序，長約三十五公分，扇形展開；小穗長約〇．五公分，披針形。穎果長圓形，暗紫色。分布朝鮮、日本和中國，在中國分布於江蘇、浙江、江西、廣東、海南和廣西等省區。芒遍布於海拔一千八百公尺以下的山地、丘陵和荒坡原野，常組成優勢群落。

【芹（水芹）】

古井沒荒萊，不食誰為惻。瓶罌下兩綆，蛙蚓飛百尺。腥風被泥滓，空響聞點滴。上除青青芹，下洗鑿鑿石。沾濡愧童僕，杯酒暖寒栗。白水漸泓渟，青天落寒碧。云何失舊穢，底處來新潔。井在有無中，無來亦無失。

——〈浚井〉

宋神宗元豐五年（一〇八二年）初夏寫於黃州。蘇軾遊清泉寺、蘭溪後，又乘興前往羅田縣拜訪金石學家王世規。王世規是當朝樞密副史王韶父親，宋神宗封為燕國公。王世規特別到三槐祠迎接，晚飯後，兩人到祠外散步，蘇軾看到老槐樹下有一口井快荒廢了，不禁連聲嘆息。等蘇軾在王世規陪同下遊覽數天回來後，發現這口井已經被王世規暗地裡叫人清淤疏浚好了，便取井水燒開沏茶。蘇軾十分高興，便寫下這首詩。這口井位於今湖北省羅田縣的義水河畔，歷千年而不廢，被稱爲「東坡井」。

水芹古稱芹，由於味道鮮美而常在詩文中被提及。蘇軾有多首詩提到水芹，如〈新城道中〉的「西崦人家應最樂，煮芹燒筍餉春耕」、〈和寄天選長官〉的「眷予東南來，野飯煮芹蓼」、〈送蜀僧去塵〉的「不解丹青追世好，欲將芹芷薦君盤」等，都是平常人家食用的菜蔬。蘇軾有一道改良自家鄉菜「春鳩膾」的拿手好菜，就是以冬季的水芹炒斑鳩肉絲。〈東坡八首〉第三首說：「泥芹有宿根，一寸嗟獨在。雪芽何時動，春鳩行可膾。」這就是原版鮮美至極的「芹芽鳩肉膾」，後來蘇軾以水芹代替芹芽，後人稱為「東坡春鳩膾」。

水芹菜是少數幾種中國原產的蔬菜之一。《詩經》中所採的「芹」，都是水芹，如〈小雅・采菽〉的「觱沸檻泉，言采其芹」，及〈魯頌・泮水〉的「思樂泮水，薄采其芹」。採芹做什麼？當然也是做菜吃。兩千多年前的《呂氏春秋》說「菜之美者，雲夢之芹」，讚美雲夢大澤的水芹是菜中最上品，雲夢大澤在今湖北省江漢平原，黃州亦在其中，可以說，黃州境內的水芹，也是全中國水芹的最上品。

古時先民吃的菜，保留到今日的不多，水芹是從古至今都在吃的蔬菜。水芹以嫩莖和葉柄炒食，其味鮮美，全株香氣濃郁，這是繖形科蔬菜共同的特點。水芹在中國大部分地區都有分布，江南一帶的水溝河邊尤其多，是淺水濕地常見的挺水植物。目前常吃的芹菜是從歐洲引進的，只能在旱地上栽種，又稱為旱芹。水芹和旱芹比較，水芹的莖非常細，直徑大約在〇・二至〇・三公分左右，主要生長在潮濕之處，如沼澤地、河邊和水田。旱芹的莖比較粗，直徑約在〇・五至一公分，生長在旱地，也就是平日吃的普通芹菜。與水芹相比，旱芹香氣更濃，又名「香芹」。

水芹　繖形科

Oenanthe javanica DC.

多年生草本植物，高十五至八十公分。葉片輪廓三角形，一至三回羽狀分裂，末回裂片卵形至菱狀披針形，長二至五公分，寬一至二公分，邊緣有牙齒或圓齒狀鋸齒；基生葉有柄，柄長達十公分，基部有葉鞘；莖上部葉無柄。複繖形花序頂生，小繖形花序有花二十餘朵；花瓣白色，倒卵形，長〇・一公分。果實四角狀橢圓形至筒狀長圓形，長〇・二五至〇・三公分，寬〇・二公分。產中國、印度、緬甸、越南、馬來西亞、印尼及菲律賓等亞洲國家。喜濕潤、肥沃土壤。目前在中國，以江西、浙江、廣東、雲南和貴州栽培面積較大。

【櫟】

少年帶刀劍，但識從軍樂。老大服犁鋤，解佩付鎔鑠。雖無獻捷功，會賜力田爵。敲冰春搗紙，刈葦秋織箔。櫟林斬冬炭，竹塢收夏籜。四時俯有取，一飽天所酢。

——〈次韻和王鞏〉節錄

蘇軾寫給王鞏的聯作詩，一共有六首，所引節錄自第二首（全詩二十句），於宋神宗元豐五年（一〇八二年）十二月於黃州作。王鞏字定國，號清虛居士，北宋著名詩人、畫家，正直豪爽，為時人所敬重。蘇軾守徐州時，王鞏曾經親往探訪，兩人同遊泗水。元豐二年蘇軾因為「烏台詩案」被捕時，好友王鞏也受到牽連，被貶到偏遠的嶺南賓州（今廣西賓陽），王鞏遣散家人，不願家人隨自己到瘴癘之地受苦。五年後，王鞏奉旨回京時，還特地前往黃州與老友相聚，可見兩人交情之深厚。

所引詩句描寫軍人及農民等尋常百姓，活得簡樸踏實，在春夏秋冬的輪換中自食其力地努力生活；而「櫟」在此的用處則是供作冬天的柴火。

麻櫟屬有六百個種，其中四百五十種是櫟亞屬（*Quercus*），一百五十種是青剛櫟亞屬（*Cyclobalanopsis*）。主要分布在北半球，可以生長在從海平面到海拔四千公尺的地方，不同緯度、不同海拔生長著不同特徵的物種。麻櫟屬植物木材的比重都高，約為〇・七五至〇・八，強度和硬度也都很大，木材堅硬耐磨，適合機械用材，可供農具、枕木、坑木、橋梁、地板等用途。麻櫟是廣泛分布種，厚而粗糙的樹皮富含丹寧酸，可防蟲防腐朽，但氣乾容易破碎和分裂，無法大用，通常適合供圍籬、木地板之用（美加地區將此類樹木歸類為圍欄木材），或製作其他不重要的器物。中國自古有「樗櫟庸材」或「樗櫟之材」的成語，「樗」是臭椿，「櫟」是麻櫟。此成語用來比喻平庸無用之材，或自謙才能低下，如《三國演義》第三十六回，徐庶對劉備自謙說：「某樗櫟庸材，何敢當此重譽。」

麻櫟樹葉含蛋白質，可飼柞蠶；種子含澱粉和脂肪油，可釀酒、製作肥皂、作飼料和工業用澱粉；殼斗、樹皮可提取植物鞣劑「栲膠」。枝幹截成段木後，可用來種植香菇和木耳。由於樹形高大，樹冠伸展，且根系發達、適應性強，可栽種為庭蔭樹、行道樹。

麻櫟 殼斗科

Quercus acutissima Carruth.

落葉喬木，樹高達三十公尺，樹皮深縱裂。葉通常為長橢圓狀披針形，長八至十九公分，寬二至六公分，頂端長漸尖，基部圓形或寬楔形，葉緣有刺芒狀鋸齒，幼時被柔毛，側脈每邊十三至十八條；葉柄長一至三公分。雌花常數個集生於當年生枝下部葉腋，有花一至三朵，花柱三。殼斗杯形，包著堅果約二分之一，鱗片扁條形，向外反曲。堅果卵形或橢圓形，直徑一・五至二公分，高一・七至二・二公分，頂端圓形，果臍突起。分布中國遼寧、河北、山西、山東、江蘇、安徽、浙江、江西、福建、河南、湖北、湖南、廣東、海南、廣西、四川、貴州、雲南等省區。朝鮮、日本、越南、印度也有分布。生於海拔六十至二千二百公尺的山地陽坡，成小片純林或混交林。

【芥】

一飯在家僧，至樂甘不壞。
多生味蠹簡，食筍乃餘債。
蕭然映樽俎，未肯雜菘芥。

——〈和黃魯直食筍次韻〉節錄

全詩共二十句，原本是首「食筍詩」，宋神宗元豐六年（一〇八三年）正月寫於黃州。詩題中的黃魯直是黃庭堅，北宋詩人、書法家，與張耒、晁補之、秦觀都是蘇軾門人，並稱蘇門四學士。詩文堪與蘇軾並稱，南宋朱弁《曲洧舊聞》說：「東坡文章至黃州以後，人莫能及，唯黃魯直詩時可以抗衡。」蘇軾、黃庭堅詩文派別合稱「蘇黃門」。黃庭堅是持戒謹嚴的佛教居士，因此詩中說請的是一個在家僧。

詩中的「芥」，《說文解字》說是一種菜；《禮記》〈內則〉有「秋天食用芥」一語。由此推知，「芥」原是指芥菜。芥菜分為三大變種：葉用芥菜，即常說的芥菜（*Brassica juncea* var. *foliosa* L.H.

Bailey）；莖用芥菜，即榨菜或稱大頭菜（*Brassica juncea* var. *tsatsai* P.I. Mao）；根用芥菜（*Brassica juncea* var. *megarrhiza* Tsen & S.H.Lee），塊根肉質，長圓球形，醬漬供食用。還有一種是子用芥菜（*Brassica juncea* var. *gracilis* Tsen & S.H.Lee），又稱抱子芥、兒菜或辣油菜，就是台灣市場可見的「娃娃菜」，種子榨油，也用來生產芥末。

古代食用的品種大都是葉用芥菜，蘇東坡詩中「菘芥」並提，「菘」是指白菜，「芥」就是葉用芥菜。而《儀禮》〈公食大夫禮〉提到的「芥醬」指的是子用芥菜製成的芥末醬。

「芥」又引申爲小草，也喻指細小、輕賤的事物，如纖芥之疾，纖芥之失等。蘇東坡〈寄周安孺茶〉：「有如剛耿性，不受纖芥觸。又若廉夫心，難將微穢瀆。」纖芥指的是小事物；〈和參寥〉：「芥舟只合在坳堂，紙帳心期老孟光。不道山人今忽去，曉猿啼處月茫茫。」芥舟指的是小船。

芥菜　十字花科

Brassica juncea (L.) Czern.

一年生草本植物，高可達一百五十公分，幼莖及葉有辣味。基生葉寬卵形至倒卵形，長十五至三十五公分，頂端圓鈍，基部楔形；莖下部葉較小，邊緣有缺刻或鋸齒，有時具圓鈍鋸齒，不抱莖；莖上部葉窄披針形，長二・五至五公分，寬〇・四至〇・九公分，邊緣具不明顯疏齒或全緣。總狀花序頂生；花黃色，直徑〇・七至一公分；花瓣倒卵形。長角果線形，長三至五・五公分，寬〇・二至〇・三五公分，果瓣具一突出中脈；喙長〇・六至一・二公分。種子球形，直徑約〇・一公分，紫褐色。歐美各國極少栽培，起源於亞洲，中國各地均有產。

【菘（白菜）】

一飯在家僧，至樂甘不壞。
多生味蠹簡，食筍乃餘債。
蕭然映樽俎，未肯雜菘芥。

——〈和黃魯直食筍次韻〉節錄

蘇軾詩還有其他六首詩提及「菘」，如寫於惠州的〈雨後行菜圃〉：「白菘類羔豚，冒土出蹯掌。」寫於儋州的〈和陶西田穫早稻并引〉：「早韭欲爭春，晚菘先破寒。」另外《宋詩鈔》有二十八首詩提到「菘」，表示在宋代，「菘」已經是普遍的蔬菜了。

「菘」原產於中國，色白者叫「白菜」，淡黃者叫「黃芽菜」。白菜是指現代所稱的「大白菜」，也叫結球白菜、包心白菜。群芳譜說「春初早韭，秋末晚菘」，意思是早春的韭菜和秋末的大白菜最鮮嫩可口。《本草綱目》解釋「菘」一名的由來：「菘性淩冬晚，四時常見，有松之操，故曰菘。」清代薛寶辰所著的《素食說略》推舉大白菜為諸蔬之冠，非其他菜能比。

近親的小白菜，又稱普通白菜、不結球白菜，原產於東亞。

大白菜是華人不可或缺的重要蔬菜，味道鮮美，素有「菜中之王」的美稱。尤其對冬季嚴寒的中國北方來說，耐寒又耐儲存的大白菜可能是整個冬天唯一能夠吃到的蔬菜，也因此發展出許多料理方式，燉、炒、溜、拌以及做餡、配菜都可以。大白菜的營養價值也高，富含胡蘿蔔素、維生素B1、維生素B2、維生素C、粗纖維以及蛋白質、脂肪、鈣、磷、鐵等。與肉類同食，既可增添肉的鮮美，又能阻斷致癌物質亞硝酸胺在人體內生成。

大白菜還有一定的食療及藥用價值，中醫認為白菜性味甘平，有清熱除煩、解渴利尿、通利腸胃的功效，經常吃大白菜可防止壞血病。《本草綱目拾遺》也說「白菜汁，甘溫無毒，利腸胃……，和中止嗽」，冬汁尤佳。

白菜 十字花科 *Brassica pekinensis* (Lour.) Rupr.

二年生草本，高可達六十公分。基生葉大，倒卵狀長圓形至倒卵形，長三十至六十公分，頂端圓鈍，邊緣皺縮，波狀，有時具不顯明牙齒，中脈白色，很寬；葉柄白色，扁平，長五至九公分，寬二至八公分，邊緣有具缺刻的寬薄翅；上部莖生葉長圓狀卵形、長圓披針形至長披針形，長二・五至七公分，頂端圓鈍至短急尖，基部耳狀。總狀花序；花鮮黃色，直徑一・二至一・五公分；萼片長圓形或卵狀披針形，直立，淡綠色至黃色；花瓣倒卵形，長〇・七至〇・八公分，基部漸窄成爪。長角果較粗短，長三至六公分，寬約三公分。種子球形，直徑〇・一至〇・一五公分，棕色。原分布中國華北，中國各地廣泛栽培。

【苜蓿】

君歸致其子，囊盛勿函封。
張騫移苜蓿，適用如葵菘。
馬援載薏苡，羅生等蒿蓬。
懸知東坡下，墒鹵化千鐘。
長使齊安人，指此說兩翁。

——〈元修菜并敘〉節錄

全詩共三十六句，寫於宋神宗元豐六年（一〇八三年）黃州貶所，是有名的「元修菜」的出處。全詩大意是蘇軾對家鄉的巢菜念念不忘了十五年，終於有同樣喜歡吃巢菜的同鄉巢谷（字元修）從蜀地來，於是囑咐友人回去後要用囊袋寄種子來，好讓他能種在東坡下。就像西漢張騫從西域移種苜蓿，馬援從交趾載薏苡回來一樣，都能在異地蓬勃生長。蘇軾甚至取友人的名字，把巢菜戲稱為元修菜。

張騫分別在西元前一三八年和前一一九年兩次出使西域，苜蓿就是在這個時候開始傳入中國的，也就是詩句「張騫移苜蓿」所說的。

《史記》〈大宛列傳〉記載：「大宛……俗嗜酒，馬嗜苜蓿。漢使取其實來，於是天子始種苜蓿……」說明苜蓿在西漢時引進中土，至今已有兩千多年的栽培歷史。苜蓿是當今世界分布最廣的栽培牧草，耐乾旱，產量高，又能改良土壤，各種畜禽均喜食，有「牧草之王」的稱呼。苜蓿含有大量的粗蛋白質、豐富的碳水化合物、多種維生素及鐵等多種微量營養素，不僅可用於飼養家畜，也是人類最古老的食物之一。

古代貧窮人家常採苜蓿嫩葉、幼芽為蔬菜，稱之為「苜蓿盤」。成語「苜蓿堆盤」或「苜蓿盤空」，形容官小家貧，只能以苜蓿充飢。例如，蘇軾詩句「久陪方丈曼陀雨，羞對先生苜蓿盤」、「詩翁憔悴老一官，厭見苜蓿堆青盤」。

稱苜蓿的植物，主要有三種：紫花苜蓿（*Medicago sativa* L.）、白花苜蓿（*Trifolium repens* L.）及黃花苜蓿（*Medicago falcata* L.）。最著名的是作爲牧草的紫花苜蓿，直稱為苜蓿，原產地是外高加索、伊朗一帶。苜蓿早期僅供牲畜食用，後來發現其營養價值後開始當生菜供人食用。在綠葉蔬菜中，維生素K的含量最高，維生素A和維生素C的含量也高。供食的苜蓿是取早春返青時的幼芽，含有豐富的膳食纖維，且熱量非常低，熱炒、涼拌都適宜。苜蓿是清涼性蔬菜，食用後能清熱解毒，在燥熱季節用以佐膳可以消除內火。

苜蓿 蝶形花科 *Medicago sativa* L.

多年生草本，莖直立、叢生以至平臥，高三十至一百公分。三出葉，小葉長卵形、倒長卵形至線狀卵形，長一・〇至二・五公分，寬〇・三至一・〇公分，紙質，邊緣三分之一以上具鋸齒。花序總狀或頭狀，長一至二・五公分，具花五至三十朵，總花梗挺直；萼鐘形，長〇・三至〇・五公分，萼齒線狀錐形；花冠深藍至暗紫色，花瓣均具長瓣柄，旗瓣長圓形，先端微凹；子房線形，具柔毛，花柱短闊，上端細尖，柱頭點狀，胚珠多數。莢果螺旋狀緊卷二至四圈，熟時棕色；有種子十至二十粒。種子卵形，長〇・一至〇・二五公分，黃色或棕色。歐亞大陸和世界各國廣泛種植爲飼料與牧草。

【藜】

百川日夜逝，物我相隨去。
惟有宿昔心，依然守故處。
憶在懷遠驛，閉門秋暑中。
藜羹對書史，揮汗與子同。

——〈初秋寄子由〉（節錄）

全詩共二十四句，寫於宋神宗元豐六年（一〇八三年）七月。此時蘇軾已在黃州待了四年，自認為有可能終老於此，不由得思念起因連坐而謫任筠州的弟弟蘇轍（字子由），以及多年前的「風雨對床」之約。詩中提到的「懷遠驛」是宋仁宗嘉祐六年（一〇六一年）八月，兄弟二人在京師準備應試時所寓居的驛站。寓居期間的一個風雨夜裡，兄弟二人對床而眠，約好了早日從官場退下，一起體味閒居之樂。後來二十三歲的蘇轍突染暑熱，臥床不起，宰相韓琦惜才，以「此兄弟有一人不得就試，甚非眾望」，讓仁宗答應考試延期。

詩句中的「藜羹」原是指用藜的嫩枝葉和長時間熬煮的米湯做成的羹，是平民百姓和窮苦人家的菜餚，後泛指粗劣的食物。

《說文解字》說：「藜，艸也。」是一種草類。《詩經》〈小雅〉：「南山有臺，北山有萊」之「萊」，就是藜。《爾雅》說：「初生可食，古蒸以爲茹。」指出藜的幼苗可以蒸來吃。「藜」是廣布型植物，全世界各地都產，生於田野、草原、路邊及住宅附近，常常大片生長在廢棄地或開闊的荒地上，也能生長在其他植物很少分布的鹽鹼土地上，是到處可見的雜草。因處處可見，飢荒或糧食不足時，或貧窮人家沒食物可吃時，採集藜的幼苗或嫩枝葉作蔬菜吃，平時則全株用於餵食家畜。《荀子》記載：「孔子南適楚，厄於陳蔡之間，七日不火食，藜羹不糝，弟子皆有飢色。」說的是孔子和弟子來到陳國和蔡國之間，遭遇變故，有七天沒用火煮食。找到野菜藜煮湯，也沒米可加，弟子都面有飢色了。

全草可入藥，有微毒，能止瀉痢、止癢、清熱、利濕、殺蟲，可治濕瘡癢疹、毒蟲咬傷。但這些都不是藜的主要用途，在現代人眼中，藜是惹人討厭、除之務盡的雜草，因為適應性強，到處可生長，耕地、農園、道路兩旁都可見，是荒地首先出現的先驅植物（**pioneer plant species**）。

藜 藜科

Chenopodium album L.

一年生草本，莖直立，粗壯，具條稜及綠色或紫紅色色條，多分枝，高三十至一百五十公分。葉片菱狀卵形至寬披針形，長三至六公分，寬二・五至五公分，先端急尖或微鈍，基部楔形至寬楔形，上面通常無粉，有時嫩葉上面有紫紅色粉，邊緣具不整齊鋸齒。花兩性，花簇於枝上部排列成或大或小的穗狀圓錐狀或圓錐狀花序；花被裂片五，先端或微凹，邊緣膜質；雄蕊五，花藥伸出花被；柱頭二。果皮與種子貼生；種子橫生，黑色，有光澤。分布於全球溫帶、熱帶及中國各地，見於路旁、荒地和田間。

【棠棣（郁李）】

揭從冰叟來遊宦，肯伴臞仙亦號儒。
棠棣並為天下士，芙蓉曾到海邊郛。
不嫌霧谷霾松柏，終恐虹梁荷棟桴。
高論無窮如鋸屑，小詩有味似連珠。
感君生日遙稱壽，祝我餘年老不枯。
——〈生日王郎以詩見慶次其韻并寄茶二十一片〉節錄

全詩共十四句，寫於宋神宗元豐六年（一〇八三年）黃州團練副使任上。時逢蘇軾四十八歲生日（農曆臘月十九），同鄉好友及侄婿王庠（娶蘇軾侄女）以詩來賀並贈建溪茶餅。全詩先稱讚王庠人品高節，兄弟才德兼備，接著憶及遊湖州賞荷的舊事。再稱讚王庠堪為國之棟梁，詩文韻味無窮，最後感謝王庠贈茶祝壽。

棠棣又作常棣，代指兄弟，典故來自《詩經〈小雅．常棣〉：「常棣之華，鄂不韡韡。凡今之人，莫如兄弟。」以棠棣花花萼、花瓣相依相持，來比喻手足之情，說世間情誼再沒有比兄弟更親厚的了。此後，歷代詩文都以棠棣比喻兄弟。

「常棣」、「棣棠」自古多有混淆。《爾雅注疏》解《詩經》，說「常棣」之樹「子如櫻桃」，可知《詩經》的「常棣」指的是薔薇科的郁李。至於「棣棠」，根據沈括《夢溪筆談》敘述：「今小木中却有棣棠，葉似棣，黃花綠莖而無實，人家亭檻中多種之。」可知「棣棠」是黃花綠莖的小木。清人陳淏《花鏡》記載得更清楚：「棣棠花，藤本叢生，葉如荼蘼，多尖而小，邊如鋸齒。三月開花，金黃色，圓若小球，一葉一蕊，但繁而不香。」更說明棣棠與常棣是兩種不同的植物。

郁李春天開花，花色有粉紅、白色，有單瓣也有重瓣。單辦者果實多，重瓣者花如剪紙、繁密如雲。果實成熟時暗紅色，有光澤、可食，因此郁李是花果俱美的觀賞植物，適宜群植在階前、屋旁、山岩坡上，或列植於林緣、草坪周圍，也可作花徑、花籬栽培。種子稱「郁李仁」，是著名中藥材，可潤燥滑腸、下氣、利水，研碎煮粥可以通便、降血壓。

郁李　薔薇科

Cerasus japonica (Thunb.) Loisel. 或 *Prunus japonica* Thunb.

落葉小灌木，高一至一・五公尺，嫩枝綠色或綠褐色，無毛。葉互生，葉片卵形或卵狀披針形，長三至七公分，寬一・五至二公分，先端漸尖，基部圓形，邊有缺刻狀尖銳重鋸齒，側脈五至八對。花一至三朵，簇生；花瓣白色或粉紅色；雄蕊約三十；花柱與雄蕊近等長。核果近球形，深紅色，徑約一公分。產黑龍江、吉林、遼寧、河北、山東、浙江，生於山坡林下、灌叢中或栽培。日本和朝鮮半島也有分布。

【蔞蒿】

久聞蔞蒿美，初見新芽赤。洗盞酌鵝黃，磨刀削熊白。須臾我徑醉，坐睡落巾幘。醒時夜向闌，唧唧銅瓶泣。黃州豈云遠，但恐朋友缺。我當安所主，君亦無此客。朝來靜庵中，惟見峰巒集。

——〈岐亭五首并敘．其一〉節錄

全詩共二十六句，寫於元豐七年（一〇八四年）離開黃州之時。宋神宗元豐三年（一〇八〇年）正月，蘇軾剛抵黃州，故人陳季常就前來迎接他們父子去自己在岐亭的居所。四年後的元豐七年（一〇八四年）四月，蘇軾要離開黃州到汝州，只有季常一直送他到九江，於是寫下〈岐亭五首〉贈之，追懷兩人的深厚交情。蘇軾在黃州四年期間，來往最密切的就是陳季常，他也是河東獅吼典故的主人翁。

蘇軾在這首詩中提到在岐亭吃的第一頓飯，提到了「蔞蒿」紅紫色的鮮嫩新芽。

蘆蒿的主要用途是作蔬菜，採嫩莖及葉作菜蔬或醃製醬菜。蔞蒿嫩莖脆嫩、辛香，風味獨特，吃蔞蒿的習慣古已有之，《詩經》、《楚辭》、《左傳》、《爾雅》等古籍都有記載，如《楚辭》〈大招〉：「吳酸蒿蔞，不沾薄只。魂兮歸來，恣所擇只。」蔞即蔞蒿，是祭祀用的菜餚。《爾雅》中提到的「由胡」或「水蒿」，也是蔞蒿。其後歷朝詩文中亦常見，其中蘇軾的「蔞蒿滿地蘆芽短，正是河豚欲上時」更是有名，意思是河灘上已經長滿了蔞蒿，蘆葦也開始抽芽，正是河豚要從大海洄游到江河裡的時候。《紅樓夢》第六一回晴雯吃的「蒿子杆炒水麵筋」，食用的是蔞蒿去皮的嫩莖。目前，江南地區還常以蔞蒿的嫩莖葉作菜，涼拌、炒食都有。

蔞蒿又名蘆蒿、水艾、香艾、水蒿、藜蒿、泥蒿、蒿苔、龍艾、龍蒿、狹葉青蒿等，多生於水邊堤岸或沼澤中，廣泛分布東北、華北、華中各地，也是重要的藥材。早期多採集野生蔞蒿，九〇年代開始進行人工栽培，表示野生已經供不應求。蔞蒿具有清涼、平抑肝火、預防牙病、喉痛和便祕等功效。全草入藥有止血、消炎、鎮咳、化痰之效，用於治療黃膽型或無黃膽型肝炎效果良好；民間還作「艾」的代用品。

蔞蒿　菊科

Artemisia selengensis Turcz. ex Besser

多年生草本植物，高可達一五〇公分；植株具清香氣味，莖初時綠褐色，後爲紫紅色，下部通常半木質化。葉片紙質或薄紙質，表面綠色，背面密被灰白色蛛絲狀平貼的綿毛；莖下部葉寬卵形或卵形，分裂葉的裂片線形或線狀披針形；中部葉近成掌狀。花莖出自莖端及葉腋，著生多數小頭狀花序，排列成穗狀花序；花冠筒狀，呈淡黃色。果實為瘦果。分布範圍至廣，多生於低海拔地區的河湖岸邊與沼澤地帶，在沼澤化草甸地區常形成小區域植物群落的優勢種；可葶立水中生長，也見於濕潤的疏林中、山坡、路旁、荒地等。

【海棠】

東風嫋嫋泛崇光，香霧空濛月轉廊。
只恐夜深花睡去，故燒高燭照紅妝。

——〈海棠〉

這首絕句作於宋神宗元豐七年（一〇八四年），是蘇軾貶謫黃州的最後一年，全詩描寫深夜點蠟燭賞花的情景。「夜深花睡去」，引的是唐玄宗讚嘆楊貴妃「海棠睡未足」的典故。

蘇軾愛海棠，詠海棠花的詩篇還有〈雨晴後步至四望亭下魚池上遂自乾明寺前東岡上歸〉的「海棠真一夢，梅子欲嘗新」、〈寒食雨〉的「臥聞海棠花，泥污燕脂雪」。除了蘇軾，歷代文人也詠海棠，如宋代陸游：「雖艷無俗姿，太皇真富貴。」甚至說：「若使海棠根可移，揚州芍藥應羞死。」宋人劉子翠〈海棠花〉則說海棠集梅和柳的優點於一身，耐寒又清麗動人：「幽姿淑態弄春晴，梅借風流柳借輕。」

海棠的花姿美麗，自古以來是雅俗共賞的名花，素有「花中神仙」、「花貴妃」、「國艷」之譽。在園林中常與玉蘭、牡丹、桂花相配植，帶有「玉棠富貴」的美好寓意。海棠種類繁多，葉茂花繁，是庭園綠化及製作盆景的最佳花卉。

西府海棠（*Malus × micromalus* Makino）是海棠中的上品，花未開時，花蕾紅艷，開後則漸變粉紅，盛開後變白，有如含羞姑娘羞澀的嬌嫩臉龐。海棠類植物都可在門庭兩側對植，或在亭台周圍、叢林邊緣、公園步道旁單植、叢植或列植；也適合成片群植在草坪邊緣或水邊湖畔。海棠不僅春天可賞花，秋季果實成熟時也有紅果可賞，同時也是冬季招引鳥類的食餌植物。海棠對二氧化硫、硝酸霧有抗性，尤其對二氧化硫有良好的吸收能力，適合栽種於城市街道綠地和工廠區綠化，降低空氣中有害氣體的含量。

海棠　薔薇科

Malus spectabilis (Aiton) Borkh.

落葉喬木，高可達八公尺。葉橢圓形至長橢圓形，長五至八公分，寬二至三公分，葉緣有細鋸齒，有時部分近全緣。花序近繖形，有花四至六朵，花直徑四至五公分；萼筒外面無毛或有白色絨毛；花瓣卵形，長二至二·五公分，寬一·五至二公分，基部有短爪，白色，在芽中呈粉紅色；雄蕊二十至二十五，花絲長短不等，長約花瓣之半；花柱五。果近球形，直徑二公分，黃色。分布河北、山東、陝西、江蘇、浙江、雲南等。

第五章
惠州蒙塵

宋神宗元豐七年至宋哲宗元祐二年（一〇八四至一〇八七年）蘇東坡先後在常州、登州任太守，在朝廷任「中書舍人」得到英宗皇后的重用，提升為「翰林學士知制誥」（著名學者最高職位）。

宋神宗駕崩，八歲的哲宗繼位，由高太后領政，司馬光等人掌權，廢除一切新法。蘇軾是舊黨，於宋哲宗元祐七年（公元一〇九二年）九月至次年八月，升任兵部尚書、禮部尚書等要職，官高三品，名聲更大。元祐八年（公元一〇九三年）八月，太后逝世，年僅十八歲的哲宗親政，改元祐為紹聖，下令恢復新政，舊黨執政大臣皆被罷免。蘇軾被罷去禮部尚書，調任河北定州太守。妻子王閏之亦在此時逝世，時年四十五歲。紹聖元年（公元一〇九四年）四月，章敦任宰相，新黨重新執政，蘇東坡以「毀謗先帝」之罪名，取消蘇軾端明殿學士、翰林侍讀學士稱號，撤銷定州知州職務，以左朝奉郎身分任英州（廣東英德市）知州，官職從三品降為正六品上。雖然已經懲罰，當權者越想越不甘心，認為蘇軾「罪罰未當」，不久由皇帝下第二道詔令，蘇軾以「左承議郎」身分擔任英州知州，官

職再降為正六品下。不久宋哲宗再下第三道詔令，詔蘇東坡「合敘復日不得與敘」，仍知英州。意思是仍然擔任英州知州，但不得升遷，斷絕蘇東坡升遷機會。六月，蘇軾還沒抵達任所，皇帝又下第四道詔令，撤銷蘇東坡「左承議郎」身分，由英州知州再貶為寧遠軍（治所在今廣西容縣）節度副使，安置在惠州（今廣東惠陽東），不得簽書公事。

蘇東坡到惠州後初居合江樓，當地太守和父老百姓對他熱情接待，使蘇東坡感到很愉快。嶺南兩廣一帶在宋時為蠻荒之地，罪臣多被流放至此。多數被貶謫的遷客逐臣到這裏，往往頗多哀怨嗟嘆之辭，而東坡則常在詩詞中表現出樂觀曠達、隨遇而安的心態，同時還表達了他對嶺南風物的熱愛之情。除了靜坐讀書外每日陶情山水，觀賞風景，仍舊作詩吟詞，享受生活。在惠州三年，先後寫詩一百七十二首和五十多篇詞文。《東坡詩集》卷三八至卷四十，卷三八詩三十九首，卷三九詩八十二首，卷四十詩六十一首；《東坡詞編年》〈戚氏〉至〈謁金門．秋感〉，共十九首為此期所作。苦中作樂的蘇東坡以為可以在惠州安居晚年，但當朝的政敵並沒有放鬆對他的迫害。

此期的詩文植物，有很多特產嶺南地區的熱帶植物：如榕、龍眼、荔枝、貝葉、含笑花、薝蔔、朱槿、山丹、蓽撥、薏苡等。

薝蔔（黃玉蘭）

不用山僧導我前，自尋雲外出山泉。
千章古木臨無地，百尺飛濤瀉漏天。
昔日菖蒲方士宅，後來薝蔔祖師禪。
而今只有花含笑，笑道秦皇欲學仙。

——〈廣州蒲澗寺〉

當年，蘇東坡被貶謫惠州途經廣州，到位於白雲山南麓的古寺蒲澗寺遊覽，由此寫下〈廣州蒲澗寺〉一詩。說附近有山泉、有「千章古木」，和尚提到以前有具益壽延年功效的菖蒲、象徵得道高僧的薝蔔等，現在只有含笑花了。同時提到菖蒲和薝蔔的蘇詩還有卷四十〈和子由盆中石菖蒲忽生九花〉：「無鼻何由識薝蔔，有花今始信菖蒲」。

蘇東坡的詩共有十首提及薝蔔，另一首在杭州任內所作的為〈次韻曹子芳龍山真覺院瑞香花〉，有詩句：「移栽青蓮宇，遂冠薝蔔林。」在元豐七年（一〇八四年）從金陵（南京）赴揚州所作的〈章錢二君見和，復次韻答之〉詩：「來牟有信迎三白，詹蔔無香散六花」，對「詹蔔」的自註云：「詹蔔，梔子花也，與雪花皆六出」，認為詹蔔是梔子花。《本草綱目》說：「二三月生白花，花皆六出，甚芬香，俗說即西域薝蔔也」，也說薝蔔是開白色花、有強烈香氣的梔子，都錯了。

「薝蔔」是梵語Campaka的音譯，又譯作瞻波樹、瞻蔔伽、旃波迦、瞻波、占婆樹、金色花樹。黃玉蘭的學名*Michelia champaca* L.的種小名*champaca*就是源自梵語Campaka，說明「薝蔔」的真身是黃玉蘭。黃玉蘭原產印度、尼泊爾，是樹形高大、花色燦黃若金的香花植物，隨著佛教傳入中國，被視為佛教的經典植物之一。《全唐詩》有二十二首詩提到「薝蔔」，如盧綸〈送靜居法師〉：「五色香幢重複重，寶輿升座發神鐘。薝蔔名花飄不斷，醍醐法味灑何濃。」強調薝蔔花香撲鼻。

黃玉蘭的花黃橙色或橘黃色，春季開花，香味濃烈。花可提取香料，用來製作香水。冠形橢圓，葉呈淡綠色，極適合栽種成庭園樹。木材年輪明顯，保存期長，可作建築建材或製作家具。藥效方面，根可用來袪風除濕、清利咽喉，治療風濕痹痛及咽喉腫痛等病症；果實有健胃止痛效果，用以治療胃痛、消化不良等。

黃玉蘭 木蘭科

Michelia champaca L.

常綠香花喬木，高約十二至二十公尺，枝斜上展，樹冠呈狹傘形；嫩枝、嫩芽被短柔毛。葉橢圓狀披針形或長橢圓形，長十六至三十公分，寬六至九公分，質厚具光澤，先端銳尖或漸尖，兩面光滑。花腋生；花被片十二至十六枚，長二・五至四公分，黃橙色或橘黃色，有濃烈芳香，開花後自然脫落。蓇葖果橢圓形，果實肉質，背面裂開，有二顆或多顆紅色種子。印度、尼泊爾、緬甸、越南、西藏、雲南等地都有廣泛種植。

【含笑花】

不用山僧導我前，自尋雲外出山泉。
千章古木臨無地，百尺飛濤瀉漏天。
昔日菖蒲方士宅，後來薝蔔祖師禪。
而今只有花含笑，笑道秦皇欲學仙。

——〈廣州蒲澗寺〉

宋哲宗紹聖元年（一〇九四年）前往惠州貶所途中，路經廣州遊白雲山而作。蒲澗是白雲山東麓的一道山澗，因盛產有仙草之稱的菖蒲而得名。據傳「千歲翁」安期生就隱居於白雲山，秦始皇派人尋訪未得，後因服食菖蒲而飛升成仙，也讓蒲澗聲名大噪。唐朝時在蒲澗上游建造寺院，即這首詩說的蒲澗寺。

詩中提到的含笑花為南方花卉，僅產於熱帶、亞熱帶的華南各省，主產於兩廣一帶，貶謫至廣東的蘇東坡才有機會眼見栽培於寺廟、庭園的含笑花。作爲常綠灌木花卉應用在園林中，植於林下、庭園、配置假山，均是難覓的園林木本植物，可叢植、列植或孤植，並適合作盆栽常年使用。花香濃郁，因花開而不全放，半含半露，狀似美人含笑不語，因此得名，並用以比喻美麗純真的女子。如詩所云：「花開不張口，含羞又低頭。擬是玉人笑，深情暗自流。」花期長，夏天花開最盛，多在接近傍晚時始開花，初開時，香氣襲人。

含笑花是栽培歷史悠久的園林花卉，常見於華南地區的庭園中，適合庭植或大型盆栽，鮮花可供婦女髮飾及包種茶香料。花可提取香精，是香料及藥用植物。帶有果香調的花香甜而不膩，香氣持久，如南宋楊萬里詩：「秋來二笑再芬芳，紫笑何如白笑强。只有此花偷不得，無人知處自然香。」廣東地區產有一般的白花含笑花，簡稱含笑花；也有一種開紫色花的紫含笑花（*Michelia crassipes* Y.W. Law）。蘇軾另一首詩正月二十六日，偶與數客野步嘉祐僧舍東南野人家，雜花盛開，扣門求觀。主人林氏媼出應，白髮青裙，少寡，獨居三十年矣。感歎之餘，作詩記之：「涓涓泣露紫含笑，焰焰燒空紅佛桑」，所記的就是紫含笑花。

含笑花沖泡的茶飲，可使人心情愉悅、振奮精神，還具有活血調筋、養膚養顏、安神減壓、纖身美體、保健强身的功效。經常飲用可使皮膚細嫩紅潤，富有光澤和彈性。

含笑花 木蘭科

Michelia figo (Lour.) Spreng.

常綠灌木或小喬木，高不超過四公尺，分枝多且密，樹形多呈半球形。葉互生，橢圓狀披針形或長橢圓形，長三至十公分，寬二至五公分，先端鈍，全緣或稍波狀緣，薄革質；幼芽、嫩枝、葉柄及花苞，皆包被褐色茸毛。花單生腋出，花梗短，花被片六，淡黃色而邊緣及基部為淡紫色，長橢圓形或卵狀披針形。開放時有強烈香氣，具獨特香蕉香味；雄蕊多數，花絲紫色；雌蕊綠色，心皮二十五枚左右。蓇葖果；種子鮮紅色，扁橢圓形，徑約〇・七公分。原產中國華南南部各省區，生長在陰坡雜木林中。

【優缽曇花（聚果榕）】

優缽曇花豈有花，問師此曲唱誰家。
已從子美得桃竹，不向安期覓棗瓜。
燕坐林間時有虎，高眠粥後不聞鴉。
勝遊自古兼支許，為採松肪寄一車。

——〈贈蒲澗信長老〉

與前篇寫作時間相同，都是遊廣州古寺蒲澗寺時所寫。詩中提到的兩個人，子美是唐名詩人杜甫（字子美），寫有〈桃竹杖〉一詩，桃竹今稱棕竹（參見下一篇）。安期指的是傳說中的仙人安期生，他的棗子巨大如瓜，可以讓「死者生，病者起」，效果就如東方朔的蟠桃一樣，因此有「方朔桃，安期棗」之說。

詩中提到的「優缽曇花」就是優曇花，是梵文 dumbera的音譯，意譯為靈瑞花、空起花，在佛經中又有不少譯名，如優曇缽羅、優曇波羅、優曇跋羅、優曇婆邏、烏曇婆羅、烏曇蘿，或稱優曇缽、優曇、烏曇等。佛教經典《優曇婆邏經》的名稱，也是源於此。

佛教經文中稱此花為「仙間極品」，三千年才開一次花，花開為吉瑞之兆，代表聖人轉輪法王出世，花開後隨即凋謝。

另一個說法指的是真正的植物，如《佛學大辭典》說，「此花為無花果類。產於喜馬拉雅山麓及德干高原、錫蘭等處。幹高丈餘……雌雄異花，甚細，隱於壺狀凹陷之花萼中。」此植物就是現今所稱的「聚果榕」，為數眾多的小花聚集在一個小球內，稱為隱頭花序，所以蘇軾才會說「優缽曇花豈有花」。每年十月至隔年的二月是聚果榕的花期和果期，並不是如佛經所說三千年才開一次花。

聚果榕樹冠龐大，根系發達能涵養水源，保持水土，也是美化環境的綠化樹種，城市、村落栽植還可清淨空氣。聚果榕是咖啡樹的良好遮蔭樹，落葉是很好的地面覆蓋物，腐爛後可提高土地肥力。樹皮含有百分之十四的單寧，可作收斂劑，用於清洗傷口。果實可食，有澀味，易消化，乳狀的汁液可治療痔瘡和腹瀉等。

聚果榕 桑科

Ficus racemosa L.

常綠喬木，高達二十五至三十公尺，樹皮灰褐色，平滑。葉薄革質，橢圓狀倒卵形至橢圓形或長橢圓形，長十至十四公分，寬三・五至四・五公分，表面深綠色，背面淺綠色，基生葉脈三出，側脈四至八對；葉柄長二至三公分。隱頭花序聚生於老莖瘤狀短枝上，梨形，直徑二至二・五公分；雄花生隱頭花序內壁近口部，雄蕊二；蟲癭花和雌花有柄，花被線形，先端有三至四齒，花柱側生，柱頭棒狀。成熟榕果橙紅色。喜生於潮濕地帶，常見於河畔、溪邊，分布於印度、斯里蘭卡、巴基斯坦、尼泊爾、越南、泰國、印尼、巴布亞新幾內亞；在中國分布於廣西、雲南和貴州。

【桃竹（棕竹）】

優缽曇花豈有花，問師此曲唱誰家。
已從子美得桃竹，不向安期覓棗瓜。
燕坐林間時有虎，高眠粥後不聞鴉。
勝遊自古兼支許，為採松肪寄一車。

——〈贈蒲澗信長老〉

寫於宋哲宗紹聖元年（一〇九四年）九月至十月前往惠州貶所途中。蘇軾在詩注中特別提到，白雲山有可以做枴杖的桃竹，但當地人不識：「此山有桃竹，可作杖，而土人不識。予始錄子美詩遺之。」子美詩是指杜甫（字子美）的〈桃竹杖引贈章留後〉一詩，其詩句：「江心磻石生桃竹，蒼波噴浸尺度足。」杜甫離蜀前，梓州刺史章彝送給他兩根桃竹杖，是用棕竹的地下走莖製成的。

「桃竹」不是真正的竹類，而是棕櫚類植物，《太平御覽》稱桃枝竹、桃竹；元代李衎的《竹譜》稱桃枝竹、蒲葵竹、椶櫚竹。就是現今所稱的棕竹或觀音棕竹，因莖稈外形似細竹而實心，又名「筋頭竹」。莖幹質地堅實，是製箭、做手杖、編席的好材料，如《隋書》云：「帝取桃竹白羽箭一枝以賜射匱。」稈莖堅韌，不易腐朽，古代也用於製作傘柄及扇骨，《紅樓夢》第四十八回石呆子有些名貴的舊扇子就是用棕竹稈莖製成的。

棕竹非常耐蔭，能在陽光不足的環境生長良好，四季常綠、似竹非竹、樹姿優美，是極佳的林下及室內觀葉植物，也常被栽種為庭園樹、盆栽。棕竹莖基有發達的生長點，能萌發眾多新芽，形成多幹叢生的植株。原產熱帶，多叢植於庭院內大樹下或假山旁，構成熱帶的園林景觀。根據近代研究，棕竹能消除重金屬汙染和吸收二氧化硫等多種有害氣體，有淨化空氣的妙用，適合作為公園綠化及都市道路的景觀植物；以盆栽方式擺設在客廳或會議室。

觀音棕竹；棕竹 棕櫚科

Rhapis excelsa (Thunb.) A. Henry

叢生灌木，高一・五至三公尺，枝幹徑可至二至三公分，具有明顯環紋，上被黑色網狀質纖維葉鞘，具橫走性地下莖。葉簇生於幹頂，掌狀深裂，裂片三至七，表裡均有縱襞，頂端截形，有四至五淺裂，呈銳鋸齒狀，長二十五至三十公分，寬二至五公分；葉柄細長，長八至二十五公分；葉鞘長十五至二十公分，其基部為黑褐色纖維，呈網狀而包圍住莖幹。雌雄異株，肉穗花序自葉腋抽出，長二十至三十公分；花小形，淡黃色，總苞二至三枚；雄花較小，花被二裂；雌花較大，卵狀球形。漿果，闊橢圓狀球形，直徑〇・八至一公分，初為綠色，成熟後變為牙黃色；種子球形，一側稍扁，中心臍狀。原產中國。

【華撥】

獨倚桄榔樹，閒挑華撥根。
謀生看拙否，送老此蠻村。

——〈寄虎兒〉

宋哲宗紹聖元年（一〇九四年）十一月及十二月間於惠州貶所作。詩題「虎兒」是蘇轍的幼子蘇遠，因生於寧熙七年（一〇七四年）的虎年，乳名就叫虎兒。當年蘇軾聽說此事時，正在赴密州任途中，還特地寫了一首〈虎兒〉詩慶賀。詩句中的「桄榔樹」、「華撥」都是熱帶植物，宋時應該只分布於廣東、廣西及海南島。次年在惠州寫的另一首詩中，也是桄榔、華撥並提：「江邊曳杖桄榔瘦，林下尋苗華撥香。」

「華撥」是屬名Piper的音譯，別名有畢勃、華茇、華菝等，又稱長胡椒。關於華撥的由來，據《圖經》載：「華撥，出波斯國，今嶺南有之，多生竹林內。」說明華撥是一種外來作物，但在中國的種植及使用已經有了相當長的歷史，西晉時期，華撥就已經傳入中國，《唐本草》

已有記載：「蓽撥生波斯。」在中國，蓽撥主要產於雲南東南至西南部、廣西、廣東及福建等地，另外尼泊爾、印度、斯里蘭卡及越南等地也有分布，表示蓽撥是熱帶植物。

蓽撥爲胡椒科植物，全株具辛辣味，藥材部分是未成熟的果穗。蓽撥的藥用配方在《本草綱目》、《本草拾遺》、《本草圖經》等多部著作都有記載，先人常用來治療頭痛、腹瀉、脾虛等病症。近代研究指出，蓽撥果實中含有胡椒酸甲酯、胡椒鹼、蓽撥寧、揮發油及芝麻脂素等多種化學成分。其中的胡椒酸甲酯，主要功效是降血脂，經臨床試用顯示其有效率高達百分之七十五，對老年人來說具有重要作用。胡椒鹼成分，能夠增加人體服用維生素B及β-胡蘿蔔素的吸收，具有降血壓、降血脂、抗動脈粥狀硬化等功效。蓽撥既是藥材，也是日常調味品，可去腥味、增香味。與白芷、豆蔻、砂仁等香料混合，可以去除動物食材的異味，常用於滷肉、燒、烤、燴，或煮粥燉湯。

蓽撥味道上和黑胡椒類似，但是濃郁程度高於胡椒，且口感辣中帶麻。以香料的角色來說，一般日常使用卻以黑胡椒較為普遍。

蓽撥 胡椒科 *Piper longum* L.

攀援藤本，枝有粗縱稜和溝槽，幼時被極細的粉狀短柔毛，毛很快脫落。葉紙質，有密細腺點，下部的葉卵圓形或幾為腎形，向上漸次爲卵形至卵狀長圓形，長六至十二公分，寬三至十二公分；葉脈七條，均自基出。花單性，雌雄異株，聚集成與葉對生的穗狀花序；雄花序長四至五公分，直徑約〇．三公分；總花梗長二至三公分，雄蕊二枚，花藥橢圓形，花絲極短；雌花序長一．五至二．五公分，直徑約〇．四公分，於果期延長，子房卵形，柱頭三。漿果下部嵌生於花序軸中並與其合生，上部圓，頂端有臍狀凸起，無毛，直徑約〇．二公分。產於雲南東南至西南部，廣西、廣東和福建有栽培。尼泊爾、印度、斯里蘭卡、越南及馬來西亞也有分布。

【芭蕉】

棲禪晚置酒，蠻果粲蕉荔。
齋廚釜無羹，野餉籃有蕙。
嬉遊趁時節，俯仰了此世。
猶當洗業障，更作臨水禊。
寄書陽羨兒，並語長頭弟。
門戶各努力，先期畢租稅。

——〈正月二十四日與兒子過賴仙芝王原秀才僧曇穎〉節錄

全詩共二十八句，寫於宋哲宗紹聖二年（一〇九五年）。蘇軾被遠貶至惠州時，新婚不久的幼子蘇過離開妻子，陪著老父遠徙至惠州。謫居惠州期間，父子二人互相作詩應和，為清苦的生活添增一點樂趣。正月二十四日這一天，父子二人領著遠從虔州（在今江西境內）來的王原、賴仙芝等人遊羅浮山，此行除了蘇軾寫的這首詩外，蘇過也寫了〈正月二十四日侍親遊羅浮道院棲禪山寺〉一詩。「寄書陽羨兒，並語長頭弟」，是指寫信給留在陽羨（今江蘇宜興）的長子蘇邁與次子蘇迨兩家人（蘇迨頭骨奇特，蘇軾曾說「我有長頭兒」）。

詩中所言的蠻果，意指南方的水果。惠州的「蠻果」中，以香蕉和荔枝最為出色，讓蘇軾生起了在惠州「俯仰了此生」的想法。另一首詩〈和陶答龐參軍六首其二〉則把蕉、荔枝與美酒並提：「旨酒荔蕉，絕甘分珍。」

蕉可能是香蕉，也可能是芭蕉，兩者在植物學上是不同植物。芭蕉葉柄細長光滑，漿果長圓形，具多數黑色種子，原產亞熱帶地區，稍忍受冷涼氣候，栽培作庭園景觀植物。香蕉的果實指狀，種子均退化，喜濕熱氣候，僅在華南地區栽培作水果生產。

但歷代的詩文芭蕉和香蕉混用。芭蕉是中國庭園常見的雅緻元素，作為庭園植物可以追溯到西漢時期，但中唐之後，芭蕉的種植才逐漸普及。到了宋、元、明、清，清雅秀麗的芭蕉已經成爲中國園林中重要的植物，並形成一定的園林栽植規模和造景模式，叢植於庭前屋後，或單植於窗前院落，或與其他植物或景物搭配，組合成景，芭蕉成爲典雅的中式庭園象徵。

古代文人紙張價格不菲，取得不易，練習書法常在芭蕉葉上進行。宋朝曾慥《類說》〈書法苑〉記載：唐書法家懷素因家貧無紙，遂種萬餘株芭蕉，以芭蕉葉來練習書法，之後成為草書大家。朋友聚會，詩文交流，常在庭院中的芭蕉葉上為文賦詩，寫錯或不滿意字句，又可水洗塗改，省錢又方便。文人居家自娛，也常在芭蕉葉上塗鴉，唐代詩人韋應物在〈閑居寄諸弟〉中寫下：「盡日高齋無一事，芭蕉葉上獨題詩」。芭蕉代表書香門第，象徵文人情思。古往今來，芭蕉成為文人墨客抒發情思、情緒的對象。清代有個文人蔣坦（靄卿），有天聽見屋外雨打芭蕉聲，心緒不寧，就寫下：「是誰多事種芭蕉？早也瀟瀟，晚也瀟瀟。」夫人關瑛（秋芙）接著寫到：「是君心緒太無聊，種了芭蕉，又怨芭蕉。」（〈秋燈鎖憶〉），雖是蔣坦的情緒發抒，卻也描繪了夫婦鶼鰈情深的生活情趣。

成語「蕉鹿之夢」或「芭蕉失鹿」，典出《列子》〈周穆王〉記載有鄭國人上山打柴，殺死一隻鹿，怕他人見到而藏在溝渠中，上面蓋著芭蕉葉。不久之後想取回所獵之鹿，但卻忘記原來藏的地方，以為自己是作夢。比喻恍忽迷離之事或真假難辨之物。原文中有「遽而藏諸隍中，覆之以蕉」句，「蕉」指的就是芭蕉的大葉片。

芭蕉 芭蕉科

Musa basjoo Siebold & Zucc. *ex* Iinuma

植株高二・五至四公尺。葉片長圓形，長二至三公尺，寬二十五至三十公分，先端鈍，基部圓形，葉面鮮綠色，有光澤；葉柄粗壯，長達三十公分。花序頂生，下垂；苞片紅褐色或紫色；雄花生於花序上部，雌花生於花序下部；雌花在每一苞片內約十至十六朵，排成二列。漿果三稜狀，長圓形，長五至七公分，具三至五稜，近無柄，肉質，內具多數種子。種子黑色，具疣突及不規則稜角，寬〇・六至〇・八公分。原產琉球群島，秦嶺淮河以南可以露地栽培，多種植於庭園及農舍附近。

香蕉 芭蕉科

Musa × paradisiaca L.

多年生大草本，高二至五公尺；樹幹由層層肥厚葉鞘緊密抱合而成假莖，被白粉。葉片大呈長橢圓形，全緣或微波緣，長二至三公尺，寬六十至七十公分。穗狀花序頂生，完全抽出後會下垂，有雌花、雄花、中性花。果序彎垂，結果十至二十串，約五十至一百五十個。漿果成串，種子均退化。植株結果後枯死，由根狀莖長出的吸根繼續繁殖，每一根株可活多年。原產亞洲東南部，現分布於東、西、南半球南北緯度三十度以內的熱帶及亞熱帶地區。

【佛桑（朱槿）】

縹蒂緗枝出絳房，綠陰青子送春忙。
涓涓泣露紫含笑，焰焰燒空紅佛桑。
落日孤煙知客恨，短籬破屋為誰香。
主人白髮青裙袂，子美詩中黃四娘。

——〈正月二十六日偶與數客野步嘉祐僧舍東南野〉

原題是〈正月二十六日，偶與數客野步嘉祐僧舍東南野人家，雜花盛開，扣門求觀。主人林氏媼出應，白髮青裙，少寡，獨居三十年矣。感歎之餘，作詩記之〉，寫於宋哲宗紹聖二年（一〇九五年）惠州。當日蘇軾與友人遊嘉祐寺，來到東南一戶人家，見院子裡奼紫嫣紅（有紫色的含笑花、紅豔豔的扶桑），就敲門想進去看一看。前四句詩形容的就是這樣的景致，後四句則寫「破屋、寡婦老嫗」的現實，在不堪的生活中仍能活得如滿園春色、一室馨香般的香花豔樹。

佛桑又作扶桑，正式名稱叫朱槿，由於花色大都為紅色，嶺南一帶稱之為「大紅花」。原產熱帶及亞熱帶地區，古代只栽植在華南地區，蘇東坡貶謫到廣東的英州、惠州時才得以見到。不過，早在西晉稽含的《南方草木狀》中就有朱槿的記載：「朱槿花，莖葉皆如桑，葉光而厚，樹高止四十五尺，而枝葉婆娑。」有時也稱「紅槿」，唐代已是常被詠頌的花卉，如王維〈瓜園詩〉：「黃鸝囀深木，朱槿照中原。」及戎昱〈紅槿花〉：「花是深紅葉麴塵，不將桃李共爭春。今日驚秋自憐客，折來持贈少年人」。蘇軾在徐州所寫的一首詩中也稱紅槿：「汝陽真天人，絹帽著紅槿。」

古人視之為神木，說扶桑生長在日出之處，就在十個太陽洗浴的湯谷上方，即《山海經》〈海外東經〉提到的：「湯谷上有扶桑，十日所浴。」《楚辭》有四個篇章出現扶桑，如〈九歌．東君〉的「暾將出兮東方，照吾檻兮扶桑」、〈九歎．遠遊〉的「貫澒濛以東朅兮，維六龍於扶桑」，都是指生長在太陽升起處的扶桑樹。

雖然日本的扶桑花很有名，但扶桑原產於中國，且扶桑一名也與日本沒有特定關聯，而是因為葉似桑樹。《廣群芳譜》解釋扶桑名稱的由來說：「此花光艷照日，其葉如桑，因此名之。」《南方草木狀》也說：「朱槿花，莖葉皆如桑，葉光而厚。」朱槿花大色豔似蜀葵，又耐修剪，自古就是一種受歡迎的觀賞植物，可以密植爲綠籬。宋詩人陸蟼〈朱槿花〉：「壁槿扶疏當縛籬，山深不用掩山扉。客來踏破松梢月，鶴向主人頭上飛。」最能說明朱槿在八百年前已普遍作爲籬笆的功能。

朱槿 錦葵科
Hibiscus rosa-sinensis L.

常綠灌木，高約二至三公尺。葉互生，單葉，葉闊卵形或狹卵形，脈掌狀。花單生於上部葉腋間，常下垂；花朵大且美豔，花冠漏斗形，直徑六至十公分，花瓣五片，先端分裂，玫瑰紅色或淡紅、淡黃等色，花瓣倒卵形，先端圓；雄蕊多數，形成單體，包住花柱；柱頭五。蒴果卵形，長約二．五公分，有喙。花期全年。原產中國的華南、印度、東非等地，現廣泛分布於熱帶及亞熱帶地區，尤其以南太平洋的島嶼生長最盛。

蕨

我飽一飯足，薇蕨補食前。門生饋薪米，救我廚無煙。斗酒與隻雞，酣歌餞華顛。禽魚豈知道，我適物自閒。悠悠未必爾，聊樂我所然。

——〈和陶歸園田居〉節錄

宋哲宗紹聖二年（一〇九五年）三月四日，蘇軾「遊白水山佛跡巖，……歸臥既覺，聞兒子過誦淵明〈歸園田居〉詩六首」，於是作〈和陶歸園田居六首〉。引句云：我的微薄俸祿只能維持一餐飽食，不過這裡有足夠的野豌豆和蕨菜，隨時可在煮飯前摘採。這裡的學生常贈送我薪材和糧食，在我沒法子開伙的時候幫助我。說明蘇軾在廣東惠州的貶所附近，有許多蕨的分布。蘇軾引述蕨、食蕨的詩篇還有許多，如〈贈曇秀〉：「留師筍蕨不足道，悵望荔子何時丹」；〈山村五絕・其三〉：「老翁七十自腰鎌，慚愧春山筍蕨甜」；和〈與參寥師行園中，得黃耳蕈〉：「蕭然放箸東南去，又入春山筍蕨香」等。蘇軾提到煮飯前，如果缺食材就去採摘野菜補充，可見惠州貶所附近生長著許多野蕨。

蕨，俗稱蕨菜或拳頭菜、龍頭菜。葉芽、嫩莖營養豐富，富含人體需要的多種維生素、蛋白質、脂肪、醣類、有機酸等，食用部分是未展開的幼嫩莖葉。要注意的是，蕨菜植物體內含有致癌性物質原蕨苷，食用前必須用草木灰或鹼液燙煮過，等葉芽嫩莖呈紫色後，再浸入涼水中除去異味，才可食用。經處理的蕨菜口感清香滑潤，拌以佐料食用，是典型的綠色食品。蕨菜的根狀莖含有百分之三十五至四十澱粉，可以提取澱粉做成蕨根粉、蕨根糍粑。

蕨為多年生高草類，用孢子繁殖，全株有毒，是抵抗昆蟲及齧齒類動物啃食危害的重要機制，全世界各洲都有分布。常在各地林緣或山地陽坡蔓延，生長於桑園、茶園、膠園、山林、草地，爲常見雜草。

蕨的根莖及全草還可供藥用，根有清熱、養陰、利濕、滋養之效，可治高熱神昏、咽喉腫痛、傷寒溫病、目痛、黃疸、腹痛、筋骨疼痛、濕疹、脫肛、白帶等症。嫩葉有清熱化瘀、降氣、清腸等功效，可治療食嗝、氣嗝、咽喉痛、便祕、脫肛、痔瘡、瘡毒及燙傷等病症。

蕨 碗蕨科

Pteridium aquilinum (L.) Kuhn ssp. *latiusculum* (Desv.) Hultén

宿根性多年生草本，株高三十至一百公分；葉柄直立，根莖粗肥而橫走地中；初生芽如握拳狀，展開後呈三椏狀。三回羽狀複葉，羽片頂端不分裂，下部羽狀分裂，復爲羽狀複葉，葉輪廓三角形或闊披針形，長三十至八十公分，寬二十至六十公分，革質；小羽片多數密集，線形、披針形或長橢圓狀披針形，長一至二．五公分，寬〇．三至〇．五公分，葉脈叉狀分枝，中脈被毛。孢子囊群著生葉緣，連續成長線形。分布於中國各地，主要產於長江流域及以北地區，亞熱帶地區也有分布；也廣布於世界其他熱帶及溫帶地區。生長於山地陽坡及森林邊緣陽光充足的地方。

【榕】

急雨蕭蕭作晚涼，臥聞榕葉響長廊。
微明燈火耿殘夢，半濕簾櫳浥舊香。
高浪隱床吹甕盎，暗風驚樹擺琳瑯。
先生不出晴無用，留向空階滴夜長。

——〈連雨江漲〉

共有兩首，寫於宋哲宗紹聖二年（一〇九五年）四月惠州。全詩描寫一個冷涼的雨夜，躺在床上聽到外頭榕樹的葉子沙沙作響，夜半殘夢依稀記得，在這樣的雨夜裡出不了門，更覺得長夜漫漫了。

榕樹是熱帶及亞熱帶地區的指標樹種，宋時的天然分布範圍只限華南地區。氣生根從枝幹生長出來，長而下垂，有的氣生根更會長到垂地，鑽進地下後越長越粗，成為支撐樹冠的支柱根，久而久之，就形成一大片形似許多樹幹的森林，謂之「獨木成林」。榕樹的葉子深綠色有光澤，四季常青，生長速度快，遮蔭面積較大，樹姿又具觀賞價值，常植於庭園當庭蔭樹種或植作行道樹。在華南地區是非常普遍的高大喬木，常可見到數十年或甚至百年以上被列入保護的老榕樹。

榕樹天然分布在華南諸省，如福建、廣東、廣西、海南等，還有中南半島諸國、太平洋群島等。經由千年以上的馴化、選育，榕樹在中國除了熱帶、亞熱帶以外，在秋冬有霜雪、氣候較冷涼的城市，也成為行道樹及公園綠化樹種。近年來海拔二千公尺左右的雲南昆明、四川成都等都市，榕樹成了新寵。清代屈大均所著《廣東新語》記載：「榕，容也。常為大廈以容人，能庇風雨。又以材無所可用，為斤斧所容，故曰榕。」因為木材沒什麼用途，才能逃過刀斧砍伐，各地都有大樹。樹冠傘形，冠徑十五至二十公尺，樹體龐大，樹冠寬廣，枝葉濃綠，蔽蔭面積非常大，所以樹下常成為人們休閒、聊天、聚會、乘涼的場所。因能容人納蔭，常受人所崇敬愛護。

榕樹 桑科

Ficus microcarpa L. f.

常綠大喬木，高可達二十五公尺，全株具白色乳汁；傘形或圓形樹冠開展，常有懸垂氣生根。葉互生，橢圓至倒卵形，長六至十公分，寬三至五公分，全緣，兩面光滑。是隱頭花序，雄花、雌花及蟲癭花生長於一花托內；雌花花被片深三至四裂，子房歪卵形，花柱側生；柱頭細棒狀；雄花花被裂片三至四，雄蕊一，無退化子房；蟲癭花與雌花相似。隱花果腋生，成對或單生，球形，徑約一公分，無梗，成熟時顏色由綠轉紅褐色。廣泛分布於東亞、南亞至大洋洲、澳洲的熱帶及亞熱帶地區。

【盧橘（枇杷）】

南村諸楊北村盧，白華青葉冬不枯。
垂黃綴紫煙雨裡，特與荔支為先驅。
海山仙人絳羅襦，紅紗中單白玉膚。
不須更待妃子笑，風骨自是傾城姝。

——〈四月十一日初食荔支〉節錄

全詩共二十句，寫於宋哲宗紹聖二年（一〇九五年）惠州。蘇軾第一次吃到荔枝，歡喜讚嘆之下寫了此詩。全詩以楊梅、盧橘來烘托荔枝，呈現的顏色非常豐富，並在詩句中寄託了自己的遭際和胸襟。「南村諸楊北村盧」提到的「楊」與「盧」，分別指楊梅、盧橘。「垂黃綴紫煙雨裡」，「垂黃」指的是盧橘，「綴紫」指的是楊梅。楊梅、盧橘開花結果都比荔枝早，故稱「先驅」。另外一首寫於次年的〈食荔支二首并引・其二〉：「羅浮山下四時春，盧橘楊梅次第新。」也提到盧橘和楊梅。

「盧橘」原是金橘的別稱。漢・司馬相如〈上林賦〉：「盧橘夏熟，黃甘橙楱，枇杷橪柿，亭柰厚樸」，說明上林苑中栽的果樹有：盧橘、柑橘（黃甘）、甜橙、枇杷等，盧橘和枇杷是不同的水果。《本草綱目》中也說明：「此橘生時青盧色，黃熟則如金，故有金橘、盧橘之名」，「盧橘」是芸香科植物金橘。但是，蘇東坡詩中提到的「盧橘」卻是指枇杷。根據《冷齋夜話》記載，蘇軾詩句：「客來茶罷空無有，盧橘微黃尚帶酸。」友人張嘉甫問他盧橘是什麼水果，蘇軾回答是枇杷。元祐五年（一〇九〇年）寫於杭州的〈與劉景文同往賞枇杷〉：「魏花非老伴，盧橘是鄉人。」也是相同的情形。宋人朱翌《猗覺寮雜記》解蘇軾的〈食荔支〉一詩時說：「嶺外以枇杷為盧橘。」明人宗儀的《輟耕錄》也說：「世人多用盧橘以稱枇杷。」

枇杷原產中國，西漢司馬相如寫〈上林賦〉時，名果異樹中就有「枇杷十棵」的記載。枇杷與大部分果樹不同，在秋天或初冬開花，果實春末至初夏成熟，比其他水果早，因此有「早春第一果」的稱譽。枇杷「秋萌冬花，春實夏熟」，春夏秋冬四時之氣俱備，向來為醫家所重視。成熟的枇杷果呈圓形、橢圓或長狀「琵琶形」（故稱枇杷）。果實表面被有絨毛，未熟時青綠色，較硬實，芳香氣味較濃。成熟後外皮淡黃色至橙紅色，果肉軟而多汁，甜美營養，是著名的水果。枇杷的葉、果、核、花、根都是藥中良品，枇杷葉更是常用中藥，有清肺胃熱、降氣化痰的功用，常與其他多種藥材製成知名的「川貝枇杷膏」。

盧橘

芸香科

Fortunella margarita Swingle

常綠小喬木，株高三至五公尺，枝具刺。葉互生，具短柄，披針形、倒披針形或長橢圓形，長五至十公分，寬二至四公分，翼葉甚窄。單花或二至三朵花簇生；花白色，花瓣五片，具有特殊芳香味，雄蕊二十至二十五枚。果實橙黃色，呈長卵形，徑約二．五公分，果皮甜，油胞微凸起，種子二至五粒。亞熱帶樹種，原產廣東至浙江等省，長江以南各省多作果樹栽培。

枇杷 薔薇科

Eriobotrya japonica Lindl.

常綠小喬木，株高可達十公尺，小枝密生淡褐色或灰棕色絨毛。葉互生，具短柄，披針形、倒披針形或披針狀長橢圓形，長十五至二十公分，寬五至八公分，背面及葉柄密生灰棕色絨毛。圓錐花序頂生，花梗、萼筒皆密生鏽色絨毛；花白色，花瓣五片，具有特殊芳香味。果實橙黃色，呈長卵形，徑約三·五公分，外被絨毛，內藏種子一至五顆。原產四川、陝西、湖南、湖北、浙江等省，中國各省多有栽培。

【荔枝】

羅浮山下四時春，盧橘楊梅次第新。
日啖荔支三百顆，不辭長作嶺南人。

——〈食荔支二首并引〉

蘇軾到惠州的次年，第一次吃荔枝後，對這種當地人視為平常的水果，非常驚豔，從此荔枝成了他的心頭好。他形容荔枝是「惠州一絕」，在惠州所有的水果中，蘇軾寫荔枝的次數最多，在〈四月十一日初食荔支〉詩中，他把荔枝比擬為紅紗膚白的絳珠仙子，更說荔枝濃郁的味道不輸干貝、河豚。在惠州所寫的長詩〈荔支歎〉中，更以貢荔為引來譏諷時政。

《東坡詩集》詠荔枝詩共有二十六首，在〈新年五首〉中，他迫不及待地問：「荔子幾時熟，花頭今已繁。」而其中最知名、影響也最大的就是〈食荔支二首并引〉，寫於宋哲宗紹聖三年（一〇九六年），此題下有兩首，此為第二首。羅浮山在今廣東省境內，風景秀麗，是嶺南的名山，山下四季如春，天天都有新鮮的枇杷和楊梅可以吃，而蘇軾所饞的，當然是荔枝：「如果能每天吃三百顆荔枝，我願意永遠做嶺南人。」

荔枝與香蕉、鳳梨、龍眼一同號稱「南國四大果品」。荔枝原產於中國南部，是亞熱帶果樹，自古以來，即是水果聖品。西元三世紀成書的《吳錄》有「蒼梧多荔枝，生山中，人家亦種之」的記載，蒼梧就在今天的廣西境內。目前廣東、廣西及海南的原始森林中，仍然可以找到野生的荔枝樹。除了蘇東坡，還有不少文豪留下讚譽荔枝的佳句名篇，如晚唐詩人杜牧〈過華清宮三絕〉：「長安回望繡成堆，山頂千門次第開。一騎紅塵妃子笑，無人知是荔枝來。」說的是唐明皇為博楊貴妃紅顏一笑，不惜勞師動眾地千里送荔枝的事。明代徐㶿有〈詠荔枝膜〉，文徵明的〈新荔篇〉等。

荔枝味甘、酸，性溫。有補脾益肝、健腦益智、生滓止嘔的功效。近代分析說明，荔枝含有豐富的葡萄糖，一般含量多達百分之六十，還含有果糖、蔗糖、蛋白質，而蛋白質中的精氨酸、色氨酸會影響大腦功能，進而改善失眠、健忘、多夢等症狀。荔枝適合年老體弱多病的人吃，對產後血虛的婦女更是滋補。

荔枝 *Litchi chinensis* Sonn. 無患子科

常綠中喬木，高八至十五公尺。偶數羽狀複葉互生，小葉二至四對，具柄，披針形或矩圓狀披針形，長六至十五公分，寬二至四公分，先端漸尖，全緣，上面深綠色，有光澤，下面粉綠。春季開小花，圓錐花序，花雜性，綠白色或淡黃色。核果球形或卵形，果皮暗紅色，有小瘤狀突起。種子外被白色，肉質、多汁、甘甜的假種皮，易與核分離。種子褐色至黑紅色，有光澤。

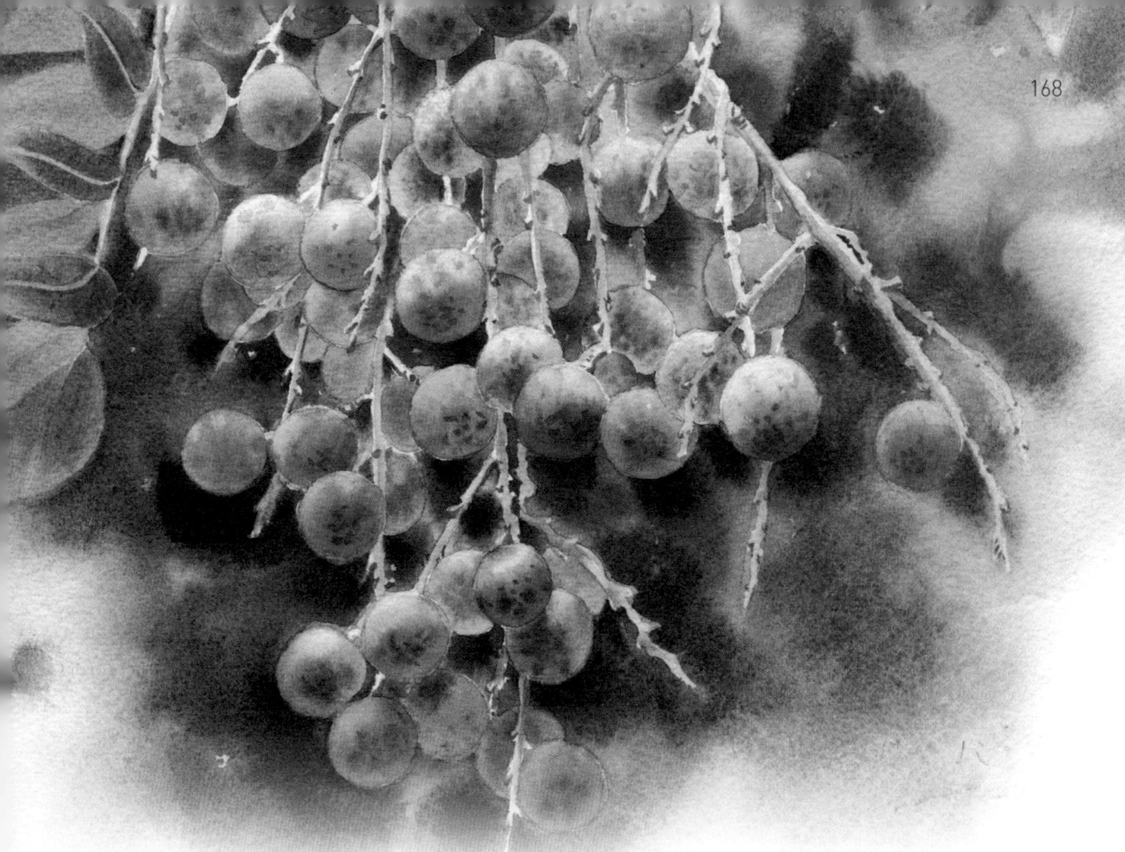

【龍眼】

十里一置飛塵灰，五里一堠兵火催。
顛坑仆谷相枕藉，知是荔枝龍眼來。
飛車跨山鶻橫海，風枝露葉如新採。
宮中美人一破顏，驚塵濺血流千載。

——〈荔支歎〉節錄

蘇軾於紹聖二年（一〇九五年）在廣東惠州第一次吃荔枝後，寫下了多首荔枝詩，而這首譏諷時政的〈荔支歎〉更被評為蘇軾惠州詩的第一名篇，風格上也與其他入境隨俗、隨遇而安的作品截然不同。詩中從唐代的貢荔寫到宋代的貢茶貢花，痛陳為了加急送往京師，日夜兼程、翻山越嶺不知累死摔死了多少驛使，「一騎紅塵妃子笑」，以前是為了博得貴妃笑，而如今這種勞民傷財之舉更是越演越烈了。詩中龍眼和荔枝並提，都是嶺南水土所養出的特產，古時兩者的產區也是一致的，有荔枝的地方就有龍眼。

龍眼原產中國南方，多產於兩廣地區，與荔枝、香蕉、鳳梨同為華南四大珍果。有關龍眼的文獻記載，最早見於《後漢書》的〈南匈奴列傳〉：「漢乃遣單于使，令謁者將送……橙桔、龍眼、荔枝」，說明龍眼栽培歷史可追溯到二千多年前的漢代。此後，在許多古籍中也出現龍眼，如北魏（三八六至五三四年）賈思勰的農牧著作《齊民要術》云：「龍眼一名益智，一名比目。」古時龍眼被列為重要貢品，北朝魏文帝曾詔群臣：「南方果之珍異者，有龍眼、荔枝，令歲貢焉。」指定每年要進貢龍眼與荔枝。至宋代時，龍眼已在泉州普遍種植，就如北宋同安縣人蘇頌《圖經本草》的記載：「龍眼生南海山谷，今閩、廣、蜀道出荔枝處皆有之。」

龍眼屬多年生常綠闊葉喬木，樹齡可達七十年以上，是很好的庭園樹及公路行道樹。樹高十二公尺，葉長而略小，開白花，初秋結果。果實纍纍而墜，外形如彈丸、略小於荔枝，皮青褐色。李時珍的《本草綱目》寫道：「龍眼味甘，開胃健脾，補虛益智。」又說：「食以荔枝為貴，而滋以龍眼為良。」經曬乾處理而成的桂圓（福圓）溫和滋補，有壯陽益氣、補益心脾、養血安神、潤膚美容等多種功效，可治療貧血、心悸、失眠、健忘、神經衰弱及病後、產後身體虛弱等症。龍眼花蜜是春天常見的蜂蜜品項，有抗憂鬱、補中益氣、抗衰老、加速傷口復原等功效。

龍眼　無患子科
Euphoria longana Lam.
或 *Dimocarpus longan* Lour.

常綠大喬木，高五至十公尺。葉為偶數羽狀複葉，互生；小葉四至六對，長橢圓形或長橢圓狀披針形，革質，全緣，長六至十一公分，寬二．五至五公分，上面暗綠色，有光澤，下面粉綠。圓錐花序頂生或腋生，花單性與兩性共存；花瓣五，黃白色；雄蕊八；子房心形，二至三裂。核果球形，如彈丸，皮青褐色，革質而脆，皮內有白色晶瑩的假種皮，味甜可食；種皮黑褐色。產華南各省。

貝葉（貝葉棕）

白雲出山初無心，棲鳥何必念山林。
道人偶愛山水故，縱步不知湖嶺深。
空巖已禮百千相，曹溪更欲瞻遺像。
要知水味熟冷煖，始信夢時非幻妄。
袖中忽出貝葉書，中有璧月綴星珠。

——〈贈曇秀〉節錄

全詩共二十句，寫於北宋紹聖二年（一〇九五年），是在惠州所作。蘇軾有不少「方外之友」，與僧曇秀（法名為法芝）更是一生的知己。兩人初識於杭州通判任上，雖然鮮少見面，但常有書信往來。蘇軾遠謫惠州後，曇秀曾三番兩次來探望，第一次就在紹聖二年。紹聖四年白鶴新居建好後，蘇軾因過度操勞病倒時，曇秀也不遠千里來探病。

詩句中的「貝葉書」，指用貝葉寫的經文集成書者。貝葉棕樹或貝多羅樹之樹葉呈扇狀，葉面平滑堅實，人稱貝葉或貝多羅葉，可書寫經文。刻寫在貝多羅樹（棕櫚樹）葉上集結成冊的佛經，稱「貝葉經」，起源於古印度，約西元前一世紀末，因為錫蘭僧團中的長老有鑑於國內曾發生戰亂，擔心早期流傳下來的教典散失，以僧伽羅文字將經典寫在貝葉上成書，距今已有千年歷史。《大唐西域記》卷十一也有記載：「城北不遠有多羅樹林，周三十餘里，其葉長廣，其色光潤，諸國書寫莫不採用。」「多羅樹」也是貝葉棕樹或貝多羅樹。

貝葉經也流傳於西雙版納傣族及東南亞、南亞諸國。取貝葉棕樹葉煮過後曬乾，刻上文字後用顏料使字明顯，再編葺成書頁，頁邊並塗以金漆，外夾具保護性的硬底封面。貝葉經有各種文字及字體，每個國家發展出來的貝葉經抄刻、裝幀及形式都略有不同，甚至抄刻目的不同也會產生各種形式的貝葉經。

刻寫貝葉經的材料，是佛經中提到的「貝多羅樹」或「多羅樹」的葉子，即今所稱的「貝葉棕」。貝葉棕可能有兩種，一種是行李櫚（行李椰子），另一種是扇椰子（*Borassus flabellifer* L.），兩者的原產地均為印度，所以都有可能是貝葉經書的來源。貝葉棕也可能指孟加拉貝葉棕（*Corypha taliera* Roxb.）。

貝葉棕株型高大壯觀，葉片巨大，遮蔭效果甚佳，適合作行道樹或庭園綠化樹或大型盆栽，可單植、列植、群植。當地居民用硬挺的大葉作傘，葉片也可用於葺屋，做團扇、編籃筐，昔時還是紙張的代用品。幹富含澱粉，搗碎為粉後可食用或當作糊料，舊時曾為斯里蘭卡土著的重要食糧。

貝葉棕　棕櫚科

Corypha umbraculifera L.又稱貝多羅、行李椰子

常綠大喬木狀，莖幹粗壯直立，高可達三十公尺，環紋不明顯。羽狀複葉，葉長三至五公尺；掌狀裂葉，裂片八十至一百枚，長五十至八十公分，寬四至五．五公分，葉兩面皆為綠色，邊緣有小齒牙，頂端有如齒咬切狀，基部有二耳；葉柄長一百至三百公分，緣有二至三公分銳刺。肉穗花序長達二百公分，腋生，芳香；雌雄異株，花冠白色，徑約一公分，花瓣三，雄蕊六，雌蕊一。果實為核果，徑三．五公分，成熟橄欖色。種子，直徑約二公分。原產印度、斯里蘭卡。

【芥藍】

夢回聞雨聲，喜我菜甲長。
平明江路濕，並岸飛雨槳。
天公真富有，膏乳瀉黃壤。
霜根一蕃滋，風葉漸俯仰。
未任筐筥載，已作杯盤想。
艱難生理窄，一味敢專饗。
小摘飯山僧，清安寄真賞。
芥藍如菌蕈，脆美牙頰響。
白菘類羔豚，冒土出蹯掌。
誰能視火候，小竈當自養。

——〈雨後行菜圃〉

寫於宋哲宗紹聖四年（一〇九七年）四月。蘇軾在惠州住了一年後，日子過得越來越拮据：「余遷惠州一年，衣食漸窘。」於是就跟在黃州一樣，也借來了半畝地親自下地種菜，開始自給自足。下過雨的隔天一早，他迫不及待地去菜園查看，果然如他所預測的那樣，滿園的蔬菜長勢喜人。他感謝天公用雨水滋養土地，然後不禁暢想把芥蘭和白菘（大白菜）端上桌會是如何美味。久未沾葷腥的他，興奮地想像這些蔬菜絕對不比豬羊肉、熊掌的味道差。即便缺衣少食，他也想著要跟山僧分享。

「芥藍如菌蕈，脆美牙頰響」，蘇軾想像芥藍有香蕈的鮮美味道，吃起來清脆彈牙。芥藍，亦作芥蘭，是甘藍的一個變種，屬葉用甘藍，栽培歷史悠久，是中國南方的特產蔬菜之一。因莖皮較粗硬不易咀嚼，一般在幼嫩時全株連根採收，或只摘取嫩葉及花蕾食用。口感爽脆清嫩、略帶苦味，含有多種維生素、蛋白質、脂肪和植物醣類，膳食纖維豐富，維生素C的含量更是遠超過許多蔬菜，在廣東、廣西、福建等南方地區是很受喜愛的家常菜蔬。

芥藍主要品種依葉的形狀可分為平滑葉種、皺葉種及捲葉種等，平滑葉種又有白花芥藍、黃金嫩葉、大葉晚生等三種，以開黃色花及白色花最為常見。

芥藍味甘性辛，有利水化痰、解毒祛風、清心明目等功效。芥藍莖葉對金黃葡萄球菌有抗生作用，凡缺乏維生素C的病症都可食療，特別適合食欲不振、便祕及高膽固醇的人食用。

芥藍 十字花科

Brassica oleracea L. var. *acephala* DC.

一至二年生草本植物，直立莖，開花時莖會抽長，具粉霜。基生葉卵形，長達十公分，邊緣有微小不整齊裂齒，不裂或基部有小裂片；葉柄長三至七公分；莖生葉卵形或圓卵形，邊緣波狀或有不整齊尖銳齒，基部耳狀；莖上部葉長圓形，頂端圓鈍，不裂，邊緣有粗齒。總狀花序長，直立；花白色或淡黃色，直徑一．五至二公分；萼片披針形，長〇．四至〇．五公分；花瓣長圓形，長二至二．五公分。長角果線形，長三至九公分，頂端驟收縮成長〇．五至一．〇公分的喙；種子凸球形，徑約〇．二公分，紅棕色。原產中國南部和東南亞一帶，在廣東、廣西和福建等省栽培頗盛。

【菌蕈（蘑菇）】

芥藍如菌蕈，脆美牙頰響。白菘類羔豚，冒土出蹯掌。誰能視火候，小竈當自養。

——〈雨後行菜圃〉節錄

詩作同前篇，寫於宋哲宗紹聖二年（一〇九五年）惠州。蘇軾身在偏遠的嶺南，加上犯官身分讓他生活困頓，一日三餐只能以蔬菜為主，但仍活得有滋有味，不怨天尤人，甚至感謝這裡還有富饒的土地孕育多種蔬果，其中也包括熱帶、亞熱帶地區盛產的可食用菇蕈類。

菇蕈在唐宋詩文中多有引述，如唐僧貫休〈深山逢老僧〉的白蕈：「擔頭何物帶山香，一籮白蕈一籮栗。」宋王禹偁〈秋居幽興〉的秋菌：「僧到烹秋菌，兒啼索草蟲。」。蘇軾還邀請友人一吃「蕈饅頭」，在〈約吳遠遊與姜君弼吃蕈饅頭〉一詩中，蘇軾說大家都流行吃「筍餅餤」（包筍的餡餅），但他認為「蕈饅頭」（包蕈菇的饅頭）也是人間美味：「天下風流筍餅餤，人間濟楚蕈饅頭。」

菌蕈是指真菌類子囊菌亞門和擔子菌亞門的大型真菌子實體，其中多數屬於擔子菌亞門。採摘食用的子實體，通常包括蘑菇、草菇等。中國古代將這種大型的真菌稱爲「蕈」，菌蕈和其他真菌的區別在於能產生孢子，稱爲擔孢子。菌蕈廣泛分布於地球各處，在熱帶、亞熱帶的森林地帶更爲豐富。

菌蕈的最大特徵是大型肉質子實體。典型的菌蕈，其子實體是由頂部的菌蓋、中部的菌柄和基部的菌絲體三部分組成。可食性蕈類的子實體是產生有性孢子的繁殖器官，也叫擔子果（子囊菌則稱子囊果）。許多菌蕈的子實體是可食的，口味鮮美，含有豐富的蛋白質和胺基酸。全世界約有二十五萬種真菌，其中可食用的種類有二千多種，已進行人工栽培的有七十餘種，栽培菌蕈常見的有雙孢蘑菇、木耳、香菇及靈芝等。

蕈類又稱菇類，常指蘑菇。蘑菇是世界上人工栽培較廣泛、產量較高、消費量較大的食用菌品種，很多國家都有栽培。蘑菇是蘑菇屬（*Agaricus*）部分食用菌的總稱，常見的蘑菇包括雙孢蘑菇（*Agaricus bisporus* (Large) Sing.）、大肥蘑菇（*Agaricus bitorquis*（Quel.）Sacc.）、蘑菇（*Agaricus campestris* L.）等；一般栽培的蘑菇是指雙孢蘑菇，又稱白蘑菇、洋蘑菇。新鮮蘑菇的營養成分多元，含優質蛋白質、脂肪、碳水化合物、膳食纖維、鈣、磷、鐵、核酸、維生素B群、維生素C、麥角醇，以及非特異植物凝集素，有助於身體維持正常的新陳代謝和神經系統運作，對於調控血脂及血糖也有作用。

蘑菇還能誘發干擾素的生成，對水泡性口炎病毒、腦炎病毒等有很好的療效。所含的維生素C及多酚等抗氧化物質，有防癌及減緩老化的效果。

蘑菇 蘑菇科

Agaricus campestris L.

子實體中等至稍大，菌蓋呈穹頂形，菌蓋直徑四至十五公分不等，初半球形至平展，有時中部下凹，白色或乳白色，光滑或有淡褐色細軟鱗片，蓋緣全緣，初內卷。菌肉白色，厚。菌褶離生，初粉紅色，後褐色至黑色。菌柄粗短，圓柱形，稍彎曲，近光滑或略有纖毛。菌環單層，生於菌柄中部，易脫落。擔子上有兩個擔孢子，所以又稱雙孢蘑菇。分布於華北、西北、甘肅、青海、新疆、華東、華中、雲南等地。

【薏苡】

伏波飯薏苡，禦瘴傳神良。
能除五溪毒，不救讒言傷。
讒言風雨過，瘴癘久亦亡。
兩俱不足治，但愛草木長。
草木各有宜，珍產駢南荒。

——〈小圃五詠：薏苡〉節錄

這首詩於宋哲宗紹聖二年（一〇九五年）十二月，在惠州貶所所作。詩的大意：東漢名將馬援受封為伏波將軍，被派到交址（今廣東南部和越南北部）駐扎平定南疆叛亂，聽說薏苡能抗禦瘴氣，能除五溪的毒氣，所以經常吃薏苡仁，來消除下肢浮腫、手足麻木等毛病。薏苡的總苞堅硬，有白、灰、藍紫等各色，具光澤而平滑，像圓形珠寶。馬援回軍時載運滿車薏苡回鄉，人們以為馬援載的是滿車的珍奇珠寶，到處散播馬援貪汙大量珠寶返鄉的消息，讓馬援蒙上不白之冤。成語「薏苡之謗」、「薏苡興謗」、「薏苡明珠」等，就用來來比喻故意顛倒黑白的事情，以及被人誣衊的冤屈。蘇軾的這首〈薏苡〉詩，用的就是這個典故，也在表現其憂讒畏譏的情懷。

薏苡是熱帶植物，原產越南等中南半島一帶。薏苡果實裡面的種仁稱薏苡仁，又稱薏仁、苡米、苡仁等。薏苡引入中國栽培歷史是非常悠久，考古學家在浙江的河姆渡遺址中，出土有大量的薏苡的種子，說明薏苡在中國至少有七千多年的栽培歷史。薏苡仁是常用的藥材，也是常吃的食物。

薏苡具有健脾胃、補肺氣、祛風濕、行水氣、鎮靜及除拘攣等功效，常用於健脾養胃、祛濕消腫等。《神農本草經》將其列為上品，可以治濕痺、利腸胃、消水腫、健脾益胃，久服輕身益氣。在夏季煎熬飲服，能暖胃益氣血。薏米的營養價值很高，可當作糧食吃，味道和大米相似，且易消化吸收，煮粥、作湯均可。種子及嫩芽供食用；種實可以混米煮粥，且可磨粉，製成麵包、糕餅。夏秋季和冬瓜煮湯，既可佐餐食用，又能清暑利濕。由於薏米營養豐富，對於久病體虛、病後恢復期患者，老人、產婦、兒童都是比較好的藥用食物，可經常服用。

薏苡　禾本科
Coix lacryma-jobi L.

一年生或多年生草本，莖桿直立，高一至一．五公尺，分蘗成叢生。葉互生，葉片寬闊而呈披針形，長十五至四十公分，寬一．五至三公分，葉鞘抱莖。總狀花序腋生，成束；花序分雌雄兩種小穗：雄性小穗生在頂端，開花後即凋謝；雌小穗位於花序下部，外面包以骨質念珠狀的總苞。穎果外包堅硬總苞，卵形或卵狀球形，白色、灰色、紫色或藍色。原產越南、泰國、印度及緬甸等東南亞一帶。

【榿（赤楊）】

新居已覆瓦，無復風雨憂。榿栽與籠竹，小詩亦可求。
尚欲煩貳師，刺山出飛流。應須鑿百尺，兩綆載一牛。

——〈次韻子由所居六詠〉

宋哲宗紹聖三年（一〇九六年）丙子正月寫於惠州，共有六首，所引為第六首，蘇軾和弟弟蘇轍論新居及鑿井的事。蘇軾到惠州的第二年，絕了北歸的念頭，開始在惠州找地建屋，準備在此終老。最後於紹聖三年在白鶴峰建屋二十間，寫此詩時新居尚未鑿井。「尚欲煩貳師，刺山出飛流」說的是李廣利的故事，李廣利是漢武帝寵姬李夫子的哥哥，因率軍攻打貳師城而獲封貳師將軍。據傳他當年率軍經過敦煌沙州時，人困馬乏又缺乏飲水，於是以手拍山石，對天盟誓，接著拔劍刺山，泉水立即奔湧而出。

蘇軾在新居栽種的「榿」，一般叫「赤楊」。全世界有赤楊屬植物三十餘種，中國產約十種，蘇東坡詩中所言的「榿」，應是分布華中、華南的江南榿木。赤楊屬植物的根系發達，根部與固氮細菌放線菌共生，可在根部形成根瘤，能增加土壤肥力，是理想的荒山造林樹種；喜水濕，多生於河灘、溪溝兩邊及低濕地；性耐瘠薄，生長迅速，往往形成純林，是理想的防風樹、河岸護堤和水濕地區造林樹種。

赤楊木材淡紅褐色，心材邊材區別不顯著，硬度適中，紋理通直，結構細緻，耐水濕，可作為礦柱、舟船、膠合板、造紙、樂器、水桶等傢俱等用材。木材可做薪炭及燃料，亦可作鏡框或箱子等用具。大多赤楊類植物，包括江南榿，常形成純林。發達的根系及根瘤又是護岸固堤、改良土壤和涵養水源的優良樹種。各地多種植為防風樹、水土保持、改良土壤、山地兩旁公路邊坡防護樹種。

赤楊常常作為先鋒植物，比其他種植物更早出現在崩塌地或毫無肥力的沖積地上，等改善土壤環境後，其他植物就能在此生長。山民在休耕前會撒下赤楊木的種子，不到幾年就成長為密林，一方面防止耕地雜草繁生，一方面經由赤楊保障未來作物的生產量。

江南榿木 樺木科

Alnus trabeculosa Hand.-Mazz.

落葉喬木，高約十公尺；樹皮灰色或灰褐色，平滑。葉倒卵狀矩圓形至倒披針狀矩圓形或矩圓形，長六至十六公分，寬二．五至七公分，頂端銳尖、漸尖至尾狀，基部近圓形或近心形；葉柄長二至三公分，疏被短柔毛或無毛，無或多少具腺點。花單性，雌雄異株，雄花序柔荑狀，常數個集生於小枝的末梢；雌花序二至四生於葉腋。果序矩圓形，長一至二．五公分，直徑一至一．五公分。小堅果寬卵形；果翅厚紙質，極狹。分布於安徽、江蘇、浙江、江西、福建、廣東、湖南、湖北和河南南部，生長於海拔二百至一千公尺的山谷或河谷的林中、岸邊或村落附近。

【山丹（仙丹花）】

堂前種山丹，錯落馬腦盤。
堂後種秋菊，碎金收辟寒。
草木如有情，慰此芳歲闌。
幽人正獨樂，不知行路難。

——〈次韻子由所居六詠〉

這是〈次韻子由所居六詠〉的第一首。創作背景如前篇，蘇軾於紹聖三年（一〇九六年）擇惠州白鶴峰買了數畝地，傾盡所有建屋二十間後，從嘉祐寺遷入居住，打算「長作嶺南人」，便讓長子蘇邁、次子蘇迨帶著家眷到惠州團聚。蘇軾在新居鑿井取水、栽種花木，前院種的是山丹，後院種的是菊花。

一般所說的山丹，幾乎都是指百合科的山丹（*Lilium pumilum* DC.），屬於溫寒帶的植物，分布於東北、河北、河南等北方地區海拔六百公尺以上的向陽山坡或疏林草地，並不是謫居廣東惠州所能見到的植物種類。華南地區的「山丹」，今名仙丹花，是典型的熱帶植物。

仙丹花的花頂生成簇，形成團狀的繖房花序，每簇花叢大約有二十至三十朵小花，花叢集生大圓球狀，花冠多為紅磚色。本種植物原產於廣東的山丹山，所以又名「山丹花」。清代巡台御史六十七曾在畫上題詞：「仙丹花色極鮮紅，一朵包百蕊似繡毬花，無香。自四月開至八月，爛熳如霞彩。」所以仙丹花又名「紅繡球」。仙丹花是一種小型喬木，全年均可開花，花期甚長，可以維持數月之久，盛花期為五至十一月。常栽植成庭園灌叢或列植為綠籬，也適合盆栽，是熱帶、亞熱帶地區常見的觀賞植物。

仙丹花原產華南地區和馬來西亞，十六世紀末成為南方庭院觀賞植物，十七世紀末被引種到英國，後傳入歐洲各國，廣泛用於盆栽觀賞。目前，荷蘭、美國和日本栽培較多。一九八〇年代，從歐美引進雜交新品種，使仙丹花的栽培品種更加豐富。常見的仙丹花為鮮紅色，也有開黃至淺黃花的黃仙丹花（*Ixora coccinea* L.），以及開白色花的白仙丹花（*Ixora parviflora* Vahl.）。

仙丹花 茜草科
Ixora chinensis Lam.

常綠灌木，株高一．五至三公尺，全株平滑。新枝綠色，末梢常帶紅色。葉十字對生，卵狀披針形或橢圓形，長八至十二公分，寬四至六公分，革質，葉端禿尖、呈鋭角、葉基鈍、全緣；兩面光滑，表面深綠色，裡面淡綠色，脈五至七對；有一對三角形淺綠色的托葉。聚繖花序，數十朵聚成半圓球形，花冠成高腳杯形，花冠徑〇．五至〇．九公分，花瓣基部聯生成筒狀，頂端裂成四瓣；雄蕊四，著生於花冠的裂片之間，花朵盛開時有如繡球，顏色有橘紅至深紅，亦有白、黃、粉紅等色之變種。果為球形漿果，熟時紅色。原產華南、印度、馬來西亞、澳洲及太平洋諸島。

【甘蔗】

老境於吾漸不佳，一生拗性舊秋崖。
笑人煮積何時熟，生啖青青竹一排。

——〈甘蔗〉

煙瘴之地的惠州有很多事物讓蘇軾眼界大開，也為他跌宕起伏的人生帶來一絲甜味，比如荔枝、香蕉，比如甘蔗。在這首甘蔗詩中，我們看到一個外形日漸衰老的蘇東坡，一個感嘆前景只會越來越糟的蘇東坡，同時也看到一個鮮活、不忘饕客本質的蘇東坡。就像倒吃甘蔗一樣，詩的結尾總會帶來柳暗花明又一村的希望。

蘇軾把初見「甘蔗」的體驗入了詩，詩句中的青竹就是青皮的甘蔗。蘇軾詩提及甘蔗的作品，還有〈定惠院寓居月夜偶出〉：「浮浮大甑長炊玉，溜溜小槽如壓蔗。」

甘蔗分布在北緯三十三度至南緯三十度之間，其中以南北緯二十五度之間是主要產區。甘蔗原產地可能是新幾內亞或印度，後來傳播到南洋群島，大約在周宣王時傳入中國南方。戰國時代至先秦時代稱作「柘」，漢代以後才出現「蔗」字。《楚辭》〈招魂〉篇用來祭悼亡魂的「柘漿」，就是甘蔗汁；蘇軾〈四時詞〉「蔗漿酪粉金盤冷」的蔗漿也是甘蔗汁。對古人來說，糖或帶甜味的食品都是奢侈品，只有王公貴族及富貴人家消費得起，因此甘蔗在漢以前是稀有的高尚食品，也是重要祭品。

東漢以前，「煉糖」是將甘蔗汁煮乾成濃糕狀的「飴餳」。蔗糖發源地的古印度，則是先將榨好的甘蔗汁曬成糖漿，再用火煎煮成蔗糖塊，再製成固體蔗糖「石蜜」。漢代的蔗糖就稱為「石蜜」，漢代劉歆的《西京雜記》記載，閩越王曾獻「石蜜」給漢高帝劉邦。《新唐書》記載唐太宗遣使去印度取熬糖法，說明印度的製糖方法在唐代傳入中國。宋代江南各省普遍種植甘蔗，糖在宋朝以後才成為城市百姓的日常消費品。現代蔗糖的主要原料除了甘蔗，還有甜菜根。

甘蔗適宜在熱帶、亞熱帶地區栽培，莖中含糖量為百分之十至二十；甜菜多在寒冷地區栽培，根中含糖量亦為百分之十至二十。目前全球的砂糖產量約有百分之六十五取自甘蔗，僅百分之三十五取自甜菜根。中醫認為，甘蔗入肺、胃二經，有清熱、生津、潤燥、補肺益胃的功效。民間還有立冬食蔗的習俗，是冬令進補一個更溫和的替代方式，可能也有「倒吃甘蔗，漸入佳境」的寓意。

甘蔗 禾本科 *Saccharum officinarum* L.

多年生高大實心草本；根狀莖粗壯發達，稈高三至五公尺，具二十至四十節。葉片長達一公尺，寬四至六公分，無毛，中脈粗壯，白色，邊緣具鋸齒狀粗糙；葉鞘長於其節間。圓錐花序大型，長五十公分左右；小穗線狀長圓形，長〇．三五至〇．四公分，基部有銀色長毛，長圓形或卵圓形。穎果細小。熱帶和亞熱帶草本植物，屬C4作物。

第六章 海南謫居

蘇軾抵惠州一年多，得知北歸無望，有了在惠州安家老死於此的打算。於是，蘇軾傾盡所有在白鶴峰購地建屋，並接長子蘇邁及蘇過兩家人來惠州團聚，在宋哲宗紹聖三年（一〇九六年）所作的〈新年五首〉中，蘇軾歡喜地寫道：「明年更有味，懷抱帶諸孫。」但世事難料，剛遷往新居兩個月後，紹聖四年四月，高齡六十一歲的蘇軾三度被貶，據說是當朝宰相章辛看了他寫的〈縱筆〉小詩：「白頭蕭散滿霜風，小閣藤床寄病容。報導先生春睡美，道人輕打五更鐘。」覺得蘇東坡在惠州的謫居生活還過得這麼舒服，隨即上奏宋哲宗說他作詩諷刺朝政，請求再貶。於是貶謫令再發，花甲之年的蘇東坡被貶海南儋州。

蘇軾三次貶謫，一次比一次偏遠，一次比一次狼狽，也一次比一次艱難。由於侍妾王朝雲已於紹聖三年病逝，此次只有幼子蘇過陪侍在側，蘇邁則帶著其餘家人留在白鶴峰。四月十九離開惠州當日，子孫在江邊痛哭送別。五月時，與被貶至廣東雷州的蘇轍相遇，兩人同行至雷州後，於六月十一日渡海前往海南。這也是兄弟兩人最後一次相見。

宋哲宗紹聖四年七月，蘇軾抵儋州。這是一塊未開化的蠻荒之地，瘴癘尤多，在寫給惠州友人程天侔的信中，蘇軾提到他令人絕望的處境：「此間食無肉，病無藥，居無室，出無友，冬無炭，夏無寒泉。」此時蘇軾雖有「瓊州別駕」的頭銜，但實際上沒有什麼實權，加上朝廷政敵刻意為難，給蘇軾下了「三不」禁

令：「不得食官糧，不得住官舍，不得簽公事」，逼得蘇軾父子還曾因破屋不堪居住，一夜三遷住處。

謫居儋州的困窘生活，程度比以往有過之而無不及。當地居民以黎族為主，大都打獵為生，五穀、布、鹽、鹹菜都要從內地運送過來，本地人只吃芋頭喝白水，冬季運米船停駛時，蘇軾也得靠芋頭和白水維持生活。黎族人後來為蘇軾父子建了五間泥屋草房（蘇軾命名為「桄榔庵」），並送來食物和粗布，在臘月二十三日祭灶過後，還會把祭肉送給蘇東坡分享。

謫居海南儋州近三年，是蘇東坡一生中最為窘迫的時期，卻也是他文學創作的高峰時期，每一次磨難都是對他精神生活的錘鍊。據統計，蘇東坡在海南期間，共作詩一百四十四首，《東坡詩集》卷四十一詩六十首、卷四十二詩三十六首、卷四十三詩四十八首；詞有四首，《東坡詞編年》〈千秋歲〉至〈鷓鴣天〉，即為此期所作，此外還有散文、賦、頌、銘等一百五十六篇，並完成了從黃州開始動筆的《易傳》、《書傳》及《論語說》三部經學著作。

此時期詩文多引述僅產於兩廣、海南島的熱帶地區植物，如沉香、檳榔、桄榔、胡椒、木棉、刺桐、蔞藤、黃皮果、椰子、刺竹等，其中檳榔、桄榔、椰子是棕櫚科植物。

元符三年（一一〇〇年）正月哲宗崩逝，徽宗即位。向太后攝政後，立即赦免了所有元祐老臣。六十六歲的蘇軾獲赦北歸，翻山過海，長途跋涉，終因旅途勞累病倒，病情反復發作，於徽宗建中靖國元年（一一〇一年）七月二十八日歿於常州（今江蘇）。病逝前兩月，蘇軾在金山寺看到李公麟所畫的蘇東坡畫像時，以一首絕句〈自題金山畫像〉總結了自己的後半生：心似已灰之木，身如不繫之舟。問汝平生功業，黃州惠州儋州。

【稗】

糴米買束薪，百物資之市。
不緣耕樵得，飽食殊少味。
再拜請邦君，願受一廛地。
知非笑昨夢，食力免內愧。
春秧幾時花，夏稗忽已穟。
悵焉撫耒耜，誰復識此意。

——〈糴米〉

寫於宋哲宗紹聖四年（一〇九七年）儋州貶所。「糴米」是買米之意，敘述蘇軾用微薄的官俸到集市買米糧的情形，當時海南人的生活極其艱苦，蘇軾身為謫宦，窘迫之狀可想而知，也因此才興起了讓邦君（地方官）給他一塊地自給自足的念頭。蘇軾初至瓊州昌化軍（今海南儋州），就發現海南耕地荒蕪，人民疏於稼穡，許多農具備而不用，導致稻田雜草叢生，於是有感而發地寫道：「春秧幾時花，夏稗忽已穟。悵焉撫耒耜，誰復識此意。」

稗亦稱稗子，外形如水稻，適應性強、生命力堅韌、吸肥力强，常與水稻魚目混珠地長在一起，影響到水稻的生長發育，即「春秧幾時花，夏稗忽已穟」所描述的，等到夏天的稗子結穗（穟同穗）成熟，此時才想要拔掉稗子，維護稻子的生長，已經太遲了。稗草種子的成熟期早於稻子或與稻子同時成熟，常會摻雜在稻穀中，與稻子一起播種。兩者的外觀及形態不易分辨，使得稗能藏身在水稻植株群中不斷繁衍下去，有經驗的農民才能從稻叢中辨識出雜在其中的稗子。一般而言，稗的莖葉顏色比稻子綠，葉脈泛白，表面平滑無芒。

稗是世界性的植物，普遍長於各地低海拔農田、平野、丘陵道路旁、較肥沃且水分供應充足的荒地，有水稗和旱稗之分。就農業經濟而言，稗對稻作危害甚大，據調查全世界農業生產每年受雜草危害，損失達百分之十左右，僅美國每年由於雜草造成的穀物損失就達九十至一百億美元。除了危害水稻，旱稗還會危害其他的農作物，如小麥、玉米、大豆、蔬菜、果樹等。不過，稗也有一些用途，穀粒可釀酒、供作飼料、煮粥、磨麵；嫩莖、葉可作青飼料或乾草；莖葉纖維可作造紙原料。

稗　禾本科

Echinochloa crus-galli(L.) P. Beauv.

一年生草本植物，稈叢生，基部膝曲或直立，株高五十至一百三十公分。葉線形，葉片長十至四十公分，寬○・五至一・八公分，葉鞘光滑，無葉舌。花序為圓錐花序，近尖塔形，長十至二十公分，總狀枝長二至七公分，穗軸粗糙，常被乳突狀剛毛；小穗有二個卵圓形的花，長約○・三公分，有時具芒；下位外稃具長芒，芒長達四公分以上；上位外稃灰白色，革質；花藥二，鮮黃色狀；雌花毛刷狀，深紅色。穎果米黃色卵形；種子卵狀，橢圓形，半球狀，光滑，黑灰色。稗草的果實乾熟後自行脱落。亞洲、美洲、歐洲從熱帶至溫帶都有分布。

【藷（山藥）】

豈無良田，膴膴平陸。獸蹤交締，鳥喙諧穆。
驚麏朝射，猛豨夜逐。芋羹藷糜，以飽耆宿。

——〈和陶勸農六首〉

六首勸農詩寫於宋哲宗紹聖四年（一〇九七年）儋州貶所，所引為第三首，是蘇軾有感於儋州百姓惰耕、米糧匱乏，因此和陶淵明的〈勸農〉詩而作。在〈和陶勸農六首〉中，蘇軾從海南漢人、黎族不睦，寫到荒田遍地、不能飽食的現狀，他認為「咨爾漢黎，均是一民」，希望當地百姓能夠一起改變不麥不稷、採賣沉香或狩獵維生這種短視近利的生活方式，如此既可解決「飲食百物艱難」的困境，還能同時改善懶惰狎遊的民風。

在這首詩中，蘇軾感嘆儋州有肥沃的土地，卻因為沒有勤於耕作，讓良田荒蕪成為野獸禽鳥奔逐棲息之地，而無法飽食的百姓只能以薯蕷、芋頭混雜稻米煮粥充飢。在同期所寫的〈聞子由瘦〉詩中，蘇軾也提到「土人頓頓食藷芋」。

「藷」通薯，在宋代指的是薯蕷，也寫成署預，後來避皇帝名諱，改稱薯藥、山藥、懷山藥、淮山藥、懷山等。塊莖多稱山藥，曬乾後稱為淮山；葉腋間常生有珠芽，稱「零餘子」，均當成藥材使用。薯蕷被栽培與利用的歷史極早，《山海經》、《本草衍義》、《圖經本草》、《新修本草》、《本草綱目》及《齊民要術》等本草典籍均有記載。薯蕷類植物全世界共有五百多種，分布極廣，遍及熱帶、亞熱帶及其他地區。根莖有圓形、橢圓形、掌形和條形等形狀，內部白色或紫色，通常供作糧食作物的品種是圓形的。

薯蕷（山藥）高產且富含營養，可供食用、藥用或保健用。最早的本草藥典《神農本草經》把山藥列為上品藥材，利用部位爲塊莖，有補肺腎滋養、健脾胃、止瀉及滋養功效，爲常用藥用與保健用生藥材料。根據現代科學分析，山藥的最大特點是含有大量的黏蛋白，這是一種多醣蛋白質的混合物，對人體有多種特殊的保健作用，能夠防止脂肪沉積心血管，保持血管彈性，阻止動脈硬化過早發生，還能減少皮下脂肪堆積，以及防止結締組織萎縮等；所含的多巴胺有擴張血管、改善血液循環的重要功能。

山藥 薯蕷科

Dioscorea batatas Decne.

多年生蔓性草本；地下有球形或圓筒形的塊根，塊根表皮黑褐色或深紅色，密生鬚根；莖通常帶紫紅色，莖右旋。單葉互生，中部以上葉對生，心形或卵狀心形，先端銳尖，全緣，主脈七至十一條。花雌雄異株，夏天開乳白色小花；雄花序穗狀，長二至八公分，二至八個著生於葉腋，雄蕊六；雌花序下垂，穗狀，一至三個著生於葉腋，花柱三，子房下位。蒴果具三翅，長一．二至二公分，寬一．五至三公分，外面有白粉；種子著生於每室中軸中部，四周有膜質翅。分布於華北、華中、華東、西南、華南各省。

【椰子】

天教日飲欲全絲，美酒生林不待儀。
自漉疎巾邀醉客，更將空殼付冠師。
規模簡古人爭看，簪導輕安髮不知。
更著短簷高屋帽，東坡何事不違時。

——〈椰子冠〉

宋哲宗紹聖四年（一〇九七年）七月，蘇軾父子到達海南儋州貶所，當時只有海南才有椰子。父子第一次喝到椰子汁、吃到椰子，蘇過還用椰殼做成帽子。由於椰殼帽新奇有趣，蘇軾父子及蘇轍各寫了一首〈椰子冠〉詩。蘇軾這首詩的大意是：上天要保全我，讓我不需要會釀酒的儀狄，天天都有椰子酒喝。我用頭巾過濾酒，邀請朋友共飲，還把剩下的椰殼交給做帽子的匠師。做好的椰殼帽簡單古樸，戴起來輕便，這種短簷的高帽子還不失時尚呢！詩中，蘇軾以袁絲自喻，「全絲」意為「保全袁絲」。漢人袁盎（字絲）剛直有才幹，被調到吳國為相時，其侄子勸他：「吳王驕橫已久，為了自保，你只能天天飲酒才不會惹禍上身。」

本詩的主要植物椰子在西漢司馬相如的〈上林賦〉就已出現，稱為「胥邪」，可見中國人至遲在二千年以前就已經知曉並接觸到椰子這種植物，晉嵇含的《南方草木狀》也有椰子的記載。椰子是重要的熱帶木本油料作物，有極高的經濟價值，全株都有用途，主要產區爲菲律賓、印度、馬來西亞、斯里蘭卡等國，中國廣東南部諸島及雷州半島、海南等熱帶地區均有栽培。

椰子果殼最薄的綠色部分是外果皮，往內最厚的一層是纖維質的中果皮（俗稱椰棕），剝除中外果皮後，可以看到有三個發芽孔的內果皮。

幼果內壁會形成乳白色胚乳薄層，其內充滿椰子水。隨著成長，椰子水逐漸被吸收，胚乳增厚硬化即為椰肉。椰子被稱為有一千零一種用途的果樹，未熟果的椰子水可以直接飲用，是清甜爽口的消暑聖品，也可發酵為椰子酒。成熟果高度纖維化的椰肉，可以刨取曬乾後製成椰絲或提煉椰子油；椰子油可供食用，也用於生產化妝品、糖果、人造奶油、肥料及甘油。椰子殼可雕製成容器、樂器及工藝品，樹皮可製作繩索、席墊。椰葉可編席及做牆體，椰根可提取汁液治痢疾，或製作牙膏。此外，椰子樹姿優美，可栽種為行道樹、園景樹觀賞。

可可椰子 *Cocos nucifera L.* 棕櫚科

大喬木狀，高十五至三十公尺，莖有環狀葉痕，直立略彎曲，高大圓柱狀，基部膨大。羽狀複葉，叢生於莖頂端，長四．五至七公尺；小葉線形至披針形，葉基摺襞向外鑷合，長六十五至一百公分；葉柄粗壯，長達一公尺以上，基部闊而扁平，附黑褐色纖維。花序腋生，長一．五至二公尺，多分枝；佛焰苞紡錘形，厚木質，最下部的長六十至一百公分；雄花萼片三，鱗片狀，花瓣三，雄蕊六；雌花基部有小苞片數枚；萼片闊圓形，花瓣與萼片相似，但較小。果卵球狀或近球形，頂端微具三稜，長約十五至二十五公分，外果皮薄，中果皮厚纖維質，內果皮木質堅硬，基部有三孔，其中一孔與胚相對，萌發時即由此孔穿出，其餘二孔堅實。廣泛栽培於熱帶地區。

【芋】

少年好遠遊，蕩志隘八荒。
九夷為藩籬，四海環我堂。
盧生與若士，何足期渺茫。
稍喜海南州，自古無戰場。
奇峰望黎母，何異嵩與邙。
飛泉瀉萬仞，舞鶴雙低昂。
分流未入海，膏澤彌此方。
芋魁倘可飽，無肉亦奚傷。

——〈和陶擬古九首〉

晚年一再被貶的蘇軾在陶淵明身上找到精神寄託，謫居惠州及儋州期間所創作的和陶詩約有百首，這九首組詩寫於宋哲宗紹聖四年（一〇九七年）儋州貶所，所引為第四首。在這首詩中，蘇軾說自己從少年起就喜歡到處遠遊，落腳海上異域後才算是真正的「四海為家」。他寫島上壯闊的自然風光，也寫這裡沒有烽煙戰火的靜好歲月，即便是盧生與若士這樣的仙人，也不能領會他心中的感受。即使沒有肉吃，只能以芋頭果腹，又有什麼關係呢？蘇軾在海南島所寫的詩作中，與芋頭相關的還有〈除夕訪子野食燒芋戲作〉：「松風溜溜作春寒，伴我饑腸響夜闌。牛糞火中燒芋子，山人更吃懶殘殘。」

芋魁是指芋的塊莖，也稱芋艿，就是我們俗稱的「芋頭」。芋頭自古就被視爲重要的糧食補充及救荒作物，最早有關芋的可靠文獻是《史記》〈項羽本紀〉：「今歲饑民貧，士卒食芋菽。」意思是荒年期間，兵士以芋和大豆充饑。項羽的根據地在「楚地」（江蘇、河南、湖北一帶），當時應該已經有芋的栽培了。「芋」的名稱據《說文》所載：「大葉、實根，駭人，故謂之芋。」意思是說中原人第一次見到芋的大葉子時，驚呼一聲「吁」，所以才稱這種植物爲「芋」。

經長期因地制宜地選種培育，已有多種不同類型的品種，其中常見的有三類：一是多頭芋，母芋分蘗群生，子芋甚少，植株矮，一株生多數葉叢，其下生多數母芋，結合成一塊；粉質，味如栗子。二是大魁芋，母芋單一或少數，肥大味美，生子芋少，植株高大，分蘗力強，子芋少，但母芋甚發達；粉質，味美，產量高。三是多子芋，子芋多而群生，母芋多纖維，味不美；分蘗力強，子芋爲尾端細瘦的紡錘形，易自母芋分離，栽培目的是采收子芋。

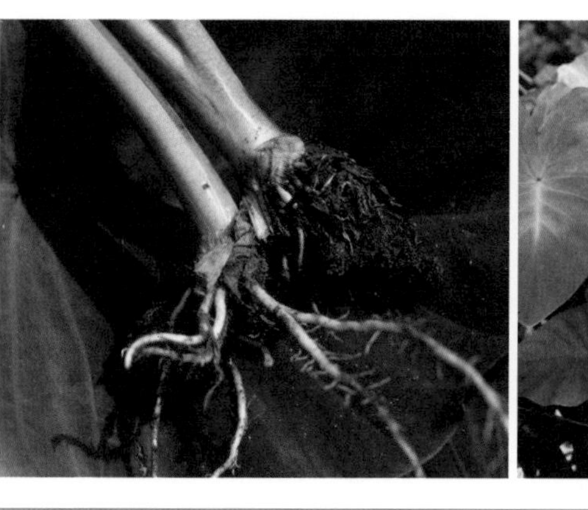

芋　天南星科

Colocasia esculenta (L.) Schott

多年生水生草本，塊莖通長卵形，常生多數小球莖，富含澱粉，株高六十至一百五十公分。葉片卵形，長二十至五十公分，先端短尖或短漸尖，側脈四對，斜伸達葉緣；葉柄長二十至九十公分。花序柄常單生，佛焰苞長約二十公分；肉穗花序長約十公分，短於佛焰苞；雌花序長圓錐狀，長三至三．五公分；中性花序長三至三．五公分，細圓柱狀；雄花序圓柱形，長四至四．五公分；附屬器鑽形，粗不及〇．一公分；漿果球形。原產印度、馬來半島等熱帶地區，是大洋洲諸島玻里尼希亞人傳統的主要糧食。

【沉香】

沉香作庭燎，甲煎粉相和。豈若炷微火，縈烟嫋清歌。貪人無飢飽，胡椒亦求多。朱劉兩狂子，隕墜如風花。本欲竭澤漁，奈此明年何。

——〈和陶擬古九首〉

〈和陶擬古〉組詩共有九首，所引為第六首，寫於宋哲宗紹聖四年（一〇九七年）。宋朝時，上至王公貴族下至文人百姓都喜歡焚香，朝廷甚至還設了香藥局，專職負責宴會所需香品、香案、香具的置辦供應。蘇軾被遠貶至海南後，除了感嘆「海南多荒田，俗以貿香為業」，也發現海南沉香確實香氣清淑不似凡品，在蘇轍六十歲生日時還作為賀禮送出去。

正是因為海南沉香如此珍貴，造成「竭澤而漁」的過度採香及用香行為，這正是蘇軾在這首詩中所要揭露及批判的現象。他指名譴責瓊管體量安撫使朱初平與一起被派往海南的劉誼粗鄙貪婪，將珍貴的海南沉香當成照明的火炬來使用，連胡椒這樣的調味香料也到處搜刮，所到之處就像狂風墜花一樣。

沉香木樹身在受到損傷後，傷口處因為真菌感染，其薄壁組織細胞內的澱粉發生一系列的化學變異而出現「結香」現象——木質部受到刺激產生樹脂，樹脂再變成膏脂狀的結塊，將四周組織封閉阻斷，以防止潰爛繼續惡化而擴散。經過幾十年甚至千年的結香，使沉香木成為一種黑褐色、充滿蜜甜清涼香氣的油脂。這種凝結的油脂和木質部組織，就稱為「沉香」。然而，不同產地的沉香，不同侵害來源，以及不同的感染生物，沉香的香味都會有所不同。

沉香木本身並無特殊香味，而且木質較爲鬆軟，木材很輕。結香年代越久，木材中的油脂含量越高，沉香的密度越大，越能夠沉入水底。也就是說，凝聚的樹脂越多，質量越好，所以古人常以能否沉水將沉香分爲不同品級：入水則沉者，名爲「沉水香」，品質最好；半浮半沉者，名爲「棧香」或「籛香」、「弄水香」等，品質次之；僅能稍稍入水而大部分木材漂於水面者，名爲「黃熟香」，品質更次之。全世界使用沉香的數量遠過於自然生長的產量，加上大量開採，許多產地的沉香已瀕臨滅絕，使得價格越來越貴。

沉香是上等藥材，除了當香料使用外，《本草綱目》還記載沉香木有強烈的抗菌效能，散發的香氣入脾，有清神理氣、補五臟、止咳化痰、暖胃溫脾、通氣定痛等功效。

沉香 瑞香科

Aquilaria agallocha Roxb.或*Aquilaria malaccensis* Lam.

常綠中喬木，高可達六至二十公尺，樹皮片狀剝落。葉互生，近革質，卵形披針形，長五至十公分，寬三．五至五．五公分，全緣，葉面翠綠有光澤。繖房花序；花黃綠色，花瓣退化成鱗片，萼筒鐘形，長〇．六至〇．七公分；雄蕊十；子房近圓形，花柱極短，柱頭頭狀。果實倒卵形，被短絨毛，長約四公分，寬三公分，厚二公分；果瓣海綿質，可分成兩邊，各有一顆深褐色種子；種子卵形。主要產地在越南、泰國、寮國、印度、印尼、馬來西亞等地區。

【胡椒】

沉香作庭燎，甲煎粉相和。豈若炷微火，縈烟嫋清歌。貪人無飢飽，胡椒亦求多。朱劉兩狂子，隕墜如風花。本欲竭澤漁，奈此明年何。

——〈和陶擬古九首〉

寫作背景及全詩大意參見前篇。不管是沉香或胡椒，貪婪的人只要有機會都會竭盡所能地掠奪積攢，這是蘇軾對新法期間，朝廷派來海南島的官員朱初平與劉誼的沉痛譴責，並特別在詩中自注：「朱初平、劉誼冠帶黎人，以取水沉耳。」

胡椒可能在魏晉以前便已經引入中國，成為重要的食品香料，甚至部分地取代中國的原產調料花椒。大規模傳入中國的時間是在唐朝，隨著需求增加，價格逐漸攀高，成為權貴人家菜餚中的常見調料，甚至被當成珍稀的饋贈品或用於賄賂。唐代宗的宰相元載因為貪賄被抄家時，抄出胡椒八百石（將近六十四噸），後人遂用「胡椒八百石」來代表貪官汙吏。

胡椒原產於南印度，十六世紀才開始在其他熱帶地區，如爪哇島、巽他群島、蘇門答臘、馬達加斯加、馬來西亞與東南亞的其他地區進行栽培，成為全世界使用最廣泛的食品香料。

果實或種子依採摘時的成熟度不同、加工調製方法不同，而有顏色差異，可分為黑胡椒、白胡椒、綠胡椒及紅胡椒。

黑胡椒是由果皮呈綠色的未成熟果實製成，採收的果實先曝曬於太陽下或用機器烘乾，在酵素作用下，果皮會逐漸變黑並皺縮成黑胡椒粒，磨製後的產品便是黑胡椒粉。白胡椒是採用果皮顏色變紅的熟果實，去除果皮取出白色的種仁，經乾燥後磨製而成的產品即白胡椒粉。綠胡椒同黑胡椒一樣，使用的都是未成熟果實，經由鹽水和醋浸泡醃漬或使用二氧化硫和冷凍乾燥等方式處理來保持其綠色，磨製而成的產品即綠胡椒粉。把成熟的紅胡椒漿果用鹽水和醋醃漬，可以製成紅胡椒粒或磨成紅胡椒粉。不過，目前市面上的紅胡椒很少是真正的胡椒，而是漆樹科巴西胡椒樹（*Schinus terebinthifolius* Raddi）的漿果，形狀與大小都與紅胡椒非常相似。

黑胡椒除了當調味料使用，也曾被用於治療腸胃方面的毛病，例如希臘人用於緩解胃病，印度阿育吠陀傳統醫學也用於治療腸胃疾病。中醫則認為胡椒有溫中散寒、下氣、消痰等功效，適用於食欲不振、反胃腹痛及食物中毒解毒。近代研究指出，黑胡椒所含的活性成分胡椒鹼，有抗氧化、降低膽固醇、幫助消化及抗發炎等功效。

胡椒 胡椒科

Piper nigrum L.

攀緣木質藤本，莖節膨大，莖接觸到其他物體時節會迅速長不定根，常攀緣於樹幹、木棒或格架上。葉互生，葉片橢圓形，葉面深綠色有光澤，長八至十五公分，寬六至九公分；全緣。花雜性，肉質穗狀花序，長六至十二公分，上面長有三十至一百二十朵不等的花，成螺旋狀排列；花極小，雄蕊二，子房球形。漿果球形，徑〇・三至〇・四公分，成熟時紅色。原產東南亞，現廣植於熱帶地區。

【吉貝（樹棉）】

黎山有幽子，形槁神獨完。
負薪入城市，笑我儒衣冠。
生不聞詩書，豈知有孔顏。
翛然獨往來，榮辱未易關。
日暮鳥獸散，家在孤雲端。
問答了不通，歎息指屢彈。
似言君貴人，草莽棲龍鸞。
遺我吉貝布，海風今歲寒。

——〈和陶擬古九首〉

寫於宋哲宗紹聖四年（一〇九七年）。蘇軾被貶到海南時，曾預料自己必死無疑：「今到海南，首當作棺，次便作墓。」但到了儋耳（昌化軍統轄地的舊名）後，他才發現當地原住民黎族純樸善良，並由於謫宦身分讓他有機會走進這些底層百姓的生活。在這首詩中，蘇軾塑造了一個幽居深山、身形枯瘦但精神矍鑠的賣柴人，他獨來獨往，不知聖賢書，卻也因此不讓世間的寵辱沾身。這個黎人見蘇軾一身布巾儒衣、氣質不凡，知道他必是落難於草莽的人中龍鳳，雖然兩人語言不通，對方還是送給他一塊棉布，一面還殷殷囑咐：海南今年冬季的海風很冷啊！對照現實生活中，黎人幫無處可居的蘇軾父子搭築泥屋草房「桄榔庵」，由此可見黎人的良善與慷慨。

詩中提到的「吉貝布」是用樹棉纖維織成的布，《文昌雜錄》：「閩嶺以南多木棉，土人競植之，採其花為布，號『吉貝』。」古詩文中的吉貝或古貝是棉花的泛稱，而樹棉是最早在中國出現的棉花種類，唐宋時代在中國境內種植的棉花也是樹棉。

樹棉原產於亞熱帶，在熱帶地區栽培可長到六公尺高，一般為一到二公尺。花淡黃色，開花後不久轉成深紅色後凋謝，蒴果稱為棉鈴。棉鈴內有棉籽，棉籽表面長有茸毛，塞滿蒴果內部，成熟時裂開，露出柔軟的纖維。纖維白色至白中帶黃，長約二至四公分，此即紡織用棉花。

全世界栽培的棉花包括草棉、海島棉、陸地棉、樹棉等，種子纖維是最常使用的天然纖維，主要用於製作柔軟透氣的紡織品。由於樹棉的棉鈴纖維較短，草棉、海島棉、陸地棉等其他種纖維較長的棉花出現後，樹棉的地位逐漸被取代。現在占世界棉花總產百分之九十以上的棉種，都屬於原產於墨西哥的陸地棉。

雖然唐代已經出現棉花織品，但目前中原地區所見最早的棉紡織品遺物是在南宋古墓中發現的一條棉線毯。大量推廣棉作應在元代初年，朝廷設立木棉提舉司，徵收民間的棉布實物，可見棉布已成為主要的紡織衣料。清末，又陸續從美國引進了陸地棉良種，替代了品質不好、產量不高的非洲棉和亞洲棉。現在中國種植的，全是陸地棉。

樹棉　錦葵科

Gossypium arboreum L.

多年生亞灌木至灌木，高達二至三公尺，嫩枝被長柔毛。葉掌狀五深裂，直徑四至八公分，裂片長圓狀披針形，深裂達葉片的二分之一左右；葉柄長二至四公分。花單生於葉腋，花梗長一．五至二．五公分；小苞片三，長約二．五公分；花萼淺杯狀，近截形；花淡黃色，內面基部暗紫色，花瓣倒卵形，長四至五公分；單體雄蕊長一．五至二公分。蒴果圓錐形，長約三公分，具喙，通常三室，每室具種子五至八顆，種子分離，卵圓形，直徑〇．五至〇．八公分，混生白色長棉毛和不易剝離的短棉毛。原產印度，現今亞洲和非洲熱帶仍有栽培。

【桄榔】

喬木卷蒼藤，浩浩崩雲積。
謝家堂前燕，對語悲宿昔。
仰看桄榔樹，玄鶴舞長翮。
新年結荔子，主人黃壤隔。
溪陰宜館我，稍省薪水役。
相如賣車騎，五畝亦可易。
但恐鵩鳥來，此生還盪析。
誰能插籬槿，護此殘竹柏。

——〈和陶使都經錢溪〉

宋哲宗紹聖五年（一〇九八年）二月寫於瓊州貶所。蘇軾遊謝氏廢園，園內有爬滿藤蔓的大樹、高大的桄榔樹，也有新結的荔枝等。滿園荒涼的景色，讓蘇軾生起世事無常、物是人非的悲懷，想那司馬相如落魄時也曾變賣車騎買酒肆經營維生，如今偏居於海外孤島的自己就像殘竹柏，只願餘生不要再起風波（鵩鳥即貓頭鷹，被視為不祥之鳥），就此安居下來不再動盪。

詩中提到的桄榔，一般生長在年均氣溫攝氏二十度以上的熱帶、亞熱帶地區，當時除了海南島外，廣西及廣東的惠州、廣州附近也有分布，如寫於惠州的〈十一月二十六日，松風亭下梅花盛開〉：「長條半落荔支浦，卧樹獨秀桄榔園。」蘇軾在海南島被逐出官舍，無處棲身時就暫居於桄榔林中，後來在林中買了一塊地建屋，並將建成的五間泥屋草房命名為「桄榔庵」。

南宋趙汝適《諸番志》中提到的「加蒙樹」即桄榔，是當地語言的音譯。收集樹幹切口流出的樹液、花序的汁液蒸煮後形成濃糖漿，味道似黑糖，冷卻後加工製成椰子砂糖，也可釀酒，因此又稱砂糖椰子。髓心可提取桄榔粉，是廣西傳統特產，具有無脂、低熱能、高纖維等特點，並含有多種人體必需的微量元素，有去濕熱和滋補功能。據《本草綱目》、《海藥本草》等古書記載：「桄榔粉味甘平，無毒，作餅炙食腴美，令人不飢，補益虛羸損，腰脚乏力，久服輕身辟穀。」蘇東坡在海南島時也吃過桄榔粉。

除樹幹含有澱粉可供食用外，幼嫩的種子胚乳可用糖煮成蜜餞；幼嫩的莖也可作蔬菜食用。葉鞘纖維強韌、耐濕耐腐，可製繩纜及掃帚等日常用品，也是簑衣的原料。蘇軾謫居惠州時，曾經多次將桄榔樹幹做成的手杖贈給友人。此外，古籍提到的桄榔可能還包括魚尾葵屬（*Caryota*）的幾個種，如董棕（*Caryota urens* L.），莖幹內含大量澱粉，可製西谷米（甜品「西米露」的原料）。

桄榔　棕櫚科
Arenga pinnata (Wurmb) Merr.

喬木狀，莖較粗壯，高五至十五公尺。葉叢生莖頂，羽狀複葉，長五至七公尺，小葉線形或線狀披針形，長八十至一百五十公分，上面綠色，背面蒼白色，頂端呈不規則鋸齒狀；葉鞘具黑色強壯的網狀纖維和針刺狀纖維。花序腋生，花序梗粗壯，下彎，分枝多，佛焰苞多片，螺旋狀排列；雄花大，花萼、花瓣各三片；雌花花萼及花瓣各三片，花後膨大。果實近球形，直徑四至五公分，具三稜，頂端凹陷，灰褐色。種子三顆，黑色，卵狀三稜形。分布中國海南、廣西及雲南西部至東南部，中南半島及東南亞一帶亦產。喜濕潤環境，多散生於石山溝谷和土山中下部，對土壤要求不高。

【木棉】

老鴉銜肉紙飛灰，萬里家山安在哉！
蒼耳林中太白過，鹿門山下德公回。
管寧投老終歸去，王式當年本不來。
記取城南上巳日，木棉花落刺桐開。
——〈海南人不作寒食而以上巳上冢，予攜一瓢酒尋諸生，皆出矣。獨老符秀才在，因與飲，至醉，符蓋儋人之安貧守靜者也〉

寫於紹聖五年（一〇九八年）上巳節後，當時六十三歲的蘇軾人在荒涼之地的海南島儋州，雖然生活窘迫，處處受到政敵刻意為難，但蘇軾生性豁達，把儋州當成了自己的第二故鄉，也入境隨俗地採用與黎人相同的裝束。海南人不過寒食節，而是在上巳節（陰曆三月三日）掃墓，蘇軾當日找不到門生一起喝酒，只有老秀才符林在，兩人共飲至醉，就如詩題所言。

全詩引用不少典故，「蒼耳林中太白過」說的是醉酒的李白誤入長滿棘刺的蒼耳叢中，裘衣被劃破也不以為意；「鹿門山下德公回」說龐德公拒絕東漢光武帝的出仕邀請，隱居鹿門山；「管寧投老終歸去」敘述東漢天下大亂時，管寧避居遼東講學三十多年，晚年才回故鄉；「王式當年本不來」言及西漢經學家王式，曾在席間被譏諷而說道：「我本不欲來，諸生強勸我，竟為豎子所辱。」這些典故都在說明蘇軾當下不得自由、有家歸不得的處境，詩末則回到木棉及刺桐等儋州景物，表達的是對時光流逝的感慨。

木棉是分布在熱帶及亞熱帶地區的落葉大喬木，又名攀枝花、史侯花、紅棉樹、斑芝、斑枝、瓊枝（海南古稱瓊島），因樹形高大、樹幹筆直又稱「英雄樹」。《西京雜記》記載，南粵王趙佗向漢武帝朝貢木棉，這是木棉進入中國的最早紀錄。唐宋詩文常見引述，後人解詩時有時會將木棉與小灌木樹棉（棉花的一種，參見前篇）混淆。

木棉樹高十到二十五公尺，每年二到四月花先葉開放，花大而美，適合栽植於庭園觀賞，也常栽種於道路兩旁作為行道樹。原生長於較乾旱地區，為防止動物啃食，樹幹基部密生瘤刺。白色果實狀如紡錘，約在四月下旬到五月開裂，果內白色棉絮柔軟纖細，可作枕、褥、救生圈等填充材料。種子油可作潤滑油及製肥皂；木材輕軟，耐浸泡，是製作蒸籠、木桶、箱板及造紙的良好材料。花、樹皮、根皮可當藥材使用，有清熱解毒、散瘀止血功效。

木棉　木棉科

Bombax malabarica DC.或 *Bombax ceiba* L.

落葉大喬木，高可達二十五公尺，幼樹的樹幹通常有圓錐狀粗刺。掌狀複葉，小葉五至七片，長圓形至長圓狀披針形，長十至十六公分，寬三．五至五．五公分，全緣；葉柄長十至二十公分；小葉柄長一．五至四公分。花單生枝頂葉腋，直徑約十公分；萼杯狀，長二至三公分，萼齒三至五；花瓣肉質，通常紅色，有時橙紅色，倒卵狀長圓形，長八至十公分，寬三至四公分；雄蕊花絲基部粗，集成五束，每束十枚以上；花柱長於雄蕊。蒴果長圓形，長十至十五公分，徑四．五至五公分；種子多數，倒卵形，密被灰白色長柔毛和星狀柔毛。原產印度、緬甸及爪哇一帶。

【刺桐】

老鴉銜肉紙飛灰，萬里家山安在哉！蒼耳林中太白過，鹿門山下德公回。管寧投老終歸去，王式當年本不來。記取城南上巳日，木棉花落刺桐開。

——〈海南人不作寒食而以上巳上冢，予攜一瓢酒尋諸生，皆出矣。獨老符秀才在，因與飲，至醉，符蓋儋人之安貧守靜者也〉

蘇軾初抵海外儋州時，語言不通又無一人認識，後與來自開封的昌化軍使張中交好，並經他介紹，結識了幾個當地的學子文人，其中一人就是住在城南的老秀才符林，蘇軾稱他是「儋人之安貧守靜者」。此後蘇軾逐漸安定下來並開始融入海南的生活環境，甚至到了最後獲赦離開時還自稱「我本儋耳人」。即便如此，在這個祭祖掃墓的上巳節，仍不免生起「萬里家山安在哉」的感傷與悲涼。

詩中提到的刺桐與木棉是熱帶地區的樹花，都是先開花後長葉，花色鮮艷火紅。其中木棉在農曆正月（國曆二至三月）盛開，接著刺桐在清明節前後盛開，也就是蘇軾所寫的「木棉花落刺桐開」。

刺桐小葉輪廓為心形、枝幹有瘤狀的銳刺，因此得名。原產在熱帶亞洲及太平洋洲諸島海岸及山麓地帶，中國沿海省分如廣東、福建、海南等均有分布，海南特別多，常與木棉栽植於庭園。初春時開花，花開時艷紅美麗，《全唐詩》多有吟誦，大都與貶謫或南方有關，如李郢〈送人之嶺南〉：「嵩台月照啼猿曙，石室煙含古桂秋。回望長安五千里，刺桐花下莫淹留。」納蘭性德的小令〈憶王孫〉：「刺桐花下是兒家，已拆鞦韆未採茶。睡起重尋好夢賒。憶交加，倚著閒窗數落花。」納蘭的夫人盧氏是生長在廣東的南國佳人，廣東也是刺桐的主要生長地。

刺桐生長較迅速，樹蔭廣大，自古即栽作觀賞樹木，現代普遍栽植為行道樹、公園綠蔭及校園綠樹。開花時，成簇的紅色花像爆竹又像雞冠，也俗稱雞公花，是台灣平埔族的聖花，噶瑪蘭族更以刺桐花盛開時節為新年，開始準備「海祭」。刺桐木材質地輕軟，適合加工製作手工藝品，樹皮或根皮可以入藥（稱海桐皮），有祛風除濕、通經活絡的功效，用以治風濕麻木、腰腿筋骨疼痛、跌打損傷，對橫紋肌有鬆弛作用，對中樞神經有鎮靜作用。葉可消積驅蟲，治小兒疳積、蛔蟲病；花可收斂止血。此外，刺桐的根、莖、莖皮、葉、花及未成熟的種子具輕微毒性，中毒症狀包括頭暈、四肢乏力、癱瘓及抑制呼吸等。

刺桐　*Erythrina variegata* L.　蝶形花科

落葉性大喬木，枝幹有刺。三出複葉，頂小葉寬卵形，長寬各十至十五公分，先端突尖，小葉柄基部具一對蜜槽，葉柄基部有腺體一對。總狀花序，花常成對著生、密生；花萼鐘形；花蝶形，花冠紅色，長六至七公分，旗瓣橢圓形，長五至六公分，寬約二．五公分，先端圓，瓣柄短；翼瓣與龍骨瓣近等長；龍骨瓣二片離生；雄蕊十，兩體雄蕊。莢果念珠狀，莢果膨大，長十五至三十公分。種子一至八顆，腎形，長約一．五公分，徑約一公分，暗紅色。原產於印度至大洋洲海岸林中，世界各國多有栽植，主要分布於澳大利亞、孟加拉、柬埔寨、中國沿海省分、斐濟、印度等。

【香櫞】

萬劫互起滅，百年一踟躕。漂流四十年，今乃言卜居。
且喜天壤間，一席亦吾廬。稍理蘭桂叢，盡平狐兔墟。
黃櫞出舊枿，紫茗抽新畬。我本早衰人，不謂老更劬。
邦君助畚锸，鄰里通有無。竹屋從低深，山窗自明疏。
一飽便終日，高眠忘百須。自笑四壁空，無妻老相如。

——〈和陶和劉柴桑〉

宋哲宗元符元年（一〇九八年，紹聖五年於六月改元為元符元年）歲末寫於儋州。這首詩呼應陶淵明的〈和劉柴桑〉詩，抒發的是蘇軾晚年苦中作樂的心境。遠貶異地他鄉的文人難免有懷才不遇的鬱悶情緒，就算蘇軾再怎麼豁達也有心情低落的時候，但他卻能在愁悶中尋到排解情緒的出路，在困窘的生活中發掘樂趣，用從容、調適的心態去超越痛苦。這首詩記錄他在儋州的生活，說自己漂流四十年終能在天地之間喜得一席之地棲身，說黃櫞從砍去樹幹的舊根株長出新的萌蘖，說自己在畬田（新田）上種植的茶樹抽出了紫色的葉芽。還說鄰里之間互通有無的情誼，一天一飽飯，高眠足以忘憂，雖然家徒四壁、孑然一身，也能隨緣自適，一笑置之。

詩中提到的黃櫞是指果皮為黃色的香櫞，又稱枸櫞，屬於柑橘家族的原始種類之一，在中國已有兩千多年的栽培歷史，主產於浙江、江蘇、廣東、廣西等地。《本草圖經》云：「枸櫞，如小瓜狀，皮若橙，而光澤可愛，肉甚厚，切如蘿蔔，雖味短而香氛，大勝柑橘之類。」唐代的《嶺表錄異》描述香櫞：「枸櫞，子形如瓜，皮似橙而金色。」皮厚味酸苦，很少直接食用，可以加工煮製成蜜餞，主要還是作為中藥材。秋季採收成熟的果實，趁鮮切片，除去種子及瓤後曬乾或低溫乾燥。其乾片有清香氣，味略苦而微甜，性溫無毒，具有理氣舒鬱、消脹降痰、增強抵抗力、改善心肌功能等作用，用於治療消化不良、胸悶、脅痛、痰多、嘔吐、慢性胃炎、神經性胃痛等症，所含的橙皮苷可以增強血管彈性、預防及抑制胃潰瘍，富含的果膠能降低人體血液中的膽固醇濃度及清理腸胃道。

更為常見的佛手（*Citrus medica* L. var. *sarcodactylis* Swingle）是香櫞的變種，也稱佛手柑、五指香櫞等，香氣比香櫞濃，久置更香。結果之前，佛手各器官的形態與香櫞難以區別，但子房在發育過程中先端會開始分裂，果實膨大時發展成手指狀，果皮甚厚，通常無種子。《本草綱目》提到枸櫞時說：「產閩、廣間，木似朱欒而葉尖長，枝間有刺，植之近水乃生，其實狀如人手有指……皮如橙柚而厚，皺而光澤，其色如瓜，生綠熟黃。」其實描述的是佛手柑。

香櫞　芸香科

Citrus medica L.

常綠灌木或小喬木；新生嫩枝、芽及花蕾均暗紫紅色，莖枝多刺，刺長達四公分。單葉，葉片橢圓形或卵狀橢圓形，長六至十二公分，寬三至六公分，頂部圓或鈍，葉緣有淺鈍裂齒。總狀花序有時花達十二朵，有時具腋生單花；花兩性，花瓣五，長一．五至二公分；雄蕊三十至五十；子房圓筒狀，花柱粗長，柱頭頭狀。果橢圓形、近圓形或兩端狹的紡錘形，熟時果皮淡黃色，粗糙，甚厚或頗薄，難剝離，內皮白色或略淡黃色，棉質，鬆軟；瓢囊十至十五瓣，果肉近於透明或淡乳黃色，有香氣；種子小，多或單胚。產台灣、福建、廣東、廣西、雲南等地，越南、寮國、緬甸、印度也有分布。

【樹雞（木耳）】

聚糞西垣下，鑿泉東垣隈。勞辱何時休，宴安不可懷。
天公豈相喜，雨霽與意諧。黃菘養土膏，老楮生樹雞。
未忍便烹煮，繞觀日百回。跨海得遠信，冰盤鳴玉哀。
茵蔯點膾縷，照坐如花開。

——〈和陶下潠田舍穫〉節錄

宋哲宗元符元年（一〇九八年）歲末寫於瓊州貶所。在晚年的流放生活中，一來是因為貧病交加的現實所迫，二是因為老病、齒牙動搖，蘇軾的飲食更偏蔬食。除了自己耕種外，也有當地隨手可得的野生菌類與菜蔬，如詩中提到的木耳及茵陳蒿。「老楮生樹雞」，意思是生長在構樹枯木上的木耳。

木耳生長於腐木之上，形似人耳故名；又名木茸、木菌、木蛾（似蛾蝶玉立）、樹雞（味道像雞肉一樣鮮美）、雲耳（重瓣的木耳疊生在樹幹上宛如片片浮雲）。食用部分是子實體，自古以來就是中國重要的食用菌。子實體含膠質，成圓盤形、耳形或不規則形，新鮮時軟，乾後成角質。木耳質地柔軟，口感細嫩，味道鮮美，而且富含蛋白質、脂肪、醣類及多種維生素和礦物質，有很高的營養價值，現代營養學家譽之爲「素中之葷」。

木耳有採自天然林中，也有人工栽培者。廣為栽培與食用的木耳主要有兩種：黑木耳與毛木耳。黑木耳又稱光木耳或厚質木耳，子實體兩面光滑、黑褐色、半透明，質地滑而味鮮，營養豐富，是人工大量栽培的一種，東北亞溫帶地區的食用也以黑木耳為主。毛木耳又名構耳、粗木耳、黃背木耳、白背木耳、黃背耳、白背耳，朵較大，質地粗韌，不易嚼碎，味道稍遜，價格低廉，東南亞等熱帶、亞熱帶地區以食用毛木耳為主。這兩種木耳均富含蛋白質、食用纖維素、維生素、鐵鈣含量高，且熱量低。所含纖維素可產生飽足感、促進腸胃蠕動，減少便祕，因此可能有減重效果。天然的木耳生長在櫟、楊、榕、槐等一百二十多種闊葉樹的腐木上，單生或群生，人工培植者則以椴木和袋料爲主。

光木耳；黑木耳 *Auricularia auricula-judae* (Bull.) Quél.　木耳科

擔子果較薄，膠質，柔軟，有韌性，半透明。幼時杯狀，漸耳殼狀或葉狀，常爲棕褐色或黃褐色，直徑三公分，有時可達十三公分。乾後強烈收縮，角質，子實層面平滑或有脈絡狀皺紋，深褐色至近於黑色；不孕面密被短毛茸，暗青褐色。毛短不分隔，多彎曲，頂端漸尖而色淺，基部膨大而顯著呈褐色，在膨大的下部再突然縮小如細線。擔孢子近圓柱形，稍彎。分布於中國、日本、朝鮮、歐洲及北美的大部分溫帶地區。

毛木耳；野木耳 *Auricularia polytricha* (Mont.) Sacc.　木耳科

子實體膠質，淺圓盤形、耳形或不規則形。有明顯基部，無柄，基部稍皺，新鮮時軟，乾後收縮。子實層生裡面，平滑或稍有皺紋，紫灰色，後變黑色。外面有較長絨毛，無色，僅基部褐色。常成束生長。分布於熱帶、亞熱帶的溫暖潮濕地區，生長在柳樹、洋槐、桑樹等多種樹幹上或腐木上。與黑木耳相比，耳片大而厚，質地粗韌，抗逆性強，易栽培。

【黃皮果】

靈壽扶孔光，菊潭飲伯始。雖云閒草木，豈樂蒙此恥。一時偶收用，千載相瘢痕。海南無嘉植，野果名黃子。堅瘦多節目，天材任操倚。嗟我始剪裁，世用或緣此。貴從老夫手，往配先生几。相從歸故山，不愧仙人杞。

——〈以黃子木拄杖為子由生日之壽〉

宋哲宗元符二年（一〇九九年）寫於儋州昌化軍貶所。二月二十是蘇轍六十一歲生日，蘇軾跨海寄送親手製作的「黃子木」枴杖給被貶至循州的弟弟祝壽。全詩大意是說海南島沒有好的樹材，不過這種特產的黃子木堅韌耐用、幹上多節，不輸靈壽木、仙人杖，而且是我親手做的，等來日遇赦回歸故里時，我們兄弟兩人可以拄杖相扶持。蘇轍收到禮物後也回贈一首詩，說自己五十歲就開始拿枴杖了，所以這個禮物送得非常合心意。

詩中所說的靈壽木，枝幹上有明顯的枝節，很像竹子，木質很堅硬，「自然有合杖制，不須削治」，自古就是上好的枴杖材料；仙人杞則是指用枸杞枝幹製成的枴杖，據傳是王母娘娘所用。蘇軾提到的結黃色果實的樹是芸香科的黃皮，果皮金黃色，汁液豐富且具香味，含有多種人體所需的微量元素及豐富的胺基酸，是熱帶及亞熱帶地區的一種佳果。清人李調元的《南越筆記》云：「黃皮果，狀如金彈，六月熟，其漿酸甘似葡萄，可消食，順氣除暑熱，與荔枝並進。荔枝饜飫，以黃皮解之。」說明黃皮可以開胃消滯，幫助消化。

黃皮果可以生食，也可以製成果汁、果醬、蜜餞，泡茶飲用有健脾開胃、消食化積、祛痰止咳、清熱解毒的效果，對感冒、咳嗽、哮喘、咽喉炎等呼吸道疾病有很好的緩解作用。黃皮果還可以用來泡酒入藥，有舒筋活絡、祛風除濕、延緩衰老等功效，對緩解關節疼痛、風濕痹痛有不錯的效果。此外，黃皮的葉、樹皮和種子都能入藥，黃皮葉味苦、辛，具解表散熱、行氣化痰、解毒、利尿等功效，主治咳嗽痰喘、瘧疾、流行性腦膜炎、黃腫、小便不利、風濕痹痛、熱毒疥癬、蛇蟲咬傷等。現代藥理研究顯示，黃皮葉有益智、保肝、降血糖、降血脂、抗氧化等作用。樹皮的中藥名為黃皮皮，味苦、性溫，有利水消腫、通利尿道等功效。

黃皮　芸香科

Clausena lansium (Lour.) Skeels

常綠灌木至小喬木，高可達十二公尺；小枝條及葉柄密被毛。葉互生，奇數羽狀複葉，長十八至二十三公分；小葉五至十三枚，卵形至橢圓狀披針形，長六至十三公分，寬二·五至六公分，紙質，淺波狀緣或具淺鈍齒，表面有光澤，揉碎有臭味；葉柄長三至五公分。頂生聚繖狀圓錐花序，花序長八至十九公分；花小形，花瓣五，白色，具芳香；雄蕊十，著生於花盤周圍；子房五室；花柱短，柱頭頭狀。果實為漿果，球形或卵圓形，徑一·五至二·五公分，成熟時果皮呈金黃色或橙黃色，表面密生褐色短毛茸，果肉多汁，淡黃白色，味酸或甘，內綠色；有種子一至六顆。原產中國，現分布於福建、廣東、廣西、海南、貴州南部、雲南及台灣。

【刺竹】

半醒半醉問諸黎，竹刺藤梢步步迷。
但尋牛矢覓歸路，家在牛欄西復西。
——〈被酒獨行遍至子雲威徽先覺四黎之舍〉

這組詩共有三首，寫於宋哲元符二年（一〇九九年），所引為第一首。蘇軾時年六十四歲，已貶謫儋州兩年，詩題中的子雲、威、徽及先覺都是海南黎族人，也是蘇軾在當地密切往來的好友。全詩大意是說蘇軾去見了這四個友人後，半醉半醒地走路回家，途中卻迷了路，誤入刺竹叢中。後來想起自己在城南的家就在牛欄附近，只要沿著有牛屎的路上走就行，於是一路西行又西行，最後終於到家了。這首詩用字粗淺，把一個迷路、邊走邊找路的「醉鬼」描寫得非常生動有趣。

刺竹又名簕竹，是高大、竹桿密集叢生的多年生常綠竹子，植株高度可達三十公尺，莖稈之分枝小枝常短縮爲彎曲的銳利硬刺，並相互交織而成稠密的刺叢。乾旱期越長的環境，鞭條狀的刺越多越密集。刺竹可用以安定土岸防止土壤沖刷崩落，還可作為標定地界的圍籬。由於細枝有刺，且容易生長，古時常栽種在聚落、住家四周以防外人及猛獸入侵，尤其適用於小型村落的防禦工事。竹材堅韌不易蟲蛀，以往是搭蓋房屋、製作家具及農具的材料，或當炭薪使用。

刺竹是季風型氣候冬季乾旱少雨的代表性植物，特別是在保水能力差、土地貧瘠難以栽種其他作物的地區，多種有刺竹。夏季出筍，待長成新竹時已是乾旱的冬季，竹桿基部的分枝在缺少水分的情形下，分枝先端變成尖刺，每節長刺的枝條相互交織形成刺網，刺網也可避開旱季草食性動物的侵入破壞。

刺竹 禾本科

Bambusa blumeana Schult. & Schult. f.或 *Bambusa stenostachya* Hack.

喬木狀竹類，地下莖合軸型；稈高十五至三十公尺，直徑八至十五公分；節間綠色，長二十五至三十五公分；稈中下部各節均環生短氣根；主、分枝上的小枝常短縮爲彎曲的銳利硬刺，刺三至數枚叢生。籜背面密被暗棕色刺毛，籜耳近相等或稍不相等，籜舌高四至五公釐，條裂，邊緣被流蘇狀毛；籜葉卵形至狹卵形，常外翻，背面被糙硬毛。小枝具五至九葉，葉片線狀披針形至狹披針形，長十至二十公分，寬一．二至二．五公分，先端漸尖而具粗糙鑽狀尖頭，基部近圓形或近截形。原產印尼、馬來西亞。台灣、廣東、福建、海南、雲南等有引種。

【土芋（黃獨）】

小酒生黎法，乾糟瓦盎中。芳辛知有毒，滴瀝取無窮。
凍醴寒初泫，春醅暖更饛。華夷兩樽合，醉笑一歡同。
里閈峨山北，田園震澤東。歸期那敢說，安訊不曾通。
鶴鬢驚全白，犀圍尚半紅。愁顏解符老，壽耳鬥吳翁。
得穀鵝初飽，亡貓鼠益豐。黃薑收土芋，蒼耳斫霜叢。

——〈用過韻，冬至與諸生飲酒〉節錄

這首五言詩共三十二句，寫於宋元符二年（一〇九九年）十一月。此時蘇軾謫居儋州已三年多，父子兩人與黎子雲兄弟、老秀才符林及學生姜唐佐在寒冷的冬至日一起把酒言歡。所喝的酒是黎家自釀的土酒，漢人黎人一起暢談生活的趣事與收穫。此時蘇軾已鬚髮盡白，雖然官服上的犀角腰帶已快褪盡顏色，返鄉的音訊也不通，而此時此刻能有兒子及友人相伴，蘇軾已覺得老懷堪慰了。

詩中提到的「土芋」即黃獨，「黃薑收土芋」的意思是薑黃妨礙黃獨的生長；「蒼耳斫霜叢」的意思是經霜的叢草被蒼耳占據了生育空間。蘇軾在惠州所寫的〈食檳榔〉詩也提到黃獨：「渴思梅林嚥，饑念黃獨舉。」

黃獨，又稱黃藥、零餘薯、黃藥子、山慈姑，為多年生纏繞藤本，地下有球形或圓錐形塊莖。葉腋內常生球形或卵圓形珠芽，大小不一，外皮黃褐色。黃藥子為植物黃獨的塊莖部分，其地下塊莖單生，逐年向先端增大，扁球形或圓錐形，肥大多肉，外皮棕黑色，表面密生鬚根；莖圓柱形，淺綠色稍帶紅紫色，光滑無刺，但有稜線。黃獨的品種很多，有些具毒性，也有無毒的品種，食用部位爲塊莖，有些國家甚至作為日常主食。黃獨耐陰能力強，可做為家庭陽台盆栽綠化裝飾，或擺放在櫥櫃上任由心形葉片下垂，顯得室內清靜雅緻。

黃獨所含生化物質很多，藥用價值高，主要以塊莖及葉腋內生長的紫褐色珠芽入藥。根莖苦、性平，具毒性，有消腫解毒、清熱、化痰散瘀、涼血止血等效能，主治甲狀腺腫大、淋巴結腫大、咽喉腫痛、百日咳、癌腫、疝氣；外用可治瘡瘍。由於性寒有毒性，使用不宜過量，也不宜久服，恐會造成腹痛吐瀉或甚至損害肝臟。

黃獨　薯蕷科　*Dioscorea bulbifera* L.

多年生纏繞草本，莖圓柱形，光滑無毛，淺綠色稍帶紅紫色，左旋；塊莖肥大，單生，扁球形或圓錐形，直徑四至十公分，外皮棕黑色，表面密生鬚根，切開肉黃色逐漸變為黃棕色或赤褐色。葉互生，葉片心狀卵形至心形，長七至二十公分，寬六至十三公分，基部闊心形，先端短尖或尾尖，全緣；葉脈基出七至九條；葉腋常有大小不同的珠芽（零餘子），直徑約一至五公分，球形或卵形，黃棕色或紫棕色。花單性，雌雄異株，腋生，穗狀花序或圓錐花序，花小而多，黃白色；雄花序纖弱，雄蕊六，花絲短；雌花序較長，達二十公分，子房下位，三室，花柱三裂。蒴果長橢圓形，有三翅；種子一面有翅。日本、韓國、澳洲、大洋洲及非洲均有分布，中國華北、華東、華中、華南、西南各省都有生產。

【檳榔】

不用長愁挂月村，檳榔生子竹生孫。
新巢語燕還窺硯，舊雨來人不到門。
春水蘆根看鶴立，夕陽楓葉見鴉翻。
此生念念隨泡影，莫認家山作本元。

——〈庚辰歲人日作時聞黃河已復北流老臣舊數論此今斯言乃驗〉

共有兩首，所引為其一，寫於宋哲宗元符三年（一一〇〇年）正月。元祐黨人中，只有蘇軾從嶺南被貶到最遙遠的海南島。嶺南、海南一向被文人士子視為畏途，是極可能一去不回的瘴癘之地，如杜甫所說：「江南瘴癘地，逐客無消息。」而據說可以解瘴癘之氣的檳榔，就成了罪臣謫宦保命的手段之一，如南宋《鶴林玉露》一書提到：「嶺南人以檳榔代茶，且謂可以禦瘴。」

不過，蘇軾剛到嶺南時，一開始是不碰檳榔的，過了一段時間後才敢嘗試，並逐漸吃上癮，一年多後就說自己「不可一日無此君矣」。宋紹聖二年（一〇九五年）在惠州所寫的〈食檳榔〉詩中，蘇軾說自己卻之不恭地試吃了一次檳榔，反應是「始嚼或半吐」，身體也適應不了：「先生失膏粱，便腹委敗鼓。日啖過一粒，腸胃為所侮。」而寫於海南的〈題姜秀郎几間〉詩有「暗麝著人簪茉莉，紅潮登頰醉檳榔」句，描述吃檳榔會面紅耳赤、心跳加快，就像醉酒一樣。

中國人嚼食檳榔的歷史悠久，從三國時代起，南洋及中南半島各國進貢的物品中就有檳榔。文人吃檳榔的也不只蘇軾一人，李白、白居易、黃庭堅、陸游、朱熹等人都喜吃檳榔。例如，李白有詩句「何時黃金盤，一斛薦檳榔」，陸游有詩句「且勝堆盤供苜蓿，未言滿斛進檳榔」。清朝乾隆與嘉慶皇帝則把檳榔當點心吃，一邊批奏摺一邊嚼檳榔，嘉慶皇帝還怕斷貨，御批：「唯檳榔一項，朕時常服用，每次隨貢呈進，毋誤。」

檳榔最早稱作仁頻、賓門、洗瘴丹、大腹子等，「檳榔」一詞則是馬來語的音譯。原產於馬來西亞，分布區域涵蓋斯里蘭卡、泰國、印度等熱帶地區。檳榔能下氣、消食、祛痰，更因為據傳能防禦瘴氣而讓中原人士入境隨俗地加入嚼食檳榔的行列。

一般嚼食的是未成熟果，採收時內部種子仍未硬化，胚乳仍呈流質或糊狀。可以直接嚼食新鮮嫩果，或是剖開果實塗上紅灰或白灰再夾入蔞花（蔞藤的果穗），咀嚼時再用蔞葉（蔞藤的葉片）包覆，可以增加嚼檳榔的風味與口感。檳榔含大量不溶於水的大分子單寧酸（鞣酸），加上石灰可以切斷單寧酸的大分子成為一小段一小段的小分子，嚼食後口水與單寧酸作用讓檳榔汁液呈現紅色。

檳榔 *Areca catechu L.* 棕櫚科

喬木狀，高十二至十八公尺，不分枝，葉脫落後形成明顯的環紋。葉在頂端叢生；羽狀複葉，長一．三至二公尺，小葉披針狀線形或線形。花序著生於最下一葉的葉基部，有佛焰苞狀大苞片，長達四十公分，光滑；花單性，雌雄同株；雄花小，多數，通常單生，花萼三，厚而細小，花瓣三，雄蕊六，花絲短小，退化雌蕊三；雌花較大而少，著生於花序軸或分枝基部，花萼三。核果卵圓形或長圓形，長五至六公分，花萼和花瓣宿存，熟時橙紅色。原產熱帶亞洲的馬來西亞及菲律賓。

【蔞葉（蔞藤）】

異味誰栽向海濱，亭亭直幹亂枝分。
開花樹杪翻青籜，結子苞中皺錦紋。
可療飢懷香自吐，能消瘴癘暖如薰。
堆盤何物堪為偶，蔞葉清新卷翠雲。

——〈詠檳榔〉

在這首詩中，東坡先生已經知道要裹著蔞葉吃檳榔了：「堆盤何物堪為偶，蔞葉清新卷翠雲。」檳榔搭配蔞葉一起咀嚼的吃法，在東漢楊孚的《異物志》中就有記載：「以扶留藤、古賁灰並食。」扶留藤即蔞藤，唐玄奘在印度求學時，每日分得的食物中也包括檳榔二十顆及蔞葉一百二十枚。

范成大〈巴蜀人好食生蒜，臭不可近，頃在嶠南其人好食檳榔合蠣灰扶留藤一名蔞藤〉詩云：「南餐灰薦蠣，巴饌菜先葷。幸脫蔞藤醉，還遭胡蒜熏。」說明巴蜀人吃檳榔，蔞藤、石灰（蠣灰）缺一不可。宋人鄭剛中的長詩〈廣南食檳榔先嚼蜆灰蔞藤津遇灰藤則濁吐出一〉：「蔞藤生葉大於錢，蜆殼火化灰如霜。雞心小切紫花碎，灰葉佐助消百殃。」說吃檳榔可以去百病，吃法也是與蜆灰（石灰）及蔞藤一同嚼食。

荖藤古稱「扶留」、「浮留藤」，也稱蔞藤、蔞子、蒟子、蒟醬、荖葉、檳榔葉，是胡椒科多年生藤本植物，具辛香味及特殊香氣，所含的二十多種成分不會對人體造成危害，會被汙名化全是因為與檳榔共食之故。劉淵林注〈蜀都賦〉：蒟醬「緣藤而生。結實如桑椹，味辛。葉可製醬。」意思是說，蔞藤莖節處能生不定根，可攀附樹幹、岩石或其他物體而上；結子在肉質花序上，有如桑椹；全株有辣味，古代取葉製醬，用於調味去腥。

全株都含有芳香油，藤（莖）、肉質果與葉片均可以作藥材。果穗稱為蔞花、荖花，味辛、苦，有濃郁的胡椒香氣，能促進食欲；葉片稱為蔞葉或荖葉，味辛辣，有提神、除口臭、治療香港腳、胃潰瘍及皮膚美白、促進血液循環等功效；莖可祛風濕、通經絡、行氣、除寒健胃，能治筋骨痛、神經痛及婦女病等。果序可做醬，稱作蒟醬。目前東南亞已開發出含有荖藤成分的多種產品，包括面膜、精油、牙膏、洗手乳、衛生棉、香皂及茶飲等。

蔞藤 *Piper betle L.* 胡椒科

攀援藤本；枝稍帶木質，長達數公尺，節上常生不定根。葉革質，斜卵狀長橢圓形或卵狀心形，表面有光澤，長七至十五公分，寬五至十一公分，先端漸尖，基部心形或歪圓形；葉柄長二至五公分。花單性，穗狀花序，無花被；雄花序長約九公分，常下垂，雄蕊二；雌花序長一．五至三．五公分，子房嵌於肉質花序軸的凹陷處，並與之合生，柱頭四至五。漿果與花序軸合生成肉質果穗，長條形而彎曲，嫩時深綠色，熟時褐色。原產於印度至馬來半島，分布於雲南、海南、廣東、廣西、台灣等地。

第七章 自然植物

自然植物是天然景物的一部分。人類周遭的環境因子，如空氣、水、生物、地都是景物，也包括一切可見及可覺察的事物。天然景物是指未遭受人類干擾破壞，或僅受到人類間接、輕微或偶爾影響且原有自然面貌未發生明顯變化的景觀，如高山、荒漠、大沼澤、森林、草原等。植物景物是由植物個體、植物群落及自然植被所展現出來，透過人的感官產生一種真實體驗的美麗感受。形成植物景物的元素，是各種類型和類別的植物。植物具形態美、色彩美，也有內涵之美，是歷代文人用以表達內心意念的重要利器。蘇軾因公務出行或私下旅遊，看到郊外、農地、河岸、湖邊、山區等自然分布的植物，或用以入詩或作詞或在文章中引述，有時是單純歌頌，有時是假借植物來抒發情懷。

自然植物是構成天然景觀的一部分，指的是沒有受到人類影響，依然在自然狀態下生長及發育的植物種類。其分布和氣候密切相關，光照、溫度和雨量等環境因素會影響植物的生長和分布，同樣的，土壤、地貌、地下水以及包括動物在內的其他生境特徵也都會跟天然植物交互影響，形成不同的植被類型。本章自然植物所稱的植物指的是原生的天然植物，即非人工栽培的植物種類。

溫帶性氣候主要分布在北緯四十度至六十五度之間，即黃河流域及以北地區。氣溫年月差為各氣候類型之最，最冷月氣溫：南部為零度C以下，北

部接近零下四十度C；夏季炎熱濕潤，冬季寒冷乾燥。蘇軾曾為官華北定州（河北省定州市）、登州（山東半島）、密州（山東省諸城）及西北鳳翔府（陝西省寶雞）等地，此區屬於溫帶性氣候區。

亞熱帶又稱副熱帶，位於溫帶與熱帶之間（中國大約在北緯二十三度二十七分到三十五度之間）。氣候特點是夏季與熱帶相似，但冬季受靠近極區的大陸高壓及季風影響，氣溫明顯比熱帶寒冷，但較少出現下雪天氣。最冷月均溫在攝氏零度到十八度之間。亞熱帶的降雨有季節性，通常分為雨季及旱季。本區是中國人口最密集、經濟發達的區域，典型分布區為秦嶺淮河以南、青藏高原以東、熱帶季風氣候以北的地帶，主要在長江中下游區、華中、華東區。夏季太陽高度角大，氣溫較高，又有南季風帶來的豐沛雨量，雨熱同期，雨季持續時間長；夏秋兩季常受熱帶氣旋的影響。蘇軾到過的華東杭州（浙江省杭州市）、湖州（浙江省北部）等地，屬亞熱帶氣候區。

熱帶林多分部於低緯度地區，南北緯約十度之間，包括熱帶雨林和熱帶季風林。熱帶雨林主要分布於海南島和廣西、雲南南部；熱帶季風林分布北界基本上在華南和西南的北回歸線附近，包括海南、廣東、廣西、雲南和西藏的部分地區。熱帶季風林也稱熱帶季雨林或熱帶雨綠林，分布地區有周期性交替的乾濕季節，由較耐旱的熱帶常綠和落葉闊葉樹種組成，且有明顯的季相變化。蘇軾被貶謫流放的華南英州（廣東省英德市）、惠州（廣東省惠州市）及海南儋州（海南省儋州市）等地，屬於熱帶氣候區。

此章植物包括溫帶地區、亞熱帶地區及熱帶地區，有喬木類如楝、樗、構樹、食茱萸等，有草本類如茅、荻、芒、苔、蘚、松蘿等，以及水生植物類如蘋、浮萍、紅蓼、水蓼等。

【苔】

凍雨霏霏半成雪，游人屨凍蒼苔滑。
不辭攜被巖底眠，洞口雲深夜無月。

——〈遊三遊洞〉

宋仁宗嘉祐四年（一〇五九年），蘇軾兄弟守母喪畢，九月與弟蘇轍侍父蘇洵自眉州經渝州，刻意乘舟東下三峽返京。在船上顛簸了多日，過了西陵峽。在宜昌西北有「三遊洞」，是唐代著名詩人白居易、元稹等共同吟詩，並題詩在洞壁之上之所在。蘇軾父子三人乘興而來，看洞壁題詩及序作，亦各自題詩一首刻於洞壁之上。蘇軾題的就是本詩〈遊三遊洞〉，寫下當天下雨又下雪，遊人穿的鞋子踏在凍又滑的蒼苔上的情景。「蒼苔」屬於自然景觀的寫實生物物種。蘇軾的另一首詩〈登常山絕頂廣麗亭〉：「自從有此山，白石封蒼苔」，也寫有岩石上的蒼苔；有時則稱之為綠苔，如〈重遊終南，子由以詩見寄，次韻〉：「去年新柳報春回，今日殘花覆綠苔。」

苔蘚植物的各部構造都是相當原始與簡單的，不具有維管束的輸導組織。而輸導的功能，也只是由植物體的皮部與中軸來執行之。因此，苔蘚植物大多都是長得相當的低矮、纖細。苔蘚植物並無真正的根、莖、葉的構造，基本組織只能稱做假根、莖狀枝，以及擬葉等。苔蘚植物的假根是由植物體的表皮細胞突出所形成的，主要是作固著的作用。苔蘚植物的葉片，通常是由單層細胞構成，只有少數種是多層細胞的，可以直接從大氣中吸收水分。苔蘚植物還具有明顯的世代交替：當苔蘚植物的孢子萌發，首先會長成原絲體（配子體）；原絲體會產生有性生殖器官與生殖細胞的精子與卵子，這個階段稱為有性生殖世代或配子體世代。當精子與卵子結合，會形成受精卵。受精卵再發育成孢子體；孢子體是寄生在配子體上的，不能夠獨立營生。孢子體頂端的孢蒴內藏有多數的孢子，此一階段則稱之無性生殖世代或孢子體世代。

台灣稱蘚（liverworts）的植物，中國大陸稱苔；詩文中所言之苔，包括莖葉體（leafy liverworts），通常呈片狀體（thallus）；葉常左右對稱，較蘚類扁平，無中肋；孢子體即莖葉體不具蒴蓋、環帶；有彈絲（elaters）；受蒴萼（perianth）包覆保護。在植物學上，苔類植物是非維管植物。除了缺乏維管束之外，苔類植物有著以配子體為主的生命週期，即其細胞在其大部份的生命週期內都是單倍體的。孢子體的生命很短，且生長在配子體上。苔類植物只有一套染色體（單倍體），生命週期中會有一段時期擁有完整、成雙的染色體，但只存在於孢子體階段。苔類植物的精子有兩個鞭毛來幫助游動。在沒有水的環境之下，授精便不會發生。所以苔類植物必須生活在潮濕的環境。

地錢 地錢科

Marchantia polymorpha L.

植物體暗綠色，寬帶狀，二叉狀分枝，長五至十公分，寬一至二公分，邊緣呈波曲狀，有裂瓣。背面具六角形、整齊排列的氣室分隔；每室中央具一氣孔，孔口邊細胞四列，呈十字形排列。氣室內具多數直立的營養絲。基本組織由十至二十層細胞構成。鱗片紫色，四至六列。假根平滑或帶花紋。雌雄異株；雄器床圓盤狀，波浪狀淺裂成七至八瓣，精子器生於托的背面，托柄長約二公分；雌器床扁平，深裂成九至十一個指狀裂瓣；孢蒴球形，不規則開裂。葉狀體背面前端常生有杯狀的無性芽胞杯。

【芒】

柳門京國道，驅馬及春陽。
野火燒枯草，東風動綠芒。
北行連許鄧，南去極衡湘。
楚境橫天下，懷王信弱王。

——〈荊州十首〉

所引為〈荊州十首〉的最後一首五言律詩，寫於宋仁宗嘉祐五年（一〇六〇年）。此時隨父親回京述職的蘇軾兄弟已經進士及第，聲名在外，懷抱著雄心壯志迎接光明的前程。船行兩個月抵達江陵時已是歲末年關，父子三人決定在此休整，等過了年再轉由陸路上京。江陵是三國時荊州的治所，蘇軾在寓居江陵驛站時，將所見所聞寫成了五律組詩〈荊州十首〉。

荊州，是《禹貢》所描述的九州之一，也是戰國時期楚國的故地，北至許州、鄧州，南到衡山、湘江，約當於今湖北、湖南二省全境。柳門是荊州的古城門，蘇軾在初春時騎馬出城門，看見城外被野火燒毀的枯草已冒出點點綠芽。來到楚國故土，不禁感嘆幅員廣闊的楚國，卻因楚懷王聽信佞臣而成為一個懦弱無能的國君。

蘇軾詩詞提到的芒，有天然分布的活植物芒草，也有用芒草葉或芒稈編製成的芒鞋。本詩所言的「綠芒」就是活植物，〈定風波・莫聽穿林打葉聲〉則提到芒鞋：「竹杖芒鞋輕勝馬，誰怕？一蓑煙雨任平生。」而在蘇軾另一首詩〈訪張山人得山中字〉：「野麋馴杖履，幽桂出榛菅。」榛菅指的是榛樹和芒草。

芒屬（*Miscanthus*）植物約有十五到二十種，其中一個物種中國芒（*M. sinesis* Anderson）主要分布於廣東、廣西、貴州、雲南、西藏東南部、四川、湖南南部、江西南部、浙江南部、福建及台灣。芒是山坡地常見的自然植被植物，有助於山坡地的水土保持，其高光合作用及耐旱、耐鹽鹼的特性，在生長過程中會以C4途徑固定大氣的二氧化碳含量，可以改善全球暖化問題。也因對土壤中的重金屬有耐受性，根系在輸送營養的同時，會從土壤吸取水分和一定比例的重金屬含量輸往莖和葉，稀釋土壤中的重金屬濃度，具有改善土壤的性質。此外，芒草是傳統常用的牧草，芒稈的用途很廣，纖維可作造紙原料。

芒　禾本科
Miscanthus sinensis Anderson

多年生高大草本；地下莖發達，稈高可達一百五十公分。葉線形，葉片長二十至四十公分，寬約一公分；葉舌長一至二公分，圓形，先端被纖毛。花序為大型圓錐花序，長約三十五公分，扇形展開，主軸被毛，分枝直立，長可達二十五公分；小穗披針形，長〇・四五至〇・五公分，黃色有光澤；雄蕊三，花藥長約〇・二至〇・二五公分，稃褐色；柱頭羽狀，長約〇・二公分，紫褐色。穎果長圓形，暗紫色。原生於非洲與亞洲的亞熱帶與熱帶地區，生長範圍亦延伸到了溫帶亞洲，包括日本與韓國；印度、東南亞經馬來西亞至菲律賓也有。

【茅】

短竹蕭蕭倚北牆，斬茅披棘見幽芳。
使君尚許分池綠，鄰舍何妨借樹涼。
亦有杏花充窈窕，更煩鶯舌奏鏗鏘。
身閒酒美誰來勸，坐看花光照水光。

——〈新葺小園〉

宋仁宗嘉祐六年（一〇六一年）八月，二十六歲的蘇軾以「賢良方正能直言極諫科」考入第三等，此為北宋開制科以來的第二人，並在御試拔得頭籌，被授予大理評事、鳳翔府簽判的正八品官職。蘇軾帶著妻子王弗及還在襁褓中的長子蘇邁赴任，十二月抵達鳳翔任所，此詩就寫於翌年嘉祐七年二月。鳳翔（在今陝西境內）為有名的古都，也是防衛西夏的邊防重鎮，蘇軾在此過了一段還算悠閒的日子。這首詩充滿田園之趣，小園中有竹、白茅、棘（酸棗）、杏花，有池塘，有樹蔭，還有啼聲被嫌嘈雜的黃鶯。

《東坡詩集》共有六十三首詩提到「茅」，多數是茅屋，也有結茅、縮酒等特殊用途的字詞。自然界的茅草也不少，除了這首〈新葺小園〉外，還有〈送張天覺得山字〉的「餘光入巖石，神草出茅菅」，以及〈次韻子由所居六詠〉的「知有桓司馬，榛茅為遮藏」，茅菅是白茅與芒草，榛茅是榛樹和白茅。

白茅是潔白、柔順、慎重及虔誠的象徵，古代重大儀式及齋戒活動都會用到白茅。《周易》云：「藉用白茅，無咎。」意思是祭祀時用白茅來墊托或包裹祭品，不會招來災禍。《詩經》〈召南．野有死麕〉：「野有死麕，白茅包之。有女懷春，吉士誘之。」說的是年輕的獵人用白茅包裹獵獲的野鹿來討好少女，表示傾慕之意。白茅古代也用於縮酒，「縮酒」是指立一束白茅於祭壇前，茅束上方以刀切平，祭祀時在茅束上倒酒，酒滲入白茅之中，表示神明已飲下所獻之酒。蘇軾在〈江漲用過韻〉也提到用白茅縮酒：「江流倘席卷，社酒期茅縮。」古代招神也用白茅，例如《周禮》〈春官．男巫〉所言「旁招以茅」，即男巫用茅草向四方呼喚所祭之神。

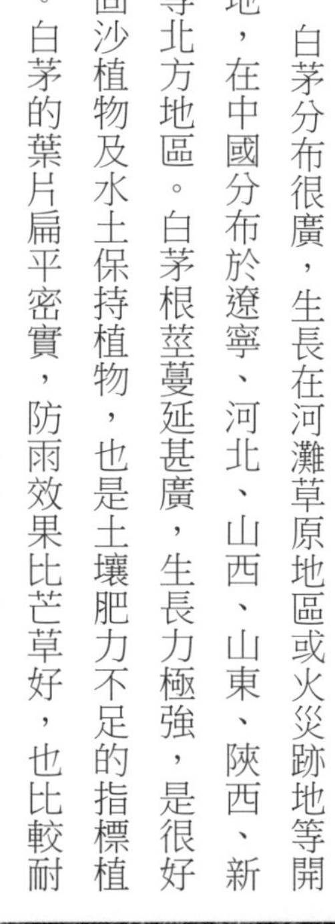

白茅分布很廣，生長在河灘草原地區或火災跡地等開闊地，在中國分布於遼寧、河北、山西、山東、陝西、新疆等北方地區。白茅根莖蔓延甚廣，生長力極強，是很好的固沙植物及水土保持植物，也是土壤肥力不足的指標植物。白茅的葉片扁平密實，防雨效果比芒草好，也比較耐用，可製蓑衣、鋪蓋茅房、造紙或作燃料。

白茅 禾本科

Imperata cylindrica (L.) Raeusch. var. *major* (Nees) C.E. Hubb.

多年生草本植物；具伸長根莖，密布鱗片，稈高二十五至八十公分。葉片披針形，邊緣通常內捲，葉片扁平，長五十至六十公分，寬〇．二至〇．八公分；葉鞘老時在基部常破碎成纖維狀；葉舌長約一公分。總狀花序聚集成緊縮的圓錐花序，長五至二十公分，徑一．五至三公分；小穗圓筒狀，為基盤和穎的白色長絹毛所包住；穎膜質；雄蕊二；小穗基部密生長一至一．五公分絲狀柔毛；花柱細長，柱頭二，紫黑色，羽狀，長約〇．四公分，自小穗頂端伸出。穎果橢圓形，長約〇．一公分，胚長爲穎果之半。廣泛分布於亞、歐、非各洲溫帶和熱帶地區，中國各省區均可見，生長於低山帶平原河岸草地、沙質草甸、荒漠與海濱。

【蓼】

荒園無數畝，草木動成林。
春陽一已敷，妍醜各自矜。
蒲萄雖滿架，囷倒不能任。
可憐病石榴，花如破紅襟。
葵花雖粲粲，蒂淺不勝簪。
叢蓼晚可喜，輕紅隨秋深。
物生感時節，此理等廢興。
飄零不自由，盛亦非汝能。

——〈和子由記園中草木十一首其二〉

宋英宗治平元年（一〇六四年）寫於陝西鳳翔府節度判官廳公事任上，記述庭院中的植物有葡萄、石榴、葵花（蜀葵）、蓼等，各色植物隨著時節繁盛頹敗，這是一種不自由的必然輪替，繁花燦爛不在我，飄零凋落也不在我，寫的是草木的常情，卻也是人生的哲理。

詩句中描寫自然生長在庭院中叢生的蓼「輕紅隨秋深」，秋天花果穗呈紅色的「蓼」，可知說的是紅蓼。早在春秋時代就有紅蓼的記載，在《詩經》中稱為「游龍」，即〈鄭風．山有扶蘇〉的「山有喬松，隰有游龍」，也說明紅蓼的生育環境是濕地。紅蓼生長迅速、高大葉盛，花色粉紅至艷紅，集生成綿密下垂的穗狀花序，適宜作為觀賞植物。本種植物適應性强，從海南島分布到東北地區，生長在溝邊濕地、村邊路旁。

春夏兩季開花的植物很多，紅蓼卻是少數的秋花種類，是重要的時序植物。選用花色紅艷的植株大面積栽植，可形成亮麗壯觀的秋景。紅蓼是秋天的代表植物，適合用於綠化及美化庭園，歷代都有詠頌或引述紅蓼的詩詞，如唐白居易〈曲江早秋〉：「秋波紅蓼水，夕照青蕪岸。」杜牧〈歙州盧中丞見惠名醞〉：「猶念悲秋更分賜，夾溪紅蓼映風蒲。」明張四維〈雙烈記．計定〉詞：「秋到潤州江上，紅蓼黃蘆白浪。」清楊芳燦〈滿江紅．蘆花〉詞：「紅蓼灘頭秋已老，丹楓渚畔天初暝。」

紅蓼的莖、葉、花都適於觀賞，還是重要的藥用植物。果實入藥，名「水紅花子」，有活血、止痛、消積及利尿功效；全草祛風除濕、清熱解毒，可治風濕關節炎、瘧疾、風濕水腫、腳氣、小兒疳積及毒蛇咬傷等。

紅蓼 蓼科

Polygonum orientale L.

一年生草本植物，莖粗壯直立，高可達二公尺，全株密生細毛。葉互生，卵形至卵狀披針形，長十至二十公分，寬六至十二公分，頂端漸尖，基部圓形或近心形，兩面密生短柔毛，葉脈上密生長柔毛；葉柄長柔毛；托葉鞘筒狀，膜質。穗狀花序頂生，花緊密，微下垂；花淡紅色或紅色；雄蕊七；花柱二。瘦果卵圓形，黑色，長〇．二至〇．三公分。廣布中國各地，朝鮮、日本、俄羅斯、菲律賓、印度、歐洲和大洋洲也有分布。

【蘚】

千年古木臥無梢，浪捲沙翻去似瓢。
幾度過秋生蘚暈，至今流潤應江潮。
泫然疑有蛟龍吐，斷處人言霹靂焦。
材大古來無適用，不須鬱鬱慕山苗。

——〈和子由木山引水二首其二〉

本詩寫於宋英宗治平元年或二年（一〇六四或一〇六五年），蘇軾出任大理寺鳳翔府節度判官廳公事時。前半段大意：千年枯木倒臥於江水中，浪捲沙翻後逐漸失去樹幹先端末梢。多年後，樹身上生出了很多蘚……。蘚類植物喜生陰濕環境，常見於山野之陰濕土坡，森林沼澤，酸性土壤上或岩石表土層上，偶見庭園，花盆中自生。蘇軾詩有多首提及蘚類植物，如〈書黃筌畫翎毛花蝶圖二首・其一〉：「賴有黃鸝鬪嬛好，獨依蘚石立多時」，有時稱蒼蘚，如〈次韻周開祖長關見寄〉：「舊遊到處皆蒼蘚，同甲惟君尚黑頭」。詩中也經常苔蘚並提，即〈用王鞏韻贈其姪震〉：「衡門老苔蘚，竹柏千兵屯。」

「蘚」（moss）的葉多數為輻射對稱，多有中肋；孢子體有蒴蓋；原絲體發達、多分枝，絲狀（Filamentous）；假根：多細胞，具斜向橫隔板（oblique cross-walls），常分枝，有色（pigmented）。配子體為直立式幼小綠色植物，有莖及葉的外形，以假根固著於土壤。雌雄生殖器官生根長在莖端。精子器能產生會游動的精子，進入頸卵器，與卵子結合（授精作用）。受精卵發育成為孢子體。雖然蘚類植物的孢子體具葉綠素，但仍要依賴配子體。隨著孢子體成長，蒴柄增長，蒴蓋脫落，孢子散出，如環境合適，孢子會萌發成原絲體。原絲體長出芽體，每一芽體分別長成一株新的配子體。

蘚類植物有莖與葉的分化。莖直立，稀少分枝。葉呈輻射狀排列，多具中肋。假根由多細胞構成。孢蒴具蒴軸、蒴齒和蒴蓋，無彈絲。原絲體（配子體）發達。蒴柄延伸多在孢蒴成熟之前。孢蒴頂部有斷裂的頸卵器壁形成的蒴帽。孢蒴成熟後多蓋裂，多數具蒴齒。組織構造較苔類植物為堅挺。土馬鬃的植物外觀極具特色，具觀賞價值。全草做藥用，可清熱解毒，涼血解毒，補虛，通便。治久熱不退，盜汗，衄血，咯血，吐血，便血，崩漏，肺癆，跌打損傷。

土馬騣 金髮蘚科

Polytrichum commune Hedw.

植物體大型或中等，一般高三至二十公分，暗綠色至棕紅色，硬挺，叢生或散生。莖多單一，基部常密生假根。乾時葉片多平直，基部抱莖，上部密集簇生，下部常鱗片狀。葉片披針形，邊緣具粗齒；中肋寬闊、粗壯，突出葉尖呈芒狀，背面上部常具粗刺。葉片腹面具縱裂櫛片，密而均勻。雌雄異株，雄苞盤狀頂生，常自其中央萌生新枝。孢蒴形大，稜柱形，具四至六條脊；蒴壁一般無疣狀突起。蒴柄長而硬挺，橙黃色或紅棕色，直立或傾立。孢子多球形，具細疣。全球各地四季可見。

【荻】

雨折霜乾不耐秋，白花黃葉使人愁。
月明小艇湖邊宿，便是江南鸚鵡洲。

——〈荻蒲〉

作於宋神宗熙寧九年（一〇七六年）三月密州任內。蘇軾從富庶、秀麗的杭州移守荒涼的北國密州（今山東諸城）已有一年多，眼見著仕途奔波近二十年，前景越見崎嶇，蘇軾的心情就像這北國的秋景一樣蕭瑟。但豁達的心態讓他在引人愁緒頓生的衰敗景色中，仍不忘積極自勉：境由心造，只要有一輪明月、一條小船，便是芳草萋萋的鸚鵡洲啊。

詩中的「白花」是指荻的白色果序，荻是多年生草本植物，生在水邊，外形似蘆葦，秋天結白色果。詩文中多以荻來描寫秋景，如白居易〈琵琶行〉的「楓葉荻花秋瑟瑟」，荻花指的也是白色的果序，不是花。蘇軾另兩首詩〈和子由蠶市〉的「去年霜降斫秋荻，今年箔積如連山」，及〈次韻景文山堂聽箏〉的「荻花楓葉憶秦姝，切切幺絃細欲無」，同樣以荻來代表秋天。

荻的地上莖細而直立，可以折莖稈作筆在沙土上習字，這就是「畫荻教子」的故事。唐宋八大家之一的歐陽修自幼喪父，家貧買不起紙筆習字，寡母便折荻作筆在地面上一筆一畫地教歐陽修寫字。成語「修母畫荻」、「畫荻教子」及「畫荻學書」說的都是這個故事，前二者用以比喻良好的母教，後者喻在艱困的環境下努力不懈。

荻是水陸兩生植物，根莖發達，有固沙護堤的作用，也能供作造景使用。其化學營養成分接近黑麥草，可作為優質飼料。莖稈含有大量纖維，含量高達百分之四十至六十，是優質的造紙原料。根莖及嫩芽可供食用，前者含澱粉及糖，後者類似小筍，可以直接食用、做菜或罐頭。

荻 禾本科

Triarrhena sacchariflora (Maxim.) Nakai

多年生草本植物，匍匐根狀莖，稈直立，高可達一．五公尺，直徑約〇・五公分，節生柔毛。葉片扁平，寬線形，邊緣鋸齒狀粗糙，基部常收縮成柄。圓錐花序疏展成傘房狀，主軸無毛，腋間生柔毛，小穗柄頂端稍膨大，小穗線狀披針形，成熟後帶褐色。穎果長圓形，長〇・一五公分，花果期八至十月。中國分布東北、華北、西北各省區，生於山坡草地和平原崗地、河岸濕地。

【蘋（田字草）】

杏花飛簾散餘春，明月入戶尋幽人。褰衣步月踏花影，炯如流水涵青蘋。花間置酒清香發，爭挽長條落香雪。山城酒薄不堪飲，勸君且吸杯中月。洞簫聲斷月明中，惟憂月落酒杯空。明朝捲地春風惡，但見綠葉棲殘紅。

——〈月夜與客飲杏花下〉

宋神宗熙寧十年（一〇七七年），四十二歲的蘇軾從密州轉調徐州。元豐二年（一〇七九年）二月，蘇軾的同鄉晚輩張師厚入京參加殿試，取道徐州來訪，蘇軾設晚宴招待，席間蘇軾的兩個門生王子立及王子敏兄弟吹奏洞簫助興，蘇軾作此詩記其事。在杏花飛散的最後春光裡，四人提起衣袍踏著花影而行，月色幽幽晃晃產生的光影如同水中漂浮的青蘋（田字草）。在杏花下的這場酒席，杏花如雪紛飛，雖然酒不夠醇厚，但有杏花的清香、有映入杯中的明月，還有悠揚的簫聲相伴，在賓主盡歡中時間飛逝而過。

蘋是多年生水生蕨類植物，又稱賓草、白蘋、青蘋、四葉菜、田字草、破銅錢等。莖橫臥在淺水的泥中，生於水稻田、溝渠邊或池塘中，爲水田中難於根除的雜草。葉柄頂生四片十字形對生的小葉，當葉柄沒於水中時，只有葉片浮於水面，就像一個個田字。蘇軾還有幾首詩也提到自然景物中的「蘋」，如〈次韻滕元發、許仲塗、秦少游〉：「坐看青丘吞澤芥，自慚黃潦薦溪蘋。」及〈次韻張子厚飛英留題〉：「黃公酒肆如重過，杳杳白蘋天盡頭。」

蘋是古代祭祀祖先的重要祭品，《左傳》：「蘋蘩蘊藻之菜，可薦於鬼神，可羞於王公。」近代則當蔬菜食用：採收嫩葉幼芽，洗淨後炒食或煮湯；或是全草採下先陰乾，氽燙後再和麻油調食。全草可入藥，有清熱解毒、利尿消腫、止血、除煩、消痰、行氣、清心、逐瘀等功效，可作利尿劑、解毒劑及止血劑。

還有一種說法，《詩經》及其他古文獻所說的「蘋」是稱為「芣菜」的另一種植物。唐《本草拾遺》記載：「蘋葉圓，闊寸許，葉下有一點如水沫，一名芣菜。」芣菜又名「水鱉」，葉片漂浮於水面，近於圓心臟形，中間有一蜂窩狀的儲氣組織，即「葉下有一點如水沫」之意。宋人鄭樵《通志》則說：「蘋，水菜也，葉似車前也。」所描述的形態更像「水鱉」。花期在夏秋季，花白色，伸出水面，因此古人稱爲「白蘋」。

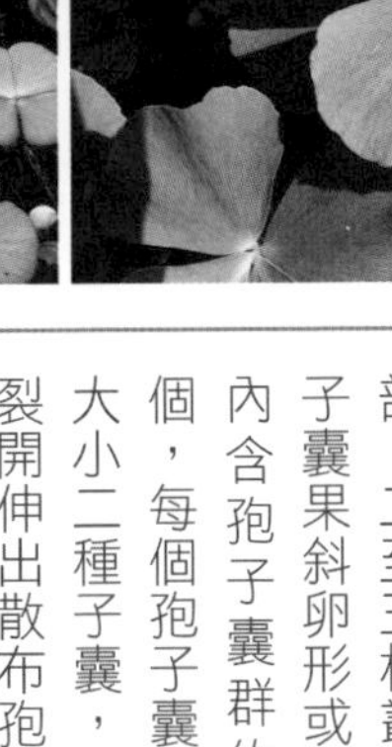

田字草 *Marsilea minuta* L. 蘋科

多年生草本蕨類，根狀莖匍匐泥中並分枝，細長而柔軟，節上著生多數細根及葉，繁茂甚快，速成群落。葉柄長八至二十公分，頂生小葉四片，十字形對生，質薄柔軟，倒三角狀扇形，長與寬一至三公分，先端渾圓，全緣。孢子囊果生於葉柄基部，二至三枚叢生，孢子囊果斜卵形或圓形，內含孢子囊群約十五個，每個孢子囊群內有大小二種子囊，成熟時裂開伸出散布孢子。中國產於長江以南的各個省區，北達華北和遼寧，西北至新疆的北部。世界溫帶、熱帶地區也有分布。

【浮萍】

雨過浮萍合，蛙聲滿四鄰。海棠真一夢，梅子欲嘗新。
拄杖閒挑菜，秋千不見人。殷勤木芍藥，獨自殿餘春。
——〈雨晴後步至四望亭下魚池上遂自乾明寺前東岡上歸〉

這組五言律詩共有兩首，所引為其一，寫於宋神宗元豐三年（一〇八〇年）。元豐二年蘇軾從徐州調任湖州知州，不到三個月就因烏台詩案被囚一百多天，緊接著於元豐三年在差役押送下，於二月一日抵達黃州貶所。此詩即寫於這年春末。

初抵黃州的蘇軾，在雨晴後獨自步行至四望亭下（在今湖北黃岡）。池塘的浮萍被雨水沖散又重新聚集，四周傳來陣陣蛙聲。此時海棠花已經像夢一樣掉落無蹤，梅子則是成熟到可以吃了。拄著枴杖挑著菜，院子裡不見有人蕩鞦韆。在這個暮春時節，只有牡丹還兀自殷勤地開放。全詩表面讀來悠閒，卻透著深刻的孤獨與寂寥。除了這首律詩，蘇軾還有幾首詩也提到自然景觀中的浮萍，如〈次韻答參寥〉：「昨日放魚回，衣巾滿浮萍。」以及〈次韻子由送家退翁知懷安軍〉：「西南正春旱，廢沼黏枯萍。」

常見的浮萍類植物，有青萍、紫萍、無根萍等，其中分布最廣、普遍可見的種類是青萍。浮萍類植物根短無法固著在土中，僅能浮在水面上隨波逐流，因此常被用來比喻飄泊不定或世事無常，如晉劉伶的〈酒德頌〉：「俯觀萬物，擾擾焉如江漢之載浮萍。」及杜甫〈又呈竇使君〉：「相看萬里外，同是一浮萍。」

仲春之際，水中的浮萍種子開始萌發，起初只有少數個體點狀散布水面，各植物體隨即產生芽體進行無性繁殖，芽體可不斷分裂，不用幾天就能全面覆蓋水域，古人以「一夕生九子」來形容浮萍這樣快速的繁殖速度。

浮萍到處可見，單位時間內的產量又高，是良好的家畜家禽飼料，也用以餵食草魚等魚類。性寒無毒，自古就是重要藥材，有發汗解表、袪風止癢、利水消腫等功效。現代藥理研究也發現，浮萍對於心臟衰弱患者還有強心作用。浮萍含有豐富的蛋白質、鐵、葉酸、纖維質、膽鹼、omega-3脂肪酸及胺基酸等六十多種營養素，對心血管健康及糖尿病的控制都有幫助。

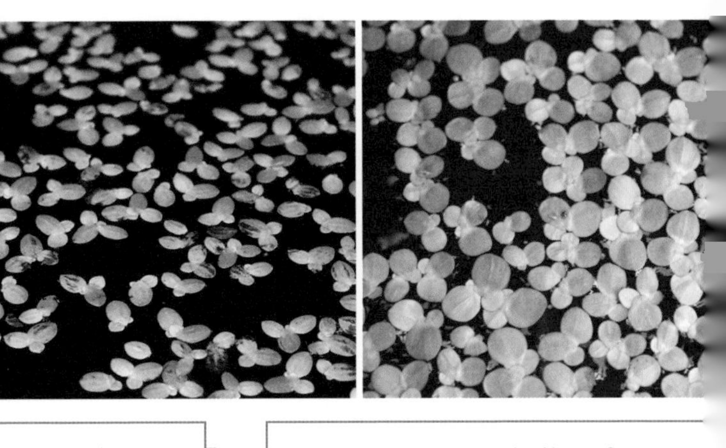

紫萍 浮萍科
Spirodela polyrrhiza (L.) Schleid.

葉狀體扁平，濶倒卵形，先端鈍圓，上面綠色，背面紫色，長〇．五至〇．六公分，寬〇．四至〇．六公分，掌狀脈五至十一條，背面中央生五至十一條根，根長三至五公分，肉穗花序有二雄花和一雌花。

青萍 浮萍科
Lemna aequinoctialis Welw.

一年或多年生浮水草本植物。植物體葉狀，常二至四枚合生，卵形或橢圓形，黃綠色。垂生絲狀根一條，白色，長三至四公分。主要以不定芽行無性繁殖。雌雄同株，具一或二雄花及一雌花，雄花具一雄蕊，雌花單生。果實為胞果，無翅，近陀螺狀。分布於中國南北各省，生於水田、池沼或其他靜水水域。

【茱萸】

點點樓頭細雨，重重江外平湖。
當年戲馬會東徐，今日淒涼南浦。
莫恨黃花未吐，且教紅粉相扶。
酒闌不必看茱萸，俯仰人間今古。

——〈西江月．重陽棲霞樓作〉

宋神宗元豐六年（一〇八三年）重陽節寫於黃州。棲霞樓是宋代黃州四大名樓之一，背山面江，可以眺望波濤浩瀚的長江，是蘇軾在黃州時最喜歡的去處，贊為「郡中勝絕」。蘇軾貶謫黃州期間，與知州徐君猷交好，每逢節日都會相邀飲樂，元豐五年徐任滿轉調至湖南，隔年重陽節蘇軾登棲霞樓賞菊時，不禁觸景生情，懷念起這位故人。

《西京雜記》記載，九月九日重陽登高時，佩茱萸、飲菊花酒，可令人長壽。蘇軾在〈次韻子由所居六詠〉也提到這個民間習俗：「粲粲秋菊花，卓為霜中英。萸盤照重九，纈蕊兩鮮明。」

茱萸是食茱萸、吳茱萸及山茱萸三種具特殊香氣植物的通稱。食茱萸為芸香科落葉喬木，《禮記》稱為「藙」，《廣雅》稱為「欓椒」，《本草拾遺》稱為「欓子」。嫩枝密布銳利的尖刺，老幹也長滿瘤狀尖刺，又有蔥香味，故名紅刺蔥、鳥不踏。食茱萸是藥食兼用的本草，嫩心葉或幼苗期的幼嫩部分可供食用及藥用，《本草綱目》說食茱萸味辛而苦，嫩葉汁可治感冒和瘧疾。球形的果實於秋季成熟，是古代廣泛使用的調味品，煮食牛羊豬肉及魚類可用來除去腥膻味。搗濾取汁再加入石灰攪成，可製成辛辣味道的「艾油」或「辣米油」。到了明末清初引進辣椒後，食茱萸的料理調味功能就由辣椒取而代之了。

食茱萸是重要的蜜源植物，小葉密布透明油腺，全株具有特殊香氣。春季開多而密的圓錐花序，常吸引許多蝴蝶、蜂類、甲蟲等昆蟲前來吸食花蜜。

食茱萸　芸香科

Zanthoxylum ailanthoides Siebold & Zucc.

落葉大喬木，老樹幹有短硬瘤刺，幼枝密被銳尖刺，具中空髓部。奇數羽狀複葉互生，幼時常呈紅色，小葉十一至二十七片，狹長披針形或位於葉軸基部的近卵形，長七至十八公分，寬二至六公分，葉緣有明顯裂齒，油點多，肉眼可見。圓錐花序頂生，多花，幾無花梗；萼片及花瓣均五片；花瓣淡黃白色；雄花雄蕊五；雌花有心皮三個。果徑約〇．四五公分，分果瓣淡紅褐色，乾後淡灰或棕灰色，油點多，凹陷；種子徑約〇．四公分。中國大陸、韓、日、琉球和菲律賓都有分布，在台灣生長於低海拔森林邊緣地區或道路兩側。

【椿】

草木漸知春，萌芽處處新。
從今八千歲，合抱是靈椿。

——〈春帖子詞：皇帝閣〉

蘇軾於宋神宗元豐八年（一〇八五年）回到汴京就任禮部郎中，重登朝堂後官職一再高升，於哲宗元祐元年（一〇八六年）九月奉詔出任正三品的翰林學士，負責撰寫一應文書，包括進獻宮中的「帖子詞」。宋時，每歲立春、端午，翰林院都要向宮中進獻帖子詞，貼於禁中門帳供皇帝與後宮后妃欣賞；而立春進獻者稱為春帖子。蘇軾寫於元祐三年（一〇八八年）的〈春帖子詞：皇帝閣〉共有六首，所引為第三首，同時進獻的還有〈春帖子詞：太皇太后閤六首〉、〈春帖子詞：皇太后閤六首〉等多篇。

這首詩的主角香椿是多年生落葉性喬木，具特殊香氣的紫紅色嫩芽是時令食材，立春時節萌發的幼芽最是鮮嫩美味。《莊子》〈逍遙遊〉還提到：「上古有大椿者，以八千歲為春。」因此香椿樹被視為長壽的象徵，自古即以椿壽、椿齡來祝願長輩高壽，在進獻給皇帝的這首帖子詞中，「靈椿」也有此寓意。此外，高大的喬木香椿還用來指稱父親，成語「椿萱並茂」是父母同享健康長壽的意思。蘇軾另一首詩〈壽叔文〉也提到靈椿：「仙果雖遲熟，靈椿信後凋。」詞〈戚氏〉：「盡倒瓊壺酒，獻金鼎藥，固大椿年。」此大椿也是八千年的大樹。

香椿是藥食兼用的食材，是經濟價值極高的保健植物。香椿葉含有豐富的維生素C、維生素B、胡蘿蔔素及蛋白質等，有助於增強身體的免疫功能，並有潤滑肌膚的作用。「雨前椿芽嫩如絲，雨後椿芽生木質」，每年春季穀雨前的香椿幼芽鮮嫩無比，可做成各種菜肴、醃漬小菜及香椿醬，過了穀雨後口感會變老變差。

香椿樹皮含川楝素、兒茶酚，川楝素為良好的驅蟲劑，樹皮可去燥熱、澀腸止血。葉含胡蘿蔔素、維生素及蛋白質，《唐本草》說：「葉煮水，可以一洗瘡、疥、疽」，《本草綱目》說椿葉可生髮。根有收斂、止痛及止血功效。現代醫學研究發現，香椿有明顯的抑菌殺菌、防癌及抗氧化作用，對控制血糖也有效果。黃褐色的木材紋理美麗、質堅、耐腐、不翹不裂、易施工，爲家具、室內裝飾及造船的優良木材。樹姿挺立的香椿也是庭院、街道旁的觀賞樹木及綠化樹種。

香椿 楝科

Toona sinensis (A. Juss.) M. Roem.或*Cedrela sinensis* A. Juss.

落葉性喬木，高可達二十公尺；生長甚為迅速，樹幹直立，全體具特殊味道。偶數羽狀複葉，互生，小葉七至九對，揉之有香味，卵狀披針形，疏細鋸齒緣或近全緣，長九至十八公分；葉柄紅色。複聚繖花序，呈圓錐狀排列；花萼皿形，五裂；花瓣五裂，長橢圓形；雄蕊五，花絲合生成筒狀，著生於紅色花盤上；子房五室。蒴果長橢圓形或倒卵形，長約二·五公分，五裂片；種子具翅。原產華北以南各處，多生於山區雜木林或疏林中，亦廣泛栽培。

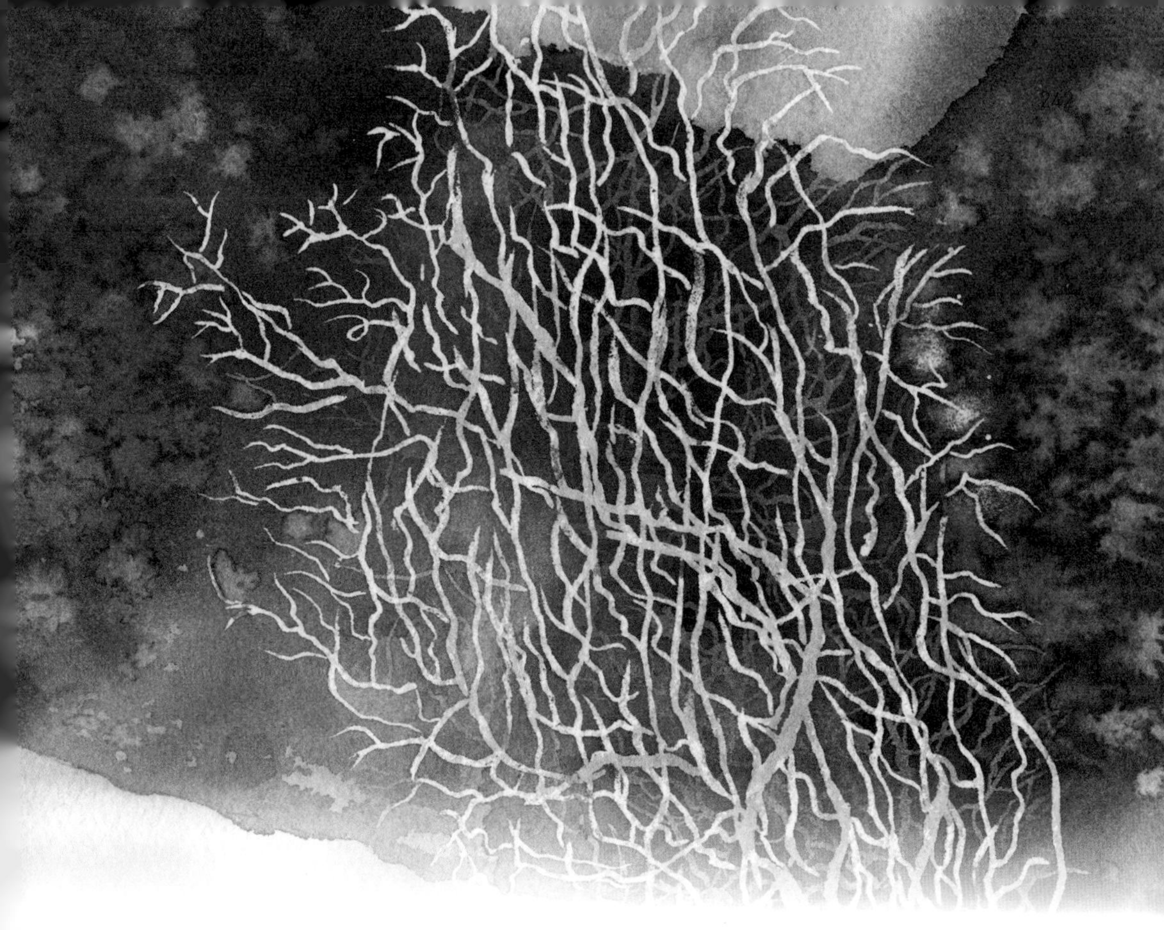

【女蘿】

雲間朱袖拂雲和，知是長松掛女蘿。
鬐重不嫌黃菊滿，手香新喜綠橙搓。
墨翻衫袖吾方醉，紙落雲煙子患多。
只有黃雞與白日，玲瓏應識使君歌。

——〈次韻蘇伯固主簿重九〉

身為翰林學士的蘇軾無意再次陷入黨爭漩渦，連上四道奏章請求離京外任，宋哲宗元祐四年（一〇八九年）三月終於等來結果：以龍圖閣學士的身分出任兩浙西路兵馬鈐轄兼杭州知州。十五年後蘇軾重回杭州，這首詩即寫於元祐五年的杭州任上。詩題提到的蘇伯固本名蘇堅，身分是臨濮縣主簿監杭州在城商稅，從元祐四年蘇軾到杭州後就是蘇軾推動政務的好幫手，兩人交情一直持續到蘇軾離世。

元祐五年，蘇軾在重九日舉辦宴會，蘇堅為座上客，席間有歌妓彈琶唱歌。從這首詩中，我們知道宋人重九日仍保有唐代簪菊花的習俗，以及使用橙皮搓手來潤澤和留香的習慣。黃雞與白日二句，典故出自白居易的〈醉歌示妓人商玲瓏〉：「罷胡琴，掩秦瑟，玲瓏再拜歌初畢。誰道使君不解歌，聽唱黃雞與白日。」黃雞催曉、白日催年，都是指時間匆匆、年華易逝。

蘇軾詩文中的「女蘿」或「蘿」，都指松蘿。松蘿類是由藻類和真菌共生所組成，藻類行光合作用製造養分，真菌吸收水分和無機鹽。此外，菌絲會形成「假根」好讓松蘿能固著在樹皮上，吸收霧氣中水分，再藉由光合作用獲得營養。所以「長松掛女蘿」是非常普遍的情形，詩歌中也常用菟絲和女蘿纏繞來比喻夫妻或情人關係。如《古詩十九首》的〈冉冉孤生竹〉：「與君為新婚，菟絲附女蘿。」詩句中的「女蘿」，今名松蘿，是一種地衣類植物，全體爲無數細枝，狀如線，常生長在冷涼氣候的潮濕環境中，松蘿是潮濕環境的指標生物，常見的有松蘿和長松蘿兩種，屬於枝狀地衣，附生在樹木的枝幹上，稱為附生植物或著生植物。不同於寄生植物，松蘿僅附著在其他植物上，但不吸取宿主養分，是對宿主無害的一種生存方式。松蘿對環境的要求很高，空氣中有些許汙染物就不能存活，有松蘿的地方代表環境品質好、生態條件佳。

松蘿　松蘿科
Usnea diffracta Vain.

地衣體枝狀，懸垂型，長達十五至五十公分。淡灰綠色至淡黃綠色。枝體基部直徑約〇．三公分，主枝粗〇．三至〇．四公分，次生分枝整齊或不整齊多回二叉分枝，枝表面有明顯的環狀裂口，少數末端稍扁平或有稜角。枝幹具環狀裂隙，如脊椎狀。附生於樹幹上，全中國各地均有分布。

長松蘿　松蘿科
Usnea longissima Ach.

地衣體枝狀，長可達一百公分以上，絲狀懸垂，主枝及初級分枝極短，二級分枝柔軟而細長，其上密生垂直小枝。表面灰綠色、草綠色，老枝灰草黃色。主枝具皮層，二級分枝缺乏皮層。生於陰濕的林中，附生在針葉樹上，全中國各地均有分布。

【豫章（樟樹）】

都城昔傾蓋，駿馬初服輈。
再見江湖間，秋鷹已離韝。
於今三會合，每進不少留。
豫章既可識，瑚璉誰當收。
微官有民社，妙割無雞牛。
歸來我益敬，器博用自周。
百年子初筵，我已迫旅酬。
但當記苦語，高節貫白頭。

——〈送張嘉父長官〉

元祐六年（一〇九一年），蘇軾在杭州任期屆滿，奉旨回京後又頻頻請求外任，先後轄知穎州及揚州。元祐七年三月抵達揚州任所，此詩即寫於同年四月。張嘉父是曾任嘉州刺史的張大亨，曾經師從蘇軾學《春秋》，與蘇軾多有書信往來。詩中以「豫章」大木及「瑚璉」來比喻張大亨，多有勸勉之意。「瑚璉」是古代祭祀宗廟時使用的禮器，通常用竹子編成，外面再飾以寶石、美玉。

豫章即樟樹，為堅勁的棟梁之材，最難長。幼苗混雜在雜草中不易辨識，《淮南子》說「豫章之生七年可知」，意思是樟樹長得慢，需要七年時間才能辨別出來。

木材質優，抗蟲害、耐水濕、防黴、有香氣，直到唐代仍是專供皇家的建築用材。除了用於建築、造船、家具、箱櫃，民間雕刻佛像也喜歡使用樟木。樟樹在江南各省都有分布，江南的樟木箱子更是名揚中外。

關於樟樹一名的由來，李時珍認為是樹皮的深溝縱裂紋像印刻的印章一樣，所以與木部合為一個「樟」字。但更合情合理的命名緣由，應該是與動物麝香的主要來源香獐有關，因為樟樹全株也散發特殊的樟腦香氣，所以換成木部取名為「樟」。

樟樹以往是製造樟腦的經濟樹種，根、木材、枝及葉均可提煉樟腦、樟腦油，尤以樹幹及根部含量最多。由於現在樟腦多改為化工合成，目前只作景觀園林或防風樹種。樟樹枝葉濃密、樹形美觀，且壽命甚長，是行道樹及防風林的常見樹種，百年老樟樹在台灣也不少見，甚至被奉為神樹「樟樹公」護祐一方土地。

樟　樟科

Camphora officinarum Boerh. ex Fabr.

常綠或落葉大喬木，全樹具芳香精油，高可達五十公尺，樹皮有縱粗裂紋。葉互生，闊卵圓形或橢圓形，長五至九公分，寬三至四公分，先端銳尖，全緣，表面有光澤綠色，背面略帶白粉狀，葉脈為基生三出脈，小脈網狀，脈腋具凸線，搓揉有樟腦的辛香味。複聚繖花序，花序長五至八公分，花小，多數，黃綠色；花被筒短，花被片六；完全雄蕊九，花藥瓣裂；子房卵形，光滑，柱頭盤狀。核果球形，徑約〇・六至〇・九公分，成熟時紫黑色，帶有光澤。原產越南、中國長江以南、台灣、韓國、日本，生長於濕潤的山谷、山腰下、河流兩岸、路旁等。

【楝】

釣艇歸時菖葉雨，繰車鳴處楝花風。
長江昔日經遊地，盡在如今夢寐中。
——〈僕年三十九在潤州道上過除夜作此詩，又二十年在惠州追錄之以付過〉

共有兩首，所引為第二首。

宋神宗熙寧七年（一〇七四年），三十九歲的蘇軾前往杭州赴任，途經潤州（今鎮江）時作此詩描寫江南風光。二十年後的宋哲宗紹聖元年（一〇九四年），五十九歲的蘇軾被貶謫至廣東惠州，在除夕夜鈔錄舊作送給兒子蘇過。在同組詩的前一首，蘇軾還竊喜自己官小不必在除夕夜進宮朝奉，可以安穩睡覺：「寺官官小未朝參，紅日半窗春睡酣。」

楝樹別稱楝、金鈴子，因樹皮、木材及果實味苦而有苦楝之稱。《本草綱目》記載：「其子如小鈴，熟則黃色如金鈴。」詩中所說的楝花風，是二十四番花信風的最後一個，《荊楚歲時記》云：「始梅花，終楝花，凡二十四番花信風。」花信風的意思是「應花信而來的風」，從小寒到穀雨共有八個節氣二十四候，古人在每一候中挑選一種花期最準確的花為代表，稱為該節氣的花信風，意即帶來開花音訊的風候。楝花風是穀雨三候的花信風之一，花期在春盡夏來之時，當楝花信風吹盡時，就是夏天來臨的時刻。

楝樹是星天牛的寄主植物，星天牛喜愛咬食苦楝的樹皮、嫩枝及葉片，並會將卵產於樹皮之內，待幼蟲孵化後會侵蝕樹幹，故常有樹脂凝結在枝幹樹皮上。苦楝生長快且根部紮根既闊又深，對防止水土流失效果極佳。適合栽種為行道樹、造林木或園景樹，三、四月開花，花紫或白色，有香味；果實秋季成熟，呈金黃色。木材輕軟，紋理粗而美，具光澤，可用於製作家具、模型、農具、樂器、建材及舟車等。蘇軾的〈皇太后閤端午帖子〉詩：「翠筒初裹楝，薌黍復纏菰。」可以知道端午時也會用楝葉裹粽。

楝樹的樹皮及根皮可以入藥，味苦、性寒、有毒，《神農本草經》列爲下品。《名醫別錄》說苦楝皮能治蛔蟲，中國用於驅蟲已有兩千多年歷史，而且也是治療多種腸道寄生蟲的重要中藥，外用主治疥癬及濕疹。從樹皮提煉的活性成分苦楝素，可製成安全高效的避忌劑，噴灑在農作物表面上，可以達到防蟲目的，食用避忌劑處理的蔬果，不會有毒物殘留的疑慮。

楝樹　楝樹科
Melia azedarach L.

落葉喬木，高可達十五公尺以上；樹幹通直，樹皮有深刻不規則的深縱裂紋。二至三回奇數羽狀複葉，互生，長四十至八十五公分；小葉橢圓形或橢圓狀披針形，先端銳尖或漸尖，邊緣呈銳鋸齒或有齒裂。圓錐花序長十五至二十五公分；花多數，淡紫色；花萼短，五裂，花瓣五；雄蕊十，合生成單體，雄蕊筒紫黑色；子房著生於短的花盤上。果實呈核果狀，橢圓形，徑一至一．五公分，成熟時呈黃褐色。

【蒯】

捍索桅竿立嘯空，篙師酣寢浪花中。
故應菅蒯知心腹，弱纜能爭萬里風。

——〈慈湖夾阻風〉

〈慈湖夾阻風五首〉為七言絕句的組詩，所引為其一，寫於宋哲宗紹聖元年（一〇九四年）六月。紹聖元年變法派大臣重回朝堂，開始打擊元祐黨人，蘇軾首當其衝遭貶至嶺南的英州（今廣東英德），南行途中經過慈湖（今安徽省當塗縣境）作這五首組詩。全詩寫船夫在浪花中駕船的氣定神閒，寫看似柔弱的船纜如何與大風對抗。南遷之初，年近六十的蘇軾對於北還仍抱有希望與信心，從這首詩中可以看出其心境。

船纜所使用的編製材料是菅蒯，《左傳》云：「雖有絲麻，無棄菅蒯。」蠶絲和大麻是古代的高級編織材料，而菅蒯（菅草和蒯草）是比較粗俗的編織材料。全句引申為各種人才或物件要兼容並蓄，不要輕言捨棄。

藨草是多年生草本植物，根莖細長，叢生在水邊或陰濕之處，包括潮汐和非潮汐的淡水沼澤、濕地、湖泊，池塘和溝渠邊緣。葉呈條形，花褐色；莖三稜形，可製索、編席、造紙。藨草屬於莎草科藨草屬，果實有堅硬外殼，可以作爲鴨子、濕地鳥類和岸禽類的食物；莖和地下部分（根和根莖）是麝鼠和鵝的食物。藨草是濕地的先驅植物（**pioneer plant species**），當濕地地貌改變時，藨草是首先進入的種類，常出現在開放的濕地、香蒲生長地的邊緣，伴生種為燈心草（*Juncus effuses* L.）等植物。藨草在形態上有一個明顯特徵：植株在秋天會變成深褐色，分枝粗壯，果實簇明顯。藨草的學名曾被處理為*Scirpus eriophorum* C.B.Clarke 或*Scirpus cyperinus* (L.) Kunth，現都成為同物異名。

藨草；茸球藨草

莎草科 *Scirpus asiaticus* Beetle.

叢生的多年生濕地植物，高一至二公尺，莖截面呈三角形。葉片長而窄，但短於莖稈，寬度不到一公分，葉尖附近下垂。葉鞘長三至十公分，封閉，紅棕色。葉狀苞片二至四。聚繖花序大型，具很多輻射枝；小穗常單生，有時二至四個成簇著生於輻射枝頂端，橢圓形或近球形。瘦果倒卵形，扁三稜狀，長約〇・一公分，淡黃色，頂端具喙。產大陸東北、華北、華東、西南各省，生長在潮濕地、沼澤地、溪旁及山脚空曠處。

楮（構樹）

我牆東北隅，張王維老穀。
樹先樗櫟大，葉等桑柘沃。
流膏馬乳漲，墮子楊梅熟。
胡為尋丈地，養此不材木。
蹶之得輿薪，規以種松菊。
靜言求其用，略數得五六。

——〈宥老楮〉節錄

全詩共二十四句，寫於宋哲宗元符元年（一〇九八年）海南島瓊州貶所。蘇軾謫居海南時，在桄榔林中買地建了「桄榔庵」，圍牆東北角長有一棵枝繁葉茂的老樹，即詩題所說的「老楮」——老構樹。這棵構樹比臭椿、麻櫟高，樹葉比桑葉、柘葉都大，樹汁如馬乳，結實如楊梅。蘇軾打算砍掉這棵沒用的樹做柴薪，然後改種松菊。但仔細想想，構樹真的一無用處嗎？於是在詩的後半，蘇軾一一細數構樹的諸多用途，洗白了構樹「不成材」的惡名，這也是詩題以「宥」為名的原因。

構樹在《詩經》已有記載，〈小雅〉「無集於穀」的「穀」（讀音同構），就是指構樹。古籍中出現的「楮」也是構樹，這是因為構樹雌雄異株，雄柔荑花序下垂、雌花序球形，外觀看起來差異大，讓人以為楮、構是兩種不同的樹。構的嫩葉以前是鹿、豬、牛的飼料。構樹皮是傳統造紙的重要原料，用以製作宣紙、漢皮紙及棉紙，造出來的紙張顏色白而亮，紙質經久耐磨，樹體汁液可製糊料，乾燥加工後可製金漆。由於用途多，歷代農書都有專章敘述構樹的栽植、收成方法。根據現代研究顯示，構樹葉蛋白質含量高達百分之二十至三十，胺基酸含量是大米的四・五倍，維生素及微量元素也十分豐富，還富含類黃酮和活性物質，可以有效提高飼養動物的免疫力。此外，構樹耐旱、耐瘠、耐煙塵，能大量吸滯粉塵和二氧化硫等有毒物質，可作為城市、工業區和礦區的綠化用樹。

構樹是一種先驅植物，「穀田久廢必生構」，生長不擇土宜，生長速度又快，常會侵占其他植物的生育地，這可能是朱熹將其列為惡木的原因。但構樹「樹皮可造紙、果實可入藥、可以洗臉淨白、可以灑水生木耳，還能當柴燒」，只能說蘇軾「洗白」構樹有理有據。

構樹　桑科
Broussonetia papyrifera (L.) L'Herit. *ex* Vent.

落葉喬木，高可達二十公尺，徑三十至四十公分；樹皮具有多數纖維質，植株全體有乳汁。葉單生，互生，卵狀長橢圓形至心狀卵形，先端銳尖而略呈短尾狀，基部圓而略呈心形，邊緣有鋸齒、深三裂，表面粗糙，背面有絨毛。花雌雄異株，雄花為柔荑花序，乳黃綠色，雌花呈球狀的頭狀花序，花柱尖錐形。瘦果多數，集合成一球形的聚合果，徑三至三・五公分，成熟時橘紅色。

第八章 庭園植物

本章所指的是人工栽培供作庭園或路旁景觀用的植物，包括私人庭院、公園植栽及馬路兩旁的行道樹。植物在環境中占據著越來越廣的重要位置，可經由人工設計、栽植、養護等手段，合理搭配觀賞植物來創造出特定的景觀，使植物群落或個體在形態、色彩、線條、造型上給予人類美的感受或聯想。

景觀植物是庭院中必不可少的一部分，可以營造出各種不同的景觀效果，可以賞花賞葉賞果，樹蔭可乘涼，還能為心理上帶來正面的影響，達到身心一起療癒的效果。植物的葉、花、果、莖、根、樹冠各具特殊的形態與色彩，如果還具有文學、歷史或文化上的意涵，更是庭園植物的優先選擇對象。

《詩經》、《楚辭》成書於距今二千五百年的春秋戰國時期，其中已有栽培花卉的記載；魏晉南北朝（公元二二〇至五八九年）已出現《園林草木記》等專業著作，而像《三輔黃圖》、記錄北宋私家園林的《洛陽名園記》等關於植物配置的著作，更是研究古代園林布局與景觀的重要文獻。在古代，園林植物景觀風格的塑造，幾乎都是透過文人墨客對於植物描寫等具體表現形式來完成的。富豪之家、簪纓門第對於園林的講究程度，更是一地一國興衰的徵兆，就如李格非在《洛陽名園記》所言：「天下之治

亂，候於洛陽之盛衰而知；洛陽之盛衰，候於園圃之廢興而得。」

四季的變化，因為有了園林植物而成為更直觀的感受，有人借此抒發胸臆而獲得心靈上的平靜，有人由此汲取靈感而創作不輟。在蘇軾的筆下，很多植物被寄寓了詩人自己的感懷，有了更為濃墨重彩的身影；相反的，也有不少植物被還原，獲得更為客觀的如實描繪。

景觀植物包括喬木、灌木、草本植物及藤本植物，由它們配置而成的庭園，營造出來的是一種動態的、富有生命力的美感。植物的形態、線條、色彩隨著季節的變化，展現出不同層次、不同風格的四季景致，季相的變化、時間的流動，在庭園景觀植物身上有了更鮮明的印記。

以開花植物來說，春花類的景觀植物種類特別多，如芍藥、牡丹、桃、紫荊、紫藤；夏花類的植物也不少，如鳳仙、石榴、紫薇、荷花；秋冬兩季的開花植物種類就少很多，只有木芙蓉、菊、黃鐘花、梅、蠟梅、山茶花等。除了花色，有些植物的葉子會呈現四季變化，春葉或翠綠勃生或抽芽嫩紅，夏葉則深淺綠色層次錯落，秋葉或紅或黃，冬葉或枯黃或隨風簌簌飄落。有些植物還可觀果，在秋冬兩季盡展亮麗的色彩，如紅色的冬青類果實、粉紅色的欒樹蒴果等，這些都是典型的庭園常見植物。

蘇軾詩文中的庭園植物來自華北、華中及華東，種類包括喬木類行道樹或園景樹，如楸、合歡、梧桐等；灌木類觀賞植物，如辛夷、山茶花、蠟梅、紫薇、木芙蓉、石榴、牡丹、杜鵑等；藤本類觀賞植物，如紫藤、牽牛等；草本類觀賞植物，如蘭花、萱草、芍藥、金錢花、石竹等。

【牽牛】

煌煌帝王都，赫赫走群彥。
嗟汝獨何為，閉門觀物變。
微物豈足觀，汝觀獨不倦。
牽牛與葵蓼，採摘入詩卷。
吾聞東山傳，置酒攜燕婉。
富貴未能忘，聲色聊自遣。
汝今又不然，時節看瓜蔓。
懷寶自足珍，藝蘭那計畹。
吾歸於汝處，慎勿嗟歲晚。

——〈和子由記園中草木十一首．其一〉

這首組詩寫於宋英宗治平元年（一〇六四年）陝西鳳翔府任上。先前留在汴京侍奉父親的蘇轍，寫了〈賦園中所有十首〉寄給蘇軾，蘇軾就寫了這十一首詠物詩相和。

詩題中的「園」是指蘇洵在汴京購置給全家人居住的宅邸「南園」，在這組詩的第一首詩，提到園中種有牽牛、葵（蜀葵）、蓼（水蓼）、瓜、蘭等。第四首的主角是萱草，也有提到牽牛：「牽牛獨何畏，詰曲自芽蘗。」

鄉野常見的牽牛花，花色妍麗，也常作為景觀用途，栽種在小庭院或居室窗前遮陰，或攀爬於小棚架、籬垣上，或作地被栽植。牽牛為一年或多年生纏繞草本植物，因花形像喇叭又名喇叭花；大都於清晨開花，下午就凋萎，所以日人稱爲「朝顏」。種類和品種很多，花色有藍、緋紅、桃紅、紫等，也有複色品種，是常見的觀賞植物。其中分布最廣、栽培最多的種類是俗稱「牽牛花」（*Ipomoea nil* (L.) Roth.）的一種，另外常栽培的還有牽牛的近緣種，包括三色牽牛（*I. tricolor* Cav.）、圓葉牽牛（*I. purpurea* (L.) Roth.）和銳葉牽牛（*I. indica* (Burm.) Merr.），以及主要的藥材來源三裂葉牽牛（*I. triloba* L.）等，這五種常見的牽牛花都原產熱帶美洲，蘇東坡詩詞中的牽牛花絕對不是這五種，應該是原產華中、華南的白花牽牛（*Ipomoea biflora* (L.) Pers.），或原產廣西、廣東、雲南的掌葉牽牛（*I. mauritiana* Jacq.，或稱七爪龍）。

牽牛花的種子為常用中藥，稱為牽牛子，表面灰黑色者稱為「黑醜」，米黃色者稱為「白醜」，含樹脂苷、色素、脂肪油、有機酸等成分，其中黑醜主要取自三裂葉牽牛和圓葉牽牛的種子。入藥多用黑醜，具瀉水利尿、通便去積等成效，主治水腫腹脹、腸胃積滯、大便秘結、氣逆喘咳等症。

掌葉牽牛
Ipomoea mauritiana Jacq.　旋花科

多年生大型纏繞草本，具粗壯而稍肉質的根。莖圓柱形，有細稜，無毛。單葉互生，葉片長七至十八公分，寬七至二十二公分，五至七掌裂。聚繖花序腋生，少花至多花；花冠漏斗形，淡紅色或紫紅色。蒴果卵球形，四瓣裂。種子四顆，黑褐色，基部被長絹毛，易脫落。生長於山地疏林、海灘邊矮林或溪邊灌叢。

白花牽牛
Ipomoea biflora (L.) Pers.　旋花科

一年生草質藤本植物，莖基纖細，纏繞或平臥，幾乎全年開花。單葉互生，廣卵形，長三至八公分，寬一・五至六公分，紙質。花腋出，一至三朵簇生，花萼革質，花梗較葉為長；花冠筒形至漏斗形，白色，花徑約二公分。蒴果闊卵圓形或球形，種子淡褐色至灰色。生長於林緣或海邊的低海拔空曠地。

【拒霜（木芙蓉）】

千林掃作一番黃，只有芙蓉獨自芳。
喚作拒霜知未稱，細思却是最宜霜。
——〈和陳述古拒霜花〉

由於反對新法，不見容於朝堂的蘇軾自請外任，於宋神宗熙寧四年（一〇七一年）以杭州通判一職離京赴任，十一月抵達有「東南第一州」之稱的杭州，此詩即寫於到任的第二年。熙寧五年秋天，好友陳襄（字述古）就任杭州太守，見州衙中和堂的木芙蓉盛開，作〈中和堂木芙蓉盛開戲呈子瞻〉一詩，隨後蘇軾就寫了這首詩應和。

木芙蓉花晚秋才開始盛開，寒秋霜降，卻是木芙蓉繁花滿樹、恣意開放的時候，因此有「拒霜花」一名。但蘇軾的格調更高，外任杭州的日子也讓他過得舒心，他說細細思量後，覺得把「拒」改為「宜」，「宜霜」一名更貼近木芙蓉不屈不拒又隨意自在的淡雅姿態。歷代詩詞寫木芙蓉都是在描繪秋天時節，有時會與秋天的應景花卉菊花一起入詩，如蘇軾〈陪歐陽公燕西湖〉：「湖邊草木新著霜，芙蓉晚菊爭煌煌。」

木芙蓉原產於中國，花大色妍，花色以淡雅的白色或粉紅色為主，原名「芙蓉」，因為要與有「出水芙蓉」別稱的荷花區分，以其為木本植物之故稱為「木芙蓉」。在不同的光照強度下，花瓣的花青素濃度會隨之變化，晨間開花時為白色或淺紅色，近午轉桃紅，午後又變成深紅色，花色一日三變，猶如美人連飲三杯的醉態，因此有「三醉芙蓉」、「弄色芙蓉」或「三變花」的別名。

五代後蜀皇帝孟昶因為妃子「花蕊夫人」偏愛芙蓉花，下令在成都城牆遍植芙蓉，秋天開花時讓成都「四十里如錦繡」，自此成都有「芙蓉城」之稱。而文人雅士喜歡木芙蓉，則是因為「芙蓉有二妙，美在照水，德在拒霜」，木芙蓉喜近水，《長物志》：「芙蓉宜植池岸，臨水為佳。」所以又有「照水芙蓉」之稱。

除了有極高的觀賞價值，木芙蓉的莖皮纖維柔韌、潔白又耐水濕，可供紡織、製繩索及造紙等用途。唐代女詩人薛濤以木芙蓉樹皮製作私人信箋，稱「薛濤箋」；古人還用木芙蓉鮮花搗汁爲漿，染絲作帳，即爲有名的「芙蓉帳」。

木芙蓉 錦葵科 *Hibiscus mutabilis* L.

落葉灌木或小喬木，高二至五公尺；小枝、葉柄、花梗和花萼均密被剛毛或細綿毛。葉寬卵形至圓卵形或心形，常五至七裂，裂片三角形；托葉披針形，長〇・五至〇・八公分，常早落。花單生於枝端葉腋間，花梗長約五至八公分，近端具節；小苞片八枚，線形；花萼鐘形，先端明顯五裂；花大，初開時白色或淡紅色，後變深紅色，花瓣近圓形。蒴果扁球形，徑約二・五公分，被淡黃色剛毛和綿毛；種子腎形，褐色，背面被長柔毛。

【芍藥】

夢裡青春可得追，欲將詩句絆餘暉。
酒闌病客惟思睡，蜜熟黃蜂亦懶飛。
芍藥櫻桃俱掃地，鬢絲禪榻兩忘機。
憑君借取法界觀，一洗人間萬事非。

——〈和子由四首．送春〉

宋神宗熙寧七年（一〇七四年）蘇軾在杭州三年任滿，帶著妻小一行人北上前往新任所密州，這首七律即寫於熙寧八年的密州任上，是和弟弟蘇轍的〈次韵劉敏殿丞送春〉一詩，為〈和子由四首〉的第一首。詩題為送春，不免有傷春惜逝之意，可以看出比起在杭州時的意興風發，近四十歲已兩鬢生白髮的蘇軾透露了幾分心灰意懶，在佛教禪機中尋求開解之道。芍藥花大豔麗、性耐寒，在北地庭園可見，除了這篇，蘇軾詠芍藥的詩還有〈玉盤盂〉：「雜花狼藉占春餘，芍藥開時掃地無。」

早在周代以前，芍藥已被視為觀賞植物培育，其花形嫵媚、花色殊豔，李時珍曾經以「花容綽約」來形容。芍藥的最早紀錄來自《詩經》：「維士與女，伊其相謔贈之以勺藥。」勺藥即芍藥，既是戀人表達心意的愛情花，也是惜別互贈的「將離草」。芍藥品種豐富，花色花型各自不同，在公園綠地常成片種植，花開時十分壯觀。古人以牡丹為花王、芍藥為花相，芍藥的花期要比牡丹晚一些，又稱「殿春」。宋時，揚州的芍藥最富盛名，蔡京為揚州太守時每年都辦「萬花會」，光是芍藥就用了十多萬朵，窮奢極侈而引發民怨。元祐七年（一〇九二年）蘇軾調任揚州時便停辦這種勞民傷財的「萬花會」。蘇軾〈題趙昌芍藥〉：「倚竹佳人翠袖長，天寒猶著薄羅裳。揚州近日紅千葉，自是風流時世妝。」紅千葉就是揚州著名的芍藥品種，開紅色重瓣花。

芍藥顧名思義，也是重要的藥用植物，藥用部分是根，分為白芍與赤芍兩種。白芍有養血斂陰、柔肝止痛、平抑肝陽等功效，治療血虛引起的月經不調、痛經、崩漏、下痢腹痛、盜汗及多汗症。赤芍有清熱涼血、活血散瘀、消腫止痛等作用，可治血滯閉經及痛經。

芍藥　芍藥科

Paeonia lactiflora Pall.

多年生宿根草本，高一公尺左右，具紡錘形塊根，並由地下莖萌發新植株。初出葉紅色，下部莖生葉二回三出羽狀複葉；中部莖生葉三回羽狀複葉，小葉橢圓形至披針形等。花單生枝頂或生於葉腋，花大且美，有白、粉、紅、紫或黃色，花型有單瓣、半重瓣和重瓣等多種。蓇葖果呈紡錘形、橢圓形，有小突尖。種子黑色或黑褐色，呈圓形至長圓形。遍布於中國東北及華北，亦見於西伯利亞等地。

【安石榴】

安石榴花開最遲，絳裙深樹出幽菲。
吾廬想見無限好，客子倦遊胡不歸。
坐上一樽雖得滿，古來四事巧相違。
令人卻憶湖邊寺，垂柳陰陰晝掩扉。

——〈和子由四首．首夏官舍即事〉

宋神宗熙寧八年（一〇七五年）寫於密州任上，是和蘇轍於熙寧七年寫的〈次韻趙至節推首夏〉一詩。立夏時節，官舍院子裡紅色的石榴花開得最遲，想來老家此時也應該景光無限好，只是奔波於宦途不得返家。這裡雖有石榴、美酒，但人生聚散離合總是事與願違。全詩傳達了蘇軾在立夏那天對弟弟蘇轍的想念，並以紅色討喜的安石榴寄寓平安順遂的心意。

石榴又稱安石榴，相傳是西漢時由張騫引入中國。西晉陸璣在給弟弟陸雲的家書提到：「張騫為漢使外國十八年，得塗林，安熟榴也。」張華《博物志》也說：「漢張騫出使西域，得塗林安石國榴種以歸，故名。」可知當時石榴有「塗林」、「安熟榴」、「安石榴」等多個不同稱法。塗林應該是音譯而來，而安石是產地名，在今伊朗、阿富汗一帶。至於以「榴」為名，則是果實巨大如瘤。石榴引入中國後，先植於長安的上林苑，內有「安石榴十株」。因得到漢武帝的喜愛，又命人栽植於驪山溫泉宮，之後才從長安向四周擴散種植。

石榴種子多，象徵子息繁茂，北齊安德王迎娶王妃時，王妃母親還特別進獻兩顆石榴，祝願新人早生貴子及子孫繁衍，此後贈石榴祝賀新婚就流傳開來。石榴還有許多陌生但美麗的名字，如丹若、沃丹、金罌、天漿等，但最美的莫過詩人筆下的石榴裙，原指染成石榴色或用石榴花汁染成的紅裙，後用於形容身姿婀娜的年輕女子。此外，宋人還用石榴開裂的種子數量來占卜科考上榜的人數，後來就用「榴實登科」來祝人金榜題名。

石榴 石榴科 *Punica granatum L.*

落葉灌木或小喬木，高二至七公尺；分枝多，小枝頂端常呈刺狀。葉平滑，對生或散生，倒卵形或長橢圓形，全緣。花一至數朵生於枝頂或腋生，花萼鐘形，紅色，頂端五至七裂片。花瓣與萼片同數，生長於萼筒內，呈倒卵形，通常紅色，也有淡紅、深紅、淡黃或白色者，花型有單瓣、重瓣之分。蒴果球形，徑約七至十五公分，鮮紅色。種子多，具肉質透明的假種皮。原產亞洲中部，中國南北各省區均有栽培。

【金錢花】

金錢石竹道傍秋，翠黛紅裙馬上謳。
無限小兒齊拍手，山公又作《習池遊》。
——〈奉和成伯兼戲禹功〉

宋神宗熙寧九年（一〇七六年），蘇軾在密州的任期已滿，在趕赴新任所途中於濰州（今山東境內）作此詩。詩中提到的「習池」是指東漢習郁闢有魚池的一處私家園林，在宋詩宋詞中經常指遊賞宴飲之樂或歡宴之處。詩中提到的金錢花，在古典文學作品中出現得並不多，《全唐詩》只有七首詩提及，《全宋詞》則只有一首。即便是足跡踏遍天下的蘇軾，也只有這一首詩提到金錢花。

金錢花即旋覆花，夏秋開花，花色金黃，花朵圓而覆下，中央呈筒狀，形如銅錢而得名。晚唐詩人有〈金錢花〉一詩：「陰陽為炭地為爐，鑄出金錢不用模。莫向人間逞顏色，不知還解濟貧無。」另一位唐代詩人羅隱也寫了一首〈金錢花〉：「占得佳名繞樹芳，依依相伴向秋光。若教此物堪收貯，應被豪門盡劚將。」形容秋天金錢花花開朵朵，和蘇軾的詩篇相呼應。

金錢花又名鼓子花、滴滴金、小黃花子、滿天星、六月菊等，花期六至十月，花開時在莖頂排列成疏散的繖房花序，花繁錦盛，是公園及花園常見的觀賞植物。適應性廣，從廣西、華南，經華東、華北均有分布，生態幅度大；適合叢植或列植，可種植在庭院草皮上、綠地邊緣，或大片栽植成花壇。

旋覆花的藥材取自旋覆花（*Inula japonica* Thunb.）或歐亞旋覆花（*Inula britannica* L.）的乾燥頭狀花序，在夏秋二季花開時採收，除去雜質後陰乾或曬乾。生用或蜜炙用，具有降氣、祛痰、健胃、鎮痛、行水、止嘔、鎮咳平喘等作用，市面上可以見到作為化痰止咳平喘藥的成藥。民間有藥諺說「諸花皆升，旋覆花獨降」、「諸花皆升此花沉，行水下氣益容顏」，意思是說一般花類藥材的作用是往上走的，只有旋覆花的作用是往下的，指的就是其行水、下氣、降逆止嘔的功效。

現代研究發現，旋覆花對免疫性肝損傷有保護作用，其化學成分天人菊內酯有抗癌作用。此外，根及莖葉或地上部分亦可入藥，治刀傷、疔毒，煎服同樣可平喘鎮咳。

金錢花；旋覆花

菊科 *Inula japonica* Thunb.

多年生草本，高三十至八十公分。根莖短。基部葉花期枯萎，中部葉長圓形或長圓狀披針形，長四至十三公分，寬一・五至四・五公分，先端尖，基部漸狹；上部葉漸小，線狀披針形。頭狀花序，徑三至四公分，多數或少數排列成疏散的繖房花序；舌狀花黃色，舌片線形，長〇・一至〇・一三公分；管狀花花冠長約〇・五公分，有三角披針形裂片；冠毛白色。瘦果圓柱形，長〇・一至〇・一二公分，有十條縱溝，被疏短毛。分布華北、東北、華中、華東各省，生長於海拔一百五十至二千四百公尺的山坡路旁、濕潤草地、河岸和田埂上。

【石竹】

金錢石竹道傍秋，翠黛紅裙馬上謳。
無限小兒齊拍手，山公又作《習池遊》。
——〈奉和成伯兼戲禹功〉

創作背景同上篇，寫於宋神宗熙寧九年（一〇七六年）從密州到濰州途中。石竹也是在夏天盛開，花色多樣而鮮豔，在文人眼中卻不算很有「人氣」，比起其他經常受到詠頌的花，被提及的頻率並不高。《全唐詩》四萬多首詩中，只有十九首出現石竹，宋詩的情形亦然。

因對推動新法立場不同，而與蘇軾成為「政敵」的王安石，就為石竹的不被賞識而抱屈，在《石竹花二首》寫道：「車馬不臨誰見賞，可憐亦解度春風。」

石竹莖節膨大似竹子，從暮春至深秋幾乎花開不敗，因此以石竹命名。唐詩人司空曙的〈雲陽寺石竹花〉：「野蝶難爭白，庭榴暗讓紅。誰憐芳最久，春露到秋風。」描寫石竹從春天開花到秋天，花色有白有紅，比蝴蝶、石榴都好看。

石竹株型矮小、花形秀麗、花色多，加上竹狀葉很有辨識度，不管是刺繡或印製在織品上都非常典雅。李白《宮中行樂詞》說「山花插寶髻，石竹繡羅衣」，陸龜蒙〈石竹花詠〉說「古蘿衣上碎明霞」，王安石的〈石竹花〉也說「已向美人衣上繡，更留佳客賦嬋娟」，可見唐宋已普遍將石竹花圖樣用在衣物裝飾上。

石竹是北方的代表性花卉，耐寒又耐乾旱，作為觀賞花卉培育已發展出許多品種，花色有白、粉、紅、粉紅、大紅、紫、淡紫、黃、藍等，繽紛多彩。可植於花壇、花境、花台或盆栽中，也可點綴在草坪邊緣，大面積成片栽植時可作景觀地被材料。花形相似的康乃馨又叫香石竹，與石竹同科同屬，主要作為切花花材。

石竹全草皆可入藥，有清熱利尿、破血通經、散瘀消腫等功效，爲治淋要藥。石竹全草含有最多的物質是皂甙和揮發油，還含有少量的苯乙醇、苯甲酸苄酯和水楊酸物質，藥效主要來自揮發油中所含的丁香酚和水楊酸。臨床醫學經驗顯示，石竹全草或根的提取物，主要用於治療尿路感染、經血不暢、尿血、瘡毒及濕疹等疾病，在現代醫學中應用得十分廣泛。

石竹 石竹科

Dianthus chinensis L.

多年生草本，根頸處有殘葉；莖簇生，直立，高約三十公分。葉對生，基部合生，抱莖，線狀披針形，全緣或有細小齒。花頂生在分岔處，單生或對生，花序為圓錐形聚繖狀，花紅色、粉紅色、白色、紫紅、橙紅或具有斑紋，人工培育者有許多重瓣品種。蒴果矩圓形，種子黑褐色，寬橢圓形或卵形，邊緣生狹刺。原產中國北方，目前華南華北普遍生長。

【牡丹】

城西千葉豈不好，笑舞春風醉臉丹。
何似後堂冰玉潔，遊蜂非意不相干。

——〈堂後白牡丹〉

這首詠物詩是「和孔密州五絕」組詩的第五首，寫於宋神宗熙寧十年（一〇七七年）徐州任上。熙寧九年（一〇七六年）蘇軾在密州的任期將滿之時，繼任太守孔宗翰在前來密州的途中，就先寄詩作給蘇軾表達敬意。第二年蘇軾到任徐州後，寫了五首絕句回贈，「孔密州」就是指接任密州知府的孔宗翰。

「千葉」指重瓣的牡丹花，而且是像醉美人臉紅紅的紅牡丹。蘇軾說，嬌豔、長袖善舞的紅牡丹，哪比得上後堂內玉潔冰清的白牡丹，連蜜蜂都不忍冒犯！蘇軾還有多首詠牡丹詩，如宋仁宗嘉祐六年（一〇六一年）寫於陝西鳳翔府的〈次韻子由岐下詩〉：「不作新亭檻，幽花為誰香。」宋神宗熙寧六年（一〇七三年）的〈常州太平寺觀牡丹〉：「武林千葉照觀空，別後湖山幾信風」等。

牡丹栽培的歷史較晚，約在漢代，當時稱「木芍藥」，《神農本草經》譽為花王。但直至隋朝並不見牡丹花的相關記載，推測應是唐朝才大量引進庭園，雍容富貴的牡丹受到唐人追捧，宮廷簪花侍女以頭戴牡丹為美。據《鏡花緣》所載，酒醉的武則天因冬天賞花不成，遂下令御花園中花木次日須齊開放，沒想到「唯牡丹不從」，於是被憤怒的武則天貶到了洛陽。長安牡丹落難洛陽，卻立刻盛開而聲名大噪，此後有了「洛陽牡丹甲天下」之說。但事實上，唐朝詩人所詠的多是長安牡丹，如劉禹錫〈賞牡丹〉：「唯有牡丹真國色，花開時節動京城。」宋時才是洛陽牡丹獨領風騷的時代，歐陽修甚至寫了史上第一部牡丹專著《洛陽牡丹記》，並贊道：「洛陽地脈花最宜，牡丹尤為天下奇。」

牡丹花大色豔，有「國色天香」之稱。根據花色可分成上百個品種，通常分爲墨紫色、白色、黃色、粉色、紅色、紫色、雪青色、綠色等八大色系，按照花期又分爲早花、中花、晚花類，依花的結構則分爲單花、台閣兩類，又有單瓣、重瓣、千葉等不同花型。牡丹是中國特有的木本名貴花卉，有數千年的自然生長和上千年的人工栽培歷史，名品牡丹不勝枚舉，花色以黃、綠、肉紅、深紅、銀紅爲上品，尤其黃、綠爲貴。

牡丹　芍藥科

Paeonia suffruticosa Andrews

多年生落葉小灌木；株高一至一・五公尺，根莖肥厚，株粗短，多分枝。葉互生，二回三出複葉，小葉卵形或廣卵形，小葉常三至五裂。花單生枝端，大而艷麗；萼片覆瓦狀排列，綠色；單瓣或重瓣，花瓣五枚或多枚，有紅紫色、紅色、玫瑰色、黃色、白色等品種；雄蕊多數，花絲紅色，花藥黃色；雌蕊二至五枚，綠色，密生絨毛，花柱短。蓇葖果二至五枚聚生，長卵圓形，先端尖或喙形，綠色，被褐色短毛。主產長江、黃河流域諸省。

【萱草】

蘭菊有生意，微陽回寸根。方憂集暮雪，復喜迎朝暾。
憶我故居室，浮光動南軒。松竹半傾瀉，未數葵與萱。
三徑瑤草合，一瓶井花溫。至今行吟處，尚餘屐舄痕。
一朝出從仕，永愧李仲元。晚歲益可羞，犯雪方南奔。
山城買廢圃，槁葉手自掀。長使齊安人，指說故侯園。

——〈正月十八日蔡州道上遇雪，次子由韻〉

共有兩首，所引為第一首，寫於宋神宗元豐三年（一〇八〇年）。

元豐二年蘇軾從徐州轉調湖洲不久，就以毀謗朝政為由被押解回京下獄，身心飽受殘酷的刑訊折辱。四個月後獲釋，旋即於元豐三年正月初一在差役押送下趕赴黃州貶所。弟弟蘇轍於初十趕來相送，十四日蘇軾在天寒地凍中繼續趕路，在蔡州遇大雪。雪深路滑，蘇軾觸景傷情而回憶起故園舊事，還後悔走上仕途，沒能像李仲元那樣隱遁不出仕。全詩寫眼前景、憶故舊事，有種劫後餘生、自我解嘲的無奈與自適。詩中提到的植物有蔡州道上所見，也有蜀地故居所種植，包括萱草。

萱草有諼草、金針、忘憂草、宜男草、療愁、鹿箭等異名，在中國有幾千年栽培歷史，最早的記載見於《詩經》〈衛風・伯兮〉：「焉得諼草，言樹之背。」《博物志》云：「萱草，食之令人好歡樂，忘憂思，故曰忘憂草。」唐詩人孟郊〈遊子詩〉：「萱草生堂階，遊子行天涯；慈親倚堂門，不見萱草花。」萱草是中國的母親花。古時遊子遠行前，就先在北堂種忘憂草，以此減輕母親對孩子的掛念。晉《風土記》還說佩戴萱草會生男，又名「宜男草」。

萱草栽培容易，春季萌發早，綠葉成叢極爲美觀，在景觀設計中多叢植於庭園或道路旁。耐半蔭，可做疏林地被植物。一九三〇年代以後，美國一些植物園及園藝愛好者收集中日等國的萱草屬植物雜交育種，現品種已達萬種以上，是百合科花卉中品種最多者。萱草對氟十分敏感，一旦空氣受到氟污染，葉子尖端會變成紅褐色，常被用來監測環境是否受到氟污染的指標植物。

萱草外型類似黃花菜，黃花菜的花較瘦長、花瓣較窄、花色嫩黃，觀賞用萱草的花則接近漏斗狀，花色一般為橘黃色，有的甚至接近紅色。黃花菜是萱草屬植物的一種，除了黃花菜、萱草（金針）外的萱草屬植物多半不可食用；觀賞用萱草是大花萱草之類。紅色、橘紅色的萱草含大量秋水仙鹼，不能食用。

萱草 百合科

Hemerocallis fulva (L.) L.

多年生草本，株高約六十至八十公分，地下叢生多數肉質纖維根及膨大呈紡錘狀塊根。葉自根部簇生，狹長呈劍狀線形，基部抱莖，先端漸尖，全緣，光滑，稍肉質狀。花莖至葉叢抽出，長三十至九十公分，花三至九朵成簇，排成圓錐花序；花黃色至橙黃色，下部管狀，六裂。果實為蒴果，長圓形，長二至四公分，直徑約一・五公分。原產於中國、西伯利亞、日本和東南亞，中國主產於秦嶺以南的亞熱帶地區。

【楸】

舊笑桓司馬，今師鄭大夫。
不知徂歲月，空覺老楸梧。
祭禮傳家法，阡名載版圖。
會看千字誄，木杪見龜趺。
——〈同年程筠德林求先墳二詩．歸真亭〉

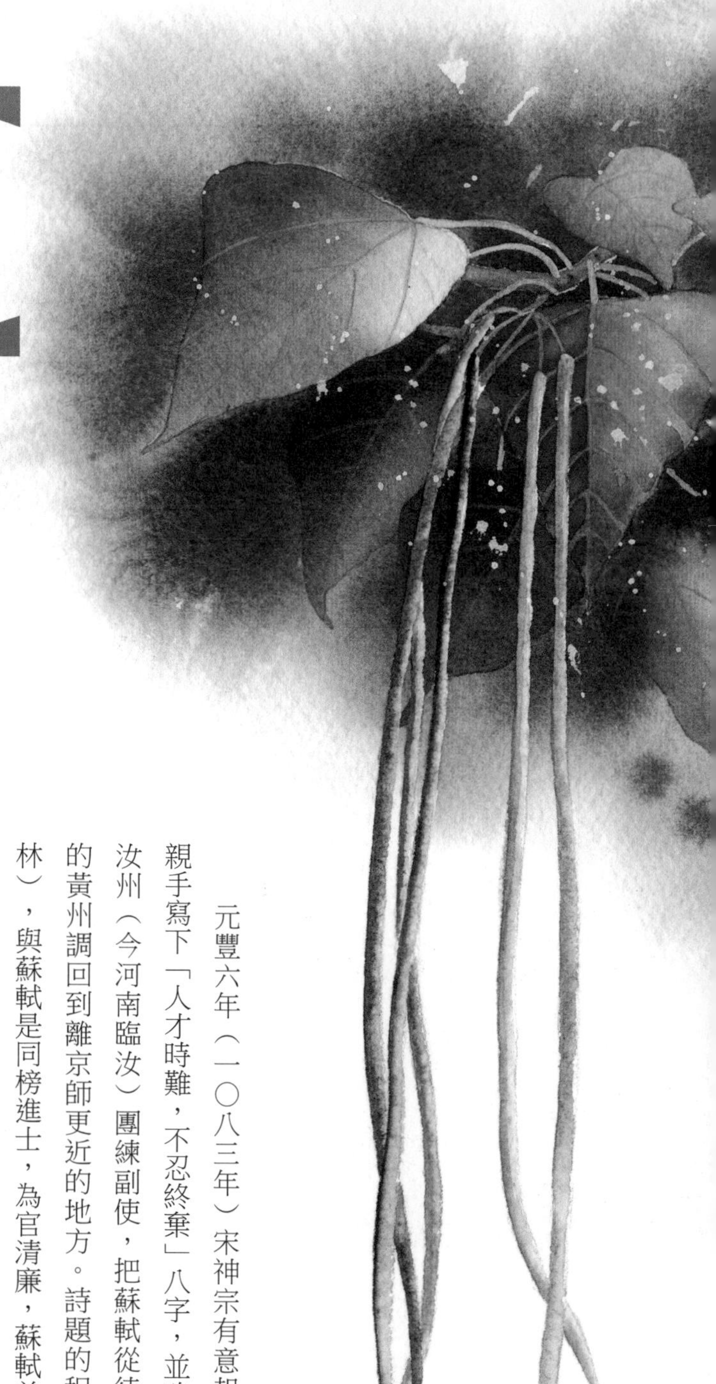

元豐六年（一〇八三年）宋神宗有意起復蘇軾，親手寫下「人才時難，不忍終棄」八字，並改授官職為汝州（今河南臨汝）團練副使，把蘇軾從待了四年多的黃州調回到離京師更近的地方。詩題的程筠（字德林），與蘇軾是同榜進士，為官清廉，蘇軾曾稱道他：「君為赤令有古風，政聲直入明光宮。」元豐七年四月蘇軾離開黃州，五月前往筠州看望蘇轍一家，接著送長子蘇邁去江西任縣尉，順道去探望程筠。程筠守喪在家，留蘇軾住了十天，並請求蘇軾寫了〈同年程筠德林求先墳二詩〉。

前兩句詩用了「桓司馬」及卿大夫鄭子產的典故。桓司馬是指春秋時代宋國主管軍政兵權的桓魋，因恃寵驕橫，造成族人流離失所；而春秋鄭國的卿大夫鄭子產是個改革內政、慎修外交的好官。接著蘇軾以楸梧自喻，感嘆時間流逝，自己垂垂老矣。

「楸梧」包括楸樹和梧桐，是古代重要的造林樹種、行道樹及庭園觀賞樹種，在詩文中經常一起出現，如蘇軾〈和雜詩十一首．其二〉：「西窗半明月，散亂梧楸影。」及〈皇太妃閣五首．其四〉：「自有梧楸障畏日，仍欣麥黍報豐年。」楸樹，《詩經》稱為「椅」，《孟子》稱為「檟」，到了西漢《史記》始稱楸。古人常混稱楸與梓這兩種同屬紫葳科、外形相似的喬木，《漢書》：「楸也，亦有誤稱爲梓者。」兩者可以從花色和葉形來分辨：楸花偏紫、梓花偏黃；楸樹葉呈三角狀卵形或長圓形，梓樹葉呈廣卵形或近圓形。

楸樹是中國珍貴的用材樹種之一，生長迅速、樹幹通直、木材堅硬，是良好的建築用材，在用途及經濟價值上堪稱百木之首。木材具有諸多優點：紋理通直美觀、質地緻密、絕緣性能好、耐水濕、耐腐、不易蟲蛀、加工容易、切面光滑、釘著力佳、油漆和膠黏力優，主要用於製作槍托、模型、船舶、人造板的貼面板和裝飾材。楸樹樹形優美、開美麗的筒狀花，有很高的觀賞價值和綠化效果。對二氧化硫、氯氣等有毒氣體有較强的抗性，是淨化空氣及綠化城市的優良樹種。

楸樹 紫葳科 *Catalpa bungei* C. A. Mey.

落葉喬木，高八至十二公尺，樹幹通直。葉三角狀卵形或卵狀長圓形，頂端長漸尖，基部截形、闊楔形或心形，葉面深綠色，葉背無毛。頂生繖房狀總狀花序，有花二至十二朵。花冠鐘形，淡紅色，內面具有二黃色條紋及暗紫色斑點。蒴果線形，長三十五至五十公分；種子狹長橢圓形，兩端生白色長毛。中國大陸分布於河北、河南、山東、山西、陝西、甘肅、江蘇、浙江、湖南等省，廣西、貴州、雲南有栽培。

【山茶花】

山茶相對阿誰栽，細雨無人我獨來。
說似與君君不會，爛紅如火雪中開。
——〈邵伯梵行寺山茶〉

宋神宗元豐七年（一〇八四年）十一月，蘇軾在前往常州途中，經過揚州邵伯鎮時停楫下船，在秦觀、孫覺等人陪同下遊梵行寺，後來意猶未盡又獨自入寺看山茶花。寺院中有兩株山茶花相對而立，豔紅如火的花在白雪中盛開。

山茶花花期長又耐寒，可從十月開到翌年四、五月，宋詩人曾裘甫說「唯有山茶殊耐久，獨能深月占春風」，因此又名「耐冬」。花大而豔，多為紅色，而有冷胭脂、赤玉環等別名，能在寒風雪地中盛開，又稱「雪裡嬌」。蘇軾〈山茶〉：「誰憐兒女花，散火冰雪中。」這裡的「兒女花」也是指紅色山茶花。

山茶花在中國十大名花中排名第七，品種非常多，花姿、花色及花形都極富變化，是中國傳統的觀賞花卉。在中國有一千多年的栽培歷史，早在南朝就有山茶花的栽培記載，隋唐時代已作為珍貴花木栽培，多有詩文詠頌，如白居易〈十一月山茶〉：「似有濃妝出絳紗，行光一道映朝霞。飄香送艷春多少，猶如真紅耐久花。」到了宋代，栽培山茶花己十分盛行，詩人范成大〈十一月十日海雲賞山茶〉：「門巷歡呼十里寺，臘前風物已知春。」描寫的就是山茶花開的盛況。

山茶花容清麗，豔而不俗，《山茶百韻詩》譽為「十德花」，說山茶有十絕：「一是艷而不妖；二為壽經數百年猶如新植；三是枝幹可窺天高，大可合抱；四是樹膚紋路蒼潤，神若古雲氣樽罍；五有枝條蒼黝糾結，狀若麈尾龍形；六是蟠根輪囷離奇，可憑而几，可藉而枕；七是豐葉深沉如幄；八是性耐霜雪，四時常青；九是次第開放，歷時二、三月，妝點大地生動如繪；十可水養瓶中，歷十數日艷色不改。」

茶花在唐代首先傳到日本，然後開始向亞洲周邊國家傳播，並見之宋代的瓷器和繪畫作品中。明朝時山茶花培育品種更多，《花史左編》有過描寫及分類。清代也不遑多讓，茶花新品種不斷問世，也由日本傳至歐洲和美洲地區。至今，美國、英國、日本、澳大利亞和義大利等國，在山茶花的育種、繁殖和生產方面都有很大的發展，生產已經產業化。

山茶 山茶科

Camellia japonica L.

常綠灌木。葉片革質，互生，橢圓形、長橢圓形、卵形至倒卵形，邊緣有鋸齒。花單生或二至三朵著生於枝頂或葉腋，花朵直徑五至六公分，單瓣或半重瓣、重瓣，先端有凹缺；花絲白色或有紅暈，花藥金黃色。蒴果扁球形或近球形，外殼木質化，成熟蒴果能自然從背縫開裂，散出種子。原產喜馬拉雅山一帶，在中國自然分布廣闊，尤以雲南爲盛。

【紫薇】

虛白堂前合抱花，秋風落日照橫斜。
閱人此地知多少，物化無涯生有涯。

——〈次韻錢穆父紫薇花〉二首之一

起復才三年的蘇軾無意陷入無意義的黨爭又自請外任，於元祐四年（一〇八九年）以龍圖閣學士的身分，二度赴任杭州知州，此詩即寫於元祐五年杭州任上。詩下有小注「虛白堂前紫薇兩株，俗云樂天所種」，樂天即中唐詩人白居易（字樂天），曾任杭州太守，而「虛白堂」就在杭州刺史府衙內，由白居易所命名。詩題所說的錢穆父是蘇軾好友，在鄰近的越州（今紹興）當知州，寄來了所寫的新詩，蘇軾以此詩回贈。

詩中提到紫薇主幹莖圍有雙手「合抱」這樣粗，可以知道是紫薇老株了。所以蘇軾才說紫薇樹在此沉默著看遍了多少人事，末了更感嘆就像這兩株紫薇年復一年花開花謝一樣，萬物衍化生生不息、無窮無盡，而人的生命是有盡頭的。

紫薇俗稱癢癢樹，只要輕撫樹幹，樹梢的花瓣和枝葉就會顫動。花期長約三個月，故有百日紅或日日紅之稱。樹姿優美，樹幹光滑，花盛開時正當暑夏，是典型的夏季花木，有「盛夏綠遮眼，此花紅滿堂」的贊語。培育出來的花色和品種很多，主要有紫紅色花的「紫薇」、藍紫色花的「翠薇」、火紅色花的「紅薇」（或稱赤薇）及白色花的「白薇」（或稱銀薇）。紫薇在中國已有幾千年的栽培史，唐朝時盛植於首都長安，歷代文人墨客多有吟詠，如白居易的〈紫薇花〉：「絲綸閣下文書靜，鐘鼓樓中刻漏長。獨坐黃昏誰是伴？紫薇花對紫微郎。」紫微郎即唐朝的中書舍人，白居易曾任此官職。

紫薇有極高的觀賞價值，易栽、易管理，是熱帶地區廣泛栽培的庭園觀賞樹，作爲觀花樹木栽種於城市公園、庭院、道路、街區院落等處，可以美化城市、淨化空氣及減少噪音。葉色在春天和深秋變紅變黃、夏季開花，與其他喬灌木搭配可形成豐富的四季景象。

紫薇 千屈菜科 *Lagerstroemia indica* L.

落葉灌木或小喬木，高可達七公尺；樹皮平滑；枝幹多扭曲，小枝纖細。葉對生或有時互生，橢圓形、闊矩圓形或倒卵形，頂端短尖或鈍形，有時微凹，基部闊楔形或近圓形。頂生圓錐花序，淡紅色或紫色、白色；花瓣六，皺縮，具長梗。蒴果橢圓狀球形或闊橢圓形，成熟時或乾燥時呈紫黑色，胞背開裂；種子有翅。廣東、廣西、福建、江蘇、山東和雲南等省都有生長和栽培，熱帶地區也有廣泛種植。

【杜鵑】

南漪杜鵑天下無，披香殿上紅氍毹。
鶴林兵火真一夢，不歸閬苑歸西湖。
——〈菩提寺南漪堂杜鵑花〉

這首七絕寫於宋哲宗元祐五年（一〇九〇年）杭州任上。南漪堂在菩提寺西，據南宋《咸淳臨安志》記載，錢塘門處菩提寺的山坡上種有杜鵑花，花開甚盛，蘇東坡的南漪堂杜鵑詩即寫於此。詩中提到的鶴林兵火典故也與杜鵑花有關，出自《太平廣記》殷七七的故事。殷七七為唐代道士，曾召來花神讓浙江鶴林寺滿園的杜鵑在不合時節的九月盛開，花神還告訴殷七七鶴林之花已逾百年，不久將回歸天界閬苑。後來，鶴林寺毀於兵火時，杜鵑花連株帶根都沒了，有人就說杜鵑花回歸閬苑了。蘇東坡在此卻戲稱，鶴林杜鵑不是回歸天界，而是跑到南漪堂來了。

杜鵑花的記載，最早見於漢代《神農本草經》，書中稱之為「羊躑躅」（別名黃杜鵑），列爲毒草，是古代蒙汗藥使用的成分之一。杜鵑花在中國至少已有一千多年的栽培歷史，唐宋時，觀賞用的杜鵑花已經進入庭園。從白居易、杜牧、蘇東坡、辛棄疾到明清文人，不少著名詩人都有詠杜鵑花的名句，如李白〈宣城見杜鵑花〉：「蜀國曾聞子規鳥，宣城還見杜鵑花。一叫一回腸一斷，三春三月憶三巴。」白居易更偏愛杜鵑花：「回看桃李都無色，映得芙蓉不是花。」

別名「映山紅」、「山石榴」的紅花杜鵑，相傳是古代杜鵑鳥日夜哀鳴吐血染紅山花而來，是中國分布最廣的杜鵑。每簇花二至六朵，花冠漏斗形，後來又有淡紅、杏紅、雪青及白色等多種花色，生於海拔五百至一千二百公尺的山地疏灌叢或松林下，爲中國中南及西南典型的酸性土指示植物。杜鵑花綺麗多姿，萌發力强，又耐修剪，是優良的盆景植栽。杜鵑花品系繁多，喜歡偏酸性的土壤，能與土中的真菌共生，這些真菌可以協助杜鵑花吸收養分及水分。

杜鵑 杜鵑花科

Rhododendron simsii Planch.

落葉灌木，高可達二公尺；具有多數分枝，枝條細長。葉數枚叢生於枝條先端，披針形或闊披針形，春葉較短小，夏葉較大，先端銳尖，全緣，上表面疏被硬毛，背面密被細毛。花兩性，二至六朵簇生枝端，紫紅色、玫瑰色至淡紅色，內面上方具濃色斑點；花冠闊漏斗形，先端五裂；雄蕊五至十枚；子房卵圓形，密被硬毛。蒴果卵圓形，長〇・七至〇・八公分，有毛茸；種子小。廣泛分布於中國南方。

【春蘭】

春蘭如美人，不採羞自獻。
時聞風露香，蓬艾深不見。
丹青寫真色，欲補離騷傳。
對之如靈均，冠佩不敢燕。

——〈題楊次公春蘭〉

宋哲宗元祐五年（一〇九〇年）寫於杭州任上，是蘇軾為楊姓友人的春蘭圖題畫之作。蘇軾說，蘭花就像美人，不需採摘，其嬌羞的神態就自動展現在眼前，就算被蓬草和艾草掩遮住，也掩蓋不了蘭花的清香。接著，蘇軾轉而讚美作畫者丹青妙筆，把春蘭畫得栩栩如生，已達到可解讀《離騷》而無愧於屈原（字靈均）的地步，令人不敢輕慢。

春蘭指的是蕙蘭類（*Cymmbidiucm* spp.）植物，蘇軾〈王文玉挽詞〉的「幽蘭空覺香風在，宿草何曾淚葉乾」，以及〈和陶酬劉柴桑〉的「且放幽蘭春，莫爭霜菊秋」，都是指蕙蘭類蘭花。常見的墨蘭（報歲蘭）、建蘭（四季蘭）、素心蘭、虎頭蘭也屬於蕙蘭類。

蘭科植物俗稱蘭花，是顯花植物中的第二大科，是最多樣也最廣布的科之一。蘭科現有八百七十屬，大約有二萬八千個種，以及另外十萬多個培育出來的雜交種和變種。其中的蕙蘭類植物是中國栽培最久和最普及的蘭花之一，古代常稱之為「蕙」。植株亭亭玉立、蘭葉細長柔韌，花具有沁人肺腑的幽香，因而吸引著無數蘭花愛好者。東亞地區受中華文化的影響，讓蕙蘭的端方君子形象、婉約溫潤的氣質深入人心。

蕙蘭屬植物大部分分布在新幾內亞、喜馬拉雅到東南亞、澳洲、中國、日本等地區，約有七〇種左右。蕙蘭屬溫帶產者多為地生蘭，其中產於大中華地區者通稱國蘭，有許多種類，其中又以春蘭（*Cymbidium goeringii* (Rchb. f.) Rchb. f.）、夏蘭（*C. faberi* Rolfe）、寒蘭（*C. kanran* Makino）、建蘭（*C.ensifolium* (L.) Sw.）、墨蘭（報歲蘭）（*C. sinense* (Jackson *ex* Andr.) Willd.）最為人熟知，在中國已有一千多年栽培鑒賞的悠久歷史。

春蘭 蘭科

Cymbidium goeringii (Rchb. f.) Rchb. f.

地生蘭；假鱗莖較小，卵球形，包藏於葉基之內。帶形葉四至七枚，下部常多少對折而呈V形，全緣或具細齒。花葶從假鱗莖基部外側葉腋中抽出，直立；花序單朵花為多，少有二朵；花綠色至淡褐黃色有紫褐色脈紋，有香氣；唇瓣近卵形，萼片近長圓形至長圓狀倒卵形；花粉塊四個，成二對。蒴果狹橢圓形，長六至八公分，徑二至三公分。分布日本、朝鮮半島南端、中國及台灣的多石山坡、林緣、林中透光處。

【梧（梧桐）】

牀頭枕馳道，雙闕夜未央。
車轂鳴枕中，客夢安得長。
新秋入梧葉，風雨驚洞房。
獨行殘月影，悵焉感初涼。
筮仕記懷遠，謫居念黃岡。
一往三十年，此懷未始忘。
扣門呼阿同，安寢已太康。
青山映華髮，歸計三月糧。
我欲自汝陰，徑上潼江章。
想見冰盤中，石蜜與柿霜。
憐子遇明主，憂患已再嘗。
報國何時畢，我心久已降。

——〈感舊詩〉

宋哲宗元祐六年（一〇九一年），蘇軾五月奉詔回京，八月又堅請外任獲准，以龍圖閣學士身分出知潁州（今安徽阜陽）。臨行潁州前，寫了這首詩留給任尚書右丞的蘇轍。在詩序中，蘇軾回憶三十年前兄弟兩人在懷遠驛備考，蘇軾二十六歲、蘇轍二十三歲。此後兄弟流徙各地為官，不得相見。如今又要遠離，蘇軾徹夜難眠，走到阿同（蘇轍又字同叔）房門前，見弟弟已熟睡，返回房間寫下這首詩。

全詩如敘家常卻情真動人，先是傷時懷舊，接著交代自己的行程，最後透露出辭官歸隱的打算。「梧桐一葉落，天下盡知秋」，詩中以「梧葉」來寫清冷的秋意，同樣的手法還有〈秋懷〉：「露冷梧葉脫，孤眠無安枝。」等篇。

梧桐相傳是靈樹，除了能「知秋」，鳳凰神鳥還「非梧桐不棲，非楝實不食」。《詩經》〈大雅．卷阿〉說梧桐生長在東面向陽之處：「鳳凰鳴矣，於彼高崗。梧桐生矣，於彼朝陽。」強調梧桐具有像朝陽一樣的高節品性，所以宋代鄒博的《見聞錄》說：「梧桐百鳥不敢棲，只避鳳凰也。」陸游〈寄鄧志宏〉的「自惭不是梧桐樹，安得朝陽鳴鳳來」也有同樣的意思。

梧桐是樹姿優美的觀賞植物，漢朝時已被植於皇家宮苑。其樹幹光滑，有明顯的大型掌狀葉，夏季開淡黃綠色小花，適合植為綠化觀賞樹。對二氧化硫、氯氣等有毒氣體有較强的抵抗性，也適合種植為行道樹。

梧桐　梧桐科

Firmiana simplex (L.) W. Wight

落葉中喬木，高可達二十公尺；樹幹挺直，樹皮平滑，綠色至灰綠色。單葉，互生，全緣或掌裂，基部心形。圓錐花序頂生，花小，黃綠色；花單性，無花瓣；花萼五深裂，裂片向外屈曲。蓇葖果膜質，具長柄，成熟前開裂。種子球形，大小如豌豆，表面有皺紋，未成熟期時青色，成熟後藍紫色。原產中國，南北各省均有栽培，尤以長江流域爲多。

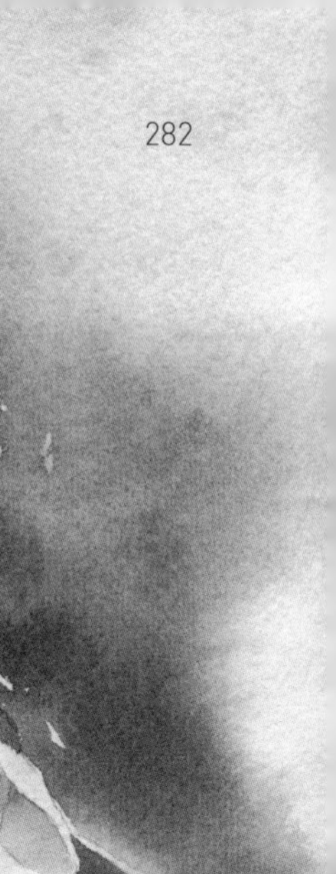

黃千葉（蠟梅）

萬松嶺上黃千葉，載酒年年踏松雪。
劉郎去後誰復來，花下有人心斷絕。
——〈用前韻作雪詩留景文〉

全詩共二十句，寫於宋哲宗元祐六年（一〇九一年）潁州任上。劉景文是北宋名將劉平之後，大蘇軾兩歲，允文允武，元祐四年曾在杭州幫蘇軾築堤治理西湖，此後兩人經常詩酒往來。元祐六年蘇軾調任潁州兩百多天，在病中得知劉景文來訪，高興得從床上爬起來，還寫了〈喜劉景文至〉一詩。多日後劉景文要離開時，蘇軾不捨作此詩挽留，最後說「泥乾路穩放君去，莫倚馬蹄如踏鐵」：你看，現在路上融雪泥濘難行，等到路乾了我自然會放你走，不然即便馬蹄堅硬有力，我也不放心。

詩中提到的「黃千葉」是指黃色的蠟梅花。在宋朝以前，蠟梅一直被稱為黃梅，「蠟梅」一名最早是出現在蘇軾的另一首詩〈蠟梅一首贈趙景貺〉：「天工點酥作梅花，此有蠟梅禪老家。蜜蜂採花作黃蠟，取蠟為花亦其物。」蘇門四學士之一的黃庭堅，也說蠟梅「香氣似梅，類女工拈蠟所成，因謂蠟梅」。由此可知，蘇黃二人是認為蠟梅的香味似梅、顏色似蠟，於是將黃梅改稱為蠟梅。

事實上，蠟梅與梅花雖然神形俱似，但蠟梅不是梅花類。從植物分類上看，蠟梅是蠟梅科蠟梅屬，而梅花是薔薇科櫻屬，兩者的親緣關係非常遠。這個差異，宋范成大的《梅譜》就已指出：「蠟梅本非梅類，以其與梅同時，香又相近，色酷似蜜脾，故名蠟梅。」因在農曆臘月（十二月）開花，也寫作「臘梅」。

蠟梅耐寒耐旱，久開不凋，是中國享譽已久的名花，主要顏色為金黃，有時纛青、乳白、濃紫等。有些品種農曆十月就開花，比梅花開得還早，故稱之為早梅。常作景觀植物栽植，也適合作古樁盆景及插花造型藝術。

蠟梅在隆冬開花，幽香浮動，歷代文人墨客多有詠頌，蘇軾在〈蠟梅一首贈趙景貺〉中就提到三種蠟梅：「君不見萬松嶺上黃千葉，玉蕊檀心兩奇絕。」黃千葉指的是花被片多數的重瓣蠟梅，玉蘂、檀心也是蠟梅，花心潔白無雜質的蠟梅稱為玉蕊，花心淡紅色的蠟梅稱為檀心。

蠟梅 蠟梅科

Chimonanthus praecox (L.) Link.

落葉灌木，高可達三至四公尺。葉對生，葉片橢圓形至卵狀披針形，先端漸尖或呈短尾狀，全緣。花期十一月至翌年三月，花多數，芳香，花萼及花瓣不易區分，在外緣者黃色，內緣者紫褐色。果實卵形或橢圓形，長二・五至三・五公分。原產華中一帶，野生於山東、江蘇、安徽、浙江、福建、江西、湖南、湖北、河南、陝西、四川、貴州、雲南等省；廣西、廣東等省區均有栽培，廣泛栽植供觀賞用。

【夜合花（合歡）】

過淮風氣清，一洗塵埃容。
水木漸幽茂，菰蒲雜游龍。
可憐夜合花，青枝散紅茸。
美人遊不歸，一笑誰當供。
故園在何處，已偃手種松。
我行忽失路，歸夢山千重。
聞君有負郭，二頃收橫縱。
卷野畢秋穫，殷床聞夜舂。
樂哉何所憂，社酒粥面醲。
宦遊豈不好，毋令到千鍾。

——〈過高郵寄孫君孚〉

宋哲宗元祐八年（一〇九三年）從定州、英州赴惠州貶所途中，寫於高郵（今江蘇境內）。元祐八年哲宗親政後，蘇軾離京前往與遼國交界的邊防重鎮定州（今河北境內），這也是蘇軾仕途上握有實權的最後一任。半年後，朝廷連下四道誥命，把正在趕赴英州的蘇軾貶至廣東惠州。

詩中提及的「夜合花」不是指木蘭科的香花植物夜合花（*Magnolia coco* (Lour.) DC.），因為下句「青枝散紅茸」明白指出這種植物開毛茸茸的紅色花，可知是別名「夜合花」的合歡。

合歡樹常簡稱「合歡」，因爲樹葉朝開暮合，小葉一到晚上會閉合起來，又稱「合昏」或「夜合」。花盛開時，一簇簇粉紅的花絲似緋雲如朝霞，而雄蕊細長，下部白色上部粉紅色，整個花序的形狀就像掛在馬頸下的紅纓，故有「馬纓花」、「絨花樹」、「絨花」之稱。

合歡原產於中國，初夏開花，由於耐寒耐熱又耐乾燥，樹冠亭亭如蓋，且花期較長，是非常好的行道樹和園林綠化樹。木材結構較細，可用於製造家具。花及樹皮可供藥用，《神農本草經》說合歡「主安五臟，和心志，令人歡樂無憂」，採初開的花或花蕾曬乾稱為「合歡米」，有解鬱安神、治失眠的功效。乾燥的樹皮稱「合歡皮」，以皮細嫩、皮孔明顯者為佳，有活血消腫，鎮靜、抗鬱及催眠作用。

合歡 含羞草科

Albizzia julibrissin Durazz.

落葉中或小喬木，高可達十公尺。葉互生，偶數二回羽狀複葉，小葉二十至五十，葉片鎌刀形，背面綠白色，夜間閉合；具長葉柄，基部及上部羽片各具腺體一。頭狀花序生於枝端；花萼漏斗形，先端五齒裂；花瓣小形；雄蕊多數，花絲細長，淡紅色或粉紅色；花於夜暮前開放。莢果長橢圓形，平滑，先端銳尖，長約十五公分，內含種子八至十二粒。生長於山坡、路旁，常栽種於庭園觀賞。

第九章

儒醫與藥圃

中醫是中華傳統文化的一部分，醫書屬於經、史、子、集中的子部，在大學之屬。古人稱醫生為「儒醫」，儒者，讀書人也。因為古代文人常常深諳中醫，讀書人大都有中醫修養，懂醫學的文人才是真正的儒者。

蘇軾不但是著名的政治家、文學家，還是個中醫藥學家。最初在宋仁宗嘉祐七年（一〇六二年），於陝西鳳翔府任簽書判官時，發現當地缺少醫藥資訊，曾抄錄太醫院《簡要濟眾方》五卷，張貼於市以供民眾使用。宋神宗元豐三至六年（一〇八〇至一〇八三年）被貶黃州期間，因爆發瘟疫死人無數，曾用好友四川名士巢谷的祖傳祕方「聖散子」，救治許多重症危急病人。宋哲宗元祐四年（一〇八九年）杭州太守任上，在瘟疫流行時，讓官員率領懂醫術的僧人主動投藥為民治病，並按「聖散子」藥方自費採購藥材，於街頭架鍋煮藥。後又於杭州城中心的眾安橋頭租用房舍為病坊，取名「安樂坊」，配備官吏、郎中及僧人坐堂診治，是史上第一座官辦醫院。

蘇軾本人也懂藥理，深諳養生之道。平時研讀醫學書籍，研究藥材藥性，並撰寫成書，如將收集的方劑寫成方書《蘇學士

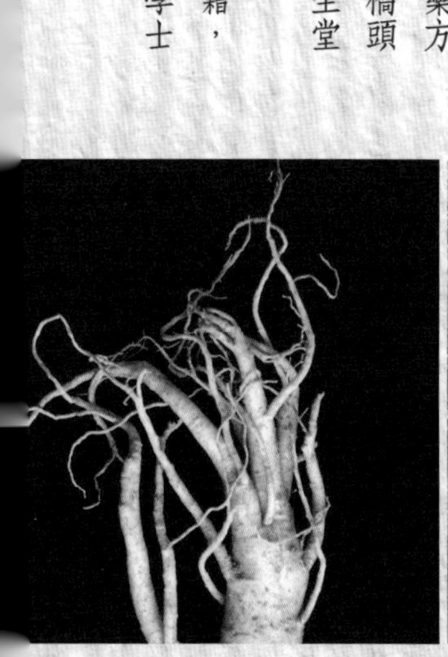

方》、《聖散子方》；而沈括的《蘇沈良方》則是在《良方》的基礎上，增益蘇軾的醫藥雜說合編而成。蘇軾寫詩信手拈來，其中就有許多與中藥材有關的詩詞，比如常用藥材黃耆有黃耆詩，陳皮（橘皮）有「正是橙黃橘綠時」詩句，石菖蒲有「有花今始信菖蒲」詩句；另外，還有贊薏苡仁詩、頌赤小豆詩等。蘇軾在缺衣少食的貶謫地經常親自採摘草藥，研製藥膳來養生治病；也會把收集到的藥物儲備起來自用，並無償送人。在惠州時更是開闢藥圃、藥園來種植藥草，自醫也醫人。

本章出現的藥用植物，都是蘇軾親自採摘或在藥圃栽種的藥草種類，有枸杞、麥門冬、天門冬、黃精、地黃、桔梗、白朮、曼陀羅、芎藭、漆葉、萎蕤、仙茅、黃連、人參、艾納香等，大多數是《神農本草經》載錄的常用中藥。其中屬於《神農本草經》上品藥的有枸杞、麥門冬、天門冬、白朮、人參等，中品藥的有黃耆、黃連、桔梗、芎藭等。

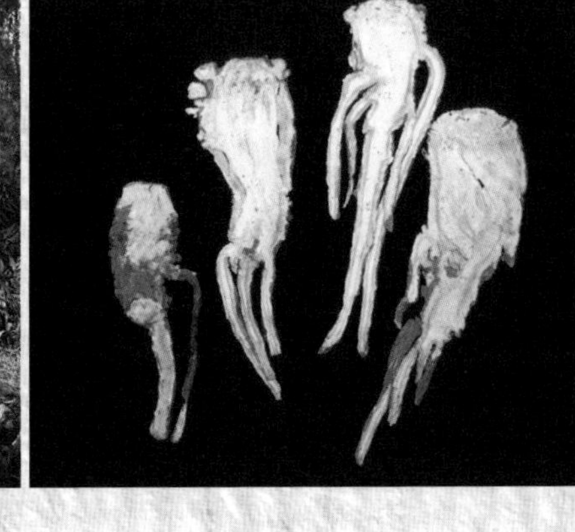

【白朮】

門前古碣臥斜陽，閱世如流事可傷。
長有幽人悲晉惠，強修遺廟學秦皇。
丹砂久窖井水赤，白朮誰燒廚竈香。
聞道神仙亦相過，只疑田叟是庚桑。

——〈樓觀〉

樓觀在終南山北麓，兩千五百多年前函谷關令尹喜在這裡結草為樓夜觀星象，得見紫氣東來，知道有聖人將過函谷關，這位聖人就是老子。樓觀本稱「崇聖觀」，原址為尹喜舊宅，山腳的授經台即老子當年講經著書之處。蘇軾於鳳翔府任職三年期間，曾三次造訪樓觀，這首詩即寫於宋仁宗嘉祐七年（一〇六二年）第一次遊樓觀時。此時蘇軾二十七歲，年輕氣盛，性格外放，到任之後常在公務之餘遊覽當地名勝，也因此詩作常見山水記遊的題材。

在這個鍾靈毓秀的地方，也只有白朮這樣的「仙草」才能相得益彰。根據《太平廣記》所載，中山靖王

（漢景帝第九子）的後裔劉商喜歡修仙煉道，在食用白朮後返老還童，頭髮變得濃密烏黑，牙齒日益堅固；本來需要拄杖行走的他更是健步如飛；還能預知世事，最後於白日飛升成仙，於是有人就用「神仙」來代稱白朮。蘇軾還有另三首詩提到「白朮」，〈種德亭〉的「小圃傍城郭，閉門芝朮香」、〈和趙景貺栽檜〉的「體備松柏姿，氣含芝朮薰」，以及〈遊武昌寒溪西山寺〉的「徐行欣有得，芝朮在蓬莠」。

白朮是一種常用的中藥材，在最早的本草書《神農本草經》中就已出現，被列爲「上品」：「氣味甘、溫，無毒……久服輕身延年不飢。」到了魏晉南北朝時，陶弘景在《本草經集注》中又把朮分為兩種：「白朮甜而少膏，赤朮苦而多膏。」赤朮即蒼朮。取用為藥材的都是乾燥的塊根。白朮的用途廣泛，功效主要是健脾益氣、燥濕利水、安胎、止汗，可以與多種其他藥材一起組成方劑，是四十多種中成藥製劑的重要原料。

朮最早寫作「术」，又名山薊，還有許多別名，如冬朮、浙朮、種朮、祁朮、于朮、夏朮、白土朮等，以浙江於潛所產的白朮品質最佳，稱「於朮」。白朮喜涼爽環境，性耐寒，幼苗能經受短期霜凍，在氣候冷涼的丘陵或山區都可種植。對土壤要求不嚴，但忌積水。

白朮 菊科 *Atractylodes macrocephala* Koidz.

多年生草本，莖直立，地下根莖肥大。葉互生，莖下部葉三裂或羽狀五深裂，裂片橢圓形至卵狀披針形，頂端裂片最大，邊緣有刺狀齒，葉柄長；莖上部葉分裂或不分裂，葉柄漸短。頭狀花序頂生，總苞鐘狀，總苞片七至八層，基部有羽狀深裂的葉狀苞片；全爲管狀花，花冠紫色，先端五裂；雄蕊五；子房下位。瘦果被黃白色茸毛，冠毛羽狀，長一公分以上。分布中國的江蘇、浙江、福建、江西、安徽、四川、湖北及湖南等地，該種有栽培。

【芎藭】

芎藭生蜀道，白芷來江南。
漂流到關輔，猶不失芳甘。
濯濯翠莖滿，愔愔清露涵。
及其未花實，可以資筐籃。
秋節忽已老，苦寒非所堪。
劚根取其實，對此微物慚。

——〈和子由記園中草木〉

〈和子由記園中草木〉為詠物組詩，共有十一首，所引為第八首，宋仁宗嘉祐八年（一〇六三年）寫於陝西鳳翔府任上。蘇軾外派陝西期間，與留在京師（開封）侍父的弟弟蘇轍（字子由）多有詩文往來，詩題中的「園」是指位於開封宜秋門旁的蘇宅「南園」，是舉家從四川搬遷到京師時所購置，蘇轍曾經將園中種植的草木一一題詠，這些組詩即蘇軾的唱和之作。

蘇軾在詩中以同樣產於四川的芎藭自喻，言下之意是說自己雖然離鄉為官，卻仍保有本心，就像芎藭即使到了關輔（指京城一帶）仍不失芳甘一樣。芎藭在中國各地幾乎都有栽培生產，但以四川所產的品質最佳、藥效最好，所以又名「川芎」，也是現在最通用的稱法。蘇軾在另一首詩〈次韻和王鞏〉也提到芎藭：「巧語屢曾遭薏苡，廋詞聊復託芎藭。」

芎藭又稱藭、香果，《山海經》早就有記載：「其草多芎藭。」喜歡生長在溫和的氣候環境，藥食同源，不管是藥材或烹飪使用都是取根莖部分。川芎根莖發達，形成不規則的結節狀拳形團塊，質地堅實，味苦、性溫辛，口感與當歸有些類似。不過，《救荒本草》說「嫩葉可炸食」，蜀地人則採嫩莖及葉沖泡茶飲或拌涼菜。芎藭的苗葉，《神農本草經》稱「蘼蕪」或「薇蕪」，《爾雅》及《說文解字》稱「蘼蕪」，指的都是芎藭的地上部植株。《楚辭》的香草「江離」也是指芎藭的地上部植株，如〈離騷〉：「扈江離與辟芷兮，紉秋蘭以為佩。」

明代《本草匯言》說芎藭：「上行頭目，下調經水，中開鬱結，是血中氣藥……能去一切風，調一切氣。」主要有活血祛瘀及祛風止痛的功效，通常用來治療頭痛旋暈、脅痛腹疼、閉經、難產、產後瘀阻、月經不調等病症。現代研究表明，川芎對中樞神經系統有明顯的鎮靜作用，有增強血液流通的作用，可使血管擴張、心率加快及加強心肌收縮力。

芎藭 繖形科

Ligusticum chuanxiong S.H. Qiu, Y.Q. Zeng, K.Y. Pan, Y.C. Tang & J.M. Xu

多年生草本，高四十至七十公分，全株有濃烈香氣；根莖呈不規則的結節狀拳形。葉互生，三至四回羽狀複葉，葉片輪廓卵狀三角形，末回裂片線狀披針形至長卵形。夏季開花，複繖形花序頂生或側生，小繖形花序有花十至二十四；花瓣白色，倒卵形至橢圓形，花藥淡綠色。果橢圓狀卵形，長〇．二至〇．三公分，稜槽內有油管一至三。中國主產於四川，雲南、貴州、廣西、湖北、湖南、江西、陝西、甘肅等地也有種植。

曼陀（曼陀羅）

醉中眼纈自斕斑，天雨曼陀照玉盤。
一朵淡黃微拂掠，鞓紅魏紫不須看。
——〈遊太平寺淨土院觀牡丹中有淡黃一朵特奇為作小詩〉

宋神宗熙寧七年（一〇七四年）寫於杭州通判任上。蘇軾知杭州期間，公餘時多次前往寺院賞花，從其詩作來看，除了常去的吉祥寺，熙寧七年也曾兩度造訪附近常州的太平寺，而所賞的花以牡丹為首，這首詩中所提的「鞓紅」及「魏紫」都是珍貴的牡丹品種。不過，比起紅色豔麗的名品，清雅的淡黃色牡丹似乎更吸引蘇軾的注意。

詩中的另一種主要植物曼陀羅，在印度教和佛教中被視為淨化和神聖的象徵，大概在漢代以前就從原產地印度引進中國，作為醫藥用途。李時珍說曼陀羅「綠莖碧葉，葉如茄葉。八月開白花，凡六瓣，狀如牽牛花而大」，還曾親自試用《扁鵲心書》的麻醉方劑「睡聖散」，取山茄花（即曼陀羅花）與火麻花（即大麻的花）來配伍。也可採集陀羅枝葉花果陰乾後分研為末，熱酒調服，「少頃昏昏如醉」。三國時期華陀所製的「麻沸散」也含有曼陀羅，古代章回小說經常出現的「蒙汗藥」、「悶香」等用來使人昏迷的麻醉藥物，都是由曼陀羅一類的植物研製而成。

曼陀羅的葉、花、果、種子均可入藥，用於定喘、祛風及治療哮喘、風濕痺痛、瘡瘍疼痛等病症。不過，曼陀羅整株有毒，又以種子毒性最大，嫩葉次之，乾葉的毒性比鮮葉小。根據現代藥理分析，曼陀羅的主要有毒成分爲莨菪鹼、阿托品及東莨菪鹼等生物鹼，會抑制副交感神經與大腦某些部位的運作，這也是麻醉生效的原因。誤食或過量使用會出現口乾舌燥、皮膚潮紅、心跳呼吸加快、頭暈、出現幻聽幻覺、意識模糊及妄想等神經系統症狀。

此外，曼陀羅花大而美，具觀賞價值，所以李時珍說「曼陀羅生北土，人家亦栽之」，可種植於花園、庭院或公園中美化環境。

曼陀羅　茄科

Datura stramonium L.

直立一年生半灌木狀草本，高〇・五至一・五公尺，莖粗壯，淡綠色或帶紫色，下部木質化。葉互生，廣卵形，頂端漸尖，邊緣有不規則波狀淺裂。花單生於枝叉間或葉腋，有短梗；花萼筒狀，五淺裂；花冠喇叭狀，白色或淡紫色，五淺裂；子房密生柔針毛。蒴果直立，卵狀，表面生有堅硬針刺或有時無刺而近平滑，成熟後淡黃色，規則四瓣裂。種子卵圓形，稍扁，長約〇・四公分，黑色。原產印度，今廣泛分布世界溫帶至熱帶地區。

【黃耆】

孤燈照影夜漫漫，拈得花枝不忍看。
白髮敧簪羞彩勝，黃耆煮粥薦春盤。
東方烹狗陽初動，南陌爭牛臥作團。
老子從來興不淺，向隅誰有滿堂歡。

——〈立春日病中邀安國仍請率禹功同來僕雖不能飲當請成伯主會某當杖策倚几於其間觀諸公醉笑以撥滯悶也〉

宋神宗熙寧九年（一〇七六年）立春寫於密州任上。此時四十一歲的蘇軾已在密州待了一年多，防治蝗災、抗旱及緝匪都有所成，特在立春日宴請友人文安國及僚屬喬禹功、趙成伯等人，因為還在病中不能飲酒，就由副手趙成伯代為主持。由於是立春，蘇軾頭帶彩飾、斜插簪花，拄杖倚著几案，看滿室熱鬧地飲酒談笑。桌上擺著應景的春盤、壯陽補氣的狗肉、醬牛肉，還有立春節氣的養生食療「黃耆粥」。

黃耆是比較溫和的補氣藥材，用黃耆熬煮的藥汁來煮粥更好消化，非常適合病中氣虛的人食用。顯然，蘇軾應該很了解黃耆補虛益元的功效。唐代白居易也在〈齋居〉詩中提到用黃耆煮粥：「香火多相對，葷腥久不嘗。黃耆數匙粥，赤箭一甌湯。」從白居易到蘇軾，自唐代至宋朝，餐桌上都擺著黃耆粥，可說是古代「藥食同源」的最佳例證。

黃耆也寫作黃芪，還有戴糝、戴椹、獨椹、蜀脂、百本、王孫等別稱。耆為年長者之意，黃耆色黃，被稱為「補藥之長」，以其根入藥。中國最早的醫書《神農本草經》把黃耆列為「上品」，有補氣固表、利尿、强心、降壓、抗菌、排膿、生肌等作用，中藥譽為「補氣第一用藥」。近代研究顯示，黃耆對肝臟有保護作用，還能促進人體血液中白細胞的增加，可以增強免疫力及改善免疫系統問題，也用於治療一般感冒、上呼吸道感染、過敏、纖維肌痛、貧血及慢性疲勞症候群等病症。由於黃耆能夠改善精蟲的活動力，也被視為一種春藥。

黃芪和人參都是補氣良藥，但人參偏重於大補元氣，用於虛脫、休克等急症的效果較好。黃芪則以補虛為主，主要功效是補中益氣，適用於體衰日久、言語低弱、脈細無力者，由於還有利水消腫的作用，對虛胖虛腫症更爲適宜。

黃耆；膜莢黃耆 蝶形花科

Astragalus membranaceus Fisch. *ex* Bunge

多年生草本，高五十至一百公分。主根肥厚，木質，常分枝，灰白色。莖直立，上部多分枝，有細稜，被白色柔毛。單數羽狀複葉互生，有十三至二十七片小葉，長五至十公分。總狀花序腋生，有十至二十朵花；花萼鐘形；花冠淡黃色，蝶形。莢果薄膜質，稍膨脹，半橢圓形；種子三至八顆，黑色，腎形。在中國分布於東北、華北及西北，全國各地多有栽培。

【黃連】

巡城已困塵埃眯，執朴仍遭蟣蝨緣。
欲脫布衫攜素手，試開病眼點黃連。
——〈寒食日答李公擇三絕次韻・其三〉

李常（字公擇）是黃庭堅的舅舅，比蘇軾大十歲，兩人初識於杭州，因為性情相投而結為摯友。

宋神宗元豐元年（一〇七八年）寒食節，李常到徐州來見蘇軾，當時蘇軾正好在城外督工，於是李常作三首詩催促蘇軾快點回去，〈寒食日答李公擇三絕次韻〉三首即蘇軾的和詩。在這首詩中，蘇軾發牢騷說，你看我督工有多辛苦，還被塵土迷了眼睛，要點黃連水來治療眼疾。

黃連是常用中藥，《神農本草經》列為上品。因其根莖呈連珠狀且色黃，所以稱為「黃連」。黃連入口極苦，有明目、清熱瀉火、消炎解毒等作用，對於火氣大導致的牙齦腫痛、胃酸逆流很有療效。眼睛發炎紅腫、視物模糊時，可用黃連、當歸、芍藥煎湯來洗眼睛。在劉禹錫的醫著《傳信方》中，則記載了一個治眼病的民間偏方「羊肝丸」，使用的兩味藥材是黃連和羊肝。

黃連是中藥材最常用的單味藥之一，根據台灣長庚大學臨床醫學研究所中醫組的研究論文，黃連對於糖尿病及降血糖都有療效。雖說良藥苦口，但不是所有人都適合使用黃連。黃連大苦大寒，適合用於治療人體內的實熱，身體虛弱、脾胃虛寒的人黃連是禁忌，孕婦也要小心使用；服用過多或過久也容易傷脾胃。

黃連 毛茛科

Coptis chinensis Franch.

多年生草本，根狀莖黃色，常分枝，密生多數鬚根。葉基生，葉片稍帶革質，卵狀三角形，三全裂，中央裂片菱形，羽狀深裂，邊緣有銳鋸齒。二歧或多歧聚繖花序，有三至八朵花；萼片黃綠色，長橢圓狀卵形；花瓣線形或線狀披針形，長〇・五至〇・六五公分。離果長〇・六至〇・八公分；種子七至八粒，長橢圓形，褐色。分布四川、貴州、湖南、湖北、陝西南部，生於海拔五百至二千公尺間的山地林中或山谷陰處。

【桂（肉桂）】

西園手所開，珍木來千岑。
養此霜雪根，遲彼鸞鳳吟。
池塘得流水，龜魚自浮沉。
幽桂日夜長，白花亂青衿。

——〈滕縣時同年西園〉節錄

全詩共二十八句，寫於宋神宗元豐元年（一〇七八年）徐州任上。元豐元年七月，任徐州知州的蘇軾，前往所轄的滕縣（今山東滕州市）視察知縣范純粹修葺一新的公堂吏舍，還寫了一篇〈滕縣公堂記〉以誌其事。范純粹是范仲淹四子，比蘇軾小九歲，因新舊黨爭被貶到滕縣當知縣。此行，蘇軾還去參觀同科進士時宗道的莊園（西園），寫下了這首五言古詩。西園內有從山區移植過來的珍奇異木，有池塘流水，還有蓬勃生長的肉桂樹。

肉桂植物體全株都有香氣，是《楚辭》香木之一，稱「箘桂」或單稱「桂」，如〈離騷〉：「雜申椒與箘桂兮，豈惟紉夫蕙茝？」《楚辭》及其他詩詞中所提到的「桂酒」、「桂舟」、「桂楫」、「桂櫂」等語，指的都是肉桂。

肉桂是重要的香料植物，樹皮、枝、葉、果都可提取芳香油或肉桂油，主要成分除了肉桂醛外，還有苯甲醛、肉桂醇、丁香烯、香豆素等十多種成分，通常用於食品、飲料、香菸、香精、高級化妝品、日用品及醫藥上，肉桂油還有防腐作用。肉桂的乾燥樹皮是最早被人類使用的香料之一，從莖和枝條剝取肉桂皮，捲成條狀靜置乾燥，用於食品調味及藥材。一般要樹齡十年以上的肉桂樹才能採收肉桂皮，老樹皮的藥效比幼樹皮要好，且越接近樹幹中心的樹皮所製成的肉桂品質也越好。

肉桂入藥因部位不同，藥材的名稱也不同：剝下的樹皮稱「桂皮」，有溫中補腎、散寒止痛的功效，治腰膝冷痛、虛寒胃痛、慢性消化不良、腹痛吐瀉、受寒閉經。橫切枝條所得者稱「桂枝」，可治外感、風寒、肩臂肢節痠痛。此外，肉桂樹的嫩枝稱「桂尖」、葉柄稱「桂蒂」、果托稱「桂盅」、果實稱「桂子」，均各有用途。例如「桂子」可治虛寒胃痛。

肉桂 樟科

Cinnamomum cassia (L.) J. Presl

常綠大喬木，樹皮灰褐色，老樹皮厚。葉互生或近對生，長橢圓形至近披針形，三出脈，革質，表面綠色有光澤，背面淡綠色，疏被黃色短絨毛。圓錐花序腋生或近頂生；花白色，花被內外兩面密被黃褐色短絨毛。果橢圓形，成熟時黑紫色。原產中國，現兩廣、福建、雲南等省區的熱帶及亞熱帶地區廣爲栽培，尤以廣西爲多。

【青黏（萎蕤）】

憑君說與埋輪使，速寄長松作解嘲。
無復青黏和漆葉，枉將鐘乳敵仙茅。
——〈謝王澤州寄長松兼簡張天覺二首・其二〉

宋哲宗元祐二年（一〇八七年），寫於京城開封。蘇軾於宋神宗元豐八年（一〇八五年）重返京城後，官職一路高升，於元祐元年奉詔任正三品的翰林學士知制誥，負責撰寫任命大臣、冊立皇后及太子等重要文書，以及與鄰國往來的國書等。

在這首詩中，蘇軾說不要再將青黏和漆葉、鐘乳與仙茅弄錯了。青黏和漆葉是「漆葉青黏散」使用的藥材，據傳漆葉青黏散是神醫華陀給徒弟樊阿的延壽保健處方：「漆葉屑一升，青黏屑十四兩」，功效是「久服身輕，去三蟲，利五臟，使人頭不白」，樊阿久服後壽至兩百。至於漆葉與青黏究竟為何物，就如蘇軾所說早已不可考。有一說青黏是黃精或熟地，《華佗神方》：「青黏一名地節，又名黃芝，即今熟地。」不過，黃精與萎蕤的性味功用大抵相近，萎蕤的功用更勝前者，而且萎蕤的別名就叫地節，由此推測青黏就是萎蕤。此外，蘇軾在〈辨漆葉青黏散方〉一文提到，紹聖四年（一〇九七年）九月十三日，他在翻閱《嘉祐補注本草》時得知青黏即萎蕤時，雖然不敢盡信，但還是高興得跳了起來。

萎蕤也寫作葳蕤，有很多古名及別稱，例如委萎、萎香、熒、地節、馬薫、馬兒草、地管子、烏女、蟲蟬、句隱草、靠山竹，《名醫別錄》稱為玉竹。

《本草綱目》描述：「其根橫生似黃精，黃白色，性柔多鬚。其葉如竹，兩兩相植。」古方治傷寒風虛所用的「女萎」，也是指萎蕤，「女萎」一名是《本草圖經》傳抄錯誤所致。

萎蕤作為藥材，《神農本草經》列為上品。中醫以根莖入藥，可以養陰潤燥、生津止渴，專門治療體虛及男女虛症，如肢體痠軟及盜汗等。萎蕤根莖含有鈴蘭苷、黏液質等成分，能夠修復胰島細胞，增加胰島素的敏感性，進而調節血糖。根莖中的黏液質可以治療發炎，還可外敷來治療跌打損傷。

萎蕤（玉竹）喜涼爽潮濕的蔭蔽環境，莖葉挺拔婉柔，葉腋中長出一朵朵小巧的筒狀花，典雅動人，是重要的觀賞植物。一般栽種在林下石隙間或山石之下，作為地被植物或區隔綠籬，近年來多用作切花材料。

萎蕤；玉竹

百合科或假葉樹科

Polygonatum odoratum (Mill.) Druce

多年生草本植物，莖不分歧，高約三十至一百公分，莖在中段以上會有六條稜線。葉互生，披針形或長橢圓狀披針形，呈二列狀排列，全緣，具五至七條平行脈。由葉腋中長出筒狀花，花下垂，通常著花三至五朵。果實爲漿果，球形，徑約〇・八公分，青果綠色，成熟時為紫黑色；內有種子三至六枚。全中國大部分地區都有分布，並有栽培，生於山野林下或石隙間。

【仙茅】

憑君說與埋輪使，速寄長松作解嘲。
無復青黏和漆葉，枉將鐘乳敵仙茅。
——〈謝王澤州寄長松兼簡張天覺二首‧其二〉

宋哲宗元祐二年（一〇八七年），寫於開封翰林學士知制誥任上。在這裡，蘇軾將鐘乳與仙茅並提，且提醒大家不要混淆了，可以說明兩者的作用大致是相同的。鐘乳即鐘乳石，是碳酸鈣的沉澱物，原本是自然生成的尋常東西，卻在唐代時被視為久服長生的「仙藥」，當時盛行服食鐘乳和硫黃，情形就像魏晉時代服用五石散一樣。

仙茅是一種歷史悠久的藥用植物，藥材是其乾燥根莖，久服可以益精補髓，治療陽痿精冷的毛病。仙茅是壯陽的重要藥材，想來服用鐘乳的目的之一也是如此，就像白居易的詩：「鐘乳三千兩，金釵十二行。妒他心似火，欺我鬢如霜。」

仙茅最早記載於唐末五代的《海藥本草》，說仙茅來自西域一個名叫「阿輸乾陀」的地方，久服輕身、溫腎益陽，所以稱為仙茅。相傳仙茅是唐玄宗時由一名婆羅門僧人進獻的，炮製服用後頗具成效，於是列爲宮禁祕方，嚴禁宮人外傳。直到安祿山之亂有大量祕方流出時，才爲人所知，又因功效顯著，常與人參相提並論，後來又稱爲「婆羅門參」。

事實上，仙茅是中國的原產植物，不是從國外引種而來。又名地棕根、地棕、獨茅根、獨茅、獨腳仙茅、山黨參、仙茅參、海南參、婆羅門參、芽瓜子。在中國傳統醫學中，仙茅的入藥歷史相當悠久，歷朝各代的醫學著作都有相當豐富的記載，《生草藥性備藥》就收錄了仙茅相當複雜的製法。乾燥根莖性甘溫，有小毒，主要功效是補腎壯陽、益精血、強筋骨和行血消腫。西醫發現仙茅根莖所含的仙茅苷，可以抑制β澱粉樣蛋白聚合，對婦女更年期的高血壓、慢性腎炎、無名腫毒都有療效。

仙茅 仙茅科

Curculigo orchioides Gaertn.

多年生草本，地上莖不明顯；根莖近圓柱狀，直徑約一公分。葉基生，葉片線形、線狀披針形或披針形，先端長漸尖，基部下延成柄，葉脈明顯。總狀花序通常具四至六朵花，花莖甚短；苞片披針形，膜質，具緣毛；花黃色，下部花筒線形，上部六裂。漿果近紡錘狀，先端有長喙。種子亮黑色，表面具縱凸紋，有喙。分布於中國江蘇、浙江、江西、福建、湖南、廣東、廣西、四川、貴州、雲南等地，台灣也有產。生於海拔一千六百公尺以下的林下草地或荒坡上。

【艾納（艾納香）】

天教桃李作輿臺，故遣寒梅第一開。
憑仗幽人收艾納，國香和雨入青苔。

——〈再和楊公濟梅花十絕．其二〉

宋哲宗元祐六年（一〇九一年）寫於杭州知州任上。五十六歲的蘇軾於元祐四年七月抵達杭州任上，十五年後能重回秀麗的杭州，他是心喜的，加上這幾年他的仕途走得順遂，也就更喜歡以詩文與人唱和，其中就包括詩題中的楊蟠（字公濟），兩人相互唱和的梅花詩就有二十首。楊蟠是應蘇軾的邀請，以通判知事一職與蘇軾一起來到杭州就任，此時已近七十歲。早在嘉祐六年（一〇六一年），蘇軾就寫了〈韻楊公濟奉議梅花十首〉回贈，因此詩題說明是「再和」。

這首詩除了主角梅花，還有香氣被蘇軾譽為「國香」的艾納香。艾納香別名大艾，民間多稱大風草，莖、葉含揮發油，主成分為左旋龍腦，並含少量的桉油精、左旋樟腦等，新鮮莖葉經提取加工，可製成提神醒腦、清熱止痛的冰片（艾片），因此艾納香也被稱為冰片艾。

艾納香全草入藥，有祛風除濕、發汗祛痰等功效。客家及原住民婦女產後沐浴、消毒驅風及驅邪時會使用，也是黎族、苗族、壯族等少數民族傳統使用的藥草。艾納香最早記載於唐孫思邈的《備急千金要方》，與安息香一起用於治療體臭。艾納香的香氣獨特，也被廣泛應用於香料及化妝品行業。

艾納香　菊科

Blumea balsamifera (L.) DC.

多年生直立木質狀草本或亞灌木，高達一至三公尺，全株密被黃白色絨毛或絹毛，葉具香氣。莖直立，木質化，多分枝，青白色。單葉互生，葉片橢圓形或橢圓狀披針形，先端短尖，基部渾圓或廣楔形，邊緣具不整齊鋸齒，上面有短柔毛，下面密被銀白色絨毛。頂生頭狀花序，排列成繖房狀；總苞片披針形，覆瓦狀排列；管狀花黃色，邊花爲雌性；中央爲兩性花，花冠管狀。瘦果有十稜，被絨毛，頂端有淡白色冠毛一輪。產於亞洲熱帶的中國大陸西南部、海南島、馬來西亞及印度。

【山藥】

翠柏不知秋，空庭失搖落。
幽人得嘉蔭，露坐方獨酌。
月華稍澄穆，霧氣尤清薄。
小兒亦何知，相語翁正樂。
銅爐燒柏子，石鼎煮山藥。
一杯賞月露，萬象紛酬酢。

——〈十月十四日以病在告獨酌〉節錄

全詩共二十句，寫於宋哲宗元祐六年（一〇九一年）十月潁州任上。蘇軾在杭州知州任滿後，又於八月抵達潁州這個小州郡。潁州物產豐饒、風光秀麗，風土人情更是敦厚，或許是事少官閒，又或許是年過半百心境漸趨淡泊，蘇軾隱隱生出告老歸田的想法。從這首詩的末兩句「泠然心境空，彷彿來笙鶴」，可以看出蘇軾即使病中，也一副清閒安適、灑脫自在的樣子。

詩中提到柏和山藥兩種植物，一個放在銅爐燒，是為了取其香氣，一爐清香的柏子香可以除煩去躁，最適合生病獨酌的蘇軾。一個放在石鼎煮，益氣又好消化，是適合病人食用的養生食療。山藥自古以來就彼見為補虛佳品，增強免疫功能的常用方劑歸脾湯及參苓白朮散，都含有山藥。

蘇軾〈和陶勸農〉詩中提到的藷也是山藥（又稱薯蕷）：「芋羹藷糜，以飽耆宿。」有人解為「紅藷」（或稱番薯、地瓜），但紅藷原產中南美洲，在一四九二年哥倫布發現新大陸後才傳布到舊世界，十一世紀的北宋是不可能有此物的。因此宋代的「藷」是指薯蕷，原始的古名稱為「署預」。後來為避宋英宗趙曙的名諱，才改稱山藥、懷山藥或懷山。塊莖多稱山藥，曬乾後的藥材稱為淮山。山藥零餘子是指葉腋間生出的珠芽，每個大小和花生差不多，李時珍認為其營養價值與功用皆高於山藥塊莖。由於山藥的種子很小，經濟栽培時都用零餘子或塊莖來繁殖。

薯蕷類植物全世界共有五百多種，分布極廣，遍及熱帶、亞熱帶及其他地區。根莖有圓形、橢圓形、掌形和條形多種，內部白色或紫色，做為糧食作物的品種通常是圓形薯蕷。薯蕷最早見於《神農本草經》，被列為上品藥材，利用部位是塊莖，有滋養、強壯及止瀉功效。現代科學分析，薯蕷含有大量的黏蛋白，對人體有特殊的保健作用，能防止脂肪沉積在心血管上，阻止動脈硬化過早發生；也可減少皮下脂肪堆積及結締組織萎縮等。

山藥；薯蕷

薯蕷科 *Dioscorea batatas* Decne.

多年生蔓性草本；地下有球形或圓筒形塊根，表皮黑褐色或深紅色，密生鬚根；莖通常帶紫紅色，右旋。單葉互生，中部以上葉對生，心形或卵狀心形，先端銳尖，全緣。花雌雄異株，夏季開乳白色小花；雄花序直立，穗狀；雌花序下垂，穗狀。蒴果具三翅，外面有白粉；種子著生於每室中軸中部，四周有膜質翅。分布於華北、華中、華東、西南、華南各省。

【海腴（人參）】

上黨天下脊，遼東真井底。
玄泉傾海腴，白露灑天醴。
靈苗此孕毓，肩股或具體。
移根到羅浮，越水灌清泚。
地殊風雨隔，臭味終祖禰。
青椏綴紫蕚，圓實墮紅米。
窮年生意足，黃土手自啟。
上藥無炮炙，齕齧盡根柢。
開心定魂魄，憂恚何足洗。
糜身輔吾生，既食首重稽。

——〈小圃五詠：人參〉

宋哲宗紹聖二年（一〇九五年）年冬寫於惠州貶所。年近六十的蘇軾於紹聖元年，被貶謫至千里迢迢的廣東惠州，由於旅途勞頓，加上嶺南氣候與北方迥異、生活條件艱苦，身體狀況日益惡化，開始「斷菜肉五味」，並試著在羅浮山下闢藥圃種植幾種常用藥材，其中包括人參、地黃、枸杞、甘菊及薏苡，並作詩〈小圃五詠〉五首，每種藥用植物一首詩。

人參是藥材上品，不經燉煮即可生吃。不過，蘇軾也說「地殊風雨隔，臭味終祖禰」，人參產地在遼東，在氣候殊異的嶺南只能種出氣味相近的人參。「海腴」是人參的別名，《群芳譜》說：「人參，一名海腴。」

人參作為中藥材已有幾千年的歷史，在《神農本草經》被列為草部上品：「味甘小寒。主補五臟，安精神，定魂魄，止驚悸，除邪氣，明目，開心益智。」人參有肉質肥大的紡錘根，常有分岔，具頭、手、足及四肢，狀似人形，因此稱為人參。

人參主要生長在東亞的寒冷地區，分布於海拔五百至一千一百公尺的地區，一般生長在晝夜溫差小的山地緩坡或斜坡地的針闊混交林或雜木林中，喜陰涼濕潤的氣候。古人雅稱人參為黃精、地精、神草，更有「百草之王」的稱譽。含多種人蔘皂苷、人蔘多醣、胺基酸、維生素、礦物質，有增強免疫力、補氣養生、增進體力及安神益智等功效，對於預後恢復、調節賀爾蒙、降低血糖、控制血壓、控制肝指數和肝功能保健都很有效果，但由於不易栽培，所以價格高昂。

人參　五加科

Panax ginseng C.A. Mey.

多年生草本，莖單生，直立，高四十至六十公分；主根肉質，圓柱形或紡錘形，鬚根細長。葉為掌狀複葉，二至六枚輪生莖頂，依年齡而異：一年生有三小葉，二年生有五小葉一至二枚，三年生五小葉二至三枚，四年生三至四枚，五年生以上四至五枚，最多六枚；小葉卵形或橢圓形，邊緣有細尖鋸齒。繖形花序頂生，花小；花萼鐘形，五齒；花瓣五，淡黃綠色。漿果狀核果，扁球形或腎形，成熟時鮮紅色；種子二，扁圓形，黃白色。產於吉林、遼寧、黑龍江、河北（霧靈山、都山）、山西及湖北。

【地黃】

地黃餉老馬，可使光鑑人。吾聞樂天語，喻馬施之身。
我衰正伏櫪，垂耳氣不振。移栽附沃壤，蕃茂爭新春。
沉水得稚根，重湯養陳薪。投以東阿清，和以北海醇。
崖蜜助甘冷，山薑發芳辛。融為寒食餳，嚥作瑞露珍。
丹田自宿火，渴肺還生津。願餉內熱子，一洗胸中塵。

——〈小圃五詠：地黃〉

宋哲宗紹聖二年（一〇九五年）冬寫於惠州貶所，為〈小圃五詠〉的第二首。由於惠州不產地黃，為了調養身體，蘇軾只能自己種，詩中還寫了地黃的用法：地黃搗汁後煎煮，加入阿膠、北海醇酒、山薑、崖蜜，可以加米煮粥，也可以做成好喝的飲料。地黃的主要功能是清熱涼血、生津潤燥，蘇軾在這首詩的最後寫了食用後的效果，看來是真的有對症下藥。

《抱朴子》記載：「韓子以地黃飼五十歲老馬，馬生二駒，一百三十歲乃死。」此詩首句就用了這個典故，說用地黃餵養的老馬，皮毛油光滑順。白居易（字樂天）在〈采地黃者〉一詩也說：「與君啖肥馬，可使照地光。」蘇軾相信，人體與馬有類似之處，地黃也應該有同樣的效力。

地黃是常用的中藥材，《神農本草經》早有記載，又稱作苄、芑、生地、生地黃、芑等，因地下塊根為黃白色而得名。依炮製方法，地黃在藥材上分爲：鮮地黃、乾地黃與熟地黃，藥性和功效也不相同。鮮地黃是指植物的新鮮塊根，可清熱涼血、生津潤燥；乾地黃是乾燥塊根，除去雜質後洗淨，切厚片乾燥，可滋陰清熱、涼血補血；熟地黃，是取生地黃依酒燉法燉至酒吸乾，取出晾曬至外皮黏液稍乾後，切厚片或塊後乾燥收藏，可補血滋潤、益精填髓。按照《中華本草》功效分類：鮮地黃為清熱涼血藥，熟地黃則為補益藥。

地黃通常野生在山坡上或路邊，甚至屋頂上，適應力非常強。根莖發達，很容易繁殖。初夏開淡紅紫色花，可作為觀賞植物栽培，華北地區的庭園及公園多有種植，觀賞效果極佳。

地黃 玄參科

Rehmannia glutinosa (Gaertn.) Libosch. *ex* Fisch. & C.A. Mey.

多年生草本，高十五至三十公分，紫紅色，全株密被灰白色或褐色長柔毛及腺毛；根狀莖肉質肥厚，鮮時黃色。葉通常基生，倒卵形至長橢圓形，先端鈍，基部漸狹成長葉柄，邊緣具不整齊鈍齒，葉面有皺紋，被白色長柔毛及腺毛。總狀花序頂生，密被腺毛；花冠筒狀而微彎，外面紫紅色，內面黃色有紫斑。蒴果卵球形，長約一．六公分，先端具喙，室背開裂；種子多數，卵形，黑褐色。分布於東北、華北、西北、華中各省及內蒙古。

【黃精】

蔬飯藜床破衲衣，掃除習氣不吟詩。
前生自是盧行者，後學過呼韓退之。
未敢叩門求夜話，時叨送米續晨炊。
知君清俸難多輟，且覓黃精與療飢。

——〈答周循州〉

宋哲宗紹聖二年（一〇九五年）寫於惠州貶所。這首詩可以說是蘇軾謫居惠州的生活寫照，他以盧行者及韓愈（字退之）自況，盧行者是指禪宗六祖慧能（慧能俗姓盧，行者是帶髮修行的人）。蘇軾幾次以詩招禍，所以他開始禪修，要改掉吟詩的舊習氣。此時蘇軾已到惠州一年，曾說自己「遷惠州一年，衣食漸窘」，時常需要靠朋友送米糧接濟，其中就包括循州太守周彥質，在蘇軾再謫海南時，周彥質仍持續以米糧相贈。蘇軾體諒周彥質俸祿不多，說自己也可找些黃精的根狀莖來充飢。

黃精是常用的中草藥材，也稱雞頭參、筆管菜、雞爪參、老虎姜，在荒年糧食不足時，黃精的根狀莖可以充當糧食。

《抱朴子》說黃精一名的由來：「昔人以本品得坤土之氣，獲天地之精。」李時珍也說：「仙家以為芝草之類，以其得坤土之精粹，故謂之黃精。」黃精屬藥食兩用的藥材，自古以來就被視為防老抗衰、延年益壽的珍貴中藥，謂之「久服輕身延年不飢」，單用即有抗衰延年的作用。中醫認為黃精是補中益氣藥，有補氣養陰、健脾、潤肺、益腎等功效，常用於脾胃氣虛、體倦乏力、胃陰不足、口乾食少、肺虛燥咳及精血不足等病症。對道家來說，黃精是一種「仙家餘糧」，久服能容顏永駐、延年益壽，甚至有助於修煉飛升。

《中國藥典》所列的中藥材黃精有三種：滇黃精（*Polygonatum kingianum* Coll. *et* Hemsl.）、黃精（*P. sibiricum* Red.）及多花黃精（*P. cyrtonema* Hua），取用的是乾燥根莖。其中黃精分布於西伯利亞、蒙古、朝鮮及中國的東北各省、華北各省，生長於海拔八百至二千八百公尺的灌叢、林下和山坡陰處，蘇軾詩中所引述的種類，應該是分布於華南的多花黃精或滇黃精，不是名為黃精這一種。

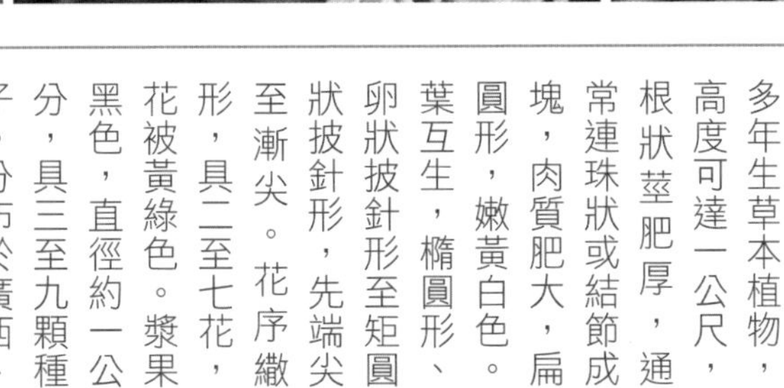

多花黃精

百合科 *Polygonatum cyrtonema* Hua

多年生草本植物，高度可達一公尺，根狀莖肥厚，通常連珠狀或結節成塊，肉質肥大，扁圓形，嫩黃白色。葉互生，橢圓形、卵狀披針形至矩圓狀披針形，先端尖至漸尖。花序繖形，具二至七花，花被黃綠色。漿果黑色，直徑約一公分，具三至九顆種子。分布於廣西、廣東、湖南、湖北、安徽、河南等地，海拔五百至二千一百公尺之林下、灌叢或山坡陰處。

【天門冬】

自撥床頭一甕雲，幽人先已醉濃芬。
天門冬熟新年喜，麴米春香並舍聞。
菜圃漸疏花漠漠，竹扉斜掩雨紛紛。
擁裘睡覺知何處，吹面東風散縠紋。
——〈庚辰歲正月十二日天門冬酒熟予自漉之且漉且嘗遂以大醉二首．其一〉

宋哲宗元符三年（一一〇〇年）寫於海南瓊州的最後一年。蘇軾於紹聖四年（一〇九七年）貶謫海南，身體與生活狀況比在惠州更不堪，他從一開始的傷懷到逐漸適應，還在元符三年的春節期間重操舊業——釀酒。

蘇軾第一次釀酒是在黃州，因為窮到買不起酒就自己釀，釀的是蜂蜜酒，後來也釀過桂花酒、米酒。這一次要釀的是「天門冬酒」，使用的是海南當地所產的中藥材天門冬。海南島下雨頻繁，瘴氣流行，生活在此容易燥濕身熱、感冒風寒，而天門冬正好有養陰清熱、潤肺滋腎的功能。蘇軾喜歡釀酒卻不善飲酒，這次在房間釀酒邊濾邊喝，沒多久就醉倒了。這應該是蘇軾最後一次釀酒，他在這一年遇赦北歸，隔年病逝於常州。

天門冬是非常重要的藥用植物，始載於《神農本草經》，列為上品。原稱「天虋冬」，《本草綱目》云：「草之茂者為虋，俗作門，此草蔓茂，而功同麥虋冬，故約天虋冬。」又稱絲冬、天棘、天文冬、天冬等，塊根是常用的中藥，味微甜，有黏性，秋冬採挖，洗淨後除去鬚根，置沸水中煮或蒸至透心，曬乾備用。中醫認為，天門冬有止咳、除疲、強健呼吸器官等功效，既能清熱降火，又能滋腎陰、養肺陰，秋冬季節及時進補天門冬，可防治燥熱及滋潤肌膚，有良好的美膚養顏作用。

除了藥用之外，天門冬嫩葉可炒食，紡錘狀的塊根燙熟後可加調味食用，也可燉湯品。植株常綠，造型秀雅，適合栽培為觀賞植物，以分根法繁殖。天門冬喜溫暖濕潤的環境，地下根塊發達，適宜在土層深厚、疏鬆肥沃且排水良好的砂壤土或腐殖質豐富的土中生長。

天門冬 百合科 *Asparagus cochinchinensis* (Lour.) Merr.

多年生常綠、攀緣藤本，莖基部木質化，多分枝，叢生下垂，長可達二公尺；根在中部或近末端成紡錘形膨大。葉狀枝通常每三枚成簇，扁平或呈銳三稜形，稍鐮刀狀。真正的葉為鱗片狀硬刺，綠色有光澤。花一至三朵簇生葉腋，黃白色或白色。漿果球形，熟時紅色，有一顆種子。分布於華中、西北、長江流域及南方各省。

【枸杞】

扶衰賴有王母杖，名字於今掛仙錄。
荒城古塹草露寒，碧葉叢低紅菽粟。
春根夏苗秋著子，盡付天隨恥充腹。
——〈周教授索枸杞因以詩贈錄呈廣倅蕭大夫〉節錄

全詩共二十句，宋哲宗元符三年（一一〇〇年）十月寫於廣州。宋徽宗即位大赦天下，六十五歲的蘇軾遇赦北還，於六月離開海南儋州，十月留廣州。這首詩開頭所說的王母杖就是指枸杞，杞枸的別稱「仙人杖」與西王母有關，據說王母娘娘曾送枴杖給樵夫，枴杖插地後長出了枸杞。

「春根夏苗秋著子，盡付天隨恥充腹」，一言道盡了枸杞的生長形態及食用充飢的作用。枸杞春天吃苗，夏天吃嫩葉，秋天吃花與果實，冬天吃根，幾乎整株從上到下都能食用，李時珍還分別幫它們取名：枸杞葉叫「天津草」，枸杞花叫「長生草」，枸杞根叫「地骨皮」，枸杞果實叫「枸杞子」。知名的一道野菜「苟杞芽」就是採自枸杞的嫩葉及嫩梢，「油鹽炒枸杞芽」是《紅樓夢》順應時節的一道養生食療，有清火明目、消除退熱的作用。現代醫學研究也發現，枸杞葉中的黃酮類化合物含量比枸杞子更高，有清除自由基、抗衰老的良好功效，對酒精性肝病也有很好的防治作用。

枸杞子、地骨皮更是常用中藥。枸杞子味甘、性平，含有大量的維生素A、β-胡蘿蔔素及葉黃素，還有多醣體、抗氧化物質及多酚類物質，有益精明目、護肝、增強免疫力、降血壓血糖、提高腸道功能、延緩衰老的許多功效，食用上更是方便，可以炒菜、煮湯或沖泡茶飲。宋詩人陸游愛用枸杞子泡茶或做羹湯吃，到了晚年視力仍佳，依然讀書、寫作不輟。枸杞子還有補精壯陽的作用，所以才有「離家千里，勿食枸杞」的說法。

地骨皮是枸杞根皮以熱甘草湯浸一晚後乾燥而成，爲涼性中藥，通常用於入藥或泡酒，傳統消暑飲品「地骨露」就是用地骨皮製成。地骨皮有清熱退火、生津止渴、潤肺、止血等作用，對糖尿病消渴症、流行性感冒病毒也有一定的治療及抑制效果。由於退熱消炎的作用，還可治療蕁麻疹及皮膚過敏性疾病。

枸杞 茄科

Lycium chinense Mill.

落葉蔓生小灌木，高一至一・五公尺，有小枝，小枝先端呈刺狀。葉互生，數枚叢生於小枝莖節上，長橢圓形。花腋生，單一或數朵簇生；花萼鐘形；花冠漏斗狀，淡緋至紫色。漿果橢圓形，成熟時呈橘紅色至深紅色；種子多數，扁腎形。分布於華北、東北、西北、西南、華中各省區，常生於山坡、荒地、丘陵地、鹽鹼地、路旁及村邊宅旁。

【桔梗】

蘭傷桂折緣有用，爾獨何損丹其族。
贈君慎勿比薏苡，采之終日不盈掬。
外澤中乾非爾儔，斂藏更借秋陽曝。
雞壅桔梗一稱帝，堇也雖尊等臣僕。
時復論功不汝遺，異時謹事東籬菊。

——〈周教授索枸杞因以詩贈錄呈廣倅蕭大夫〉節錄

全詩共二十句，宋哲宗元符三年（一一〇〇年）十月寫於廣州。

詩中所用的「帝」、「臣」是中藥配伍的稱法，可知蘇軾對於中藥確有研究。中醫用藥不管是中成藥或湯藥很少用單味藥，大都採用複方配伍。中藥配伍組合用君、臣、佐、使等制方規則，君藥是治療主要病症的主藥物；臣藥是輔助君藥加強治療主要病症的藥物；佐藥的作用是協助君藥臣藥來加強治療作用，或者消除、減緩君藥臣藥的毒性或烈性；使藥是引導藥性到達病痛位置的藥物。詩中提到的雞壅（芡實的別名）和桔梗是君藥，而堇是臣藥。

桔梗別名包袱花、鈴鐺花、僧帽花，《本草綱目》云：「此草之根，結實而梗直，故名。」藥用部位是紡錘形的根部，《神農本草經》列為上品，有止咳祛痰、宣肺、消炎、排膿等作用，近代研究顯示，桔梗還有降血脂、抗動脈硬化、降血糖、抑制胃液分泌及抗潰瘍等作用。中藥的常用驗方「桔梗湯」是以桔梗、甘草二味為主，有清熱解毒、益氣養血、排膿生肌等功效。

除了藥用，桔梗的根及嫩葉還可醃漬成鹹菜，在中國東北地區稱為「狗寶」鹹菜。在朝鮮半島及中國延邊地區，桔梗是很有名的泡菜食材。桔梗還能做湯、釀酒、製粉、做糕點。相對於藥食用途，大家更熟悉的是觀賞用途的桔梗。桔梗的花含苞未放時有如鈴鐺，花開時又秀麗婉約，極具觀賞價值，從生長於野地逐漸成為園藝的寵兒，花圃、盆栽及切花都可以看到其身影。

桔梗

桔梗科

Platycodon grandiflorus (Jacq.) A.DC.

多年生草本，高三十至九十公分，莖直立。葉近於無柄，下部葉對生或三至四枚輪生，莖上部的葉有時互生，葉片卵狀披針形，先端尖，基部楔形或近圓形，邊緣有鋸齒。花單生於莖頂，單一或數朵組成總狀花序；花萼、花冠鐘形，藍紫色。蒴果倒卵形；種子卵形。中國、韓國、日本等地均有自生或大量栽培。

【麥門冬】

一枕清風直萬錢，無人肯買北窗眠。
開心暖胃門冬飲，知是東坡手自煎。
——〈睡起，聞米元章冒熱到東園送麥門冬飲子〉

宗哲宗元符三年（一一〇〇年）大赦天下，蘇軾帶著家人一路往北，宋徽宗建中靖國元年（一一〇一年）五月來到毗鄰長江的真州（今江蘇省轄境），因為天氣炎熱，時常從船篷去有水木環繞的東園避暑。此時友人米芾任發運司屬官，也在真州置辦了西山書院，兩人重逢後往來密切。當時正值暑熱，蘇軾為了幫友人消除暑熱，親手熬煮「麥門冬飲子」送去給米芾。

麥門冬是蘇軾熟悉的藥材，同一年他在最後病重時為自己開的藥方中，就有麥門冬：「一夜發熱不可言，齒間出血如蚯蚓者無數……細察疾狀，專是熱毒，根源不淺，當專用清涼藥。已令用人參、茯苓、麥門冬三味煮濃汁。」他送給米芾的「麥門冬飲子」是用中草藥配置成的冷飲，主要成分有五味子、知母、甘草、栝蔞仁、人參、乾葛、生地黃、茯苓和麥門冬。

在蘇軾看來，麥門冬是對付熱毒很有效的一種「清涼藥」。清代溫病學家吳鞠通以蘇軾的麥門冬飲子為基礎，發展為梨汁、荸薺汁、鮮葦根汁、麥門冬汁、藕汁或蔗汁的「五汁飲」，用於治療熱病傷津、口乾心煩等症狀。事實上，初唐時在藥王孫思邈的《備急千金要方》中，就已使用麥門冬搭配其他草藥煎湯來治熱毒了。麥門冬也可以做藥膳來潤燥養胃，例如麥冬排骨湯、生地麥冬粥等。

麥門冬原稱「麥虋冬」，《本草綱目》對此名稱的解釋是「麥鬚曰虋，此草根似麥而有鬚，其葉如韭，凌冬不凋」，《名醫別錄》則說其葉形似麥，經冬不凋，所以稱為麥門冬。主要的藥用部分是肥大的塊根，《神農本草經》列爲上品，有養陰生津、潤肺清心之效，近代則用來治療暑天汗出虛脫、腸燥便秘、冠心病心絞痛、慢性胃炎、糖尿病、急慢性支氣管炎、慢性肝炎和早期肝硬化等病症。

麥門冬與天門冬兩味藥材都能養胃生津，區別在於天門冬善於養肺陰來治咳嗽，麥門冬則對胃陰不足、虛火旺者的改善效果較為顯著。

麥門冬 百合科

Liriope muscari (Decne.) L.H. Bailey

多年生草本，根多數，近末端常膨大呈矩圓形、橢圓形或紡錘形肉質塊根，具地下匍匐莖。葉叢生基部，葉片線狀狹帶形，近全緣。總狀花序，花葶多高於葉片，花多數，三至五朵簇生；花被片六，淡藍紫色至紫紅色。漿果球形，初期綠色，成熟時紫黑色。原產中國、日本、韓國、台灣、琉球、越南等地。

第十章 老饕東坡

蘇軾，一生宦海沉浮，遊走四方，嘗遍各地料理。他愛吃、懂吃，又懂得在尋常食材裡找到不尋常的味道，且凡口舌品嘗過的，必以手來追憶補描，讓味道更雋永恆久。由此寫過許多反映佳餚名饌的詩文，如〈菜羹賦〉、〈豬肉頌〉、〈豆粥〉等。顯示出蘇軾對於烹調的濃厚興趣和品嘗佳餚美味的豐富經驗，堪稱文學家與美食家集於一身。

蘇軾講究吃，他自己也不諱言。在著名的〈老饕賦〉中，蘇軾以「老饕」自居，老饕一詞由古代傳說的貪食獸類「饕餮」演變而來，直言自己就是愛吃、貪吃。蘇軾一生宦遊，處處隨遇而安，這樣隨與灑脫的天性也表現在「吃」這一方面，「有什麼吃什麼」最能說明他在日常飲食上的不居小節，「因地制宜，就地取材」最能展現他窮則變、變則通的美食家天賦。

在缺衣少食的謫居生活中，他親筆寫〈節飲食說〉貼在牆上，自我開解：「安分以養福，寬胃以養氣，省費以養財」。經濟困窘時，他在最尋常價賤的蔬果上，尋得食物「如其所是」的天然味道，東坡羹、玉糝羹、豆粥、菜羹、春菜盤，都曾在他的舌尖留上深刻的味道記憶。清苦的生活沒有改變他樂觀的天性，

貶到黃州，他說「黃州好豬肉，價錢如糞土，富者不肯食，貧者不解煮」，歡喜地煮起了東坡肉、東坡肘子，還努力地把家鄉的元修菜移種在東坡上。貶到惠州，在「廚無煙」的困境下，他說落葵口感滑順，吃起來像江東的「蓴羹」。貶到海南，米貴如珠，他也可以跟當地人把山藥當主食，與蘇過父子二人還吃了用山藥熬煮的玉糝羹。

熬粥、煨羹，蘇軾保留了食物最原始的味道，也從植物到食物的過程中找到一絲慰藉。

本章收錄的是蘇軾的名詩配名菜，有「堆盤紅縷細茵陳」的茵陳蒿、「久拋菘葛猶細事，苦筍江豚那忍說」的苦筍、「碎點青蒿涼餅滑」的青蒿涼餅、「點酒下鹽豉」的元修菜、「道人勸飲雞蘇水，童子能煎鶯粟湯」的罌粟湯、「味如苦筍而加甘芳」的棕筍、「甘甘嘗從極處回」的薺菜東坡羹、「喜見春盤得蓼芽」的水蓼嫩芽、「脆響鳴牙齦」的豌豆大麥粥、「青浮卵椀槐芽餅」、「似可敵蓴羹」的藤菜羹，以及「味如牛奶更全新」的蘿蔔玉糝羹。

【茵陳蒿】

堆盤紅縷細茵陳，巧與椒花兩鬪新。
竹馬異時寧信老，土牛明日莫辭春。
西湖弄水猶應早，北寺觀燈欲及辰。
白髮蒼顏誰肯記，曉來頻嚏為何人。

——〈元日過丹陽，明日立春，寄魯元翰〉

宋神宗熙寧七年（一〇七四年）任杭州通守時，於賑災途中過浙江丹陽時所作。這是一首新年詩，詩句中描寫春盤、春牛及賞花燈等應節食物及活動。春盤中推的就是開春時節最鮮嫩的茵陳蒿，正所謂「二月茵陳三月蒿，四月五月當柴燒」，過了這個時節的茵陳蒿就太老了。春盤又稱五辛盤（辛有「迎辛除舊」之意），一般是取蔥、蒜、韭、蓼蒿、香菜、芥菜等帶有辛辣味的蔬菜，其中的蓼蒿也可以用茵陳蒿取代。

茵陳蒿經冬不死，春則因陳根而發芽，因此稱為「因陳」或「茵陳」，到了夏天，苗變為蒿，又稱茵陳蒿。幼苗枝葉細柔，密被白茸毛，因此也稱綿茵陳。

茵陳蒿分布普遍，開春即可見到，食用及藥用早有記載。《本草綱目》說「茵陳，昔人多蒔為蔬」，幼嫩葉可食，有特殊的香氣，可以汆燙後涼拌、清炒、炒雞蛋，也可以熬粥或做茵陳糕、茵陳糰。老饕蘇軾則用茵陳搭配切得薄薄的魚膾（生魚片）一起吃，如〈春菜〉詩寫道：「茵陳甘菊不負渠，膾縷堆盤纖手抹。」

茵陳蒿處處有之，生於山坡、原野、田邊、荒地，荒年時是主要的救荒野菜。野菜中有很多種類都有很強的藥用價值，經過炮製處理後就是一味中藥，具有強身健體、輔助治療相關疾病的作用，茵陳蒿就是如此。明代的《救荒野譜》說：「二月二日春猶冷，家家競作茵陳餅。茵陳療病還療飢，借問採蒿知不知。」茵陳蒿的藥效非常廣泛，包括清熱利濕、消炎解毒、保肝利膽，以及退黃疸、治小便不利、止濕瘡瘙癢等。根據現代藥理分析，茵陳蒿能促進膽汁分泌，有抗病毒、增加白血球、降血壓，降血脂等作用，還可預防流感、腸炎、痢疾、結核等病症。

作為食療野菜，茵陳可以沖泡茶水當日常飲用，用以增加抵抗力、保肝利膽、抗衰老及防癌，還可釀造茵陳酒，有清熱燥濕及舒筋活絡的效果。此外，茵陳株體內含揮發油，散發出獨特氣味，在枝條木質化後可以採摘莖葉曬乾，燃燒後可驅蚊。

茵陳蒿 菊科

Artemisia capillaris Thunb.

多年生亞灌木或草本，莖直立或略呈傾臥狀，高三十至一百公分，老莖木質化，分枝甚多。下部葉二至三回羽狀深裂，裂片條形或細條形；莖生葉一至二回羽狀全裂，基部抱莖，裂片細絲狀。夏至秋季開花，頭狀花序卵形，多數集成圓錐狀，綠白色，有短梗；總苞片三至四層，卵形，苞片三裂。瘦果長圓形，黃棕色。喜向陽開闊環境，常在海灘或濱海斜坡間大片聚生，廣泛分布於東亞至東南亞地區。

【苦筍】

北方苦寒今未已，雪底波稜如鐵甲。
豈如吾蜀富冬蔬，霜葉露牙寒更茁。
久拋菘葛猶細事，苦筍江豚那忍說。
明年投劾徑須歸，莫待齒搖并髮脫。

——〈春菜〉節錄

全詩共十六句，寫於宋神宗元豐元年（一〇七八年），此時蘇軾已調任徐州知州。徐州位於黃河下游，雖然不算北寒之地，但比起天府之國的蜀地，氣候還是寒冷一些。此時積雪冰封，地面上不見任何青綠，蘇軾遙想家鄉此時應該是遍地可見鮮嫩的菜蔬，於是就在詩中把開春時節令人食指大動的家鄉菜細數了一遍。最後還說，不如辭官回家算了，否則等到牙齒和頭髮掉光，就悔之已晚了。

蘇門四學士之一的黃庭堅讀到此詩後，寫〈次韻子瞻春菜〉回應：「公如端為苦筍歸，明日青衫誠可脫。」遺憾的是，蘇軾此生已無緣返鄉，再次品嘗家鄉的苦竹筍了。

苦竹是春季生筍，筍帶苦味，詩人白居易就說苦竹「味苦夏蟲避」，煮前要先處理過，除掉一些苦味後才好入口。歷代詠苦竹筍的詩文很多，可見不只蘇軾喜歡吃，如唐代書畫家懷素就有〈苦筍帖〉：「苦筍及茗異常佳，乃可徑來。」喜歡到直接跟人開口要，也是一絕。黃庭堅被貶至戎州（四川宜賓）後，因當地盛產竹子，也寫詩〈從斌老乞苦筍〉稱讚：「南園苦筍味勝肉，籜龍稱冤莫採錄。」還寫了一篇〈苦筍賦〉說「小苦而反成味，溫潤縝密，多啖而不疾人」，甚至引申「苦而有味，如忠諫之可活國」，後世因此稱苦筍為「諫筍」。

苦竹屬（*Pleioblastus*，又稱大明竹屬）共有二十多種，具有適應性強、生長快、笋期長、產量高等特點，有很高的經濟價值。食用上，苦竹筍絕無農藥殘餘，熱量低，又富含醣類、蛋白質、脂肪、纖維素、維生素、半纖維素，以及磷、鐵、鈣等多種元素，是想瘦身減肥的人與三高患者的理想食物，同時還有防止腸癌、清肝明目的保健及藥用價值。

《本草綱目拾遺》說苦竹筍有清熱除煩、除濕、利水的功效，《食醫心鏡》說苦竹筍可益氣力、主消渴。

苦竹 禾本科

Pleioblastus amarus (Keng) Keng f.

灌木狀，竿高可達五公尺，徑一．五至二公分，直立，稈環隆起；每節有三至七分枝。籜鞘革質，有棕色或白色小刺毛，籜葉狹長披針形。葉片橢圓狀披針形，質堅韌，表面深綠色，背面淡綠色，葉緣兩側有細鋸齒；葉舌質堅硬，截平，紫紅色。圓錐花序，小穗有八至十二，小穗柄被微毛；小穗含小花，小穗軸一側扁平。穎果長圓形。分布於中國江蘇、安徽、浙江、福建、湖南、湖北、四川、貴州、雲南等省。

【青蒿】

蔓菁宿根已生葉，韭芽戴土拳如蕨。
爛蒸香薺白魚肥，碎點青蒿涼餅滑。
宿酒初消春睡起，細履幽畦掇芳辣。
茵陳甘菊不負渠，膾縷堆盤纖手抹。

——〈春菜〉節錄

全詩共十六句，寫於宋神宗元豐元年（一〇七八年）徐州知州任上。全詩提到很多開春時節的應時蔬菜及野菜，包括蔓菁、韭菜、薺菜、青蒿、茵陳蒿、甘菊、菠菜、白菜（菘）、葛及苦筍等。所引詩中還有兩道美味佳餚：薺菜蒸白魚及青蒿涼餅。

青蒿涼餅用青蒿汁和麵粉製成，也可以加入切碎的嫩莖葉。宋朝立春祭祖及食用的春盤，除了五種辛辣味、有發散效果的蔬菜外，也喜歡使用味道清香的生菜，青蒿就是其一。例如，蘇軾另一首詩〈送范德孺〉：「漸覺東風料峭寒，青蒿黃韭試春盤。」一般在立春前後，熬過冬天的青蒿都會長出嫩枝幼苗，正是採摘食用的最好時節。

青蒿又名香蒿、麥蒿，是常見的野蒿之一，其他還有白蒿和黃蒿這兩種。白蒿的氣味近似艾，幼苗近似茵陳，可以食用，口感和鮮嫩度不如青蒿。黃蒿又名黃花蒿，剛長出地面時類似青蒿，但葉密色黃，氣味濃烈嗆鼻，一般不採來食用。此外，白蒿、青蒿皆耐寒，黃花蒿則不耐寒。《詩經》〈小雅・鹿鳴〉的「呦呦鹿鳴，食野之蒿」，指的是青蒿。

由於青蒿和黃花蒿外形相似度高，經常容易混淆。古籍中的青蒿有時是青蒿與黃蒿的統稱，例如宋人沈括的《夢溪筆談》：「蒿之類至多。如青蒿一類，自有兩種，有黃色者，有青色者。」清人周巖的《本草思辨錄》：「青蒿有兩種，一黃色，一青色。」味道清香微甜的青蒿主要供食用，而有「臭蒿」別稱的黃花蒿主要供藥用，清熱解暑又有抗瘧疾功效的青蒿素，就是從黃花蒿提煉出來的，而不是青蒿。

青蒿 菊科
Artemisia carvifolia Buch.-Ham. *ex* Roxb.

一年生草本，高達一・五公尺，植株有香氣；上部多分枝，下部稍木質化。葉互生，葉兩面青綠色或淡綠色，無毛；基生葉與莖下部葉三回櫛齒狀羽狀分裂，有長葉柄；中部葉長圓形、長圓狀卵形或橢圓形，二回櫛齒狀羽狀分裂；上部葉與苞片葉一至二年回櫛齒狀羽狀分裂，無柄。頭狀花序半球形或近半球形，基部有線形的小苞葉，花序托球形；花淡黃色。瘦果長圓形至橢圓形。常散生於低海拔、濕潤的河岸邊沙地、山谷、林緣及路旁。

【薺菜】

甘甘嘗從極處回，鹹酸未必是鹽梅。
問師此個天真味，根上來麼塵上來？

——〈東坡羹頌〉

東坡羹是蘇東坡所煮的素蔬菜羹，主要食材是薺菜和白蘿蔔。宋元豐四年（一〇八一年）是蘇軾到黃州的第二年，年底時得到了一塊廢棄的山坡地，四十六歲的蘇軾開始自己種麥、種果樹、種菜，又自創蔬菜羹的做法來解饞，「東坡羹」還是唯一由他親自命名的「東坡菜」。

〈東坡羹頌〉的序文詳述了這道菜的做法，蘇軾詩文談飲食的不少，但少見像食譜一樣，從食材、備料到煮法，把所有步驟寫得如此詳細。蘇軾先說這是一道素羹湯，「不用魚肉五味，有自然之甘」。烹煮過程中還要加生米勾芡（「入生米為糝」）讓湯水變稠為羹。放上蒸籠，還可以同時煮飯，方便又省事。最後以頌作結，問應純道人：都說苦極回甜，而鹹酸味未必來自鹽和青梅。我要問問師父，這甘苦鹹酸的天然真味，是從根莖來的，還是從塵世間來的呢。

「農曆三月三，薺菜賽金丹」，蘇軾喜歡吃薺菜，除了薺菜遍地野生、取得容易，也因為吃薺菜有養生保健效果。在寫給弟蘇轍的〈次韻子由種菜久旱不生〉詩中，他寫道：「時繞麥田求野薺，強為僧舍煮山羹。」在寫給好友徐十二的信中，他也不忘推介美味又能治病的薺菜粥（薺糝）：「今日食薺極美。念君臥病，麵、酒、醋皆不可近，唯有天然之珍，雖不甘於五味，而有味外之美。」還說薺菜有和肝明目的功效，並且附上了東坡版的薺糝食譜。末了還強調「君若知此味，則陸海八珍皆可鄙厭也」。說得連南宋詩人陸游都忍不住一嘗為快，果然是「『薺糝芳甘妙絕倫』」。

這一類的蔬菜羹、蔬菜粥，蘇軾從黃州吃到惠州，遠貶至海南島時，也與幼子蘇過闢園種菜。他在〈菜羹賦〉說：「水陸之味，貧不能致，煮蔓菁、蘆菔、苦薺而食之。」一方面是因為生活清苦，吃不起葷食，一方面也因老病纏身，蔬食更有利於腸胃的緣故。

薺菜　十字花科
Capsella bursa-pastoris (L.) Medic.

一或二年生草本，莖直立，基部多分枝。單葉，根生或莖生；根生葉叢生，具長柄，倒卵形，不整齊羽狀深裂；莖生葉長圓形或線狀披針形。總狀花序頂生或腋生，花多數。短角果倒三角形，扁平，頂端中央部分內凹；種子二十至二十五粒，排成二列，細小，扁長卵形，黃褐色。全世界溫帶地區廣泛分布，中國各省區均產，生長在山坡、田邊及路旁。

元修菜（小巢菜）

彼美君家菜，鋪田綠茸茸。
豆莢圓且小，槐芽細而豐。
種之秋雨餘，擢秀繁霜中。
欲花而未萼，一一如青蟲。
是時青裙女，採擷何匆匆。
烝之復湘之，香色蔚其饛。
點酒下鹽豉，縷橙芼姜蔥。
那知雞與豚，但恐放箸空。

——〈元修菜〉節錄

全詩共三十六句，寫於宋神宗元豐六年（一〇八三年）黃州貶所。詩敘明確提到元修菜的由來：「菜之美者，有吾鄉之巢。故人巢元修嗜之，余亦嗜之。元修云：使孔北海見，當復云吾家菜耶？因謂之元修菜。」巢谷（字元修）因姓巢而戲稱巢菜，「不會誤以為這是我家的菜吧？」於是，蘇軾就把家鄉這種野生的巢菜稱為元修菜。

巢谷與蘇軾是同鄉，比蘇軾大十一歲，在蘇軾謫居黃州時，千里迢迢地前往探望，後來也住在東坡雪堂，與蘇軾飲酒作詩，一起出遊或下田耕作。在巢谷有事離開時，蘇軾還會寫信催他回來：「日日望歸，東坡荒廢。」蘇軾也用巢谷帶來的種子在東坡種巢菜，有人問起時就說這是元修菜。

元修菜是蘇軾想了十五年「思而不可得」的家鄉味，蘇軾說它的原名叫巢菜，也就是野豌豆一類。巢菜有大小巢菜之分，根據東坡的形容「鋪田綠茸茸」、「豆莢圓而小」，所以不是灌木狀多年生草本，且豆莢長圓形、長度可達二公分的大巢菜（*Vicia gigantea* Bge.）。又據清光緒十年出版的《黃州府志》敘述黃州產的元修菜「似芥，蜀種」，推測「元修菜」應該是野豌豆中葉子最小的小巢菜。陸游旅居蜀中時，也曾在〈巢菜〉詩的題注中介紹：「蜀蔬有兩巢：大巢，豌豆之不實者。小巢，生稻畦中，東坡所賦元修菜是也。」指明元修菜就是小巢菜。

小巢菜又名小巢豆、翹搖、雀野豆，多生長於山溝、田邊、河灘及路旁草叢。摘取的新鮮嫩豆苗就像現在常吃的豌豆苗一樣，可以清炒或煮羹湯，也可以製成乾菜熬粥。蘇軾在詩中描寫了吃法：蒸煮後撒上鹽、豆豉、蔥花、薑絲，再喝個小酒，好吃到連雞肉豬肉都失了味道。小巢菜也具食療效果，有清熱利濕、調經止血、降血糖血脂等作用。

小巢菜

蝶形花科 *Vicia hirsuta* (L.) Gray

一年生草本，高十五至九十公分，攀援或蔓生，莖細柔有稜，近無毛。偶數羽狀複葉，小葉四至八對，線形或狹長圓形，先端平截，具短尖頭。總狀花序，花二至四朵密集於花序軸頂端，花甚小；花萼鐘形，萼齒披針形；花冠白色、淡藍青色或紫白色。莢果長圓菱形，表皮密被棕褐色長硬毛；種子二，扁圓形。生長於低至中海拔的平原或山區。

【鶯粟（罌粟）】

道人勸飲雞蘇水，童子能煎鶯粟湯。
暫借藤牀與瓦枕，莫教辜負竹風涼。
——〈歸宜興，留題竹西寺三首．其二〉

蘇軾在黃州待了四年多，於元豐七年（一〇八四年）奉旨移往汝州，期間曾兩次上〈乞常州居住表〉希望朝廷能恩准他歸耕常州。元豐八年獲准後，便帶著家人轉赴常州宜興。這三首組詩，就是五月蘇軾回宜興途中經揚州時所作。告別半生飄蕩的日子，一家人有了安居之處，此時的蘇軾安適自在，見沿途風光自然有不同的體會，心情歡愉地在竹西寺題詩留念。

詩中所說的「雞蘇水」是寺裡提供的一種涼茶，雞蘇又稱龍腦薄荷，葉子的味道類似薄荷或紫蘇。鶯粟即罌粟，古代大都栽種為藥材，「罌粟湯」是中醫方劑名，用罌粟殼、甘草、烏梅、艾葉、陳皮、甘草等成分調製，主治功效為腸胃氣虛、冷熱不調、飲酒過度、飲食減少，或婦人妊娠痢疾等症。熬製罌粟湯是宋人一種普遍飲食，蘇轍晚年生活困窘時就曾在藥圃種過罌粟，說罌粟「苗堪春菜，實比秋穀」，可用來煮素粥。

宋代《開寶本草》將罌粟收入米穀下品，說「罌子粟味甘平，無毒」。清人吳其濬的《植物名實圖考》則把罌粟列入羣芳類，還解釋道：「宋時尚罌粟湯，但其穀粟功用僅止澀斂，爲泄痢之藥。明時一粒金丹多服爲害，近來阿芙蓉流毒天下，與斷腸草無異，然其罪不在花也。列之羣芳。」

罌粟種子不含致癮性的毒素，反而富含膳食纖維、蛋白質及礦物質，研磨後可作為調味品，加入烘焙食品或醬料中增加風味。罌粟籽富含油脂，榨出的油稱為罌粟籽油或御米油，可用於烹調食物或作為油畫原料。

致癮的鴉片類藥物是從罌粟蒴果的汁液提煉而成，而中醫使用的是罌粟殼，處方又名「禦米殼」或「罌殼」。罌粟殼含少量的嗎啡、可待因及罌粟鹼等成分，加工入藥後有斂肺、澀腸、止咳、止痛、催眠及治痢疾等功效，也用於治療腎虛引起的遺精、滑精等症。此外，花大纖美的罌粟花極具觀賞價值，宋嘉祐年間的《本草圖經》說「人家園庭多蒔以為飾」，宋詩人楊萬里的詩作〈米囊花〉詠的就是罌粟花。

罌粟 罌粟科

Papaver somniferum L.

一年生草本，高三十至六十公分，莖直立，不分枝，具白粉。葉互生，葉片卵形或長卵形，先端漸尖至鈍，基部心形，邊緣爲不規則的波狀鋸齒，兩面具白粉，葉脈明顯。花單生，花梗長達二十五公分；花瓣四，近圓形或近扇形，邊緣淺波狀或各式分裂，有白色、粉紅、紅色、紫色或雜色。蒴果球形或長圓狀橢圓形，成熟時褐色。種子多數，黑色或深灰色。原產於地中海沿岸，印度、緬甸、寮國及泰國北部有栽培。

【椶筍（棕筍）】

贈君木魚三百尾，中有鵝黃子魚子。
夜叉剖癭欲分甘，籜龍藏頭敢言美。
願隨蔬果得自用，勿使山林空老死。
問君何事食木魚，烹不能鳴固其理。

——〈椶筍〉

宋哲宗元祐六年（一〇九一年）寫於杭州任上。蘇軾在詩敘說明：「椶筍狀如魚，剖之得魚子，味如苦筍而加甘芳。」椶筍（棕筍）外形像魚，剖開有許多「魚卵」，吃起來的味道如苦筍。接著又說椶筍外面包著類似筍衣的外殼，裡面是未發育的小花苞，所指顯然是棕櫚樹的花，所謂的「魚卵」就是花蕾，稱為「棕包米」。

棕櫚花開在棕櫚樹葉柄、葉鞘和樹幹的連接處，有好幾個花苞。花苞期層層的葉狀外殼，植物學的專業稱法叫

「佛焰苞」。宋時民間稱為「椶魚」或「木魚」，每年穀雨前後是棕筍的採摘時節。

蘇軾也說：「正二月間，可剝取，過此，苦澀不可食矣。」並說明棕筍的料理方法和竹筍略同，由於要贈予的是好友釋仲舒，蘇軾又強調這種美味是「蜀人以饌佛，僧甚貴之」。

同是棕櫚科的檳榔，也在台灣發展出獨有的檳榔料理「半天筍」（檳榔頂端的嫩莖）及「半天花」（檳榔花穗）。半天花的口感爽脆似嫩筍，椶筍的味道應該也類似。順道一提，愛吃又懂吃的蘇軾還喜歡吃「蘆筍」——蘆葦的嫩芽。

在蜀地待過的南宋詩人陸游當然也吃過椶筍，他在〈戲詠鄉里食物示鄰曲〉詩提到「棕花蒸煮蘸醯醬」，說蒸煮過的棕花要蘸酸味醬；在〈戲詠山家食品〉詩說「蜂房分蜜漬棕花」，用蜂蜜浸漬棕花，與蘇軾說的做法一樣；在〈偶得長魚巨蟹命酒小飲蓋久無此舉也〉詩以「老生日日困鹽齏，異味椶魚與楮雞」（木耳）來自述晚年生活的清苦，把椶魚與楮雞說成是不易吃到的鮮品。

棕櫚是最耐寒的棕櫚科植物，北可以分布到秦嶺。除了食用外，更廣泛的栽培用途，是剝取棕皮纖維來製作簑衣、繩索、地氈、刷子、掃帚等生活用品。棕櫚的果實、葉、花、根均可入藥，葉片可編製工藝品、包粽子、製扇及草帽。

棕櫚 棕櫚科

Trachycarpus fortune (Hook.) H.A.Wendl.

常綠中喬木，樹幹聳直不分枝，周圍包以棕皮，樹冠傘形。葉掌狀深裂，裂片先端具短二裂或二齒；葉柄長七十五至八十公分，兩側具細圓齒，頂端有明顯戟突。花序粗壯，多次分枝，從葉腋抽出，通常是雌雄異株；雄花黃綠色，卵球形，雌花序有三個佛焰苞，雌花淡綠色，通常二至三朵聚生。果實闊腎形，成熟時由黃色變為淡藍色，有白粉。主要分布在秦嶺、長江流域以南。

蓼（水蓼）

蕭索東風兩鬢華，年年幡勝剪宮花。
愁聞賽曲吹蘆管，喜見春盤得蓼芽。
吾國舊供雲澤米，君家新致雪坑茶。
燕南異事真堪記，三寸黃柑擘永嘉。

——〈次韻曾仲錫元日見寄〉

宋哲宗元祐八年（一〇九三年）秋，蘇軾外放河北定州，時年五十七歲，是二度遭受政治迫害流放的開始。此詩寫於元祐九年（一〇九四年），在蕭瑟寒風中，兩鬢斑白的蘇軾又迎來一個立春日。神宗元豐七年（一〇八四年）由黃州調任汝州時，同樣是在立春日，蘇軾寫下「蓼芽蒿筍試春盤，人間有味是清歡」，當時形勢開始好轉，前景充滿希望。如今哲宗親政，已至晚年的蘇軾外放定州時已是對朝廷局勢非常失望。同樣的春盤，甚至還吃著同樣的蓼芽，但心境已然大不同了。

立春日吃春盤是民間習俗，除了自家食用外，也常用於待客。水蓼是唐宋時代重要的菜蔬，葉片辛辣，在蔥、薑尚未在中原地區使用前，水蓼葉片是烹煮肉類的主要調料。《禮記》篇提到煮豬肉、雞肉、魚肉、鱉肉時會使用水蓼，或煮時塞在肉品之內，或喝羹湯時撒上切碎的水蓼葉，都是為了除去或減少腥膻味，作用和現代的香菜、蔥、薑一樣。

辣椒未傳入中國之前，又名「辣蓼」的水蓼是辛辣味的代表植物之一。古人所言的五辛，即爲蔥、蒜、韭、芥、蓼。唐詩人賈島的五言古詩〈不欺〉寫道：「食魚味在鮮，食蓼味在辛。」蘇軾更從水蓼的辣味領會到人生真味，他在〈定惠院寓居月夜偶出〉詩寫道：「少年辛苦真食蓼，老景清閒如啖蔗。」希望人生逆境都有苦盡甘來的收場。

水蓼全草入藥，有活血止痛、清熱解毒、散結消腫、收斂止瀉、順氣解痙、通經利尿等功效，可治療風濕關節痛、疥癬、痢疾、腹瀉、足癬、腸胃炎、跌打腫痛；外用可治皮膚濕疹、毒蛇咬傷等。水蓼也曾是農家用來驅蟲的植物，這是因為水蓼植物體內含有乙醇成分可以去除蟲害；水蓼另外一個主要作用是造麴釀酒。

水蓼 蓼科

Polygonum hydropiper L.

一年生草本，高四十至七十公分，莖直立，多分枝，節部膨大。葉披針形或橢圓狀披針形，頂端漸尖，基部楔形，全緣，具緣毛，有辛辣味。總狀花序呈穗狀，頂生或腋生，通常下垂，花稀疏，白色或淡紅色。瘦果卵形，黑褐色。生長於河灘、水溝邊及山谷濕地。

【豌豆】

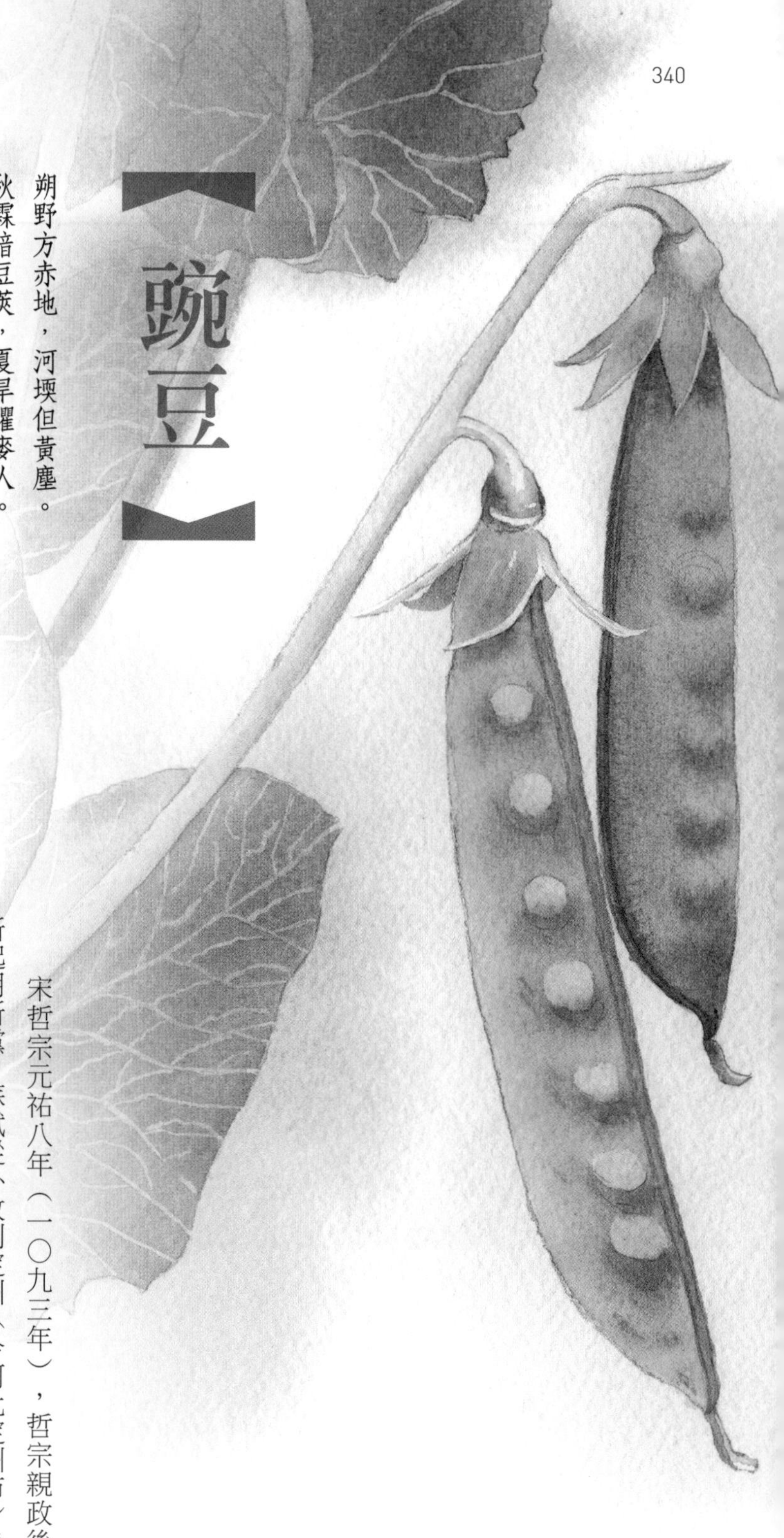

朔野方赤地，河堧但黃塵。
秋霖暗豆莢，夏旱臞麥人。
逆旅唱晨粥，行庖得時珍。
青斑照匕箸，脆響鳴牙齦。
玉食謝故吏，風餐便逐臣。
漂零竟何適，浩蕩寄此身。
爭勸加餐食，實無負吏民。
何當萬里客，歸及三年新。

——〈過湯陰市，得豌豆大麥粥，示三兒子〉

宋哲宗元祐八年（一〇九三年），哲宗親政後重新起用新黨，蘇軾從外放到定州（今河北定州市）後一路遭貶至惠州。此詩就是蘇軾從定州南下，於紹聖元年（一〇九四年）經過湯陰（河南安陽）時所寫。此時本就是「青黃不接餓斷腸」的農曆四月，新穀還沒成熟，存糧又已吃完，如今整個華北地區又旱災嚴重，能吃上一碗豌豆大麥粥已經很不容易了。蘇軾也借豌豆大麥，教育三個兒子不要辜負百姓的一豆一麥。他也誠心祈禱災情能夠早日平息，等到他歸來時，原來赤土千里的荒涼景象已然煥然一新，作物生生不息。

豌豆是常見的豆科植物，品種很多，主要可分成糧用豌豆、食粒菜豌豆和食莢菜豌豆。糧用豌豆的豆莢內側有堅硬的紙質內皮，因此屬於硬莢豌豆，豆粒澱粉含量較高，蔗糖含量較低，通常取其成熟豆粒作為糧食、飼料或磨成豌豆麵粉。食粒菜豌豆亦屬硬莢豌豆，豆粒蔗糖含量較高，澱粉含量較低，通常取其未成熟豆粒作蔬菜食用。食莢菜豌豆，亦稱糖莢豌豆，豆莢無紙質內皮，屬於軟莢豌豆，所以取其未成熟的豆莢和豆粒一起作為蔬菜食用。

此外，豌豆苗（鮮嫩的莖梢）也可採摘食用，因複葉葉軸先端延長變為卷鬚，豌豆苗或豌豆嫩葉也稱為「龍鬚菜」或「龍鬚苗」。生產豌豆苗的豌豆，最好選用粒小、種皮厚的青豌豆或種皮灰褐色的麻豌豆，莖葉大且抗病力強。不過，台灣常見的龍鬚菜主要採自佛手瓜的嫩芽，外形與豌豆苗還是有很大的分別。

豌豆種子味道鮮甜，可單獨烹製也可與其他食材搭配，還可加工做成多種休閒食品，曬乾後的種子可製作澱粉。豌豆食品有清熱解毒及利尿功效，特別是對糖尿病和產後乳汁不下的患者有奇特藥效。

豌豆 蝶形花科 *Pisum sativum L.*

一年生攀援草本，高一至二公尺，全株綠色，被粉霜。羽狀複葉，互生，小葉四至六片，卵圓形，軸末端有卷鬚。花於葉腋單生或數朵排列爲總狀花序；花萼鐘狀，深五裂；花冠顏色多樣，隨品種而異，多爲白色和紫色。莢果長橢圓形，長五至十二公分；種子球形。原產地中海和中亞細亞地區，主要分布於亞洲和歐洲。

【槐】

枇杷已熟粲金珠，桑落初嘗灩玉蛆。
暫借垂蓮十分盞，一澆空腹五車書。
青浮卵椀槐芽餅，紅點冰盤藿葉魚。
醉飽高眠真事業，此生有味在三餘。
——〈二月十九日攜白酒鱸魚過詹使君，食槐葉冷淘〉

宋哲宗紹聖二年（一〇九五年）寫於惠州貶所。詩題的詹使君，是當時惠州最高長官的惠州知州詹範。蘇軾一到惠州，他就把合江樓借給蘇軾父子住，把「罪臣」蘇軾奉為上賓設宴接風。他也是「我與使君皆白首，休誇少年風流」裡的那個史君，不甩上級指示，執意與蘇軾交好。二月十九日這天，蘇軾就帶著白酒、鱸魚去找他，兩人一起餵肚子裡的饞蟲，覺得吃飽喝足睡得好才是人生所求！

餐桌上有枇杷、桑椹、漂浮著泡沫（玉蛆）的白酒、藿葉鱸魚，還有一道特色美食「槐芽餅」。槐芽餅就是詩題所說的「槐葉冷淘」，這是一種時令涼食，最早的記載始於唐代。將槐樹嫩葉搗汁後，拌和麵粉做成餅或麵條，煮熟後放在冰水或井水中浸涼，吃起來清涼爽口，杜甫在〈槐葉冷淘〉詩中形容「經齒冷於雪」，就跟現在所吃的涼麵或冷麵一樣。《唐六典》記載：「太官令夏供槐葉冷淘。凡朝會燕饗，九品以上並供其膳食。」這是朝廷在炎炎夏日體貼文武百官上朝辛苦的犒賞。

槐樹嫩芽不僅味道鮮美，營養價值也高，被稱為「樹上佳蔬」。槐樹芽可以炒蛋，也可以洗乾淨曬乾後碾成細末，做成槐葉茶。

槐花也是重要食材，味道清香甘甜，富含維生素和多種礦物質。槐花的吃法很多，可以直接生吃，可以煮湯、拌菜、燜飯，或做成槐花糕、包餃子等。夏季花未開時採收的花蕾，稱為「槐米」，可沖泡成茶飲，或煮槐米粥、做槐米餅。槐米還是天然染色劑，染出來的顏色呈黃色。

槐　蝶形花科

Sophora japonica L.或 *Styphnolobium japonicum* (L.) Schott

落葉喬木，株高可達二十五公尺。羽狀複葉，小葉七至十五，卵狀長圓形或卵狀披針形，紙質。圓錐花序頂生，長達三十公分；花黃白色，有短梗。莢果念珠狀；種子腎形，黑褐色。原產中國，華北和黃土高原地區尤爲多見。

【藤菜】

海國空自暖，春山無限清。
冰溪結瘴雨，雪菌到江城。
更待輕雷發，先催凍筍生。
豐湖有藤菜，似可敵蓴羹。

——〈新年五首·其三〉

宋哲宗紹聖三年（一〇九六年）寫於惠州貶所。蘇軾在惠州一共待了兩年七個月，這是他在惠州的第三年，度過的第二個春節。新年組詩的第五首有「明年更有味，懷抱帶諸孫」句，透露蘇軾要把家人接過來團聚，打算在惠州定居下來。

此詩中提到的豐湖又稱惠州西湖，在蘇軾奔走下，把原先湖上的危橋改建成堅固耐用的石鹽木建新橋，因無餘錢可捐，蘇軾還把朝服上的犀帶捐了出去。

新橋建成時，「父老相雲集，三日飲不散」。湖上生長的藤菜又名豆腐菜、藤葵、新藤菜，即今稱的落葵，台灣更常用的菜名是皇宮菜。落葵葉片肥大且厚，口感黏滑如木耳，很多地方稱為「木耳菜」。在這裡，蘇軾以江東美食「蓴羹」的食材蓴菜來比擬，兩者吃起來有同樣的口感。

落葵的栽植歷史悠久，早在春秋戰國時就已經大面積種植。《本草綱目》云：「落葵三月種之，嫩苗可食。五月蔓延，其葉似杏葉而肥厚軟滑，作蔬和肉皆宜。」落葵常以幼苗、嫩梢或葉作蔬菜用，全草還可供藥用，《本草綱目》記載：「落葵補中益氣，養脾胃，利大小腸，老人甚宜。」落葵富含鐵質及鈣，可防骨質疏鬆，並促進荷爾蒙分泌；所含的黏液質有滋養身體、修復黏膜及保護胃壁的作用。成熟種子紫黑色，是天然的食物著色劑。栽植的落葵可分為綠色種及紫色種，紫色種產量低，經濟栽培還是以綠色種落葵為主。

落葵　落葵科

Basella alba L.

多年生草本，全株平滑，莖肉質，蔓延性可直立伸展，亦可沿支柱蔓生。單葉，互生，具葉柄；葉片卵形或卵圓形，葉緣全緣，每片葉有十條明顯葉脈。穗狀花序腋生，花徑淡粉紅色，肉質。果實為漿果，未熟時綠色，成熟後紫黑色，內含種子一。原產亞洲熱帶地區，中國南北各地多有種植。

【蘿蔔】

香似龍涎仍釅白，味如牛奶更全新。
莫將南海金齏膾，輕比東坡玉糝羹。
——〈過子忽出新意，以山芋作玉糝羹，色香味皆奇絕。天上酥酡則不可知，人間絕無此味也〉

宋哲宗紹聖五年（一〇九八年）寫於海南儋州貶所。

蘇軾在海南不僅常常無肉可吃，還要面對無米之炊，於是入境隨俗也跟當地的原住民黎族一樣吃起了山芋（山藥）。陪侍父親到海南島的小兒子蘇過有心改善年邁父親的飲食，別出新意地用山藥糝米飯作羹，熬煮到湯色奶白濃稠，喚作「玉糝羹」。蘇東坡吃了大為讚賞，即興寫了這首七言詩。

蘇過煮玉糝羹使用的是當地盛產的山藥，卻是改良自早年的「東坡菜」。

據南宋林洪的田蔬食譜《山家清供》所載，說玉糝羹是蘇軾兄弟飲酒後所食用，使用的主食材是蘆菔，並加入研碎的白米勾芡，別無其他材料。食後，蘇軾還品評說：「若非天竺酥酡，人間決無此味。」意思是除了古印度的酥酡（即甘露），人世間再也找不到像玉糝羹這樣的美味了。

蘆菔即蘿蔔，又作萊菔，起源自歐亞溫暖海岸，史前時代已引入中國，各地栽培普遍。性涼味甘，有清化痰熱、消積導滯、下氣寬中等功效。清人汪昂的《本草備要》云：「萊菔俗作蘿蔔，辛甘屬土。生食升氣，熟食降氣，寬中化痰，散瘀消食。」俗諺還有「冬吃蘿蔔夏吃薑，不勞醫生開藥方」及「冬吃蘿蔔賽人參」的說法，冬天的寒氣會使身體的陽氣往內收斂，加上吃熱補食物，需要吃白蘿蔔來消散內熱，防止胃火及肺火過旺而導致消化不良、口乾、喉嚨痛。

山藥 薯蕷科 *Dioscorea batatas* Decne.

多年生蔓性草本；地下有球形或圓筒形塊根，表皮黑褐色或深紅色，密生鬚根；莖通常帶紫紅色，右旋。單葉互生，中部以上葉對生，心形或卵狀心形，先端銳尖，全緣。花雌雄異株，夏季開乳白色小花；雄花序直立，穗狀；雌花序下垂，穗狀。蒴果具三翅，外面有白粉；種子著生於每室中軸中部，四周有膜質翅。分布於華北、華中、華東、西南、華南各省。

蘿蔔 十字花科 *Raphanus sativus* L.

一或二年生草本植物，軸根會膨大形成儲藏根，為可食部分。根生葉，卵狀披針葉至羽裂，鈍齒或齒牙緣。總狀花序，開花時會抽出花莖；花瓣四枚，白色、粉紅色或淡紫色。果爲長角果，圓柱形，先端尖喙狀；種子卵圓略扁形，紅褐色。

植物中名索引

九畫

十畫

十一畫

十六畫

十七畫

十八畫

十九至二十一畫

二十三至二十五畫

植物學名索引

A

B

C

J

L

M

N

O

P

Q

R

S

T

U

V

X

Z

本書提及植物療效，僅為古籍內容供讀者參考，不代表作者或出版社立場。

蘇東坡顛沛流離植物記

作　　者　潘富俊
繪　　者　楊麗瑛
選 書 人　李季鴻
特約編輯　莊雪珠
責任編輯　李季鴻
校　　對　胡嘉穎
版面構成　簡曼如
封面設計　吳文綺
行銷總監　張瑞芳
行銷主任　段人涵
版權主任　李季鴻
總 編 輯　謝宜英
出 版 者　貓頭鷹出版 OWL PUBLISHING HOUSE

事業群總經理　謝至平
發 行 人　何飛鵬
發　　行　英屬蓋曼群島商家庭傳媒股份有限公司城邦分公司　115 台北市南港區昆陽街 16 號 8 樓
劃撥帳號：19863813／戶名：書虫股份有限公司
城邦讀書花園：www.cite.com.tw／購書服務信箱：service@readingclub.com.tw
購書服務專線：02-25007718～9／24 小時傳真專線：02-25001990～1
香港發行所　城邦（香港）出版集團有限公司／電話：(852)25086231／hkcite@biznetvigator.com
馬新發行所　城邦（馬新）出版集團／電話：603-9056-3833／傳真：603-9057-6622
印 製 廠　中原造像股份有限公司
初　　版　2025 年 2 月
定　　價　新台幣 690 元／港幣 230 元（紙本書）　新台幣 483 元（電子書）
ISBN 978-986-262-685-6（紙本平裝）／978-986-262-684-9（電子書 EPUB）

讀者意見信箱　owl@cph.com.tw
投稿信箱　owl.book@gmail.com
貓頭鷹臉書　facebook.com/owlpublishing/
【大量採購，請洽專線】　(02)2500-1919

國家圖書館出版品預行編目 (CIP) 資料

蘇東坡顛沛流離植物記 / 潘富俊著 . -- 初版 . -- 臺北市 :
貓頭鷹出版 : 英屬蓋曼群島商家庭傳媒股份有限公司城邦分公司發行 , 2025.02
面；　公分
ISBN 978-986-262-685-6 (平裝)

1.CST: (宋) 蘇軾 2.CST: 傳記 3.CST: 植物 4.CST: 詩評

851.4516　　113001630

柿
梓
栗
枸杞
大麥
葈耳
芎藭
芥
萱草
合歡
小麥
山茶
木芙蓉

松
蕨
黃精
樟(一)
芥藍
槐
桄榔子
檜
薏苡
地黃(一)
芒
芡